Gestolen

Dit verhaal is gebaseerd

op het leven van een crimineel

die nog vrij rondloopt.

Ander werk van dezelfde auteur:

De waterkelder

Michael Pye

Gestolen levens

Vertaling Paul Heijman

Nijgh & Van Ditmar
Amsterdam 2001

Eerste druk 1999
Derde druk 2001

Oorspronkelijke titel *Taking Lives*. Alfred A. Knopf, Inc., New York

Omslag Laura van Merendonk
Foto omslag Stone
Foto auteur David Godlis
NUGI 301 / ISBN 90 388 5918 X

Een

Twee jongens rijden per bus door Florida. Een van hen zal niet lang meer leven.

Het is zomer 1987. Hete luchten worden basalt, gekookte lucht. Een weg, recht en botkleurig door gras en moeras.

Geen van beide jongens is hier thuis, dat zie je zo. Ze staren naar buiten maar willen er niet op betrapt worden.

De autoweg voert alleen maar verder. Ze zien stadjes die elkaar als zoekplaatjes herhalen: wijs de acht verschillen aan in de zeeën van hoog gras en de roze gemeente-oleanders.

De ene jongen is Martin Arkenhout. Zeventien. Zegt niet veel, dat is niet zijn gewoonte. Bovendien is hij buitenlander – Nederlander, blond, lang, wit, slungelig – en hij voelt zich bang en tegelijk superieur, of hij wil of niet. Hij ziet de armoedzaaiers in de bus en hij vindt het aardappeleters uit een Van Gogh-strandtafereel. Er zitten ook Hispanics met de getinte huid die hem het einde lijkt, maar hij zoekt geen contact. Hij is een behoedzame jongen.

Hij rekent in kilometers en mijlen om de snelheid te schatten. Hij sloft naar het toilet en watert in de tank met klotsende vloeistof, slingert zich terug naar zijn plaats. Hij vraagt zich af – glazige blik – of hij hier echt wil zijn: een jongen die een jaar lang niks anders is dan een buitenlandse jongen op een Amerikaanse high school en die moet zien volwassen te worden.

Bij elke halte stapt hij uit en koopt maar weer een Pepsi. Om elf uur 's morgens heeft hij al een aardige cafeïne-kick, grote ogen open naar de wereld waar weinig te zien is.

'Ik snap niet waarom ik dit doe,' zegt iemand.

Arkenhout kijkt op.

'Het leek me wel cool,' zegt de andere jongen. 'Amerika bekijken.'

'Waar ga je heen?'

'Universiteit. Op de moeilijkste manier.'

'O,' zegt Arkenhout. 'Ik ook.'

'Geen Amerikaan?'

'Hollander.'

'Cool.' Het klinkt alsof hij hem vergeeft dat hij buitenlander is. Na een tijdje zegt de jongen: 'Jullie hebben toch van die marihuanacafés?'

Arkenhout zegt: 'En Rembrandt.'

'Ja, ja. Sorry.'

De andere jongen is lang, blond en blank, als een kiekje van Arkenhout, maar dan geretoucheerd: zijn haar serieus geknipt, gespierder, minder vermoeid en bruiner.

'Seth Goodman,' zegt de andere jongen.

Arkenhout vindt het klinken als een verzinsel. Het doet hem denken aan negentiende-eeuwse romans bij Engels.

'Jezus!' zegt Goodman. 'De bus.'

De deuren zijn al dicht. Blauwzwarte uitlaatgassen. De jongens sprinten en beuken op de deuren en na een valse start en nog een paar tellen doet de chauffeur ze open.

'Hebben jullie me niet horen roepen?' vraagt hij.

Allebei excuseren ze zich, herinneren zich dezelfde les: keurige jongens.

Ze zitten de anderhalf uur daarna apart. Bij de volgende halte kopen ze chili dogs en koffie.

'Ik ga naar de New York University,' zegt Goodman.

'Ik ben in Amerika, voor een jaar buitenland vóór mijn studie.' Maar Goodman lijkt geen moeite te hebben met de enorme statuskloof. Ze zijn allebei op reis, tenslotte.

'Waar kom je vandaan?' vraagt Arkenhout beleefd.

'Jackson, Michigan. In de Midwest. Beroemd om zijn reusachtige waterval met lichtspel.'

'Ik ben voor het eerst in Amerika.'

'O ja? Doen ze in Holland aan honkbal?'

De uren daarna begint Goodman uit te leggen. Hij begint met kreten: dat hij de bus heeft genomen uit milieuoverwegingen, dat hij meer van Amerika wil zien. Hij komt met wat persoonlijker informatie: hij wil afstuderen in journalistiek. Tot nu toe is hij niet meer dan een stukje in een jaarboek, beknopt en opgepoetst. Maar vele mijlen later probeert hij zich Arkenhout echt voor te stellen als de jongen die hij al heel lang kent uit de kleedkamer; dus heeft hij het over Tracy, zijn vriendinnetje thuis, die aan turnen doet en donker is, en hoe ze het doen op de tribune bij de reusachtige waterval met kleurig lichtspel.

Hij vindt dat hij er een heel levensverhaal voor terug hoort te krijgen, maar hij zou het stuitend hebben gevonden als het te buitenlands was geweest.

Arkenhout vertelt slechts dat hij naar een of andere voorstad van Tampa gaat om schooljongen te zijn, iets wat hij kennelijk daarvoor ook heeft gedaan. Hij heeft niets eenvoudigs te vertellen over thuis of ouders. Hij zegt al helemaal niet hardop dat hij Amerika ziet als een les die hij zal leren omdat hij goed is in talen – niet alleen maar keurige geluiden uit een slimme mond, maar de vaardigheid om te horen hoe mensen niets rechtuit zeggen en het dan herhalen.

Goodman zegt dat hij het liefst ergens voor Tampa zou uitstappen om de volgende morgen met een bus verder te gaan. Arkenhout denkt dat hij het dan ook maar doet. Deze ene keer; niemand verwacht zoiets van hem, en dat is nou net het leuke.

De bus stopt in een busstation versierd met stukken wit pilaar en bakstenen tussenmuurtjes. De jongens sjorren hun bagage uit de buik van de bus. Ze hebben het even over het groen oplichten van de lucht boven Florida, daar hebben ze tenminste allebei van gehoord.

Technicolor-avond. Vuurwerkogen. Een hotelletje, oudroze, twee tweepersoonsbedden, een tv met de verschoven kleuren van een heel oude 3D-film. Een badkamer met verkruimelend mozaïek en een plastic lint als bij een politieafzetting: tot hier schoongemaakt voor uw persoonlijke hygiëne, de rest is voor eigen risico. Palmbomen in een heel lichte beroering, eerder een glimmering dan een beweging.

Goodman praat over New York. 'Je ontmoet mensen die ertoe doen,' zegt hij, wat zijn vaders uitspraak moet zijn. Hij gaat uitzoeken waar de carrièrepaden lopen, laat zich uitnodigen, hoewel hij niet goed weet waarvoor.

Arkenhout begint te denken dat hij zijn eigen naam – Martin Arkenhout – draagt als een te grote koffer die je moeder pakt, en die hij vroeger of later weer naar Nederland moet meezeulen.

Hij vergeet niet zijn nieuwe Amerikaanse familie in Tampa te bellen om te zeggen dat hij de bus heeft gemist, dat hij later komt.

Hij let nu erg goed op. Goodman bijt geen nagels, hij wel; beter om te stoppen. Amerikanen hebben van die stralende, gereguleerde gebitten, maar dat van Arkenhout is ook goed. Goodman zegt niet veel over zijn geboortestad omdat hij er weggaat. Terwijl hij onder de douche staat, bladert Arkenhout zijn agenda door, vindt een keurige lijst met nummers voor noodgevallen: thuis, familie, dokter. De creditcard waarmee de motelkamer is betaald, staat op naam van zijn vader. Zo doen Amerikanen dat dus, denkt Arkenhout.

Goodman komt uit de douche met een paar witte sokken aan. Hij gaat op bed liggen, bruin en naakt, en hij lacht. Arkenhout valt de strakke zijkant van zijn buikspieren op.

Omdat ze elkaar nog maar net hebben ontmoet, omdat ze niets gemeenschappelijks hebben behalve dat ze elkaars verhalen niet kennen, is het normaal om te vragen naar ouders, broers en zusters. Die van Goodman wonen allemaal bij elkaar in één huis in een onbedorven, schoon, klein, ver stadje, niet veel verschillend van Arkenhouts stadje, behalve dan dat de Nederlanders bij de duinen en de zee wonen. 'Mijn vader is huisarts,' zegt Arkenhout, alsof dat veel meer dan zomaar een beroep zou zijn. Goodman heeft een broer en een zuster, maar hij zegt dat ze 'ontzettend burgerlijk' zijn.

Arkenhout is nieuwsgierig naar alles. Hij verkent het motel eerst. Flamingo's voor de deur, de verf geblutst. Een oud appeltje van een vrouw, bruin en zacht, die op kantoor zit; ze heeft een pistool, net zichtbaar in een bureaula. Kamers als dozen. Geen vragen worden gesteld, of zelfs maar overwogen, als de creditcard eenmaal door het apparaat gaat.

Eén keer, 's nachts, denkt hij dat Goodman naar hem kijkt. Hij doet of hij slaapt.

De volgende ochtend is het smoorheet.

Arkenhout kan zijn lijst met vragen amper inhouden, en Goodman wil nu wel vertellen. Of in ieder geval een beetje opscheppen, de vreemdeling onderrichten.

Ze eten *grits* voor het ontbijt, met eieren. Arkenhout krijgt het weg. Goodman begint te lachen. 'Ik heb dit…' – hij vangt de kritische blik van de serveerster op – '… spul nog nooit gegeten.'

De buszittingen plakken aan blote dijen. Goodman legt New York uit als een boulevardblad en een reisgids. Arkenhout luistert, maar hij kijkt ook naar buiten naar het lichtspel van zon en warrige takken.

Goodman is plotseling ongeduldig. 'Dit is balen,' zegt hij. 'We zouden een auto moeten huren.'

'Ik heb geen rijbewijs,' zegt Arkenhout. 'Niet bij me.'

'Dan rijd ik,' zegt Goodman. 'Ze verhuren niet aan een buitenlandse tiener.' 'Teenage alien' is de term die hij gebruikte.

‘Best,’ zegt Arkenhout. Bij zichzelf zegt hij: ‘I Was A Teenage Alien.’ De klank ervan bevalt hem.

Hij heeft zijn gastgezin in Tampa gezegd welke bus hij zou nemen, maar een auto regelen klinkt zo ongeveer als hetzelfde plan, alleen met gelukkig wat meer rek erin. ‘Cool,’ zegt hij, als probeersel.

Bij de volgende grote halte laten de jongens de bus voor wat hij is en probeert Seth Goodman, jong pleiter, Hertz zover te krijgen dat ze hem een auto meegeven. Dat lukt niet bij twee knapen die zo maar wat door Florida scheuren. Maar de man achter de balie, die krankzinnig gespierd is voor een pennenlikker, vel dat amper de biceps kan omvatten, zegt dat ze verderop terecht kunnen en hij lacht als de twee blonde knapen wegkuieren.

‘Verderop’ is het plaatselijke bejaardentehuis voor auto’s. Het tarief is hoog, de auto een verschoten Ford Taurus, maar de creditcard lost alles op.

Ze zwieren de stad uit, de highway op. Het saaie, banale gedoe van moeizaam reizen is veranderd in een avontuur: radio aan, rijwind, open weg, een gevoel van kansen. Ze zingen het uit. In de verte davert het weer als oude rock-’n-roll.

Maar de weg wordt geen verhaal. Hij glijdt alleen als een uurwerk onder hen door.

Ze beginnen uit te kijken naar een verzetje. Een bruine, gipsen alligator, zwaar hurkend voor de stevigheid, rijst op uit het gras. Een bord belooft een wereldwonder: vijf dollar per persoon.

Het kantoor is behangen met cobrahuiden, staat er op een bord. Buiten, achter het kantoortje, is een levende cobra die wiegt op het gesnerp van een kam met een vloeitje, en wasberen in kooien, met slimme handjes.

‘Deze jungle heb ik eerder gezien,’ zegt Seth met een blik op de iele struikjes. ‘In *Star Trek*.’

Arkenhout knikt. Die serie heeft hij gezien.

Onder het plankier, in de modderpoelen, verschuiven een paar geribbelde dingen. Een ervan scharniert open met grote tanden, gapend. Het ruikt er naar verwaarlozing, niet zoals thuis, voor geen van beide jongens.

‘Ze vreten je aan tot je mama je niet meer kent,’ zegt een man in overall behulpzaam. ‘Willen jullie ze voeren?’

Goodman probeert een voederkreet die hij ooit heeft gehoord van een weerman op tv. Niets reageert. Hij pakt een emmer met stukken kip, een en al glanzend vlees, zwart bloed, doorgezaagde botjes, en rammelt ermee. Hij keert de emmer om boven de modder. Een flits en warreling en het vlees is weg.

'Je mama zou je niet meer kennen,' zegt de man in de overall. Hij krijgt nooit genoeg van die opmerking.

De jongens zijn aan het volgende toe. Maar de auto wil niet starten.

'Ik snap niet hoe de accu leeg kan zijn,' zegt Arkenhout.

Goodman zegt: 'We doen ze een proces aan.' Dat heeft hij zijn vader horen zeggen.

Ze duwen de auto van het hete asfalt van het voorterrein de weg op. Hij sputtert, de motor slaat aan en geeft het weer op. Goodman haalt de auto van de handrem, opent de voorportieren, en de jongens proberen hard te lopen met het gewicht van de auto tegen hun schouders. Nu komt de motor heftig protesterend tot leven.

'Het is een heel eind naar een garage,' zegt Goodman.

'Misschien kunnen ze ons bij de alligatorfarm helpen.' Maar het hok is op slot en niemand doet open.

Goodman rijdt als een ouwe tante. Hij haalt de hoofdweg niet eens. De auto begeeft het net uit het zicht van de highway en uit het zicht van de mannen die de alligators verzorgen, in een ondiepe kom in het land, tussen bomen.

Daar zit Goodman. Hij trommelt met zijn vingers op het stuur. Plotseling ziet hij er niet meer uit als een vorst; hij ziet eruit als een jongen. Arkenhout voelt zich opeens ouder.

De hitte rust op de huid en geluiden sijpelen door de ramen: dingen die bewegen, slangen en alligators, in de slootjes en het moeras. In het vlakke Florida horen geen verdwijnkuilen te zijn, vindt Goodman en hij wil hier zo snel mogelijk weg.

'Shit,' zegt hij. 'De auto staat op mijn vaders kaart. We kunnen hem niet laten staan. En we kunnen nergens bellen en we zitten hier in...'

'Ik loop wel naar de highway.'

'Er stopt niemand voor je. Ze denken dat je staat te liften.'

Arkenhout zegt: 'In Holland stoppen ze wel voor je. Tenminste, dat denk ik.'

Ze horen auto's onzichtbaar op de highway voorbij zoeven. Ze horen de kleine, voorzichtige kriskrasbewegingen in de bosjes, en één plons.

Goodman is de auto uit en hij rent bijna, zon of geen zon. Hij loopt snel om uit de situatie weg te komen, zodat hij al die natuur om zich heen, die aan de rand van zijn blikveld knabbelt, kan veranderen in een ongevaarlijk fries, een volgshot in een film.

Arkenhout zegt: 'Ik ga met je mee.' Iets anders kan hij niet doen.

Maar Goodman is op de vlucht, dat is duidelijk.

Arkenhout staat in de schaduw van een boom langs de weg. Hij ziet Goodman zwaaien, doen of hij lift, zijn hand opsteken alsof hij een bus of een taxi wil aanhouden. Hij is een verdachte jongen, bezweet, met niets bij zich, ver van de bewoonde wereld. Hij schijnt zelfs niet eens een auto te hebben. Het is het beste als Arkenhout uit het zicht staat zodat de bestuurders niet weten dat ze met hun tweeën zijn.

Sommige kerels staren voor zich uit en geven toevallig een dot gas. Anderen kijken afkeurend, alsof ze wilden dat ze de moed hadden om te stoppen en een stevige preek af te steken. Twee stoppelige mannen in een pick-up truck met een open bak zwenken naar waar Goodman op de weg staat te dansen, en zwenken op het laatste moment terug. Hij voelt een hete, metalige wind.

Arkenhout kijkt. Hij geniet van de hitte, het uitzonderlijke, het gevoel van verdwaald zijn: het betekent dat er van alles mogelijk is. Hij glipt even uit het zicht om te piesen.

Hij hoort niets op de weg. En dan: 'Hé!' schreeuwt Goodman, 'hé!'

Arkenhout knoopt zijn gulp dicht. Vanuit de greppel hoort hij een zacht dreunend geluid, een auto die even afwijkt van zijn gladde vaart, dan de auto die doorgaat, maar sneller. Goodman schreeuwt niet meer.

Arkenhout vond het prettig Goodman te kunnen horen. De stilte maakt hem angstig. Met grote passen komt hij de greppel uit.

Hij kijkt de weg af. Een schroeispoor leidt naar Goodman, een pijl van zwart rubber. Goodman ligt daar, één oog dicht en blauw, één oog starend open. Zijn mond is bloederig, schuimt een beetje. Zijn benen zijn gebroken en gekneusd, bot en pees steken door de blote huid. Het is alsof iemand witheet van woede was dat hij op dit moment op deze weg durfde te staan; kwaad dat mensen zoals hij überhaupt bestonden.

De weg is stil. De kleine, iele beweginkjes tussen de struiken worden puur door het gewicht van de zon in bedwang gehouden.

Arkenhout voelt in zijn eigen zakken en haalt er geld, paspoort, briefkaarten voor zijn ouders uit. Hij voelt zich prima. Prima, zegt hij tegen zichzelf. Hij is volwassen, dus de krampen in zijn maag, de smaak van eieren en oude cola achter in zijn mond kunnen er niet zijn.

Hij wil niet van dichterbij kijken, maar hij gelooft dat Seths oog, het open oog, een beetje beweegt. Misschien is het een of andere mechanische reactie in een dood lichaam, als stroom door een laboratoriumkikker. Misschien leeft hij nog.

Arkenhout probeert zich dingen te herinneren die hij op de padvinderij heeft geleerd: verbandleer, verplaatsen van gewonden, hartmassage. Een lichaam dat zo kapot en gebroken is als Seth verplaats je niet. Maar het lichaam ligt daar op het asfalt en er zal zo wel weer een auto aankomen. Arkenhout voelt zich verplicht. Hij schiet naar voren en sjort Goodman terug naar het schrale gras langs de weg. Hij doet alsof Goodman een vreemde is en gaat zijn zakken na: geld, creditcard, identiteitsbewijs. Arkenhout heeft een Timex, nepgoud. Goodman heeft een Zwitsers legerhorloge.

Hij voelt dat hij in een roerloze, koude staat verkeert waarin het denken bijzonder helder is. Hij weet dat dit niet goed kan zijn. Hij is hier met een jongen die hij niet kent. Hij is een buitenlander en de mensen hier houden niet van buitenlanders, zelfs Seth Goodman niet. Hij heeft de films gezien, en de tv. Hij raakt in paniek.

Agenten snappen niet wat er in het leven wordt geïmproviseerd. Een agent zal denken dat de bus nemen, de auto huren, onverbiddelijk leidt tot dit kapotte lichaam in een berm.

Een buitenlander en een honderd procent Amerikaanse jongen, en de honderd procent Amerikaan is dood. Of stervende.

Hij luistert. In geen van beide richtingen is er motorgeluid te horen. Hij legt zijn hoofd op Seths hart, dat maar doorvecht.

Verder moet hij rekening houden met dokter en mevrouw Arkenhout. Die zouden het verschrikkelijk vinden als hun zoon zoiets opzienbarends overkwam. Ze zouden hem misschien zelfs naar huis halen, en hij zou er niet meer tegen kunnen terug te gaan naar alle loze welgemanierdheid.

Hij pakt een zware, hoekige steen en slaat ermee op Seths hoofd, twee keer, en gooit de steen daarna in de sloot. Dit is genade, want om hulp vragen is onmogelijk, laat staan die hierheen krijgen. Hij houdt het hoofd even vast, bekijkt het met onpersoonlijke blik. De tanden zitten los, ziet hij. Het gezicht is zo toegetakeld dat het bijna van iedere jongen van dezelfde leeftijd, bouw en huidskleur zou kunnen zijn.

Er komt een vrachtwagen voorbij, een hoog, verchroomd gevaarte op vierentwintig wielen. Even denkt Arkenhout dat de vrachtwagen zal stoppen, maar hij davert verder. Hij vraagt zich af hoe lang het duurt om zo'n monster tot stilstand te brengen.

Hij pakt Goodmans hand. De nagels zijn niet afgebeten. Hij bijt ze af.

Vijf, zes kilometer verderop langs de snelweg, die eerst zo recht leek en nu buigt en zindert, is hij uitgedroogd en bijna buiten adem. Niemand verplaatst zich, niemand rijdt langs. Hij heeft de hele klotewereld voor zich alleen.

De hemel achter hem rommelt en wordt zwart.

Hij heeft twee stel papieren in het jasje dat aan zijn linkerhand hangt. Hij heeft Martin Arkenhout, die een jongen is en een bezoeker. Hij heeft Seth Goodman, die al studeert en kan doen wat hij wil. Hij heeft blond haar, de juiste lengte. Makkelijk. Het horloge aan zijn linkerpols is nu een Zwitsers legerhorloge.

Hij zou beter Seth Goodman kunnen zijn dan Seth Goodman ooit zou kunnen. Hij kan Seth Goodman maken tot wie hij zich maar kan voorstellen.

Daar is een wegrestaurant, eindelijk: een gelige veeg van baksteen tussen naaldbomen. Hij zegt dat er een ongeluk is gebeurd, vraagt of hij kan bellen.

Een serveerster geeft hem koffie hoewel hij water vraagt en wijst hem de telefoon. Hij ziet dat de serveerster hartelijk wil doen, dat ze de jongen wil bemoederen en geloven. Dat is aangeboren. Maar ze heeft ervaring dus wil ze ook bewijzen van zijn verhaal.

'Student,' zegt ze.

'Ja,' zegt hij, 'mevrouw.'

Ze straalt, zo dichtbij dat hij het metalige van oude koffie in haar adem ruikt.

Maar het lachje is voor de andere klanten. Aan Arkenhout vraagt ze, zachtjes: 'En waar is die stomme auto van jullie dan? Nou, waar?'

'We hadden pech,' zegt hij, 'bij de alligatorfarm. We hebben op de snelweg geprobeerd of iemand wilde stoppen.'

Het is allemaal waar, maar toch snuift ze.

'Het was een Nederlander,' zegt Arkenhout. 'Hij dacht dat ze wel voor ons zouden stoppen.'

'Buitenlanders. Wat moest je met een buitenlandse jongen?'

'Gewoon, reizen.'

Ze laat haar blik even rondgaan, brengt een salade naar een deegachtig echtpaar bij het raam, nog een koffie naar een broodmagere zwarte nicht, een bord vlees en friet naar een middelbaar echtpaar in Schotse ruit.

'Een ramp, zo te horen,' zegt ze.

Hij heeft nooit eerder gegokt, maar als hij dat wel had gedaan, zou hij zijn felle concentratie op één enkele kans hebben herkend.

Hij ziet hoe de regen in klodders omlaag komt, regen met de kracht van hamers die op de weg inhakken en de berm schoonschrobben. Heel even doet hagel de lucht ratelen.

Hij kan niet eten, hoewel de serveerster zegt dat hij moet eten.

Hij weet wanneer de zon terug is door alle schittering die overal op de grond ligt.

Hij staat op het politiebureau met de telefoon in zijn hand. Hij is er absoluut niet zeker van dat het zal lukken.

'Je klinkt anders,' zegt deze vrouwenstem aan de andere kant. Het is Mrs Goodman, moeder.

'Ik heb gedaan wat ik kon,' zegt hij. Zeg zo weinig mogelijk. Doe Seths eigenaardig vlakke uitspraak na met je slimme mond.

'Dat moet een schok zijn, lieverd,' zegt ze. Dan is het alsof ze zich herinnert dat de jongen geen lieve woordjes meer verdraagt. 'Seth, bedoel ik. Ze zullen het lichaam wel vinden als de storm voorbij is, al die regen. Ik weet dat je hebt gedaan wat je kon.'

Arkenhout wordt duizelig nu hij langs alle implicaties valt van wat ze zegt: dat hij zal worden gevonden.

'Kom naar huis. We vangen je wel op,' zegt de vrouw. 'Tot je jezelf weer bent.'

Hij hoort de vader op de achtergrond blaffen en hoesten. Hij denkt dat hij iets zou moeten zeggen, maar hij vermoedt dat de stilte zijn geloofwaardigheid alleen maar vergroot.

'De smerissen...' begint hij, aarzelend.

'De politie, Seth. Politie.'

'De politie zegt dat een lichaam soms wordt verplaatst. Er zitten daar alligators. Ik heb hem in de berm gelegd, want ik kon hem niet zomaar op de weg laten liggen.'

'De gedachte is ondraaglijk,' zegt Mrs Goodman, en dat meent ze. 'Je kunt naar huis komen. Dat weet je. Als je wilt.'

Hij gokt: dat zij hoopt dat hij zich onmiddellijk en voor altijd naar huis spoedt, dat de echte Seth zich zou voordoen als een man en zou weigeren.

Ze zijn niet gewend aan het gescheiden zijn, dat voelt hij; dus doen ze hun uiterste best om het volgens de regels te doen.

Dat weet hij al, maar hij weet niet eens hoe Seth zijn moeder aanspreekt: mam, ma, moeder, bij haar voornaam, met een bijnaam, en of ze het merkt als hij haar helemaal niets noemt. Dan schiet het hem te binnen dat ze verwacht dat hij een heel klein beetje niet als zichzelf klinkt.

'Ik ga liever door naar New York,' zegt Arkenhout. 'Ik wil aan de slag.'

Mrs Goodman ademt hoorbaar. Dan is het stil, even wat gepraat en Mrs Goodman die in de telefoon zegt: 'We sturen je een ticket, Seth. Het ligt voor je klaar op het vliegveld. Het is toch wel goed met je? Je bent toch wel naar de dokter geweest?'

'Met mij gaat het goed.' Dus die lopen ook niet met hun gevoelens te koop; net als zijn eigen ouders denken ze dat ze gevoelens ergens kunnen parkeren tot ze nodig zijn, net als een auto. 'Ik bel jullie vanuit New York.'

Hij hangt op. Hij is zich er zeer van bewust, op zijn huid, dat er drie agenten naar hem staan te kijken.

Een oudere brigadier, zwart, neemt hem mee naar een verhoorkamertje.

'Zo, jongen,' zegt hij. 'Je moet weten dat we je vriend nog niet hebben gevonden.'

Arkenhout denkt dat ze vraagtekens bij zijn verhaal zetten. Hij trekt een neutraal gezicht.

'Er zijn remsporen, meer niet. De regen en de hagel hebben de bermen platgeslagen en er was geen lichaam te zien.'

Arkenhout zegt niets.

'Ik weet dat het moeilijk is. Je wilt...' en de agent komt met een term uit een talkshow aan, '... het afsluiten. Ik beloof je: als we hem vinden bel ik je. Dan neem ik gelijk contact met je op.'

Hij gaat languit op bed liggen, afgekoeld door de airconditioning. Hij is te vroeg voor de colleges: zijn kamergenoot komt pas over een week. Iedereen schijnt te weten dat er een ongeluk is geweest, dus is hij even een glamournieuwtje. Iedereen is ook erg aardig. Er wordt hem geestelijke bijstand aangeboden.

Maar hij denkt: het kan niet goed gaan. Ze vinden het lichaam. Je kunt een lichaam niet genoeg slopen om aan al die medische dossiers en tandheelkundige gegevens te ontkomen. Stel dat er een keer vingerafdrukken van Seth Goodman zijn genomen, of dat zijn blindedarm of zijn verstandskiezen eruit zijn gehaald? Hij had een inventaris van Seths lichaam moeten maken toen hij nog leefde.

Of: als ze het lichaam vinden en naar Nederland sturen, stel dan dat zijn ouders zeggen dat hij het niet is? De mogelijkheden rollen als zweet over zijn huid.

Pas als het telefoontje uit Florida komt – jongen gevonden, erg toegetakeld en geblutst, belangrijkste verwondingen mogelijk toegebracht door aanrijding en de andere door het gezeul en geknaag van alligators, alles aangevreten door weken in warm, vaak stilstaand water; enkele kneuzingen mogelijk veroorzaakt doordat het hoofd door de stroom tegen een sluiswand is geslagen; het lichaam gefotografeerd, gerubriceerd, geïdentificeerd als dat van Martin Arkenhout omdat dat de naam was die het behoorde te hebben, vervolgens verbrand in een multiplex kist omdat het stoffelijk overschot te smerig was om de treurende ouders deelgenoot van te maken, en de as opgestuurd naar Nederland – ziet Arkenhout niet langer de vriendelijke zwarte agent uit Florida op wacht aan zijn bed. Hij stompt de lucht, één keer. Hij heeft zich van een huid ontdaan. Hij kan een nieuw leven aannemen, mensen leren kennen die hij niet hoort te kennen, zichzelf uitvinden. Op dat moment, met Fifth Avenue glanzend van het stof in de lucht op een genadeloze zomerdag, ziet hij de stad.

En een tijdlang is hij gezegend: zonder angst omdat hij niet goed weet waar hij angst voor zou moeten hebben.

Hij speelt Seth Goodman, student, precies zoals het moet. Hij slaat om middernacht studieboeken open, met een zaklampje aan zijn bureau, en gaat tegen openingstijd naar de grote, gewelfde leegte van de bibliotheek en werkt zich vastberaden door de collegestof. Zijn kamergenoot is gelukkig met de rust. Arkenhout schrijft zich in voor fysische antropologie, al dat meten en interpreteren van botten.

Maar hij lummelt ook, precies de afgepaste hoeveelheid: onderuit in de zon op een bankje op Washington Square, met een heel stel de stad in voor een paar biertjes, op een tijdstip naar de sportzaal dat zijn kamergenoot er ook is zodat hij naar hem kan kijken. Er ontbreekt niets aan.

Mr en Mrs Goodman bellen. Maar hij is nooit op zijn kamer als ze bellen. 'Hij is vaak weg,' zegt zijn kamergenoot. 'Naar de bibliotheek.' De ouders willen weten of het goed met hem gaat, of hij wel werkt. 'Dat zit wel goed,' zegt zijn kamergenoot in de verwachting dat Goodman voor hem hetzelfde zou doen.

‘We wilden hem niet lastigvallen,’ zegt Goodmans moeder. Dat meent ze niet.

Arkenhout belt terug. Mrs Goodman zegt dat ze hem dolgraag in New York zouden komen opzoeken, maar Seth weet hoe zijn vader over de grote stad denkt. Arkenhout laat een wijs, kort ‘Hm, hm’ horen.

Omdat hij niemand kent, besluit hij dat hij dus iedereen kan kennen. Op de avonden dat het kunstseizoen wordt geopend, zwerft hij door SoHo, de galeries gaan open als soeks en de mensen spoelen naar buiten op een vloed van dunne witte wijn. Hij wordt aangesproken, uitgenodigd: hij is achttien, een voorkomende vrijwilliger. Van zijn bezoeken aan het Stedelijk Museum in Amsterdam kent hij nog genoeg namen – Haring, Nauman, Koons, dat soort namen – om enigszins op de hoogte te lijken. Hij valt de mensen niet lastig met de naam van zijn favoriet: Malevitsj. Hij is slim genoeg om te weten dat deze mensen niet van echte rustverstoorders houden.

Het meedrijven levert aanbiedingen op. Hij is bruikbaar, dus de galeries houden hem in de buurt als een meubelstuk. Hij heeft geholpen met het verplaatsen van glazen slakken, grappen op papier, pornografie in koper. Dat leidt tot feestjes; hij bemonstert een heel sociaal circuit. Hij is opgenomen in deze en gene groep, maar de mensen pikken hem eruit omdat hij een party-trucje heeft. Hij is blanco als iemand van zijn leeftijd, een surrogaatzoon, een mogelijke minnaar, iemand om te kneden, maar hij is vol aandacht. Hij heeft geen moeite met ego’s die hun verhalen kwijt moeten. Hij hongert naar de informatie die ze tussen de woorden door loslaten.

Tijdens de colleges is hij degene die geen domme vragen stelt, die weet dat niet de hele wereld een grasgroene voorstad is; dat heeft hij op school geleerd. In de sportzaal brengt hij er weinig van terecht, maar hij is behulpzaam. Hij maakt zijn eigen, onbespiede ronde langs de galeries, nu eens op West Broadway om te helpen bij het verplaatsen van kisten, dan weer rondslenterend in een of andere afgelegen ruimte in Chelsea zodat het lijkt of er publiek is. Zijn kamergenoot vindt een vriendin voor de middagen dat Goodman er toch nooit is.

Dan komt Thanksgiving.

Arkenhout is een Nederlander. Hij weet alles van Sinterklaas, van Kerstmis en misschien nieuwjaar. Hij weet niets van Thanksgiving, die eind-novemberse wegversperring in zijn leven. Dus is het een schok voor hem als Mr en Mrs Goodman laten weten dat ze hem het vliegticket zullen sturen om voor Thanksgiving mee naar huis te komen en hoe lang kan hij blijven.

Zijn kamergenoot zegt: 'Dat gezeik. Je moet je ouwelui duidelijk maken dat ze niet meer de baas over je zijn.'

Arkenhout ziet op de kalender achter Thanksgiving de kerst opdoemen gevolgd door een hele maand vakantie. Hij moet alibi's hebben.

'Ga jij naar huis?' vraagt hij aan zijn kamergenoot.

'O nee.'

Hij heeft nog zes weken voor het Thanksgiving is, misschien vier voordat hij moet bellen om precies vertellen wanneer hij komt; dat vermoedt hij tenminste.

Er komt een barst in zijn geluk.

Maar dan zit hij op een stralend mooie dag op West Broadway in het grote, witte kantoor achter in een galerie te niksen, als David Silver binnenloopt: een naam van museumspandoeken. Silver heeft een uitdrukkingsloos gezicht, alsof hij zijn gevoelens in krimpfolie heeft verpakt. De twee zien elkaar heel kort, maar heel duidelijk.

Silver begint te luid te praten. Hij heeft een nieuwe assistent nodig, zegt hij. Parttime, 's middags, voor Kerstmis, misschien voor de komende zomer.

Arkenhout zegt: 'Mr Silver.'

De twee staan als twee beeldschermen tegenover elkaar; het enige wat men te zien krijgt is wat zij projecteren.

'Wil jij dat baantje?' vraagt Silver.

Het huis van de kunstenaar is een herenhuis, achter schaduwbomen in een stille straat, met een binnenhof en een kaal glazen atelier waar het op wondere wijze nooit te heet of te licht is. Tussen de naalden en torens van de huizenblokken eromheen maakt het een hooghartige indruk.

Silver werkt op reusachtige, blinde doeken waarin, als een puzzel, een figuur verborgen is: de kritiek ziet er een soort leproos uit een altaarstuk in, een geest van dood of ziekte. Arkenhout denkt dat het de schilder zelf is, verstopt in zijn werk. Kort daarop zal een Canadese criticus in een sensationeel artikel in *Artforum* schrijven dat de verborgen figuur Seth Goodman is, en ontrafelen wat dat betekent voor het levensverhaal van David Silver. Silver zal, zoals gewoonlijk, weigeren uitleg te geven of zelfs maar te praten.

Er zijn nog drie assistenten. Arkenhout heeft heel snel door wat hij betekent: hij is niet ontvankelijk zoals de andere arrangementen van de grote kunstenaar – Jeff, Raoul, Henry – dus maakt hij het hele huishouden ondoorzichtiger. Maar hij doet er oneerlijk en gegeneerd over.

'Hij is toch homo?' zegt zijn kamergenoot.

'Geen idee.'

De kamergenoot kijkt sceptisch.

Arkenhout vermoedt iets anders gezien de boeken en beschrijvingen die hij heeft bestudeerd: dat Silver iets van zichzelf in Arkenhout ziet, het deel dat op dezelfde leeftijd uit Arizona naar de stad kwam omdat het nergens anders heen kon dan naar New York, het deel dat tactvol als een spiegel is.

'Ik ben gevraagd om voor David Silver te werken,' zegt Arkenhout tegen Mr en Mrs Goodman.

'O,' zegt zijn vader. 'Goed zeg. Als je maar tijd overhoudt voor je studie. Je moeder heeft me meegenomen naar die grote tentoonstelling van hem in Washington, één keertje.'

Arkenhout is opgelucht dat ze de naam kennen. Hij zegt: 'Het betekent wel dat ik met Thanksgiving niet thuis kan komen.'

'Dat zal een hele teleurstelling zijn voor je moeder,' zegt zijn vader.

Arkenhout is blij dat Silver net beroemdheid genoeg is om als excuus te dienen voor alles wat hij doet, dat de naam groot en verguld in de herinnering van Mr en Mrs Goodman staat. Ze sturen hem onmiddellijk per besteldienst een pompoentaart die gehavend arriveert. Er is ook een brief van zijn vader: Veel liefs, voorafgegaan door een onduidelijk verhaal over de grote stad en dat een jongen zijn ouders niet te veel zou moeten ontgroeien. Arkenhout weet dat het een bedelbrief is.

Half december is hij in het huis van Silver bezig met het kopiëren van een aantal artikelen die Silver beweert nooit te zullen lezen, wanneer Raoul hem de telefoon aanreikt.

'Je vader komt,' zegt zijn kamergenoot.

'Komt?'

'Hij rijdt nu op de New Jersey Turnpike.'

'Maar...'

'Hij moet naar een of andere conferentie in New Jersey en wil met je uit eten of zo. Hij is er over een uur. Of twee uur als de tunnels vol zitten.'

Arkenhout hangt op. Zijn blik ontmoet die van Silver. Hij heeft niet het recht om Silver lastig te vallen, maar hij heeft geen keus.

'Mijn kamergenoot zegt dat mijn vader er is.'

Silver zegt: 'Wil je naar hem toe?'

'Ja, hoor...'

'Ik wil wel met hem praten. Dan zeg ik dat je de stad uit bent om iets voor me te regelen. Dat je iets moest wegbrengen naar de National Gallery in Washington bijvoorbeeld.'

'Maar dan zal hij...'

Silver herinnert zich het ontlopen van een vader; hij ziet in Arkenhout zijn eigen leven. 'Er is genoeg te doen hier. Op het huis passen tijdens de vakantie. Dan verdien je wat voor de voorjaarsvakantie. Ik dacht niet dat je mee wilde naar de Cariben.'

Arkenhout slaapt die nacht in het atelier, op een futon op de grond, in een tuin van hoge beschilderde doeken.

Mr Goodman zit op Arkenhouts bed, in Arkenhouts kamer, en probeert de aanwezigheid van zijn zoon te voelen. Hij had hem niet moeten overvallen. Hij had überhaupt niet naar New York moeten komen. Die stad is voor hem een soort hiernamaals, een veranderde bestaansvorm.

Hij pakt een boek van de plank. Zijn ogen tranen. Hij telt de pennen in de koffiebeker, twee keer. Hij wil niet binnendringen in het privé-leven van de jongen door de laptop aan te zetten. Hij ziet kleren in een keurige wasserettestapel op een plank liggen en pakt het bovenste T-shirt. Hij houdt het voor zich op. Hij ruikt de prettige huiselijke lucht van zeep en kunstmatige frisheid.

De kamergenoot staat in de deuropening. 'Meneer...' zegt hij. 'Meneer, ik ben bang dat u niet kunt blijven.' Zijn vriendinnetje houdt zich op de achtergrond, tussen giechelen en boos worden in.

Mr Goodman ziet eruit of hij zijn gezicht in het T-shirt zou willen begraven. Maar hij staat langzaam op, zegt 'Dankjewel' met mechanische goede manieren en loopt zwaar de gang door.

De kerstkaart van Mr en Mrs Goodman laat 'Joy to the World' horen als je hem opendoet, en dat doet Arkenhout in het lege huis van David Silver.

Seth Goodman is een succes: een sociaal wezen in een wereld die Martin Arkenhout nooit had verwacht te zullen leren kennen, een wereld die niet bekrompen en vol eigendunk en bier lijkt zoals de Amsterdamse artiestenwereld uit de tijdschriften die hij vroeger las. Seth Goodman wil verder leven, als hij kan.

Mr en Mrs Goodman schrijven nu brieven. Ze bellen niet vaak meer. Dat heeft niet zoveel zin. De brieven zijn soms kort, en soms staat er te veel in over het leven in Jackson, Michigan, alsof ze Seth met details proberen terug te halen. Eerst zijn ze boos dat Seth hun zo weinig vertelt. Dan is het of ze bang worden dat ze hem wegduwen; ze schrijven over 'groeistuipen'.

Eén keer maar schrijven ze dat ze de toelage zullen inhouden als Seth niet een keer naar huis komt.

Arkenhout in de ondergrondse op weg naar Park Slope. Een zwarte vrouw, in een houding van treurige vermoeidheid, zit dwars op de bank, het gezicht gekreukeld. Kinderen in een parmantig zondags pak en een roze zondagse jurk die met glanzende gebedenboeken reizen, en een heel klein, mager, bleek Chinees mannetje met een tas vol windmolentjes.

Opeens heeft hij het: een goddelijke openbaring in de ondergrondse. De andere passagiers denken dat hij wakker wordt uit een drugsroes of slaap. Ze trekken zich van hem terug.

Hij kan niet gewoon Seth Goodman zijn. Dat is ook een val. Deze mensen uit Michigan willen een Seth Goodman zien, en binnenkort maken ze hun woorden waar en zullen ze vragen wat er met hun echte zoon is gebeurd.

Hij zou op bezoek gaan bij mensen die op Seventh Avenue boven een afhaalchinees wonen in een hol op de eerste verdieping van chocoladekleurig hout. In plaats daarvan gaat hij naar de Botanische Tuin en laat hij zich in het gras zakken onder de vroege seringen en loopt hij het parcours van zijn situatie keer op keer af.

Seth Goodman mag niet vermist raken, anders worden er vragen gesteld. Hij kan nooit meer terug naar Martin Arkenhout. Maar hij kan ook niet langer Seth Goodman zijn, dus moet hij iemand anders worden. In de krant heeft hij gelezen hoe makkelijk het is om iemands naam en banktegoed te stelen. Maar dat lijkt niet echt veilig. Een levend iemand merkt misschien wat er in zijn naam wordt gedaan. Hij heeft dus papieren nodig, maar hij heeft meer nodig dan papieren: hij heeft een leven nodig om in te wonen.

Hij kijkt naar de flanerende gezinnen: de Japanners op kluitjes, de brede schouders van de West-Indiërs, af en toe oude dametjes, met hun tweeën of drieën, een paar chassidische joden die zo verblind zijn door hun kinderen dat ze de bloemen amper zien. Zij zouden worden gemist, denkt hij, zelfs als ze een leven hadden dat de moeite van het nemen waard is.

Dat lijkt op dat moment geen ramp omdat hij druk bezig is met het uitwerken van de situatie. Niet Arkenhout zijn, niet Seth Goodman, hij is een en al concentratie. Hij kan de bresjes en verschuivinkjes in mensen peilen met zintuigen waarvan ze niet weten dat hij ze gebruikt: smaak, bijvoorbeeld, of reuk, als een kat, of een prikkende huid als bij koorts.

'Werk je voor David Silver?'

Hij is in de flat van een of andere fotograaf achter Tomkins Square, op een feestje ter ere van iemands vriendje, een werkloze curator van negerkunst. Er zijn daar veel forse vrouwen; ze behandelen de homo's als entertainment en de hetero's als kostbaarheden. Arkenhout komt nu naar dit soort gelegenheden met een enorme ernst. Hij voelt de pure doelmatigheid van zijn eigen lichaam, alsof hij voortdurend korte afstanden hardloopt.

'Ik zei: werk je voor David Silver?'

De man die de vraag stelt heeft een koepelvormig hoofd en een mager lichaam met onhandige gewrichten, wat jammer is want hij is ook jong en volhardend.

'Soms,' zegt Arkenhout.

De man is onder de indruk. Hij zou graag vragen hoe Silver werkelijk is, maar hij wil een man van de wereld lijken die Silver toch wel een keer zal leren kennen. Dus hij zegt: 'Ik zou zo graag een David Silver hebben.'

'Ze zijn te koop.'

'Dat betekent sjacheren. Je komt op een lijst. Ik heb laatst een cheque gestuurd en...'

Arkenhout rekent. Een tekening van Silver kost een half miljoen, een schilderij anderhalf; dat is een realiteit die je bij Silver thuis niet kunt negeren, die de marmeren gangen hun bedrijfsachtige rust geeft.

Hij vraag zich af hoe rijk-zijn is.

Trouwens, de man met het koepelhoofd zonder enige gratie kan niet ouder zijn dan – nou? – begin twintig. Het wordt tijd dat Arkenhout zijn leven vooruitspoelt, met gezwinde pas uit zijn studententijd het echte leven instapt. Hij werkt niet naar een kalme carrière toe. Hij wil misschien de wereld wel rond, en Seth Goodman heeft niet eens een paspoort.

'Iemand heeft me verteld dat je bij hem woont.'

'Met de kerstdagen. Hij was weg.'

'En dat met al die werken...'

Deze knaap moet relaties hebben, anders zat hij hier niet, maar hij is geen sociale magneet; hij dringt zich op aan pratende groepjes en schuifelt dan weer weg. Hij is niet knap, spits, of met iemand. Met zijn antropologische kennis van de kunstwereld leidt Arkenhout af: de man is hier omdat hij geld heeft.

'Die tentoonstelling in het Museum of Modern Art,' zegt hij, 'ik vond dat ze de plank nogal mis sloegen.'

Al heel snel blijkt het belangrijk te zijn dat Arkenhout niet probeert om weg te komen. Dan kan hij er een maaltijd uit slepen.

Ze eten in een Vietnamese tent in SoHo die een café van Edward Hopper had kunnen zijn afgezien van de papieren lampions en het groene licht in de bakken waar de vis in rondzwemt. De naam van de man is, zo weet Arkenhout nu, John Gaul.

Hij heeft een accent dat Arkenhout niet kent, vreemde, lange klinkers. Hij praat over het verzamelaar willen worden alsof het een loopbaan is, maar dat de galeriehouders hem om een of andere reden niet serieus nemen. Hij wil de mooie stukken, de grote stukken, maar ze noteren hem voor werk op papier, minder geslaagde tekeningen, schilderijen van mensen die niet op de omslag van *Artforum* komen. Hij overtuigt niet als koper, zoals hij ook niet overtuigt als mens.

Hij nodigt Arkenhout thuis uit voor een borrel, en het is nog vroeg, dus Arkenhout doet het. De portier zegt dat hij blij is dat hij Mr Gaul weer eens ziet en of hij lang blijft.

Arkenhout verwacht half en half een paar klauwen op zijn schouders te voelen, maar Gaul loopt alleen zeurend door het appartement op zoek naar de wijn. En Arkenhout kijkt met grote ogen: naar glazen wanden, opgeklopte banken, kamer na kamer, een hoekkast met damesachtig porselein, een paar oude olieverfschilderijen van een stralende herfst die zouden kunnen wijzen op smaak maar waarschijnlijk over waren in een familiehuis. De man is niet arm. Waar nog bijkomt dat hij loopt te klagen over stof in de hoeken, over de verwarming, alsof hij dit griezelig overdadig aangeklede koninkrijk van een appartement bijna nooit gebruikt.

'Ik ga naar de Bahama's,' zegt hij alsof het de zoveelste zorg in een zwaar bestaan is.

Arkenhout laat absoluut nooit merken dat hij onder de indruk is. Hij weet wel beter. Hij zorgt ervoor dat Gaul de inzet blijft verhogen.

'Mijn oom heeft me daar een huis nagelaten. Groot en roze, volgens mijn ouders. Ik ben er nooit geweest.'

'O ja?' Arkenhout heeft er hard aan gewerkt dat zijn 'O ja?' net zo leeg klinkt als dat van iedereen in New York.

'Het is onroerend goed. Onroerend goed moet je nalopen. Je weet maar nooit.'

'Ken je daar mensen?' vraagt Arkenhout.

'Je hebt het nog niet door, hè?' zegt Gaul. 'Je hoeft geen mensen te kennen. Je pikt ze onderweg op.' Hij begint boos te klinken.

Arkenhout zegt niets. Hij heeft er een hekel aan effectieve stiltes te vullen.

'Ik haat verveling,' zegt Gaul. De telefoon gaat en hij verdwijnt om hem te beantwoorden.

Een man die zich verveelt, altijd onderweg is en op het punt staat om ergens heen te gaan waar hij nog nooit is geweest. Veelbelovend, vindt Arkenhout. Gauls jasje hangt over de glanzende, gestreepte bank. Hij hoort diens stem twee kamers verderop.

Hij raakt het jasje niet aan. Hij staat voor het raam en kijkt naar de eilanden in de East River. Hij denkt erover het jasje aan te raken, de creditcards te bekijken, de handtekening zoals Gaul die zet. In het restaurant zag die eruit als een halve cirkel voor de 'G' met de rest er als een dunne haar achteraan. Met creditcards kun je bijna alles kopen, met bankpassen kun je overal ter wereld geld trekken.

Er ligt een afrekening van een creditcard op een wandtafel, weggestoken in een boek. Arkenhout denkt niet, hij handelt instinctmatig, stopt haar in zijn zak. Hij heeft nu een stukje Gaul. Misschien ook wel informatie.

Gaul praat niet meer. Hij staat in de deuropening. Hij weet dat er iets is gebeurd. Hij ziet tevredenheid op Arkenhouts gezicht, meer niet. Maar Arkenhout doet niet steels, verbergt niets. Bovendien is hij niet zomaar een scharrelaar. Hij is de assistent van David Silver, een knaap met entree. John Gaul wil echt helemaal niets zeggen.

'De portier regelt wel een taxi voor je,' zegt hij, koel.

De middag daarop is Arkenhout in het huis van David Silver, waar hij doeken vanuit de koele hal naar het felle zomerse licht van het atelier sleept. Jeff en Raoul helpen niet. Omdat Silver elk ogenblik terug kan zijn van een snoepreisje naar Duitsland, brengen ze de laatste uurtjes, die vrij voelen, spelend door.

Ze hebben hun paspoorten gepakt; een tekening van Bugs Bunny met zijn mond vol, niet met peen, en het kopieerapparaat uit Silvers klinisch witte kantoor. Ze hebben lijm, heel fijne snijmesjes en een klein plastificeerapparaat. Ze hebben Bugs verkleind tot postzegelformaat, een perfecte kleurenminiatuur, en ze hebben pagina na pagina van zijn paspoort gemaakt, die met zijn geboortedatum, geboortestaat, en dat alles op prachtig gewatermerkt papier.

'Je kunt het plastic van de bladzijde halen,' zegt Raoul. 'De foto ligt wat hoger, dus dat is geen probleem. Als je het ding een paar keer hebt gebruikt, ziet het er toch als oud papier uit. En dan zet je het plastic, de bladzijde en het omslag weer keurig in elkaar.'

'Juist,' zegt Jeff. 'Meer hoeven we niet te doen.'

'Kwestie van techniek. Dat leer je op de academie.'

Arkenhout kijkt oplettend toe.

'Daarmee kun je iemands reis verpesten,' zegt hij.

Raoul en Jeff zijn het er nog niet over eens waar Bugs Bunny is geboren: Burbank of Brooklyn.

'Ik word steeds lastiggevallen door een of andere kerel,' zegt Arkenhout. 'Als we zijn paspoort nou eens onder handen nemen...'

Raoul en Jeff kijken op, geïnteresseerd. Ze zijn dol op dingen die discretie vereisen.

'Neem zijn paspoort mee als je hem ziet,' zegt Jeff. 'Dat moet lukken.'

Raoul pakt het plastificeerapparaat, het keurig gesneden rechthoekige plastic, de foto van de op heterdaad betrapte Bugs Bunny en de verzonnen persoonlijke gegevens. Hij brengt alle elementen bij elkaar en laat Arkenhout even later het resultaat zien.

'De letters kloppen niet,' zegt hij, 'waar "geboorteplaats" staat.'

Raoul zegt: 'Dan verander je die dingen niet. Verwissel de foto, alleen de foto, zonder dat hij het merkt, en de volgende keer dat hij het land uit wil, is hij Bugs Bunny en pakken ze hem op.'

Die middag loopt Arkenhout over de vleesmarkt naar beneden naar de Hudson. Hij ziet oude loodsen die zijn uitgehold door verwaarlozing, allang zonder ramen, met brandnetels in diepe kelders. Niemand kijkt ernaar om. Niemand komt er controleren.

John Gaul loopt onrustig door zijn appartement. Na de lunch heeft hij het zelfs eventjes te kwaad. Hij wil deze kans om in contact te komen met David Silver niet missen. Hij is achterdochtig en hij haat het om al die achterdocht onverklaard te laten. Allemaal duidelijke redenen om Arkenhout te bellen. Maar hij vertrouwt Arkenhout niet. Die heel enkele keer dat iemand zich in zijn leven binnendringt, wil hij de indringer graag zelf kiezen.

Toch belt hij.

Arkenhout belt om zeven uur terug, en hij wil wel mee uit eten. Hij gaat naar een ijzerwinkel op Sixth Avenue. Hij heeft een stanleymes nodig, maar dat verkopen ze hem niet omdat er om de hoek een school is. Dit lijkt niet logisch voor een verstandige Hollandse jongen. Hij heeft zijn kamer voor zich alleen. Hij haalt papier uit de printer en oefent zijn eigen handtekening, zijn handtekening als Seth Goodman. Hij wil zien hoe groot de variatie is die men nog accepteert.

Hij komt de afgesproken bar in onder een paarse rugzak, iets wat Gaul irriteert: daardoor ziet de jongen eruit als een student, niet als een man die David Silver kent. Beide mannen nemen een biertje.

Gaul zegt dat het huis op de Bahama's vast en zeker een flop is. Met een week is hij weer terug. Arkenhout zegt dat hij het er misschien best fijn vindt, er misschien blijft. Gaul zegt: 'Dat zou ik kunnen doen, ja. Ik kan overal wel blijven.' Arkenhout negeert het zelfbeklag in de stem; hij noteert voor zichzelf 'afwezigheid van plannen, onbegrensde mogelijkheden'.

'Ik wilde alleen wat weten,' zegt Gaul. En uitdagend erachteraan: 'Silver heeft toch een huis in de Cariben? Dat heb ik ooit gelezen.'

'Ik ben nooit naar het huis in de Cariben geweest,' zegt Arkenhout. 'Ik speelde alleen maar voor huisbewaarder.'

Gaul vindt het te vroeg om al te gaan eten, maar hij wil ergens anders heen. Arkenhout volgt. Gaul neemt nog meer pilsjes, daarna gin en daarna een glas rode wijn. Arkenhout niet. Gaul heeft kennelijk de hoop opgegeven om indruk op Arkenhout te maken en hij is zich aan het bezatten voor een rechtstreekser aanval.

Ze nemen een taxi naar SoHo en worden weggestopt in een hoek van een grauw restaurant dat beweert Provençaals te zijn. Gaul is zo correct dat hij als een opwindfiguur aan tafel zit. Arkenhout eet, meer niet. Na afloop van de maaltijd drinkt Gaul koffie en nog meer koffie. Als hij opstaat is hij nauwgezet dronken, een man die zich nog net het programma voor opstaan, lopen, omdraaien herinnert.

Arkenhout houdt een taxi aan.

'Ik wil geen taxi,' zegt Gaul.

Arkenhout geeft hem een zet onder in zijn rug en hij duikelt de taxi in. Daar gaat Gaul zitten, niet zeker genoeg van een en ander om te klagen.

Arkenhout denkt dat hij kan doden, vermoedelijk wel. De grenzen zijn verzwakt toen hij een steen op Seth Goodmans hoofd liet neerkomen.

Bovendien wordt het Seth Goodmans misdaad, en hij is dan Seth Goodman niet meer.

De taxichauffeur wisselt voortdurend krijsend van rijbaan alsof hij Gaul nuchter wil schudden.

Het probleem, denkt Arkenhout, terwijl Gaul denkt dat iemand aardig voor hem is, is het lijk. Hij zou wel erg veel geluk hebben als de politie de lijken weer door elkaar haalde zoals ze in Florida hebben gedaan, en bovendien is Gaul een stuk ouder dan Seth en hij heeft meer gelegenheid gehad om tanden en botten te breken op een manier die is vastgelegd. Het lichaam moet dus een hele tijd zoek zijn.

De portier komt niet overeind achter zijn tafel als Gaul binnenzeilt, dus Gaul wil zijn naam, zijn excuses. De man ruikt de drank dus hij begrijpt het wel.

De portier merkt Arkenhout nauwelijks op.

In het appartement gooit Gaul zijn jasje uit en gaat opeens op zijn gestreepte, glanzende bank zitten, en maakt een beetje slagzij naar links.

Arkenhout hoeft niet eens sympathie voor de man te voelen. Er is geen man die sympathie oproept, alleen een paar willekeurige werkzame elementen zonder een greintje doel of leven.

Gaul snurkt nu, nog steeds verbazend star, met de donkere East River achter zijn stompzinnige hoofd.

Het enige wat Arkenhout nu moet hebben, is informatie. Hij maakt zijn rugzak open en trekt rubberhandschoenen aan.

Hij neemt Gauls jasje mee naar de gang voor het geval Gaul opeens mocht bijkomen, en controleert de creditcards en de bankpassen. De handtekening is doodeenvoudig en bovendien zet iedereen zijn handtekening met subtiele afwijkingen. Bijna niemand controleert met het oog van een grafoloog.

Mooi. Hij heeft toegang tot het geld, maar is de geldstroom constant? Gaul schijnt te denken dat hij overal naartoe kan reizen; heel goed. Hij schijnt vaak in een opwelling op reis te gaan. Maar misschien is dat de indruk die hij graag wil wekken. Met al dat gereis kan hij niet rustig wachten tot hij de afrekeningen van zijn creditcards op een vast adres binnenkrijgt; er moet iemand zijn die die dingen voor hem regelt.

Er staat een cilinderbureau in een zijkamer, dicht maar niet op slot. Arkenhout opent het, hoort het mechanisme vastlopen, luistert ingespannen naar Gaul die verderop snurkt en puft. Arkenhout haalt papieren tevoorschijn, brieven met lange rijen namen op de enveloppen, een paspoort. Naast het paspoort ligt een vliegticket, Delta Airways, retourtje Nassau, vertrekdatum over twee dagen en de terugvlucht open. Dus Gaul gaat wel maar weet niet wanneer hij terug zal zijn.

Een brief van een advocatenkantoor is met een elastiekje aan het ticket vastgemaakt. Gaul moet 'zich introduceren' bij de makelaar, een of andere vrouw in Bay Street. Als hij zich moet 'introduceren' kennen ze hem daar niet. De advocaten hebben op Nassau een rekening voor hem geopend, zeggen ze. Het zou kunnen dat hij er een paar maanden wil blijven.

John Gaul niet. Hij zou het geduld niet hebben om mensen te blijven ontlopen. Maar Martin Arkenhout misschien wel.

Hij is nog altijd een jongen in een vreemd land. Hij weet niet zeker of hij het allemaal goed heeft geïnterpreteerd. Maar hij heeft het ticket, het geld, de creditcards, de mogelijkheden. En hij heeft een nieuw leven nodig. Waarom zou het er iets toe doen hoe lang dit leven duurt?

Voorzichtig doet hij het bureau dicht, maar het ticket en de brief van de advocaten houdt hij bij zich.

Hij gaat terug naar de kamer waar Gaul zit te slapen. De kwestie is nu: hoe dood je iemand, hoe laat je het lichaam verdwijnen?

Het is nog geen tijd.

Hij maakt koffie en gaat in de gang zitten. Er ligt een stapel dikke kunstboeken, catalogi en monografieën, maar die bieden niet genoeg afleiding. Hij kijkt rond of er ergens tijdschriften zijn. Hij moet het doen met een beduimelde paperback, een of andere Engelse whodunit die is stukgelezen.

Eén uur. Hij gaat naar het bureau, op zoek naar een briefopener. Hij vindt er een die verbazend scherp is. Er liggen rollen keukenpapier en grote, zwarte afvalzakken onder het aanrecht; hij bedient zichzelf en stopt ze in zijn rugzak.

Half twee. Gaul is naar rechts omgevallen, bovenlichaam, dij en kuit een zwarte zigzag.

Arkenhout herinnert zich dat de portier zei dat het fijn was dat Gaul terug was en 'hoe lang of hij bleef'. Na de datum op het Nassau-ticket verwacht niemand hier Gaul nog terug. Het zal niemand iets kunnen schelen, behalve om te voorkomen dat hij zou kunnen gaan klagen.

Twee uur. Arkenhout trekt de rubberhandschoenen uit, zet Gaul rechtop, kletst een koud washandje tegen zijn gezicht, wacht tot zijn ogen openkruipen, zich scherpstellen, dan zien.

'Ik heb de auto nodig,' zegt Arkenhout.

Gaul wil niet denken omdat dat het gevoelige evenwicht in zijn hoofd zou verstoren. Hij kijkt om zich heen naar zijn jasje, haalt de sleutels eruit.

'Kom,' zegt Arkenhout.

'Waar gaan we heen?'

'We gaan bij David Silver op bezoek. Het is een...' Hij kan het woord bijna niet zeggen zonder te grinniken, dus hij probeert het opnieuw. 'Het is een verrassing.'

Gaul doet pogingen om nuchter te worden, verwoede pogingen.

'Ik moet wat anders aan,' zegt hij.

'Dat is niet belangrijk.' Maar Gaul staat erop zijn tanden te poetsen.

'We hebben niet veel tijd,' zegt Arkenhout en drijft hem de deur uit. Er zijn nog twee appartementen op deze verdieping, eigendom van oud-geldrelicten zoals Gaul zegt, die niet zo vroeg aan de zwerf gaan, en ze zouden het niet wagen om door de dikke mist van hun slaappillen heen onverwachte geluiden te horen.

Als de lift komt, probeert de liftbediende op te houden met geeuwen.

'Ik haal de auto,' zegt Arkenhout. 'Wacht buiten op me.'

Gaul heeft elk grammetje concentratie nodig om zich voor te bereiden op het moment dat deze knaap hem als een kerstcadeau voorhoudt: een man te ontmoeten die niet te ontmoeten is. Hij knikt de liftbediende toe.

Op garageniveau gaan de liftdeuren met een klap dicht. Arkenhout haalt de sleutels tevoorschijn. Hij laat zijn oog gaan over de vlakte met chique of patserig witte of gestroomlijnde stadsauto's, zelfs een Jaguar die van een traditionalist van de oude garde is.

Verdomme, wat voor auto heeft Gaul? Dat hoort hij te weten, had hij moeten uitzoeken. Het was zo eenvoudig geweest om het hem te vragen. Maar ze zijn steeds met taxi's geweest, en bovendien had hij andere dingen om over na te denken, dingen die een toekomst vormden en niet alleen het eerstvolgende uur. Maar, zegt hij tegen zichzelf, je kunt alleen naar de toekomst via het eerstvolgende uur. Hij vindt dat hij klinkt als zijn vader op zijn prekerigst.

Hij bekijkt de sleutels. Het zijn twee stel, zonder kleurencode om ze uit elkaar te houden, en zonder gegraveerd kenteken.

'Meneer?'

Hij verwacht een nachtwaker, een soort officiële uitdaging. Hij draait zich snel om maar ziet alleen een man in een monteursoverall, de nacht-parkeerwacht.

Arkenhout zegt: 'De wagen van John Gaul,' met alle autoriteit die hij kan opbrengen. Wanneer de auto komt, weet hij niet of hij de monteur geld moet geven.

Hij pikt Gaul op aan de voorkant van het gebouw. Om de man heen de geur van een bar, zijn adem de karikaturale frisheid van pepermunt, zijn huid als eiwit op papier: hij is er niet best aan toe.

'Ik heb met hem afgesproken in de Meat Market.'

Gaul begrijpt het eerst niet. Hij denkt aan vleesmarkten in sociale, seksuele zin.

'Die waar ze vlees verkopen,' zegt Arkenhout.

Hij neemt Tenth Avenue zuidwaarts, een brede bedding met duisternis en bewegende rode achterlichten, en steekt door naar de rivier. Er zijn mensen op straat, natuurlijk; daar had hij op gerekend. Er is meer licht dan hij zich herinnert, de vleeshandel komt op gang, de nachthandel slentert op hoge hakken en in lurex weg.

Hij parkeert een paar straten verderop bij alle lichten vandaan. Hij wacht een tijdje. Er beweegt zich misschien iemand achter een afvalcontainer, er kan zo een rolluik omhoogratelen en een opslagruimte vol karkassen onthullen. Hij wil zekerheid.

De straat is niet bruikbaar. Hij zet de auto in zijn achteruit en rijdt de hoek om tot naast een van de uitgeholde gebouwen. Koplampen zwiepen aan het eind van de straat.

Gaul wil vragen wat er aan de hand is, maar hij weet al die tijd al dat het geen gewone ontmoeting zal worden.

Arkenhout haalt de rugzak tussen de stoelen vandaan.

Hij heeft toen hij jonger was wel thrillers gelezen. Hij heeft manieren om te doden verzameld: curieuze kennis over wanneer bloed rondvliegt, waar te steken en wanneer, hoe vergif werkt, informatie die duidelijk tot de wereld van de volwassenen behoorde en via Agatha Christie doorsijpelde naar een land van tienjarigen. Hij kan er nu niets mee beginnen.

Hij is zich er verschrikkelijk van bewust dat Gaul ademhaalt. Hij slaat hem één keer met kracht op zijn luchtpijp. Gauls hoofd knakt naar voren.

Arkenhout trekt een dikke, zwarte vuilniszak uit zijn rugzak, doet hem over Gauls hoofd en trekt hem naar beneden. Hij kneedt het hoofd in de zak tot hij de halsslagader heeft gevonden. Hij pakt de scherpe briefopener en steekt het metaal diep in het vlees van Gauls hals. Hij duwt Gaul naar voren, knijpt in het gat dat de briefopener heeft gemaakt.

Hij denkt: Gaul zou zijn auto niet meenemen naar de Bahama's. De auto zou gewoon in de garage blijven staan tot Gaul terugkomt, even veilig en verklaarbaar als van welke huurder ook.

Bovendien is Gauls bloed in Gauls auto makkelijk te verklaren.

Maar het bloed stroomt. Hij probeert het in te dammen met keukenpapier uit zijn rugzak. Hij schuift het lichaam door zodat het tegen het portier leunt. Hij blijft bij het bloed vandaan.

Het regent deze nacht niet, geen handige Florida-regen die de vragen wegspoelde die hij zou moeten beantwoorden.

Goed, zegt hij tot zichzelf. Nu moet hij zijn problemen oplossen. Nu moet hij een manier bedenken.

Maar hij gruwt van het lichaam in de leerachtige intimiteit van de auto. Het is onvoorspelbaar. Hij begint zich af te vragen of die vijf liter bloed echt allemaal door dat ene gaatje in zijn hals moet spuiten, of Gaul niet gewoon kan stikken in het zwarte plastic dat een afdruk van zijn hoge voorhoofd en smalle neus vormt.

Gauls benen schoppen.

Arkenhout stapt uit, opent het portier aan de passagierskant. Hij verwacht dat het lichaam op de stoep zal vallen. Hij verwacht half en half dat er in dat plastic gezicht ogen zullen opengaan en dat Gaul zich een weg door de donkere straat zal schoppen. Van achter de gesloten stalen deuren komt de geur van reuzel en bloed.

Hij sleurt de benen uit de auto en schuift ze in een cocon van zwart plastic. Hij trekt Gaul aan zijn middel helemaal uit de auto, reikt telkens omhoog om het lichaam zoveel mogelijk te bedekken. Dit is tenminste een straat waar bloed heel gewoon is.

Hij zet het lijk overeind tegen een muur onder een breed fabrieksraam waar geen glas in zit.

Hij kan niet meer terug, dus vindt hij de kracht om Gaul op de vensterbank te trekken en hem aan de andere kant te laten vallen, omlaag in een open kelder met trekstangen en onkruid en overal stukken ijzer. Het komt zo uit dat niemand hem ziet of vragen wil stellen of gelooft wat hij ziet.

Hij rijdt de auto naar de rivier bij West Street en loopt naar het gebouw terug. Als er iemand mocht kijken is John Gaul op weg naar een seksueel akkefietje waar niemand van mag weten.

Binnen in het lege gebouw is er maanlicht en het licht van de straatlantarens die tralies op de vloer maken en de zakken camoufleren. Arkenhout klimt langs de binnenmuur naar binnen, steen voor steen. Als hij eenmaal op de ongelijke bodem staat, is hij een joch met een rugzak.

Hij heeft een stanleymes in de rugzak. Hij doet rubber handschoenen aan en houdt een vuilniszak voor zich terwijl hij op John Gauls gezicht inhakt. Het bloed sijpelt. Hij snijdt de wangen weg, en de ogen. Even vraagt hij zich af of één oog soms open was, zoals Seth Goodmans oog op de weg.

Hij laat het hoofd weer vallen. Hij pakt een roestige buis en hamert de tanden eruit. Het vlees dempt het geluid. Hij duwt het lichaam onder een ijzeren balk en dekt het toe met een dikke laag oud hout en ijzer.

Hij hoort de ratten rondrennen. In een verhaal zou hij ze roepen om hem te helpen.

Hij stopt het keukenpapier, zwart en doorweekt nu, in de vuilniszakken en laat de vuilniszakken achter in een afvalcontainer. Het zou dwaas zijn om ze in de rivier te gooien, om iets te doen waardoor mensen zouden kijken wat erin zat; dit is een betere gok. De zakken zullen anoniem naar de vuilnisbelt gaan, het lichaam zal onvindbaar zijn en het kan jaren duren voor er iemand weet dat er een leven is gestolen.

John Gaul gaat naar de Bahama's. Zijn paspoort, creditcards en introductiebrieven gaan mee. Er is niets aan de hand in zijn appartement in New York – hoewel de huishoudster zich afvraagt waar hij al die vuilniszakken voor heeft gebruikt – en zijn auto staat keurig op zijn plaats. Niemand stelt vragen.

Raoul en Jeff vinden het een prachtgrap om Arkenhouts foto in Gauls paspoort te monteren: een tijdbom onder zijn positie die wacht op de eerste de beste immigratieambtenaar met een scherpe blik.

Arkenhout leest het paspoort terwijl Raoul en Jeff met de foto's spelen en er zijn paspoort van maken. Hij leest over tetanus- en bofinjecties, geen artikelen uit Cambodja, alle planten- en dierenziekten die via vlees uit het buitenland het land kunnen binnenkomen, dat verminken een paspoort ONGELDIG maakt. Voor een Europeaan is een Amerikaans paspoort een driedelige roman.

David Silver wil beslist alle tijd gebruiken waarvoor hij heeft betaald, alsof hij weet dat Arkenhout niet blijft. Arkenhout haalt toner voor een laserprinter, twee dozijn lelies, perziksorbet, een gerepareerde stoel.

Als hij klaar is, zegt hij: 'Ik ben bang dat ik niet meer kan terugkomen.'

De kunstenaar heeft een gesloten schildpaddenkop, en die verandert niet. Hij zegt niets.

Arkenhout wil in de stilte een uitleg gaan geven, maar hij houdt zich in.

Silver zegt: 'Ga goed na of je bent betaald.'

In Nassau wordt het hem allemaal duidelijk. Hij wordt volwassen. Hij is niet zomaar een schepping van de omstandigheden die de ambities van een ander leeft. Maar hij is ook niet alleen zijn misdaden. Hij kan alles uitproberen.

Hij geeft de makelaar de brief van de advocaten en krijgt de sleutels. Het huis heeft jaren leeggestaan, zegt de vrouw, en ze heeft zijn – John Gauls – oom nauwelijks gekend, maar alles is schoongemaakt en geschilderd en opgetut. Ze is blij er iemand te zien wonen.

Het is niet, zegt ze, het chicste deel van Nassau. Het is een privé-weggetje met een stuk of acht huizen, allemaal met zo'n halve hectare grond, allemaal in de kleur van kokosijs en sorbets. Wanneer hij vraagt naar de geschiedenis van het huis reageert ze nogal schichtig; later komt hij erachter dat er een keer een dronken dinner party is geweest en dat een stel roofovervallers de gasten negen uur lang heeft gegijzeld.

Op een dag staat het huis in witte termietenbloei, matrassen die overkoken van de larven. Arkenhout staat buiten verbijsterd te lachen; dan laat hij het de dienstmeisjes verder regelen en loopt naar beneden, naar het strand.

Er is een zone in het water waar het licht en de zee een flitsend soort glansstof worden. Boven de helderblauwe lucht. Beneden de zee, helder groen boven wit zand, met kleine, zilveren visjes als dolkjes. Arkenhout komt door de glinstering omhoog en gaat weer naar beneden, waar de soldatenvissen paraderen, doorbreekt de schittering van de zon, terug in de schittering van het water. Hij heeft vreugde gevonden.

Hij drinkt, gaat vissen. Zaterdags rijdt hij langs de politieopleidingsschool als ze de bewijzen van die week verbranden en een stoet mensen over het hek hangt, diep snuivend. Hij legt contact met de douairièrestand die de introducties regelt. Een van hen vertelt hem heel serieus dat het nummer van zijn gloednieuwe postbus 'zoveel over hemzelf zegt'. Hij breekt om het zo maar te zeggen enkele harten, een chique badplaatsjongen die blijft als de meisjes naar huis gaan.

Het huis is roze, met twee frangipanibomen, roze bloemen van was met de geur van zijn moeders badschuim, en de rode gloed van de flamboyanten en het vanille-mauve van de armeluisorchidee. Zelfs onweersbuien kunnen hem verrukken met hun inktzwarte luchten en woedende bliksemschichten.

Hij zeilt met nieuwe vrienden op zeeën die de belofte nakomen van die kleine, vierkante ansichtkaartprenten in de gezinsencyclopedie. Hij gaat Miami zien als een soort tropisch warenhuis waar je met het vliegtuig naartoe gaat. Maar hij gaat nooit. Hij is bijgelovig als het erop aankomt zijn paspoort in Amerika te testen.

's Morgens gaat hij soms bij de vissers zitten die op Potters' Cay hun handel verkopen vanuit een soort leefkooien, en vertelt de toeristen, die een blanke huid wel vertrouwen, wat ze voor hun kreeften en tandbaars moeten betalen. Zondags rijdt hij voor het gegrilde eten en de muziek naar het strand, naar de openluchtmaaltijden van de kerk met grote, zwarte dames in priesterkleding met bijbehorende witte boord; en 's avonds gaat hij uit eten. Hij wordt bijna de protégé van een vastgoedmagnaat die denkt dat hij het wel in de vingers heeft.

En hij kijkt. Hij kijkt naar vrienden die cocaïne van de schoorsteenmantel laten wegwaaien, hij kijkt naar oude dametjes en hun tamme rodekaterpriesters, die allen zorgvuldig vermijden om te praten over wat ze moeten weten: de drugshandel overal om hen heen, een beroemde moord en de gevolgen ervan, dat huwelijk met als enig probleem homoseksuele incest, die andere bij iedereen bekende regeling waarbij de man te kijk wordt gezet als hij geen vrijdagavondliefje heeft en bij vrienden op de bank slaapt zodat zijn vrouw niets te weten komt. Hij stelt een ziektebeeld samen van mensen die niet zijn waar ze thuishoren.

Ze stellen geen vragen, zo valt hem op. Als je blijft, verzinnen ze het leven dat zij willen; het verleden telt niet als het niet op de eilanden heeft plaatsgevonden.

John Gauls rekeningen en creditcards maken hem meer dan respectabel – degenen die de zomer op de eilanden moeten uitzitten zijn absoluut niet rijk – en doordat hij zeilt en vist heeft hij iets gemeen met een paar blanke Bahamanen. Zwarte Bahamanen zien hem als puur blank, wat voor zijn Nederlandse hart eerst een hele schok is. Hij ontdekt al snel dat hij het bankwezen, niet veel meer dan Engelse telexbedienden, stijf als de servetten op hun tafel, moet mijden, evenals de zwarte Bahamaanse advocaten die in augustus rondlopen in zwarte scheerwollen kostuums ten teken van hun trots, en die een macht hebben waar hij niets van begrijpt. Het kan zijn dat hij er nog eens een moet betalen, en dan is een relatie vroeg genoeg.

Hij maakt reizen, heel impulsief. Hij boekt alleen rechtstreekse vluchten, naar Londen, een keer naar Kingston, naar Frankfurt. Hij koopt de hele tijd boeken. Hij vereert plaatsen met zijn bezoek waarbij zijn terughoudendheid wordt uitgelegd als goede manieren omdat hij verder zo vlot in de omgang lijkt.

Hij is in Tunis, op bezoek. Hij wil de Romeinse ruïnes zien, de puinhopen van Carthago, dingen uit schoolboeken. Hij leunt op beelden die zijn overgebleven uit zijn schooltijd zodat hij een soort continuïteit in zijn verschillende levens kan handhaven. Hij mag niet vergeten dat hij moet vergeten wat Martin Arkenhout en Seth Goodman wisten.

Hij gaat naar het dorp van Gide. Niet dat hij iets van Gide af weet, behalve als lemma in een soort woordenboek in zijn hoofd: Frans, homo, oud. Het dorp is een krappe opeenstapeling van witte blokken. Er is een theebar, een grote, donkere ruimte. Aan de muur hangt één prent, als een icoon: een jongeman met ontbloot bovenlichaam, gespierd door werk, niet de sportschool, maar duidelijk poserend. De foto is van een afstandje genomen, niet de geforceerde intimiteit van pornografie, en de camera laat de man onverschillig, behalve dat de aanwezigheid ervan de enige mogelijke reden was om zich te ontkleden en te gaan staan met zijn gespannen spierbundels.

Arkenhout vraagt zich af: is dit de zoon des huizes, enige generaties geleden – de foto heeft iets tijdgebondens, jaren vijftig misschien – of is hij gemaakt door een vriend, een bewonderende oom, iemand door wie de man op het strand was opgepikt; waarom was hij aan de bar gegeven en waarom hangt hij als enige icoon aan de hoge, witte muren? Het lijkt niet over seks te gaan; op zijn minst was het een soort verlangen dat is gebaseerd op niet-aanraken. Het lichaam van de man wekt de indruk van een tot geacheveerde hoogte opgevoerde functionaliteit. Arkenhout vraagt zich af of het een soort aas is.

Hij vergeet de foto nooit meer. Het is een ideaal: man zijn, sterk, kalm, zwijgzaam tegenover juist de begeerte die je de moeite van het vastleggen waard maakt, je bezighouden met kracht die telt, en mooi zijn zonder erom te geven. Hij vergeet de details van de foto, ook al stuurt die hem in een paniekaanval van onzekerheid in Nassau naar een sportschool, maar hij blijft hem altijd bij als een vierkant op een grote, witte muur, groter dan een kiekje, kleiner dan 8 bij 10: aanwijzingen op een of andere manier.

Hij neemt uit Nassau twee herinneringen mee. Ten eerste Junkanoo-avond, door de donkere straten lopen terwijl er in oliedrums vuren kolken, het geluid van koebellen en trommels dat aarzelend begint, brutaal wordt, uiteindelijk furieus. Er was ook een zware orkaannacht in een dichtgetimmerd huis, toen de stormplaten van de ramen werden gerukt en hij naar de donkere tuin bleef kijken waar bomen worstelden en knapten in een zwak grijs licht. Hij had de auto voor de veiligheid midden op het grasveld gezet. De koplampen gingen, griezelig genoeg, aan.

Van de volgende moord herinnert hij zich niets meer.

Hij kiest nieuwe levens. Hij is een tijdje in Parijs als een uitgezonden Amerikaan, vindt aansluiting bij een kleine oude leeuw, een filmregisseur die eeuwig en altijd lof ontvangt maar nooit geld. Hij wordt een soort secretaris. Hij is erbij als een Franse filmster van ergens in de vijftig, ooit beroemd blond en nu wanhopig blond, tegen de regisseur zegt dat ze niet meer in de Middellandse Zee zwemt: 'On ne se baigne pas dans une mer juive.' Hij kijkt hoe de regisseur over de zaak heen stapt, want de regisseur is joods. Maar Arkenhouts morele zekerheden zijn te groot om het hem te kunnen vergeven. Als het geld echt helemaal op is en de regisseur zijn oude Citroën, een IDéal, verpandt om het verlies van zijn maagkanker te kunnen betalen, trekt Arkenhout verder.

Hij kijkt zelfs naar de levens die hij nooit zal stelen, verzamelt ze gewoon ter informatie: twee Guatemalteken in Rome die valse achttiendeeeuwse Heilige Harten maken voor de Florentijnse markt; een dichter die gedijt als hij wordt afgewezen door de vrouwen op wie hij valt en die wil dat Arkenhout ze hem afneemt; een sekte van devote oplichtsters die in Marbella aan het golfen is; het vlietende leven van een lijfwacht, toegerust met het gezag van degene die hij beschermt; het leven van parallelle mensen, van degenen die op vliegvelden niet ronddraven met hun gezin, die geen half kantoor met zich meezeulen, die niet zeuren over boekingen, die kunnen reizen wanneer ze maar willen, als ze zichzelf maar zover krijgen dat ze één bepaalde tijd en plaats willen. Het is niet het geld dat dit mogelijk maakt, hoewel ze geld natuurlijk nodig hebben. Het is een te weinig verankerd zijn in het doodgewone, vermorzelende ritme van het dagelijks leven.

Hij woont een tijdje in Brazilië, in Fortaleza waar het best leuk is om rijk te zijn maar de muskieten je toch steken, en daarna ver weg naar de weidegronden in het binnenland, de dagen uitzweten die ruiken naar het schuim op de werkpaarden. Hij denkt erover Australië te proberen, maar een visum schijnt te ingewikkeld te zijn. Hij rommelt een tijdje rond, zonder vaste woon- of verblijfplaats, maar hij merkt dat hij toch graag in een gemeenschap leeft waar men hem wel wil kennen, maar niet veel van hem af wil weten. Hij heeft soms genoeg van bier en bar. Hij zwerft een jaar rond in de marge van de filmwereld, maakt deel uit van entourages.

Enerzijds werkt het fantastisch. Hij vangt glimpen op van mensen die vastzitten in banen, steden, huwelijken, kredietwaardigheidsrapporten, en hij gnuift omdat híj alleen weet hoe hij zichzelf naar believen opnieuw kan uitvinden, kan doorgaan met het volgende stralende leven.

Anderzijds heeft hij een loopbaan als elke jonge beroepskracht, compleet met eisen en crises: zoals de noodzaak om verder te gaan. Hij moet proberen nog vlotter en doellozer te zijn.

Dan maakt hij een fout.

Het is 1996. Hij woont in Zwitserland, aan het grote meer bij Luzern, in een gehuurd boerderijtje op een helling van groenfluwelen almen. Hij vindt het leuk om voor inwoner te spelen in een stadje waar altijd veel toeristen doorheen komen. Niet voortdurend op zijn qui-vive heeft hij het gevoel dat hij met vakantie is: in de stilte, in de ochtendmist en de zon die vreemde koninkrijken van lucht maakt, in het geluid van de koebellen en het op vaste tijden langskomen van de stoomboten op het meer beneden. Hij verdiept zich in bergen. Het ontbreekt hem aan bezigheden, en hij zit er niet mee.

Zijn naam is, op dit moment, Paul Raven. Hij heeft weer een Amerikaans paspoort, opgehaald in Ravens kantoor in Los Angeles waar de man met geld liep te smijten om binnen te dringen in de filmwereld. Het was heel verstandig van Raven om een tijdje naar Zwitserland te gaan. Niemand die vragen zou stellen. Het was Arkenhouts idee geweest dat hij ergens moest onderduiken waar niemand hem kende.

Hij loopt soms hele dagen over de hoge paden, over de bergkammen, tot hij niet zeker meer weet of hij voldoende adem kan krijgen en genoeg wilskracht kan opbrengen om de laatste kilometer naar huis af te leggen. Hij zwemt in het meer, daar waar het water jadegroen is en niet schaduwzwart. Hij wordt 's morgens vroeg wakker.

Hij hoort op de deur bonzen.

Nu is zeven uur 's morgens op het Zwitserse platteland een redelijke tijd om bij iemand binnen te vallen. De buren hebben de koeien en de varkens verzorgd en hun eerste glas koffie met suiker en een glaasje zelfgemaakte perenschnaps gedronken.

Arkenhout loopt de houten trap af en doet open.

Er staan drie mannen in uniform.

‘Fremdenpolizei,’ zegt de langste.

Gedurende de tien jaar dat hij nu zwerft, is hij altijd langs uniformen geglipt, nooit op de verdachtenlijst van de grensbewakers gekomen, nooit het schoolvoorbeeld van een illegale immigrant geweest, solvabel en verstandig genoeg om geen vragen op te roepen.

‘Vreemdelingenpolitie,’ herhaalt de man. ‘Herr Raven?’

Even weet Arkenhout niet of hij moet knikken of ruzie moet maken.

‘U bent in overtreding in verband met uw visum voor Zwitserland,’ zegt de diender.

‘Ik dacht toch…’

‘Uw visum is gisteren verlopen.’

Arkenhout neemt het grote zwarte vlak van het meer in zich op, de laatste sneeuwsnippers op de bergtoppen, de geur van koffie in de adem van de man.

‘Dus…’ zegt de politieman.

Arkenhout probeert zich te herinneren wat het probleem is: of hij ergens een verkeerd nummer heeft opgegeven, of hij langer is gebleven dan mocht, of hij de indruk heeft gewekt werk te zoeken alleen maar omdat hem stom genoeg op een avond half en half een baantje werd aangeboden – dagtochten voor 60-plussers opfleuren – door een man die donders goed wist dat hij die baan niet kon vergeven. Maar in het geheugen spitten helpt niet.

Hij krijgt toestemming om zijn papieren bij elkaar te zoeken, en één koffer. De politie neemt de sleutels van het huis mee.

Hij zit in de trein naar Bazel, onopvallend geketend aan een van de smerissen. Een oude dame, in de eerste klasse, tornt de zoompjes van servetten los. Ze werpt geen enkele blik op de politie.

Op station Bazel, dat half Frans, half Zwitsers is, mag hij een kaartje kopen. Hij kiest Keulen. Hij weet dat er in Keulen geld is.

Hij wordt naar de trein begeleid, op de juiste plaats in de goede wagon gezet. De handboeien worden pas afgedaan als hij zit. De vreemdelingenpolitie houdt het eind van het perron in de gaten om zeker te weten dat hij het land verlaat.

En de trein glipt weg, Duitsland in.

Hij heeft nog nooit een fout gemaakt, niet zo een tenminste, geen fout die zo catastrofaal is dat hij is opgevallen. Hij moet het hebben van onopgemerkt blijven. Hij heeft geen enkele van de normale vormen van bescherming, de mogelijkheid om naar de Amerikaanse consul te jakkeren en bescherming te eisen, omdat de autoriteiten nooit enige bijzondere belangstelling voor zijn naam of doen en laten mogen krijgen. Deze behoefte aan privacy deelt hij met alle grote belastingontduikers die hij is tegengekomen: onzichtbaar als ze zich verplaatsen of vestigen of geld uitgeven.

Hij heeft nog bijna een hele dag voor de trein in Keulen aankomt. Hij heeft geen geld op zak. Hij heeft Paul Ravens creditcard natuurlijk, maar het probleem moet iets zijn met Raven waar hij niets van weet.

Toch loopt hij naar de restauratiewagen waar hij plakken kalfsfilet en noedels eet ter ere van zijn voormalige Zwitserse gastheren en betaalt met de creditcard.

Hij is nu niemand, niemand in het bijzonder, en zit in een rijdende trein, kijkt eerst naar bos, dan naar fabrieken, dan naar de Rijn. Hij kan niet vertrouwen op zijn naam. Hij is nog niet klaar voor het aannemen van een nieuwe naam. Hij telt de kastelen die midden in de rivier staan of op horrorfilmbergtoppen zijn geplakt. Als hij Ravens naam niet meer kan vertrouwen, moet hij geld verdienen, snel. Hij staart naar de witte zon achter de wolken. In Amsterdam zou het makkelijker zijn, denkt hij, voor één keertje zwak. Het feit dat hij Nederlands spreekt geeft hem recht op een plaats in de gemeenschap. Hij kent het klappen van de zweep daar.

De trein gaat van Keulen door naar Amsterdam. Niemand die hem zal kennen. Amsterdam was in zijn jeugd voor hem een ander land. En werk vindt hij vast en zeker.

Het kantoor, een kamer boven een bordeel, gloeit als het hellevuur als hij 's avonds aan de telefoon gaat zitten. Zes schooltafels en -stoelen, zes telefoons. Zes paaiende mannen.

'... vond dat u het eerder moest weten dan de rest...'

'... unieke kans. En ik zeg erbij dat we niet zomaar iedereen hiermee benaderen.'

Hij heeft een lijst met tandartsen, een lijst met gepensioneerden, allemaal sufferds die ernaar snakken te horen dat alleen zij zoiets slims, zoiets winstgevends gaan doen dat iedereen er versteld van zal staan. Hij zegt natuurlijk altijd dat hij niet te veel kan zeggen, en dat dat voor hen ook geldt.

'... deze goudmijn,' zegt hij, 'waar dertig jaar niet naar is omgekeken. Verbijsterend hoog gehalte. Natuurlijk had iedereen daar kunnen gaan boren, maar de enigen die hebben nagedacht...'

'... casino in Las Vegas. Ja, een casino in Las Vegas. Ja, medehoofdaandeelhouder. Ze zijn heel kieskeurig als 't om de financiering gaat.'

'... apparaat waar de wereld op zit te wachten. Antidiefstal. Anticorrosie. Antizwaartekracht. Antimaterie...' Hij brengt het allemaal heel zakelijk, probeert er geen lied van te maken, probeert het vlak te houden alsof hij zijn eigen opwinding nauwelijks kan onderdrukken.

Als ze vragen stellen, een accountant in Noord-Londen, een directeur in Kent, soms naar het buitenland uitgezonden bankiers in Brussel of Parijs, zegt hij dat hij deze unieke investeringskans normaliter niet naar buiten zou brengen, 'maar u bent zo'n waardevolle klant dat uw goodwill ons heel wat meer waard is dan wat ook.'

'Uw cheque moet dinsdag bij ons binnen zijn,' zegt hij.

Soms doen ze moeilijk. 'Waar worden die aandelen verhandeld?' wil een Schotse stem weten.

'Spokane,' zegt Arkenhout met absoluut gezag. Of: 'Denver. Daar is een enorme omzet in *penny shares*.'

'Jullie willen wel meer dan een penny,' zegt de Schotse stem, zacht van sarcasme. Drie minuten later koopt hij; degenen die denken dat ze de goede vragen stellen, zijn altijd het makkelijkst.

Arkenhout merkt dat hij dit spel leuk vindt, evenals de regelmaat en het gevoel een beroep te hebben. Het betekent vrijaf van waar het in het leven op uitdraait, in zijn geval landhuizen en palmen en meeroevers.

Het kan natuurlijk niet duren. Hij heeft een bestaan gebouwd op alert zijn op het moment waarop de allereerste moeilijkheden zich voordoen, wanneer mensen kijken alsof er iemand vragen heeft gesteld, als een creditcard iets langer wordt bestudeerd. Dus is hij ook op zijn hoede in Amsterdam, ook al zit hij in de cocon van dit alledaagse bestaan.

Hij voelt dat hij wordt bekeken. Hij vat het niet persoonlijk op omdat hij op eigen terrein is. Er komen wat merkwaardige telefoontjes binnen op kantoor die – en dat is het vreemdste – uit Nederland komen.

Er hangt een geur van politie in de lucht.

In deze branche blijf je niet wachten tot de politie er is. Op een avond doeken Arkenhout en de anderen het kantoor op en komen er nooit meer terug.

Ze gaan echter wel naar de baas in een fraai appartement in de buurt van hotel Americain. Eerst weigert hij toe te geven dat hij hun nog geld schuldig is, laat staan een gunst. Hij wordt afstandelijk en stijfhoofdig als een schoolfrik. Er ontstaat onenigheid, waarvan een deel fysiek. De baas is nu vol lof over zulke goede verkopers, belooft alle verschuldigde commissies te betalen en de ploeg misschien wel weer in dienst te nemen. Dan gaat hij van zijn stokje.

Tot ieders verbazing komt hij bijna alle beloften na.

In het nieuwe kantoor, tussen een piercingsalon en een groenteboer, hangt zelfs een koperen naamplaat, zij het niet met de firmanaam die de verkopers gebruiken. Er zijn voorgeschreven teksten en een reeks producten: om de drie dagen of zo een gloednieuwe aandelenuitgifte in Denver, een toevloed van geld gevolgd door beursnoteringen die per zeepost worden verstuurd om de speculanten niet ongerust te maken. Deze keer heeft Arkenhout, die zo goed wist hoe hij de verschuldigde commissies moest loskrijgen, een bevoorrechte positie: hij kan op krediet kopen en op de dag van uitgifte verkopen aan de toevloed van speculanten die echt geloven in geheime informatie, in runen die toegang geven tot goud, snufjes met toverkracht. Hij verdient goed.

Dat heeft natuurlijk zijn prijs. Hij wordt ontboden naar een betonnen bunker van een hotel dicht bij Schiphol. Op een billboard staat dat het hotel 2,75 meter onder de zeespiegel ligt, omdat er verder niets over te vertellen valt.

Hij neemt plaats in een kamer met uitzicht op gras en nog meer gras.

Na een uur verschijnt er een zeer klein mannetje dat Moe heet. Hij laat Arkenhout slechts goedemorgen zeggen. Hij verklaart dat hij het kapitalisme redt door geld te vinden voor mensen die door banken zijn afgewezen. Hij zegt tegen Arkenhout dat de regels aangaande aandelen en effecten ongrondwettig zijn. Hij zegt: 'Het betreft hier allemaal goede Amerikanen,' waar hij Arkenhout ook mee bedoelt.

Mocht Arkenhouts aandacht verslappen, dan heeft Moe nog een paar verhalen achter de hand: hoe hij op Long Island is begonnen in de automatenhandel en dat zijn vrienden – en hij zegt 'vrienden', niet 'maten' of 'medevennoten' – hem daarna hebben gevraagd hun aandelenhandel in Denver over te nemen. Hij preekt nog even door. Daarna biedt hij Arkenhout de baan van bedrijfsleider van de Amsterdamse vestiging aan.

Weigeren is er niet bij natuurlijk.

'Koekje?' vraagt Moe en hij haalt een doos uit de diepe zakken van zijn jasje.

'Ik voel me zeer vereerd,' zegt Arkenhout.

'Morgen vertellen we het je baas,' zegt Moe. 'Ik heb morgen een afspraak met hem.'

De consequenties dringen tot Arkenhout door terwijl hij terugrijdt naar Amsterdam. Daar zit hij nou, vast in honing waarin je snel als een scheet verzuipt. Als verkoper kan hij tenminste nog de benen nemen als het misloopt; als hij Moe was, zou hij preken kunnen afsteken over hoe het is om effectenhandelaar te zijn voor de riskante groeperingen; maar hij is middenkader en middenkader draait rechtstreeks de bak in.

'... we bellen u buiten kantooruren,' fluistert hij in de telefoon, 'om er zeker van te zijn dat dit vertrouwelijk blijft.' We hopen ook dat u bij de lunch iets te veel hebt gedronken, denkt hij, en dat uw hartslag hoog is en dat u een rooie kop hebt en dat u bereid bent om Jezus te zien in een sneetje brood. 'Deze kans krijgt u maar één keer,' zegt hij, en dat is waar – tenzij de sukkellijst circuleert en de man nogmaals wordt benaderd, of tenzij hij koopt, in welk geval hij een supersukkel wordt aan wie ze geen echt goede verkopers meer verspillen.

Hij gaat op de gewone tijd van kantoor weg en voor het laatst naar zijn flat in Amsterdam-Noord.

Op de pont bedenkt hij hoe trots zijn ouders erop zouden zijn dat hij een echte baan heeft, een kantoor en een promotie: een oppassend burger. Dit is ironisch, denkt hij, als 'ironisch' als woord slecht genoeg, stekelig genoeg is voor de situatie.

Morgen zal zijn voormalige Amsterdamse baas zijn vijand zijn. Maar de voormalige Amsterdamse baas wordt niet in hechtenis genomen; hij loopt vrij rond, met rancuneuze vrienden. Moe zwerft ook nog ergens rond en die is niet gewend te worden afgewezen of zelfs maar teleurgesteld. Arkenhout kan ze niet allebei te vriend houden, maar hij vermoedt achter beiden een complete onderwereld.

Daarom neemt hij de volgende morgen, zodra de banken open zijn, zijn geld op en sluit de rekeningen. Hij neemt een trein naar Utrecht en brengt zichzelf onder in een hotelletje.

Juist deze nacht wil hij niet alleen zijn. Hij heeft contant geld. Hij belt een escortservice, vraagt om een zeer Hollands meisje, betaalt haar voor de hele nacht. Het idee van een hele nacht staat haar niet aan, misschien heeft ze kinderen waar ze voor moet zorgen. Dus zet hij honderd gulden boven op de prijs van het escortbureau. Halverwege de seks beseft hij dat hij neukt om zijn angst kwijt te raken.

Bang zijn is iets nieuws. Als omstandigheden slecht zijn, zoekt hij berekenend een uitweg; hij anticipeert, hij onderzoekt en controleert, hij opereert in gemeenschappen waar mensen onverwacht komen en gaan en niemand vragen stelt. Maar nu is hij in een land met gevestigde, geadministreerde mensen, en hij heeft absoluut geen tijd.

Hij had maanden geleden al naar een nieuwe naam moeten uitkijken. Hij had nog geen tel in dit makkelijke, gestructureerde leventje moeten stappen.

Het meisje heeft zachte, afdwalende borsten met enorme tepels. Hij legt zijn hoofd ertussen. Ze ligt daar, met vinnig gesloten ogen, en ze houdt zich slapend, puur uit wilskracht.

Hij is vroeg wakker. Hij is kwaad op zichzelf, wat, zoals hij weet, geen zin heeft. Hij moet een leven vinden om te nemen en daar heeft hij een aantal dagen voor, geen maanden, en hij begint met niets. Zijn hart slaat op hol, zijn ogen lijken situaties in te duiken en te peilen; hij staat gespannen in de startblokken.

Grietje vertrekt vroeg, een beetje chagrijnig vanwege al dat intieme gedoe boven op de seks.

Hij blijft blanco achter. Hij drinkt zijn ontbijt, giet zich vol koffie. Hij denkt erover in de bars te beginnen, ook al is het net tien uur 's morgens; hij zoekt een makkelijk slachtoffer. Deze keer is het geld niet belangrijk. Hij heeft alleen een nieuwe naam nodig.

Het is het vreemdste dat hij heeft meegemaakt. Hij zwerft over straat als een soort hoerenloper en bekijkt elke man van in de twintig, dertig met net zo'n hongerige blik: als vervanger van hemzelf. Hij zou op zoek kunnen zijn naar seks, behalve dat het niet als een spel voelt en hij de informatie vooraf wil, niet na afloop bij een sigaret of een kop koffie.

In twee dagen tijd vindt hij niemand. Helemaal niemand. Hij heeft zelfs geen kandidaat. Hij begint zijn terrein uit te breiden, hoewel hij weet dat hij zich in de absurde situatie bevindt dat hij zoekt naar de volmaakt willekeurige ontmoeting.

Hij gaat naar grenssteden die op hoge rivieroevers staan, eet pizza, drinkt bier, hangt rond. Hij kijkt uit naar de ongebondene, de buitenstaander. Hij ontfutselt mensen hun levensgeschiedenis simpelweg door te zwijgen. Zinnen hangen in de lucht. Men heeft het gevoel hem nog een detail verschuldigd te zijn, en nog een. Meestal is alles wat hij hoort het geborrel van bier in strottenhoofden.

Christopher Hart is anders. Die heeft niet zoals de meesten een litanie van hem aangedaan onrecht, verguisde politici, overleefde huwelijken. Hij stort zich in het begin niet in een rechtlijnige, één-kant-van-de-medaille-uitleg van zichzelf. Hij drinkt alleen als een held.

Arkenhout probeert voor één keer de prater te zijn. Hij begint in het Nederlands en Hart zegt dat nog ooit iemand Nederlands tegen hem heeft gepraat. Hij zegt 'Dank u wel' en dat is alles wat hij weet.

Arkenhout zegt dat hij net terug is uit Duitsland en werk zoekt. Hij zadelt Hart er niet mee op; hij maakt hem alleen deelgenoot van het verhaal, twee mannen die vanuit parallelle levens naar de flessen achter de tap staan te kijken.

Hart zegt dat hij docent aan de universiteit is. Arkenhout deinst bijna achteruit. Professoren horen bij een stad en een instituut. Ze kunnen niet op reis zonder een aanvraag in drievoud of denken zonder subsidie of een boek schrijven zonder hun instituut onder hun naam op de titelpagina te vermelden. Ze bewegen zich binnen specialisaties waar ze tientallen jaren dezelfde gezichten en reputaties hebben gezien. Een professorenleven zou hij nooit aankunnen.

Maar Hart is hier de buitenstaander, de kwetsbare. Hij is de beste die Arkenhout kan vinden.

'Werkt u bij de universiteit hier?' vraagt hij.

'Zoiets,' zegt Hart. 'Ik heb een sabbatsjaar. Om een boek te schrijven. Dus ik heb niet het recht om te klagen als ik geen sociale contacten heb. Neem ik aan.'

'Blijft u nog lang?

'Nog een halfjaar. Als ik tenminste niet de benen neem. Je wordt doodmoe van die rechte wegen en al dat platte land.'

'Kunt u er tussenuit?'

'Ik geloof het wel.' Hart neemt een jenever en kiept die in zijn pils. 'Wat voor werk doe jij?'

De dag erop is Hart niet in de bar en dat irriteert Arkenhout. De professor laat hem in de steek, bewoont het leven dat híj nodig heeft en leeft het zonder stijl of roem: een grijze man in een stralende wereld.

Bovendien is er geen tijd voor dit gedoe. Arkenhout heeft verandering nodig en snel ook, en dan moet hij verdwijnen met betrouwbare papieren en een betrouwbaar banktegoed. Het volgende leven hoeft niet volmaakt te zijn, alleen maar bruikbaar voor een tijdje..

Hij belt de plaatselijke universiteit, een bescheiden complex waarvan de lage gebouwen tussen de bomen hurken, en vraagt naar professor Christopher Hart, bezoekend hoogleraar. Hij wordt doorverbonden met de faculteit Kunstgeschiedenis; dat is nieuwe informatie voor hem. 'Maar dr. Hart is maar zelden hier,' zegt een hijgerige stem. 'U kunt hem beter thuis bellen.'

Hij schrijft het nummer op. Hij had liever een adres gehad zodat hij had kunnen kijken naar de tekenen die Hart in een landschap achterlaat, wat mensen zullen missen als hij er niet meer is.

Het nummer helpt. Hij draait het, en er wordt niet opgenomen. Hij herinnert zich dat Hart heeft gezegd dat hij niet mocht klagen dat hij gebrek aan sociale contacten had; dus hij heeft geen sociale contacten. Er is geen antwoordapparaat om boodschappen van verre vrienden of geliefden op te nemen; misschien belt er dit jaar geen mens.

Arkenhout gaat langs bij enkele makelaars. 'Ik zoek een huis,' zegt hij. 'U hebt een vriend van me, Christopher Hart, ook aan een huis kunnen helpen.'

En bij de vierde makelaar blijkt dat nog waar te zijn ook. Dat is geluk hebben. 'Er is bijna niets beschikbaar,' zegt de makelaar. 'Dr. Hart heeft het laatste huis hier in de buurt gekregen. Wat huurhuizen betreft dan.'

'Maar dat komt toch weer op de markt? Over zes maanden?'

'Over zes maanden. Wilt u de details zien?'

De makelaar pakt een slappe ringband met gekleurde bladen. Hij laat een huis ergens buiten de stad zien, groen geverfd, hoge gevels, een tuin vol donkere plekken, allemaal lage struiken, en een oprit die de grootste attractie lijkt te zijn. Arkenhout neemt het adres over.

De volgende dag is hij er, om half tien. De werkster is net gekomen, dus er is geen huishoudster. Heel goed.

Er zou natuurlijk een vriendin of een vriend kunnen zijn, maar de man was in zijn eentje in een bar, pratend maar niet op jacht, behalve naar eenvoudig gezelschap en iemand om zijn stem te horen. Dat zou natuurlijk kunnen betekenen dat hij net een vriendin of vriend is kwijtgeraakt. Maar dan zou hij er na een paar biertjes wel over begonnen zijn. Op zijn minst zou hij hebben gezinspeeld op de valsheid van andere mensen. Dat doen mensen.

Toch controleert Arkenhout een en ander. Hij loopt naar de voordeur en vraagt de werkster naar een Christa of zo. De werkster zegt dat de professor hier in zijn dooie eentje woont. Hij slaapt ook alleen zo te zien, zegt ze om maar geen roddeltje, hoe onbetekenend ook, te laten schieten. En dan begint ze te moraliseren: één meter zestig aan spieren in een mouwschort die op de drempel staat te oreren. Een vrijgezel die in zijn eentje in zo'n groot huis loopt te rommelen, zegt ze, dat klopt toch niet.

Arkenhout vraagt zich of hoe ver geluid draagt over dit vlakke, natte land.

Hij heeft al geconcludeerd dat de huur van deze grote, verbouwde boerderij een voortreffelijk teken is: hoewel Hart jong is, moet hij geld hebben. Hij rijdt in een Golf, nieuw. Hij zit goed in de kleren.

Maar er is altijd de mogelijkheid van een parallel leven. Dus wacht Arkenhout nog een paar dagen, maakt lange wandelingen buiten de stad, gaat een dag vissen, huurt vervolgens een auto en wacht tot Hart zijn Golf gebruikt om naar dat andere leven te gaan, wat dat ook moge zijn en als hij al een tweede leven heeft. Al die tijd is Arkenhout iets schaduwachtigs onder een boom aan de overkant van de weg.

Arkenhout kijkt of Hart op het Web zit, controleert bij een stel grote leveranciers van wereldomvattende sukkellijsten of hij een voorkeur voor lastige dingen heeft: geen kinderporno, geen behoefte aan vreemde postorderbestellingen, niet verdorven, niet voor huishoudelijk gebruik. Hij heeft niets bijzonders, is geschikt om te worden gestolen.

Arkenhout merkt dat hij alle vragen stelt, behalve de goede.

Hart komt de achterdeur uit en beschermt zijn hoofd alsof het regent. Maar het mist alleen maar. Hij stapt in de auto, kruipt de afrit af, kruipt de weg op. Arkenhout kan hem zo niet volgen, kan hem met die mist niet in de gaten houden zonder op zijn bumper te zitten. Trouwens, zo langzaam rijden lukt hem niet. Dat zit er bij hem niet in.

Hart lijkt zo'n voorzichtige rotzak te zijn, bang voor bomen en het groen en de mist en de auto's onderweg. Hij parkeert bij het station en neemt de trein naar Amsterdam. Niemand kent hem. Prachtig.

Op het Centraal Station zet Hart er de sokken in alsof hij een bergtocht maakt. Hij wurmt zich door straatjes vol vroege ochtendhoeren die tsk-tsk-tsk'en achter de rode ramen, en studenten die hun fietsen naast de boekwinkels of de cafés op elkaar gooien. De man heeft een leven nodig, denkt Arkenhout, wat hem gezien de omstandigheden grappig voorkomt.

Hart loopt naar de zijkant van het Rijksmuseum, door die kleine klassieke tuinen met hun beeldjes, en door een deur waar PRENTENKABINET boven staat. Hij is kennelijk nog met een onderzoek bezig.

Tegen lunchtijd gaat Hart weg om wat te eten in een café aan de andere kant van het Museumplein. Hij bestelt kroketten, platvloerser kan het niet. Hij eet snel, hij drinkt een biertje en gaat terug naar zijn werk.

Arkenhout besluit het risico te nemen en komt pas tegen sluitingstijd terug – toekijken als een vader die tactvol toekijkt hoe zijn zoon op eigen kracht naar huis gaat. Het is een vermoeiende dag geweest voor Hart. De ferme pas is veranderd in afhangende schouders en een plichtsgetrouwe tred. Er ligt niets anders voor hem dan de avond.

Het station, de trein, de Volkswagen, het huis. De werkster, die elke dag komt, is weg. Er gaat één licht aan in wat de keuken moet zijn, een ander in wat de woonkamer moet zijn: waarschijnlijk een reusachtige, open, koude woonkamer. Nog een licht, boven in de gevel van het huis. Dat moet zijn slaapkamer zijn, bereikt via een steile, smalle trap. Arkenhout vraagt zich af waarom een Engelsman zich thuis zou voelen bij datgene waar Nederlanders van houden.

Hij voelt zijn huid koud worden.

Hart laat hem binnen; waarom zou hij niet? Als hij al verbaasd is, schrijft hij het toe aan andere gewoonten, een ander land, en hij is blij met gezelschap. Hij komt met bier naar de hoge, open woonkamer bij een open haard van enorme stenen die koud en glimmend klam lijken. Hij wacht tot Arkenhout ter zake komt.

Er is nog maar één ding dat Arkenhout voor zijn gevoel moet weten: als Hart de benen zou nemen, waarheen zou hij dan gaan? Hij heeft Harts leven maar voor een tijdje nodig, dus hij wil geen complicaties.

'Ik had niet naar Nederland moeten terugkomen,' zegt Arkenhout. Hij voelt hoe Hart terugkrabbelt. De man houdt niet van confidenties; zijn levendigheid is zuiver verdedigend, geen nieuwsgierigheid.

'Vijf jaar in Duitsland,' zegt Arkenhout. 'Frankfurt, bij een bank. Beter dan niks, denk ik.'

Hart zegt: 'Ik ben volgende week weg.' Hij bedoelt alleen dat hij dan niet beschikbaar is voor dit soort gebabbel, maar Arkenhout kan bijna niet geloven dat zijn kansen eindelijk keren. 'Naar Portugal. Dan ook maar zo ver mogelijk weg, vond ik.'

'De Algarve?'

'Nee, zeg. Ergens in het midden, in de bergen. Waar geen mens heen gaat.'

Voor het eerst bekijkt Arkenhout Hart als iets meer dan een bruikbaar pakket gegevens. Hij is een fraai voorbeeld van zich presenteren, hij doet net genoeg in de sportschool om te voorkomen dat zijn smalle schouders de ronde rug van de wetenschapper krijgen, hij heeft één jasje van Dolce

& Gabbana dat hij om zijn onhandige lijf kan hangen, hij laat zijn ogen en gezicht spreken ook als hij niet geïnteresseerd is, als een man die ooit nog eens op tv wil.

Hij oefent om een soort ster te worden, denkt Arkenhout.

Maar wat hem doodt, is dat hij de brieven al heeft geschreven – ze liggen ongepost op het bureau – die zijn universiteit in Engeland en zijn gastheren in Nederland meedelen dat hij een tijdje naar Portugal gaat.

Tegen de tijd dat Hart dood is, heeft de Brahms-cd de Akademische Fest-Ouvertüre bereikt: *Gaudeamus igitur iuvenes dum sumus.* Een beetje moeite en Arkenhout kan opnieuw beginnen.

Hart leeft nog tijdens de eerste twee delen van de Tweede Symfonie. De wurgdraad gaat om zijn nek als het *Allegretto grazioso* begint en de knevel draait en draait als de sleutel van een blikopener tot de adem uit zijn lichaam is en zijn nek is doorgesneden.

Arkenhout legt hem op de patio, op het bekende bed van vuilniszakken. Het is donker en er is een schutting. Hij wacht een uur zodat het bloed zal druipen in plaats van spuiten, en hij werkt Harts identiteit bij met een goed scherp mes terwijl het *Allegro con spirito* opnieuw te horen is. Je snijdt altijd de ballen eraf omdat dat, als ze het lichaam toch vinden, op een seksueel motief duidt. Seks maakt het anoniem.

Het is een nauwgezet werkje. Arkenhout boent het bloed met ammonia weg. Hij opereert, zodat het lichaam in onderdelen kan worden verpakt en verzwaard en op verschillende plaatsen in het water kan worden gegooid. Als je het niet in stukken snijdt, behoudt het lichaam zijn natuurlijke drijfkracht en komt het zwart en beschuldigend boven.

Hij ontstoffelijkt deze Christopher Hart zo goed dat híj tegen de tijd dat hij later die nacht in de Golf zal wegrijden, Christopher Hart is: levend en wel, kredietwaardig, gewoon op reis.

Gaudeamus igitur. Hij pakt een pilsje.

Later zullen de agenten zeggen dat Arkenhout een meester in het vermommen is. Maar hij probeert nooit om zijn gezicht, zijn lichaam, zijn manier van lopen of kleden te veranderen. Hij pakt gewoon de papieren, het geld en een heel leven, om als zichzelf onder andermans naam te leven.

Hij loopt de details na zoals nerveuze reizigers hun geld en tickets controleren. Paul Raven is verdwenen, iets wat je gezien de omstandigheden van hem kon verwachten. En als hij dubieus genoeg was om Zwitserland uitgesmeten te worden, wie zal het dan verbazen dat hij helemaal spoorloos is? Christopher Hart gaat naar Portugal, zoals hij altijd al van plan was. Dat zal geen vragen oproepen.

Hij wil die escortgirl uit Utrecht weer zien te krijgen en haar deze keer eens echt laten genieten: geen slap gedoe, geen warmte voor de hele nacht, alleen maar actie. Maar hij is niet dom. Het gaat om zíjn genot, dus elke meid is goed.

Later pakt hij Harts kleren in: niet veel, voornamelijk kaki. Beter om ze niet te laten hangen. Hij denkt eraan geld neer te leggen voor de werkster zodat ze niet gaat praten. De sleutels neemt hij mee, zoals Hart zou hebben gedaan omdat de huur nog een halfjaar loopt. Leuke formulering vindt hij: nog een halfjaar loopt.

Mevrouw Arkenhout winkelt altijd in Amsterdam.

Ze is de moeder, gesteld op decorum, als een keurig bootje afgemeerd bij Marks & Spencer voor de deur, met een tas vol zwarte sokken, onderbroeken en zoete wijn. Ze vraagt zich af of ze vóór de trein nog een kop koffie met taart kan nemen.

Dan ziet ze, in het geroezemoes en gedrang van de Kalverstraat, de dode lopen: Martin, haar zoon. Hij is lang, blond en precies zoals hij zou moeten zijn.

Ze klemt een paar clichés aan haar borst. Martin, denkt ze, sprekend Martin. Die jonge mensen lijken allemaal op elkaar. Tegenwoordig. Een gezicht in de menigte. Een moeder weet dat. Dan ziet ze hoe de stroom Martin meetrekt, net als tien jaar geleden, en deze keer zal ze het niet laten gebeuren. Ze slaat zich een weg door het gedrang. Als een kogel schampt ze de aardigste lieden, zelfs niet van plan sorry te zeggen.

Hij blijft staan voor een inloopzaak, bij een machine die je kaartje maakt terwijl je wacht. Als echte beroepsman moet hij een kaartje hebben. Ze ziet hoe hij zijn naam invoert, wie hij is en waar hij woont en hoe je hem kunt bereiken, de naam van zijn bedrijf en zijn functie, wat er van hem is geworden sinds het telegram – altijd 'het' telegram – zijn dood verkondigde.

Maar de man die de gegevens invoert blijkt een andere blonde man te zijn.

Ze raakt in paniek. Je kunt de doden niet tegen het lijf lopen en dan weer kwijtraken, niet in een voetgangersgebied, een winkelstraat. Dat mag niet.

Ze overweegt om Martins naam te roepen. Maar zelfs in deze heftige gemoedstoestand is ze fatsoenlijk. Ze kijkt alleen maar met grote ogen om zich heen en de mensen zien haar met grote ogen rondkijken. Ze voelt zich in hun ogen van een doktersvrouw met status en een tuin veranderen in een schim van zichzelf, een onbetekenende, getikte en verachtelijke vrouw met een merkwaardig mooie rok aan.

Ze ziet hem weer bij de halte van de tram naar het Centraal Station. Ze heeft geen tijd te verliezen omdat de tram kan komen en weer vertrekken en dan zou ze hem kwijt zijn. De trein doet er niet meer toe. Ze denkt dat ze wel kan uitleggen waarom het avondeten te laat is.

De tram stopt. Hij is beschilderd met enorme ogen, een geleed reclamebord voor zonnebrillen, maar ze heeft geen tijd om dat op te merken. Martin stapt in, dus zij stapt in. Haar hart baart haar zorgen.

Hij staat helemaal voor in de tram, zij achterin. Ze duwt en wurmt zich naar voren, met onhandig volgende boodschappentassen die tegen schenen en billen botsen.

Ze staat vlak achter hem.

Ze bedenkt hoe lang ze de karbonaadjes moet braden. Ze probeert zich te herinneren hoe laat de volgende trein gaat. Ze ziet een jongen met oorringetjes en ze is blij dat Martin geen oorringetjes heeft.

En nu moet ze, als hij zich niet opeens omdraait en haar herkent, hem aanspreken. Ze weet alles van bedankbrieven en de formaten van uitnodigingen en wanneer je sherry aanbiedt en wanneer jenever. Maar hiervoor bestaan geen voorschriften.

'Pardon,' zegt ze. Maar ze raakt hem niet aan.

De tram zwaait een hoek om, gooit haar tegen hem aan. Haar boodschappentassen vallen en er sijpelen keurige sokken uit.

'Do I know you?' zegt Martin.

Het is Martin, dat weet ze zeker: zijn ogen, zijn manier van doen, schouders te breed voor het boekenwurmengezicht, de vingers als dunne kaarsen met stompe uiteinden. Ze weet dat hij haar kent, en toch zegt hij op zo'n agressieve toon: 'Can I help you?'

Ze behoort nu te zeggen: 'Ik heb me vergist. Het spijt me.' Maar ze vergist zich niet en het spijt haar niet en ze blijft hier tot het eindpunt staan en ze zal zijn geheugen opfrissen.

'Martin, ik ben je moeder,' zegt ze.

Martin doet een stap achteruit.

Ze weet dat hij haar kent. Moeder en zoon is geen kwestie van een gezicht dat onzeker in het geheugen gegrift staat; het is lichaamsgeheugen, heel oud.

Ze zegt: 'Martin? Ik ben je moeder.'

Hij leunt op de deurknop als de tram bij de volgende halte stopt, maar hij rent niet weg. Hij laat eerst twee meisjes uitstappen, stukken met lange benen. Dan draait hij zich om en hij zegt: 'My name is Hart, Christopher Hart.'

Hij zegt het in het Engels, hoewel zij Nederlands sprak; wat vreemd is, want Engelsen verstaan bijna nooit Nederlands.

De deuren van de tram klappen dicht. Ze bukt zich om de sokken te redden, rolt ze afwezig, uit macht der gewoonte, op terwijl ze zich de hele tijd tegen de lucht verontschuldigt.

Het dichtstbijzijnde politiebureau is in de Warmoesstraat, geen nette straat. Mevrouw Arkenhout wapent zich met haar status als doktersvrouw en zeilt langs de drugsdealers, de aardappeleters, de wazige, inhoudsloze mensen die doodstil op straathoeken staan als verveelde toeschouwers bij hun eigen leven. En langs de etalages van sekswinkels, mensen met hun huisdieren, onderuitgezakte vrouwen, industriële gebruiksartikelen, en de coffeeshops vol met het soort mensen dat ze niet kent maar dat Martin misschien is geworden.

Ze legt de kwestie uit aan een van die van hogerhand vriendelijke agenten die ze in Amsterdam hebben. Achteraf realiseert ze zich hoe het er moet hebben uitgezien: een rood aangelopen vrouw die heel nauwkeurig praat en wijn bij zich heeft, die verklaart dat ze haar dode zoon op straat heeft zien lopen en wil dat ze er iets aan doen. Begrijpelijk dat de politieagent haar iets heets en zoets te drinken aanbiedt.

Daarna loopt hij met veel vertoon de computerbestanden na en probeert niet verbaasd te kijken als hij een oud verhaal op het scherm krijgt: Martin Arkenhout, Nederlands uitwisselingsscholier, dood aangetroffen in Florida.

'Ik wil de inspecteur spreken die ons toen vragen heeft gesteld,' zegt mevrouw Arkenhout. 'Degene die Martins dood heeft onderzocht.'

'U beseft toch wel dat Martin dood is, niet?' zegt de aardige agent.

'Alstublieft,' zegt ze. Ze weet wat ze weet, namelijk foto's, een keurige, onbeduimelde, lichtbruine map vol die ze tien jaar geleden kreeg overhandigd: allemaal afgrijselijke details, onder het slijk. Een arm met een nepgouden Timex, met wortels van vlees waar de schouder had gezeten.

Een deel van de borstkas met een teruggetrokken tepel. Ze wist niets van Martins tepels, niets van jongenstepels. Wat gave tanden en kiezen, telkens een paar bij elkaar. Dit en nog meer hebben ze uit een grote waterplantenrivier gehaald, had de politieman gezegd.

'Martin leeft,' zegt ze. 'Ik heb hem gezien.'

'Ik zal het rapporteren,' zegt de agent.

Ze heeft haar tijd niet verdaan, vindt ze. Voor de vrouw van een dokter komen ze wel in actie. Ja toch zeker?

Laat Martin Arkenhout even met rust. Hij zit achter in een café op adem te komen, met aandacht voor een biertje. Hij zal zichzelf wijsmaken dat zijn moeder hem niet kende, dat er nooit een ontmoeting is geweest, dat de politie haar zal kalmeren en naar huis zal sturen en haar een zielig geval zal vinden. Maar ze zal ervoor zorgen dat de autoriteiten er wat aan doen, dat weet hij. Ze zal hem willen vinden uit liefde, maar omdat ze zo op decorum gesteld is, zal ze doen of ze zich ergert aan de slordigheid, de ongepastheid van het zien van doden in openbare trams.

De hele keten van zijn leven is afhankelijk van ontkoppelingen, dus hij weet dat het er slecht voor staat. Hij weet alleen niet hoeveel erger ik het ga maken.

Ik ben geen politieagent.

Ik ben geen fantasievol man.

Ik heb gewoon geprobeerd u dit alles in een van zijn talen te vertellen: wat hij had gedaan, wie hij was geweest voor hij inbrak in mijn leven.

Ik trapte erin bij hem, maar hij beschikte dan ook over vele talen. Hij sprak kunst-Engels en gewoon Engels, en bar-Engels en dinner party-Engels met bannelingentongvallen en de vreemde nauwkeurigheid die je krijgt van te veel eufemismen. Hij wist hoe hij zijn denken in een bepaalde taal moest vermommen, niet alleen maar hoe hij de klinkers en de uitgangen goed moest hebben.

Hij koos wie hij zou zijn. Hij koos wat er daarna ging gebeuren, en waar. Hij blies elke minuut leven in omdat hij dat een ander niet durfde te laten doen. Hij moet het er verschrikkelijk druk mee hebben gehad. Ik vind het rustiger om deze ene persoonlijkheid van mij te hebben, net als de uwe gevormd door de gebruikelijke omstandigheden en gebeurtenissen.

Nu wil ik mijn eigen woorden voor wat er verder is gebeurd.

Een deel ervan weet ik omdat ik het heb meegemaakt, een ander deel omdat men het me heeft verteld en een deel omdat er uiteindelijk processen-verbaal van de politie waren. Ik heb het bijeengebracht tot een verhaal gebaseerd op documenten, gesprekken en herinneringen.

Alles wat erin staat is waar. Ik wil niet dat anderen de fouten maken die ik heb gemaakt.

Twee

Mijn naam is John Michael Snell Costa. Dat verklaart bijna alles.

Costa is een Portugese naam. Snell is Engels, de naam van mijn moeder, maar die staat er alleen bij omdat dat een Portugese gewoonte is. De eerste twee – John Michael – zijn wat een Portugese vader zijn in Londen geboren zoon noemt om hem voor Engels te laten doorgaan.

Daar kan ik door de bank genomen best voor doorgaan: misschien iets te donker, kleiner dan gemiddeld, een wat vreemde naam. Ik denk dat ik af en toe duidelijk te serieus overkom: als het gaat om vrouwen, of om de kunst die ik archiveer in kaartsystemen. Ik ben gereserveerd, zelfs als ik te veel gedronken heb; ik heb geen blufferig, uitgelaten dronken tweede ik. Mijn accent begon met luisteren naar de BBC en is met de veranderende mode iets volkser geworden.

Maar denk niet dat ik ergens bijhoor. Dat zou ik afschuwelijk vinden.

Buiten loop ik door monochrome straten, op weg naar mijn werk en kom ik mensen tegen, allen in een nietsziende, wrokkige haast en snakkend naar meer kleur in de dag. Ik haast me ook, dat is de uitgekooktheid van dat alles. Ik loop in de pas op de roltrap, altijd in de goede rij. Ik weet hoe ik mezelf kan inperken tot de goede handelingen.

Ik kijk om me heen en zie de onzekere stilisten die hun identiteit hebben gekocht en betaald – biker, sportfanaat, nicht, Armani, bankier – en ik ga helemaal met ze mee. Omdat ik verliefd ben geworden op beeldende kunst, speel ik conservator in het Museum. Ik heb er de kleren voor, voornamelijk flanellen broeken. Ik heb mijn doctoraal.

Ik hou van het werk, moet ik zeggen. Op straat draaft iedereen in deze kleurloze, gestresste tegenwoordige tijd, zonder verleden, de toekomst onbepaald, wanhopig bezig zichzelf elke minuut opnieuw uit te vinden om maar heel te blijven. Wij, conservatoren, zijn de middelaars tussen een verleden dat is opgeslagen en gedocumenteerd, dat vastgelegd en belangrijk is, en een mogelijke toekomst waarin de mensen er weer naar zullen kijken.

Ik ben ook een romanticus, zonder veel mogelijkheden. Wat ik doe is bewaren, conserveren en bestuderen van tekeningen: roodachtige lijnen, gewassen bruine inkt op papier dat vlekkerig is en uit elkaar valt. Ik bescherm deze dingen.

Maar als ik maar even de kans kreeg zou ik wonderen bewaken. Ik zou een geharnaste ridder zijn, bij een graal in een toren zou ik, geknield, eeuwenlang de wacht houden.

De taxi zette me af bij de noordelijke ingang.

Langs het hek van het Museum heerste een vriendelijke rellerigheid, drommen die stonden te puffen in open zomerkleding. Om tien uur precies keken de bewakers met grootse gebaren op hun horloges, zwaaiden de hekken open. De meute wandelde meedogenloos op naar het beroemde toegangsportaal. De dagelijkse invasie van het openbare, fysieke museum was begonnen.

Maar ik liep langs hen heen en door een groene deur van een deftig Georgiaans huis opzij van het Museum. Conservatoren weten dat het Museum zelf – zijn macht, doelstellingen en geschiedenis – in dit kantoor liggen en dat het uitkijkt op de fabriek die het in stand houdt zoals Victoriaanse fabriekseigenaren naar hun fabriekshallen keken: dat wil zeggen, zonder iets te zien.

Ik liep door de doolhof van studiekamertjes, langs laboratoria die lichamen van steen opensneden en in de weer waren met onduidelijke wormen in exotische houtsoorten, door in bleke, ambtelijke kleuren geschilderde gangen met een geur van respectabel stof, ook in de gedweilde hoeken. Ik hield van deze wandeling. Ik bevond me diep in het Museum, opende de vage beslotenheid van dit solipsistische oord dat slechts gescheiden werd van het grote, open circus van de tentoonstellingszalen en de wijde wereld door deuren met, zoals ik de eerste dag al had gezien, EMERGENCY EXIT erboven.

Ik zocht mijn weg door een kelder met gesloten cellen, stuk voor stuk volgestapeld met voorwerpen, een hele wereldreis in de vorm van oude spulletjes. Ik kwam langs het hindoestandbeeld waar katten lieten horen dat ze gevoerd wilden worden, langs kantoortjes waar kapotte dingetjes in laden lagen opgeborgen tot er een monografie op ze kon worden gebaseerd. Dit hele warrige gedoe, deze schaamstreek van het Museum, met zijn afwezigheid van plattegronden en geniepige gangen vol onverwachte hoeken, was aanleiding voor een triomfgevoel: ik sloeg me erdoorheen.

Ik bevond me op mijn eigen grondgebied, onder de koepel. Het gevoel iets te hebben gepresteerd verdween snel.

Carter zat in mijn bruine, bedompte kamer op me te wachten: een kleine, nette, angstige man, als een muis in een stofjas, met een heftige toupet boven een vermoeid gezicht. Hij hield vier folianten op zijn knieën in evenwicht.

'Goeiemorgen,' zei hij. 'Fijn weekend gehad? Ja? Ik vond dat je hiernaar moest kijken. Niet mijn verantwoordelijkheid.'

Hij wachtte tot ik een punt van mijn bureau had leeggemaakt en legde de boeken neer. Ze waren ongeveer dertig bij zestig centimeter, gebonden in glad, wit perkament dat in de loop der tijd wat vlekkerig was geworden, en randen had die rafelig waren als een stapel dik papier.

'Wat is het probleem?' vroeg ik, omdat ik wist dat Carter altijd overal problemen ziet.

'Kijk zelf maar.'

Ik wilde de banden beetpakken, maar Carter kuchte. 'Handschoenen, meneer.'

'Je kunt tegenwoordig niks meer zonder condooms.' Het is het standaardgrapje dat Carters stof nog net iets doet opwaaien, en daar gaat het om. Ik trok de dunne, witte doktershandschoenen aan.

'Vijftien bladzijden,' zei Carter. 'Er ontbreken bladzijden. Iemand heeft er vijftien bladzijden uitgehaald.'

Aan elk deel hing een kaartje met 'Liber Principis', het Boek van de Prins. Ik kende ze natuurlijk, ook al werden ze bewaard in een kooi met een niet-toegankelijke collectie: albums met tekeningen, zeventiende-eeuws, gemaakt door kunstenaars die werkten voor prins Maurits van Nassau toen hij gouverneur van Nederlands-Brazilië was. Het waren prachtige dingen, vol met nauwkeurig weergegeven dieren, bomen, slangen en mensen. Maar ze waren veel meer dan dat: de eerste poging om precies weer te geven wat er in de Nieuwe Wereld was in plaats van die te bevolken met gangbare monsters. Het was alsof je op elke bladzijde rechtstreeks door de ogen van het verleden wonderen kon zien.

'Ik zou het nooit gemerkt hebben,' zei Carter, 'zonder de routinecontroles. We hebben in de kooi problemen met de ontvochter gehad. Het personeel heeft ze in handen gehad en drie jaar geleden zijn ze bij Conservatie geweest. En verder is er maar één persoon: professor Christopher Hart.'

'O, god, er is een verdachte,' zei ik. Ik zag dat Carter op muizenwraak zon, maar hij zei niets.

‘Weet u absoluut zeker dat er verder niemand van het publiek naar heeft gekeken?’

‘Hart had speciale toestemming nodig, dat weet u nog wel. Gezien de omstandigheden toen.’

Carter gaf mij de schuld van de toestemming, dat merkte ik wel. Hij gaf mij er de schuld van dat de boeken niet veilig in hun gazen kooi waren gebleven. Ik zag de schimmen van het volle leven opgesloten in die kooien. Hij zag er zijn paar surrogaatbezittingen in die net als zijn pensioen en zijn hypotheek moesten worden beschermd.

Mijn handen lagen plat op het gekraste witte perkament van de banden.

‘Ik regel dit,’ zei ik.

Christopher Hart bestond op dat moment uit de volgende op tafel liggende dingen: drie creditcards, een bankpas, een Europas, vier bibliotheekkaarten, een pasje met foto dat de deuren naar zijn faculteit opende, een kaart van een sportschool, twee Frequent Flyer Cards, waarvan de ene verlopen en de andere goudkleurig, een paspoort met Amerikaans visum nieuwe stijl met foto, een rijbewijs, een los identiteitsbewijs, een rode Arsenalseizoenskaart, een garantiebewijs van een computer.

Dat was alles wat Martin Arkenhout meestal nodig had.

Dat zijn de dingen die de autoriteiten van ons eisen als we een vliegtuig in willen, naar boeken willen kijken, aan ons eigen geld willen komen; ze bewijzen niet alleen wie we zijn, de kaarten *zijn* onze identiteit zelf. De macht wil ons voorzien van een nummer, niet van een naam, voorzien van een kaart, niet van een geheugen met daarin naam, adres, telefoonnummer, bestaansgrond, sofi-nummer, pin enzovoort. De macht heeft er goede redenen voor. Zolang we papieren hebben, zijn we coherent, zijn we niet veranderlijk zoals karakter of persoonlijkheid of verlangen. We zijn beschikbaar om te worden gemanipuleerd.

Uiteindelijk vertelde hij me er snoevende verhalen over, dat hij alleen nog de details had in te vullen: wat Hart wil, eet, fijn vindt, haat, gelooft. Hij wist al zeker dat hij Hart een beter leven zou kunnen geven dan Hart zelf ooit had gekund.

Hij weet niets van Hart, begrijpt u. Ik wel, en dat is een wetenschap die mij kan doden.

‘Je begrijpt wat het probleem is,’ zei de adjunct-directeur. Hij was een vlezige man, de ruïne van een rugbyspeler uit wiens grote lijf in korte, scherpe pufjes verrassend esthetische meningen kwamen.

‘Ik geloof het wel,’ zei ik. ‘In de eerste plaats worden deze boeken geacht niet in het Museum te zijn.’

‘Ik weet niet zeker of het Museum dat zou zeggen. Ik weet zeker dat het Museum zou zeggen dat het volgens de wet geen afstand mag doen van voorwerpen die het in bezit heeft, hoe ze daar ook zijn gekomen. Dat maakt bijna alles gemakkelijker. Maar in dit geval geeft het Museum er verre de voorkeur aan helemaal niets te zeggen.’

‘Familiegeheimen.’

‘Precies.’

‘Voor de goede orde,’ zei ik. ‘Het lijkt me dat we de voorgeschiedenis van het Liber Principis nog even moeten nalopen.’

‘Moet dat echt?’

‘Voor de goede orde.’ Ik wilde zoveel mogelijk afstand nemen van wat er ook aan gênante toestanden mocht ontstaan. Ik wilde dat de adjunct-directeur de reputatie van het Museum regelde, terwijl ik me bezighield met de kunst. ‘De prenten zijn gemaakt door Albert Eckhout voor prins Maurits van Nassau. Maurits kwam krap bij kas te zitten en besloot om ze te verkopen. En dat deed hij ook, aan twee onbekende Duitse vorsten. Misschien dachten ze allebei dat ze de hele collectie hadden aangekocht. Hoe dan ook, ze hebben allebei hun eigen banden laten inbinden en elk heeft zijn exemplaar Liber Principis genoemd. De banden zijn allemaal in Duitsland gebleven.’

‘Ja, ja,’ zei de adjunct-directeur.

‘Ergens aan het begin van deze eeuw heeft de Pruisische Nationale Bibliotheek beide sets verworven. Toen kwam de oorlog. Het bezit van de Pruisische Nationale Bibliotheek werd elders ondergebracht voor het geval Berlijn met de grond zou worden gelijkgemaakt. De Libri Principis en een paar originele Mozartcomposities en dergelijke verdwenen. Later werd bekend dat één stel in Krakow was opgedoken, en enkele tientallen jaren later gaf de Poolse regering toe dat zij de banden hadden en lieten ze wetenschappers toe.’

‘Een vergissing,’ zei de adjunct-directeur. ‘Boeken zouden het eeuwige leven hebben als niemand erin keek of ze meenam. Dan konden we alles wat er aan kennis is veilig opgeborgen houden.’ Hij kuchte, enigszins gegeneerd om deze parodie op zijn diepste driften.

'Het was natuurlijk niet moeilijk te begrijpen,' zei ik, 'hoe sommige boeken die in Saksen waren achtergelaten in Krakow terecht konden komen. Iets moeilijker te verklaren is hoe het andere stel in Londen is beland.'

'Ondernemingsgeest. Oorlogsbuit. De meeste musea danken hun bestaan aan ondernemingsgeest en plunderingen tijdens een of andere oorlog.'

'Tot nu toe is er nog nooit officieel bekendgemaakt,' zei ik, 'dat wij de Eckhoutprenten in ons bezit hebben. Onaardige mensen zouden vermoedelijk direct vragen hoe we eraan zijn gekomen. Ze zouden het diefstal kunnen noemen.'

'Of overdracht. Dat het Museum ze onder zijn hoede heeft genomen toen de Pruisen niet in staat bleken ervoor te zorgen.'

De boeken lieten duidelijk merken dat ze er waren: de pijnlijke aanwezigheid van iets gewonds op het dressoir. Ik tilde een band op en sloeg de bladzijden op met indecent naakte vingers: ze hadden een delicate geur van papierstof en misschien een soort oude, geparfumeerde pommade, zoals in de bibliotheek van een of ander voornaam huis.

'Helaas leven we in een tijd,' zei de adjunct-directeur, 'waarin iedereen wordt geacht open te zijn, en iedereen zich verontschuldigt voor de geschiedenis. We sturen de Elgin Marbles niet terug. Maar we verstoppen ze ook niet. Dus vond de directeur, in zijn wijsheid, dat er één jongere onderzoeker toestemming moest krijgen om de Eckhouts te bekijken. Op basis van vertrouwelijkheid.'

Ik bekeek de bladzijden. Op elke bladzijde stond een netwerk van onderschriften, maar alleen de oneven bladzijden hadden een afbeelding, soms meer dan een: het album was een opzet voor iets ambitieuzers dan zichzelf.

'We kunnen moeilijk de politie erbij halen,' zei de adjunct-directeur. 'En we kunnen moeilijk om de gevolgtrekking heen dat degene die de bladzijden heeft gestolen, dat heel goed besefte. Het is gênant om iets te verliezen. Het is nog gênanter om iets te verliezen dat je helemaal niet behoort te hebben.'

'Er is maar één persoon die, buiten onze mensen, de boeken in handen heeft gehad: Christopher Hart.'

'Weet je zeker dat het niet het werk van een insider is?'

Ik haalde mijn schouders op. 'Ik ben geen detective.'

'Een uiterst pijnlijke kwestie. Het Museum hecht aan zijn relaties met jonge kunsthistorici. Het Museum is van hen afhankelijk. Maar het was dus zeker Hart, en niemand anders?'

Klaarblijkelijk waren sommige prenten nooit aangebracht, want daar was het papier gelijkmatig verkleurd. Ik sloeg de bladzijden eerst om alsof ik een rechercheur was en registreerde de paar plaatsen waar de lege plekken schokkend oplichtten in verweerde kaders, waar een prent heel lang het papier had beschermd waar hij op was aangebracht. Toen viel mijn oog op een plek waar een bladzijde heel dicht bij de rug was uitgesneden. De beschadiging aan het album bracht het voorwerp voor me tot leven, haalde het weg uit de inerte categorie 'bewijsmateriaal'. Ik voelde woede omdat de onaangetastheid van iets volmaakts was geroofd.

Ik werd niet geacht dit te voelen. Het was politiek incorrect. Het was historisch gezien ook dubieus omdat de albums een willekeurig samenstel waren van wat er over was gebleven, van wat de opdrachtgevers mooi hadden gevonden, van wat niemand in al die jaren had weten te stelen of vernielen, inclusief degene die de boeken in Duitsland had gevonden en daarna heel attent had afgegeven bij de opslag van het Museum.

Maar ik merkte dat ik helemaal onderging in de heldere, nauwkeurige prenten.

'Misschien zou jij eens met Hart kunnen gaan praten,' zei de adjunct-directeur.

'Volgens zijn faculteit zit hij in Nederland. Een sabbatsjaar. Hij is al een tijd niet meer gesignaleerd. Hij heeft tegen iedereen gezegd dat hij misschien naar Portugal ging, maar hij heeft geen adres achtergelaten.'

'O, god,' zei de adjunct-directeur.

Een piepklein insect, grillig felrood en zwart, kroop over de bladzijde omhoog. Een slang, goud van onderen en zwart van boven, als een acteur voor het voetlicht in een ouderwets melodrama. Drie slangen op een bladzijde: een rug van diamanten, met rode spikkels, met een zwart rugdek, elkaar verdringend om de omlijsting te doorbreken.

De adjunct-directeur zei: 'De hufter zal er toch niet over gaan publiceren, hè?'

Geiten, zag ik, verhit en een beetje gespannen op een vlekkerige ondergrond, oren en horens naar binnen gedraaid. Lama's met koppen van politici in spotprenten. Een miereneter bleek zo verbijsterend te zijn geweest dat hij een berg ononderzocht bruin haar was geworden die uitliep in een dunne snuit. Er waren magnifieke katachtigen, een aap wiens gelaatstrekken – vermoeide ogen, versleten tanden, laag ingeplante oren – menselijk en angstig aandeden. Ik heb nooit begrepen hoe mensen zich kunnen onttrekken aan de verleiding en de duidelijke aanwezigheid van verf, aan zijn fysieke diepte en korst, en alleen nog naar dia's kijken, abstracte zelfstandige naamwoorden gebruiken, met concepten en theorieën gooien in plaats van vol overgave te kijken. Voor mij is verf eten.

'Ik hoef toch niet expliciet om discretie te vragen, hoop ik?' vroeg de adjunct-directeur. 'Alleen voor de goede orde,' voegde hij eraan toe om mij te plagen. Ik had de boeken moeten wegleggen. Ik had mijn aandacht bij dit gesprek moeten houden, hoe betekenisloos en gezwollen het ook was. In plaats daarvan keek ik in een rond, vriendelijk gezicht op de voorkant van het album, iemand met een pluk haar, glimmende wangen, een vage aanduiding van stoppels boven de brede mond, ogen die ons net niet recht aankeken, alsof de kunstenaar ze net niet helemaal had kunnen treffen; of misschien was de man dronken geweest.

Het album was geen serie mooie dingen, geen carnavalsoptocht van rariteiten: het was een nieuwe wereld met verbazing aanschouwd. Dit waren niet de geijkte ensembles van wortelstok, bloem, insect en memento mori, het soort overvolle schilderijen dat de Nederlanders in die tijd ook maakten, dit was nauwkeurig en verbijsterend, en intens persoonlijk. Het was als het verhaal van een grootvader over ontdekkingen.

Een vrouw met blote borsten die een plantenwortel ophield als was het een fakkel, een lichtrode sjerp boven lenige, bruine benen. Dan een krijger, bloot met pijl en boog en een krans van lichtrood om zijn hoofd, absurd, als een middeleeuws hoofddeksel. Een stamhoofd, met een mijter en een lange jurk, als een bisschop. Een moeder, een piepklein baby'tje met de armpjes stijf om haar nek.

'De Duitsers hebben, geloof ik, geprobeerd om de albums uit Krakow terug te krijgen. Dat zou problemen kunnen geven,' zei ik. 'We zijn niet de meest plausibele erfgenamen van de Pruisen.'

'De wet staat het Museum niet toe enig stuk uit zijn collecties over te dragen. Niets. We houden er dus aan vast dat ze hier blijven.'

Met tegenzin verliet ik de vrouw met de sjerp. Ik had het gevoel dat ik even in haar gezelschap had verkeerd, dat ik zou kunnen terugkeren om haar iets te vragen: hoe dat voelde, de kou van een kluis na het woud.

'De kans bestaat,' zei ik, 'dat degene die de bladzijden heeft gestolen, ze gewoon heeft willen verkopen. Dat moet geen moeite kosten. Ze zijn zeldzaam, makkelijk mee te nemen, prachtig en niet moeilijk te appreciëren. Er is misschien wel een worstenkoning ergens in Saksen die ze bij hem thuis in de kluis heeft liggen. Of een bankier.' Ik trok mijn handen met tegenzin terug, alsof de boeken op hun beurt mij hadden aangeraakt. 'Je kunt ze ook heel makkelijk in de huiskamer hangen, want er is nooit over ze geschreven, en de afgelopen vijftig jaar heeft bijna geen mens ze gezien.'

'Misschien wel.' De adjunct-directeur trommelde met zijn vingers op het bureau. 'Ik vroeg me nog iets af. Ik vroeg me af of de bladzijden het uitgangspunt konden zijn voor een bewijsvoering, Harts bewijsvoering.' Hij schetste een wandaad die hij zelf wilde begaan, dat had ik wel door. 'Misschien wil hij ze in zijn bezit hebben zodat hij kan beweren wat hij wil.' De misstap veranderde: van een diefstal, iets banaals en hebzuchtigs, werd het een krenking van alles waar het Museum voor stond.

'Misschien wil hij ze vernietigen zodat niemand hem kan tegenspreken,' zei ik.

Het idee bleef even in de ruimte staan, even schokkend als een lepralijder.

'Het gaat om de wetenschappelijke wereld,' zei de adjunct-directeur. 'We moeten er zeker aan wennen dat we elkaar gaan wantrouwen? Fouilleren als je binnenkomt, fouilleren als je weggaat. Metaaldetectoren en röntgenapparatuur. Machtigingen voor elkaars bibliotheken. Maar ik meende dat ik Hart, gezien zijn reputatie en na wat ik van hem had gelezen, wel kon peilen.'

'We moesten maar eens met professor Hart gaan praten.'

Ik wist dat dit 'we' alleen op mij sloeg.

Christopher Hart, zo vertelde Arkenhout me, kocht zijn treinkaartje van Amsterdam naar Keulen met zijn creditcard. Geen probleem. Hij had zijn paspoort bij zich, maar bij de Duitse grens hoefde niemand het te zien.

Hij pakte de tram en reed mee tot aan het eind van de lijn, ergens in een voorstad. Daar liep hij de trap op naar een flat op de derde etage waar een Indiër met bloeddoorlopen ogen zijn papieren innam. Geen bewijs van ontvangst, niets zwart op wit.

Vier uur lang deed hij met een biertje.

Toen hij terugging, paste zijn gezicht bij zijn naam. De Indiër – en zijn twee neven – repareerden identiteiten alsof het schoenen waren en met dezelfde beroepsmatige onverschilligheid. Hij betaalde contant. De Indiërs accepteerden bijna alle valuta.

Op de terugweg naar Amsterdam kreeg het saaie, grauwe grensstation van Emmerik een zekere glans: een oord van beproeving. Hij zag grijs geüniformeerde politiemensen op de lange, lege perrons. Hij wilde een van hen zijn paspoort laten zien, om te worden bekeken en onderzocht en doorgelaten als zijnde Christopher Hart, professor. Er kwam niemand.

Toen stelde hij zichzelf de vraag: heb ik mijn moeder echt een naam gegeven? Heb ik echt hardop gezegd dat ik nu 'Christopher Hart' ben?

Ik ging vroeg weg, door een branddeur het openbare museum in. Mensenmassa's bulderden me tegemoet, op weg om te gaan winkelen: culturen, naakte goden, al die onhandelbare geesten van rivieren en aardbevingen en geboorte die we achter sterk, officieel glas bewaren. Heel af en toe liet iemand zich tot staan brengen door de enorme bruine ogen van, bijvoorbeeld, een koptische portretkop, hield even stand tegen de stroom om weer weg te schieten naar de volgende verplichte bezienswaardigheid.

Ik keek hoe de suppoosten dit alles aankeken. Het waren oudere mannen die vast en zeker bier dronken en *pie* aten, die braaf hun dienstplicht hadden vervuld en geen grote mond terug zouden geven, die 's avonds door de zalen trokken en ze afsloten. Ze verdroegen de camera's en sensoren en de hele beveiligingsheisa, maar alleen omdat ze wisten dat alles uiteindelijk toch afhing van hun avondlijke ceremonie met grote, ijzeren sleutels.

Ik bedacht dat ze tot dezelfde wereld behoorden als mijn vader: mensen die Marmite aten, de naam Max Jaffa kenden, wisten wat er met 'traditie' werd bedoeld.

Ik was toch al met mijn gedachten bij mijn vader. Hij had boodschappen ingesproken op mijn antwoordapparaat. Ze begonnen allemaal onzeker, alsof hij zich niet op zijn gemak voelde omdat hij op deze manier tegen zichzelf praatte in de slechts vage hoop dat iemand de boodschap een keer zou vinden. Ik belde hem op, maar hij was er niet. Hij zat aan het eind van de middag altijd graag in de Portugese cafés aan Ladbroke Grove waar hij kon praten zonder de knagende last van het eeuwig moeten vertalen. Hij dronk dan kleine kopjes koffie en at cakejes met ei en amandelen. Ik weet niet waar hij over praatte.

Anna was nog niet thuis.

Het levensverhaal van mijn vader is een oud verhaal. Hij kwam als gastarbeider naar Engeland, werd kelner en schaafde zichzelf zo lang bij tot hij bedrijfsleider in een hotel-restaurant was. Al die tijd deed hij er alles aan dat ik niet zo werd als hij. Hij maakte van mij een donkere, nostalgische Engelsman, verknocht aan cricket en vorsten en kastanjebomen zoals geen Engelsman ooit weer zou kunnen zijn.

Maar mijn vader, zo besefte ik langzamerhand, vond de gang van zaken niet prettig. Met zijn vrienden sprak hij nog altijd Portugees. Wanneer ik uit school thuiskwam waren mijn 'Hello', mijn 'Good afternoon', het woord 'Dad' verraad aan de ware taal, het Portugees. Vissticks, toverballen, het waren steken in zijn hart. Maar hij kon me geen verwijt maken van enig verraad. Hij was al langs de vijandelijke linies geglipt en het bed in van de Engelse vrouw die mijn moeder was geworden.

Ze stierf zo snel aan kanker dat het wel een special effect leek, alsof ze even niet had opgelet en al haar verdedigingslinies het in één klap hadden begeven. Ik was toen tien. Ik weet nu wat mijn vader heeft gedaan. Hij heeft me tegen elke prijs in veiligheid gebracht. De hoogste van die prijzen was voor hem Engels-zijn. Andere gezinnen gingen terug naar Portugal als de meisjes dertien waren, net wanneer het Engels-zijn tussen hun benen zou kunnen komen. Maar ik was zijn zoon, zijn enige kind, en ik mocht blijven zodat ik zelf een buitenbeentje kon worden.

Ik ging studeren, iets wat niemand in de familie ooit had gedaan. Mijn vader was trots, sentimenteel en gespannen. Ik deed mijn doctoraal omdat ik moest worden gevrijwaard van graaf- of draafwerk om in leven te blijven.

Ik heb geen idee hoe mijn vader dit alles uitlegde aan vrienden die snakten naar huis.

Mijn vader was om half zeven thuis. Hij zei dat hij zaterdag naar Essex wilde, met een bootje de zee op, om op schar te vissen. Ik wist dat ik er met geen mogelijkheid onderuit kon.

Anna was nog niet thuis. Ik voelde haar afwezigheid, een kilte op de plek waar ze in een stoel behoorde te zitten of voor een raam behoorde te staan. Er werd beslag op haar gelegd, natuurlijk. Haar leven richtte zich naar het ritme van het college waar ze doceerde – pauzes, examens, bestuurscrises – en naar de vaak optredende, meedogenloze pijn in haar hoofd die haar platsloeg. Maar ze liet zich meer in beslag nemen dan anders. Ik vond dat ze helemaal werd opgeslokt door iets, iemand anders, en het lukte haar zelfs niet te doen alsof alles gewoon was. Het was prettiger dan de afstand tussen ons toegeven.

Anna kwam thuis, maar ik voelde haar afwezigheid nog steeds.

Ik heb het politiedossier hier, of liever, kopieën ervan: keurige rapporten, zonder alinea's, soms een aantekening in de kantlijn. Volgens het dossier vertrokken inspecteur Van Deursen en brigadier Visser omstreeks deze tijd vanuit Amsterdam voor een gesprek met de familie Arkenhout. Een van hen heeft onder aan de eerste bladzijde geschreven: 'Aardige mensen.' En daaronder: 'nepvuur in de open haard. gaf helemaal geen warmte.'

Ze vroegen of Martin Arkenhout nog had geprobeerd om contact op te nemen met zijn ouders. Zijn moeder zei: 'Nee, eigenlijk niet.' Ik denk dat ze het met schaamte heeft gezegd.

'U bent de afgelopen tien jaar niet verhuisd?'

'Nee.'

'En die man in de tram, die heeft u een andere naam gegeven?'

'Hij zei dat hij Hart heette. Christopher Hart. Hij zei het in het Engels, maar ik had Nederlands tegen hem gesproken, begrijpt u?'

'U weet heel zeker dat u zich niet hebt vergist?'

'Ja.'

'U weet ook dat het strafbaar is om de tijd van de politie te verspillen?'

Onderaan had een van de politiemensen in dun potlood nog een aantekening gemaakt: 'Heel praktisch. Radeloos, maar kon het niet laten merken. Aan iets verslaafd?' Zijn collega had de aantekening van een opmerking voorzien: 'Geneesmiddel op recept. Haar man immers arts.' Hij had de woorden 'op recept' krachtig onderstreept.

Mijn vader ging aan de riemen zitten terwijl ik de boot het vlakke water van de riviermond op duwde. Ik zou hem niet hebben kunnen tegenhouden. Hij was zesenzeventig, nog altijd pezig, trots op het feit dat hij de pakken van zijn vijftigste nog aan kon. Zijn haar was een witte, smetteloze helm op het hoofd van een oud geworden Brylcreemjongen. Maar de pezen van zijn armen zagen er dun uit en waren behangen met losse huidkwabben.

Tijdens de rit van Londen hierheen was hij één keer in slaap gevallen. Hij was opgewekt, bijna jong als hij geanimeerd was. Maar toen ik van opzij naar hem keek, met zijn wijdopen mond, zag ik de schedel onder de huid liggen.

Maar op dit moment was hij een held, zijn ogen lichtten op met een soort wrevel.

'Schiet op,' zei hij.

Ik wist niet of we de vis, het tij of misschien een denkbeeldige trein naar huis dreigden te missen. Hij kon niet langer wachten: hij was de gelaten rust van de middelbare leeftijd kwijt.

Ik sprong in de boot en hij trok erop los. Af en toe ketste een riem op het water, maar meestal was het geheugen van zijn spieren even goed als van zijn geest. Na een stuk of tien halen zei hij: 'Jij mag straks roeien.'

Ik zei: 'O. Dank je.'

Hij roeide de vaargeul in. De slikbodem gleed onder ons door. De luchten waren reusachtig en bleek en er stond een vals windje en er was een brandende zon, alles tegelijk. Ik keek naar de slikken om ons heen: bloeiende wikke, zoutwatergeulen uitgesneden in de modder en zoutwaterbies.

Hij ging de zee op. De halen kostten al moeite, maar hij was een en al concentratie. Hij sprak niet om niet te laten merken dat hij misschien buiten adem begon te raken, en hij lachte niet.

Ik zei: 'Is het niet laat op de dag voor schar?'

Hij zei niets. Ik keek achterom naar de vlakke kust, de afzetting van biezen. Een reiger stond doodstil aan de rand van het water.

Hij haalde de riemen heel abrupt in. Ik vroeg me af of hij geen energie meer had, of dat zijn hart hem last bezorgde, maar hij zag er sterk en opgewekt uit.

'Pak de lijnen,' zei hij.

We voorzagen de lijnen van haken en aas en zetten ze uit. Het roeibootje werd in hun netwerk gevangen, en we bleven op onze plek op zwart water, en wachtten.

Ik wist dat ik beter niks kon zeggen. Als kind praatte ik soms tijdens de wandelingen in Surrey – een Green-Linebus, een paar uur bos – en dan was het mijn schuld dat de koekoek of de gekraagde roodstaart of de kramsvogel of het sijsje wegvloog en de hele dag niet meer terugkwam.

'We zijn te laat het water opgegaan,' zei mijn vader beschuldigend.

'Daar was ik al bang voor. Zijn we trouwens niet te ver buitengaats?'

We waren allebei met onze rug naar het monument aan de riviermonding gaan zitten: de torens en blokken van een kerncentrale. We hadden ons heilig voorgenomen om alleen water en slikken te zien.

'Ik heb een rekening. Poupança Emigrante,' zei mijn vader.

'Hoe bedoel je?'

'Een bankrekening in Portugal, voor emigranten.'

'Maar je bent Engels.'

'Ik heb het huis verkocht,' zei mijn vader.

Ik wist even niet waar ik moest kijken. De slikken vormden een zwarte lijn in het heldere licht. De lucht was gewassen bleekblauw. Er was geen enkele wolk te vinden waar je gezichten of een landkaart in kon zien, iets wat mijn vader en ik vroeger altijd deden. Er waren verder geen boten op zee voor dit soort excentrieke expeditie.

'Ik zei dat ik het huis heb verkocht.'

'Ik heb je wel gehoord.'

'Volgende maand ga ik weg.'

'Ga je weg?'

'Ik heb in Portugal een huis laten bouwen. Ik wil weten wat je ervan vindt.'

De boot draaide een beetje, onrustig door het veranderende tij. Het zag ernaar uit dat de lijnen in de war zouden raken en ik begon ze uit te zoeken, haalde er hier een in, trok daar een ander strak, als iemand die een kamer opruimt.

Na een tijdje zei ik: 'Ik snap het niet.'

'Ik ga naar huis. Naar Portugal.'

'Je hebt altijd gezegd dat je huis hier in Engeland was.'

'Ik heb zoveel gezegd. We vangen hier niets zo midden op de dag.'

'Ik snap het niet.'

'Anna en jij moeten me komen opzoeken als ik mijn draai daar heb gevonden. De rest van mijn geld zet ik ondertussen op een Portugese bank. Zestien procent rente. Dat krijg ik hier niet.' Hij was altijd bezig met geld, zonder kennis van zaken maar geïnteresseerd. Hij heeft me eens gevraagd of hij geld kon verdienen met de in- en verkoop van het soort schilderijen waar ik iets vanaf weet.

'Weet je zeker...'

Hij kwam in het bootje overeind. Als hij uitgleed, plotseling bewoog, bewoog van woede, zou hij het bootje doen omslaan en zou het donkere rivierwater in onze kleren trekken en ons in lange, groene waterplanten verstrikken. Ik wilde dat hij kalm was.

Hij rekte zich uit, de armen achter in zijn nek, en zakte even door de knieën om zijn hamstrings te rekken.

'Daar sta je van te kijken, hè?' Hij grijnsde.

Deze keer pakte ik de riemen en ik bracht ons allebei zo snel terug naar de kust dat het water tegen de boeg klotste. Hij had er niets over gezegd, niets over een huis in Portugal of over terug willen of over de verkoop van het huis in Stockwell waar hij zo lang had gewoond met mijn moeder, en met mij, in de geur van basilicum, koffie en ontsmettingsmiddel met dennengeur. Ik bedacht met een schok hoe weinig hij eigenlijk altijd had gezegd.

De boot liep onder ons aan de grond. 'Kalm,' zei mijn vader, 'kalm.' Hij keek naar de bleke lucht en zei: 'Er komt regen.'

Anna kwam na mij de kamer in en ging op bed liggen. Ik voelde dat ze iets wilde vertellen door me niet aan te raken.

'Hij heeft er met geen woord over gepraat,' zei ik. 'Hij moet er maanden over hebben lopen denken, misschien wel jaren. Een huis verkoop je niet zo een twee drie. En een huis bouwen kost helemaal tijd, verdomme.' Goed beschouwd had hij hier zijn draai helemaal niet gevonden; hij dacht aan Portugal, verlangde er misschien naar, maakte plannen voor een huis met een bepaald soort kamers en deuren en gevels. 'Hij heeft nooit iets gezegd. Hij wilde zelfs nooit op reis. Weet je nog dat ik hem wilde meenemen naar...'

Haar stilte onderbrak me. Die was luider dan woorden.

'Je zit me dwars,' zei ik.

En dat was zo: ze ving op de meest onverwachte momenten mijn blik, mijn adem, doorkruiste mijn plannen, stoorde me bij het lezen en liet me met een glimlach achter. Ik was voortdurend bezig met de vraag hoe lang ze het volhield. Ze had geen enkele vraag gesteld, wat een slecht teken was. Ze was één keer naar de badkamer geweest, voor een pil voor haar hoofd.

'Misschien moet ik met hem mee,' zei ik.

'Jij wilde altijd dat hij zo onafhankelijk werd. In wezen ben je trots op hem.'

Het werd dus een geluksmorgen, vreedzaam als melk. Ze kon zich tenminste bezighouden met hetgeen ik had gezegd.

Zo ging het niet altijd. Ik had de troebele gewoonte aangenomen geheel en al van haar te houden én altijd op mijn hoede te zijn, beide in gelijke mate, bedacht te zijn op het moment waarop de pijn in haar hoofd terugkwam en driftbuien gesprekken afkapten en woorden scherp rondvlogen en de pijn in de kamer aanwezig was als een soort wrakkige ex-rivaal die vond dat hij nu het recht had om vriendelijke en beleefde aandacht te eisen.

Ik ging naast haar liggen. Ik voelde me daar thuis, maar ik wist dat ik haar niet kon aanraken omdat aanraken één gevoel te veel voor haar was.

Ze zou gaan wandelen. Ik zou gaan wandelen. Het zou ons, op een of andere manier, wel lukken.

Op dezelfde dag ging Hart, volgens mevrouw Arkenhouts dagboek, dat ze aan de politie heeft overhandigd, naar huis terug.

Ik kan me niet voorstellen dat hij had besloten waar hij heen ging. Hij moet treinen hebben genomen, te vroeg zijn uitgestapt, op allerlei plaatsen langs het traject op de volgende trein hebben gewacht, in gehuchten, in art-decostations, allemaal grauw en geel en betegeld, en op ongezellige, open halteplaatsen. Hij lustte koffie. Ik veronderstel dat hij koffie nam, en nog een.

Hij kwam aan in het stadje waar hij was opgegroeid. Het is een halfuur lopen van het station naar het huis van de familie Arkenhout, dus hij moet er om een uur of vier 's middags zijn gearriveerd, het tijdstip waarop het huishoudelijk bestaan weer beslag legde op mevrouw Arkenhout: tijd om te gaan koken, om de strijk af te maken, om de tuin te sproeien, om koste wat kost klaar te zijn.

Hij hoefde niet te zoeken. Hij moet al halverwege geweest zijn voordat hij om zich heen keek. De huizen waren net een serie speelgoedhuisjes van een elektrische trein, net zo schoon, bij elkaar passend, gekleurd en net niet echt, en die fanatieke netheid stond op land dat al net zo kunstmatig, ontstolen aan de zee was. Het was allemaal zo gekunsteld en onwaarschijnlijk: een keurig kader om in op te groeien.

Ik weet dat hij zich herinnerde hoe hij op zijn fiets stapte en door de groene polder reed en al die tijd in het zicht bleef tussen de rechthoekige weiden, achter de hoge stammen van de populieren. Ik weet het omdat hij het me heeft verteld, maar hij zei dat het allemaal in Engeland was gebeurd. Hij reed door naar de duinen en de zee, kleedde zich uit zodat niemand hem zou herkennen aan zijn kleren. Zo liep hij dan door het zachte, heuvelige zandlandschap met even de gedachte dat hij alleen was, waarna een hoofd, twee bekende hoofden boven het volgende duin verschenen en hem weer in zichzelf gevangenzetten. Toen al wilde hij niet gewoon alleen zijn. Hij wilde iemand anders zijn.

Als hij het huis kon zien, kon iedereen in het huis hem zien. De tuin straalde nog steeds iets onbenulligs uit: het was een ongeschreven wet dat je er een had, niet dat je er iets méé had.

Hier buitenaf kon er geen twijfel aan bestaan. Hij was weer Martin Arkenhout, het kind dat door het huwelijk tussen zijn ouders was geëist, het bewijs dat er met hen niets mis was. Hij was de Martin die hier had gespeeld, plannen had gesmeed, zijn huiswerk had gemaakt, had geprobeerd het aan te leggen met meisjes. De plek herinnerde zich hem en nam hem terug – alsof hij ooit zou kunnen wegkomen.

Het moet een schok voor hem zijn geweest: het gemak waarmee hij teruggleed langs alle identiteiten die hij had gestolen naar die ene waaraan hij met zoveel moeite was ontsnapt.

Hij was een paar honderd meter van het huis en er stonden nog maar drie andere huizen voordat de weg eindigde bij een hek. Nu kon hij nog een bezoeker van de familie Boerrigter zijn, of van de familie Field, als het hun tenminste niet was gelukt terug naar huis in Malvern Hills te gaan, hun droom van hoogten. Op het moment dat hij de andere huizen voorbij was, kon hij alleen nog maar Martin Arkenhout op weg naar huis zijn.

Ik vermoed dat hij alleen met de gedachte om terug te gaan heeft gespeeld. Hij had immers de levensgeschiedenis er niet meer voor.

Om Martin Arkenhout in te vullen zou hij voor zichzelf een soort roman moeten schrijven ter invulling van de afgelopen tien jaar. Martin die er op college een beetje bij hangt, Martin die de studie opgeeft en aan de zwerf gaat, Martin in geruite broek die dope rookt, die droomt van zelfontplooiing en als de lol van de drugs eraf is, bij een bank solliciteert, een accountantskantoor, een culturele instelling. Geen colleges meer, dus Martin leest niet meer. Martin stapt in een baan als in een trein die hem naar een plek brengt die een ander voor hem heeft bepaald. Martin woont met een meisje in een flatje in Utrecht omdat Amsterdam te duur voor hem is. Hé, mam, kijk dan, ik reis op en neer. Martins vriendin heeft een abortus. Martin laat haar in de steek. Martin maakt er een puinhoop van. Martin neemt Prozac. Als Martin zou Martin het niet best hebben gedaan.

In gedachten had hij dit huis laten afbranden, in het zand begraven.

Hij bleef in de laan staan. Hij kon zich niet veroorloven te worden gezien, nog meer mensen vragen te laten stellen, maar opvallender dan nu kon hij nauwelijks zijn: een bonenstaak afstekend tegen vlak land.

Hij zag zijn moeder achter een raam. Ze kon zijn gezicht natuurlijk niet echt zien. Ze zou daarbuiten een bonenstaaklange man zien lopen, een silhouet tegen een hemel die bleek van de warmte was; net als bij een foto kon ze er later de betekenis aan geven.

Mevrouw Arkenhout liet de pasgewassen vitrage terugvallen; ik zie het voor me.

Er liep daarbuiten een man langs de weg. Hij kwam deze kant op maar bleef opeens staan. Je moest tegenwoordig een oogje in het zeil houden, de burenwacht. Maar misschien ging hij naar de familie Boerrigter. Misschien maakte hij gewoon een wandelingetje nu de zon wat minder fel scheen.

Maar het zou natuurlijk ook Martin kunnen zijn. Ze zei tegen zichzelf dat ze dat niet moest denken; daar schoot je niets mee op en het was ongepast. Ze verdacht zichzelf er nu van dat ze hem terugfantaseerde omdat het zelfs nog onwaarschijnlijker leek dat hij zo abrupt, zo bot verdwenen was: een statistisch gegeven uit een zuidelijke staat die ze zich altijd voorstelde als warm, gevaarlijk en niet erg schoon.

De man sloeg niet af naar de Boerrigters. Hij kon nu alleen nog naar hun huis. Als hij kwam, kon hij haar kussen of hij kon haar vermoorden. Hij kon haar dingen vertellen die ze niet wilde weten.

Ze moest de politie bellen; dat was wat je als burger behoorde te doen. Maar ze vonden haar al een beetje vreemd, een beetje getikt zelfs: een vrouw die dingen ziet.

Op de weg schopte de man even een steentje voor zich uit, ging aan de kant voor een auto die verdwaald moest zijn en maakte zich toen enorm lang.

Mevrouw Arkenhout trok de vitrage dicht. Ze keek naar hem in de spiegel boven de open haard tot hij opeens wegliep. Ze schreef dit allemaal op in haar dagboek.

Mijn vader wilde koffie terwijl de verhuizers aan het werk waren, maar hij wilde eigenlijk het soort koffie dat hij voor zichzelf kon maken. Dat bleke, melkachtige spul in een koffiekopje had hij eerst een belediging gevonden, nu was het de volmaakte reden om uit Engeland weg te gaan. Hij dronk het op en hoefde geen woord te zeggen.

We konden het huis door het spiegelglas van een café in de gaten houden. Er kwamen oude eikenhouten fauteuils uit, daarna goedkope banken. Verder was er een groot, onmiskenbaar koperen bed en zelfs een staande kapstok. De mannen zwoegden onder de zware spullen van een leven. Ik voelde er niet voor om te vragen wat hij meenam, omdat dat zou verraden welke voorwerpen – een tafel waaraan ik altijd zat te schrijven, de doosjes op mijn moeders toilettafel, onze eigen bekers – werden achtergelaten.

‘Heb je in Portugal alles wat je nodig hebt? Nu al?’

Hij zei: ‘Ik heb Portugese spullen gekocht.’

‘Ik snap niet dat je je hele leven hier in Londen zomaar achterlaat. Ik snap er niets van.’

'Ik ga omdat het kan.'

'Dat kon toch altijd al? Alleen heb je het nooit gedaan.'

Hij zei: 'Ik kan nu terug.'

Hij liet het vermoeden van een verhaal in de lucht hangen, iets wat hij niet ging vertellen, maar kloppen deed het niet. Ik had hem altijd beschouwd als een soort held, iemand die had kunnen ontkomen aan het eindeloze regime van dictator Salazar. Het deed er eigenlijk niet toe of hij in werkelijkheid werk had nagejaagd in plaats van vrijheid, want hij had de moed gehad om weg te gaan.

Hij had kunnen terugkeren toen Portugal in de jaren zeventig een democratisch land werd. Maar hij was kelner en bleef in Londen.

Hij zei: 'Geen vragen stellen.'

'Best,' zei ik.

Hij stond opeens op, op zoek naar kleingeld, en trok zijn broekzak binnenstebuiten zodat het muntstukken regende. Hij haastte zich om ze op te rapen, zette er vervolgens een stapeltje van op tafel als betaling van de koffie. Na zoveel jaar hoefde hij niet naar de prijs te vragen.

Ik zei: 'Kan ik nog iets voor je doen?'

Hij wierp me een lelijke blik toe, rechtte zijn rug en liep naar het huis. Als het iemand anders dan mijn vader was geweest, zou ik hebben geweten dat hij bang was.

Hij ging naar binnen om te kijken of ze alles hadden meegenomen, zei hij. Ik stond aan de weg en keek toe hoe de laatste pallets en stukken vilt achter in de vrachtauto werden geladen, tot een van de verhuizers een sarcastische opmerking maakte en ik terugliep naar het station van de ondergrondse.

Ik was zo oppassend geworden dat ik in een doosje zat. Ik wist niet eens hoe weinig ik wist. Ik was een doodgewone Engelsman geworden, ik was druk bezig geweest met loopbaan en huwelijk en ik had het nooit nodig gevonden om te helpen mijn vader het door hem geadopteerde land binnen te trekken. Ik was er altijd van uitgegaan dat mijn vader net zo genaturaliseerd en gevestigd was als ik.

Ik ging naar het graf van mijn moeder, een marmeren rechthoek bedekt met marmeren scherven onder met elkaar vergroeide oude bomen. Ik wist niet goed wat ik er kwam doen. Ik knielde neer en veegde de zaden en de bladen weg, haalde wat vogelpoep van de marmeren letters. Ik had het gevoel dat ik de gang van zaken moest kunnen uitleggen.

Hardop zei ik: 'Hij is weg.' De woorden werden gesmoord door de vochtige, koude lucht.

Er werd met algemene stemmen besloten, niet door collega's met namen en gezichten, maar door een van die discreet opererende Museumcommissies waar ik niet goed genoeg voor was, dat ik naar Nederland moest gaan om Christopher Hart te zoeken. Hij zou niet weigeren om me te ontvangen als ik plotseling voor hem opdook. Hij zou misschien niet direct weten wat ik wilde, maar het was beter om hem niet te melden dat ik kwam, voor het geval dat.

Methodisch pakte ik mijn koffer; Anna bleef uit de buurt. De broeken gevouwen op de truien zodat ze in de vouw bleven; de jasjes binnenstebuiten, met de naden van de mouwen goed zichtbaar en grof, schoenen in hun hoezen.

Anna zei: 'Je moet iets te eten hebben.'

Ik kon aan niets anders denken dan aan weggaan, en dat wist Anna. 'Of wil je koffie?' We vonden het allebei verschrikkelijk als de ander in de war was.

'Ik wilde dat ik met je meekon,' zei ze. 'We zouden met ons tweetjes naar Leiden kunnen gaan. Ik ben dol op de tuinen in Leiden.'

Dat meende ze niet. Ze liet me zoals altijd gaan, een en al zorgzaamheid maar zonder me vast te houden.

'Ik blijf maar een paar dagen weg,' zei ik. 'Ik heb het nummer van het hotel voor je opgeschreven. En de vluchtnummers.'

Ik trok de rits om de kledingzak dicht. Ik nam haar even in mijn armen; haar warmte en mijn warmte vormden een vriendelijke, afgesloten zone, net als bij minnaars.

'Het gaat niet zo goed met Fred, geloof ik.' Ze doelde op de kat, een witzwarte veteraan die zijn gloriejaren uitbundig had gevierd. 'Ik ga met hem naar de dierenarts.'

We wisten allebei dat dat iets was wat we altijd samen deden.

'Je moet een taxi hebben,' zei Anna. 'Ik zal er een bestellen.'

'Ik heb nog wel tijd voor koffie.'

Anna nam me bij de hand mee naar de keuken. Ze had natuurlijk cornflakes en yoghurt klaargezet: als ze kon zou ze me voeren. Ze had al koffiegezet. Ze had geen goede nacht achter de rug, dat was te zien aan de kringen onder haar ogen. Ik werd even helemaal overweldigd door haar liefdevolle aandacht, voor zolang die duurde, en door wat haar zo apart maakte: een fijngetekend, scherp gezicht, de onvergetelijke benen die volmaakt en tegelijkertijd te kort waren, als een proefstuk.

'De taxi komt eraan,' zei ze. Ze hield niet van afscheidnemen.

De dag erna besloot brigadier Visser, zo staat er in het politierapport, om Christopher Hart te gaan zoeken. Hij liep de hotelregisters en de computerbestanden na. Hij vond één Christopher Hart, Brits paspoort, ingeschreven in een goedkoop hotel op de Rozengracht. Omdat Hart de avond ervoor had ingecheckt, lag zijn paspoort nog bij de receptionist, die het aan de politie gaf zodat het kon worden gekopieerd. Die beschikte nu over een foto die ze aan meneer en mevrouw Arkenhout konden laten zien.

Toen de brigadier naar het hotel terugging omdat hij een misdaad rook zonder te kunnen zeggen wat voor een, was Hart al weg. Hij was blijkbaar van zijn ochtendkoffie, ochtendkrant, ochtendwandeling teruggekomen, was de trap opgegaan waar hij de receptionist had getroffen die hem zat op te wachten. Ik zie de man voor me: zijn schouders helemaal gespannen van zijn gelijk.

'De politie is hier geweest. Ze wilden uw paspoort zien.'

Arkenhout zei: 'Hebben ze niet gezegd waarom?'

'Ze zeggen nooit wat. Als er wat mis is, kunt u misschien beter een ander hotel zoeken. Eigenlijk vind ik dat u maar een ander hotel moet zoeken.'

'Goed,' zei hij.

Hij wist niet wat hij anders moest zeggen. Hij was nog nooit de man geweest die door de politie werd gezocht: zijn naam hoorde altijd bij het lichaam dat hij achterliet. Hij wist gewoon dat hij niet kon zijn gevonden, nog niet.

Ik neem aan dat hij zijn koffer heeft gepakt, zijn paspoort heeft opgehaald, de rekening heeft betaald, dat de receptionist naar Harts creditcard heeft staan turen alsof het hologram de code van een of ander complot bevatte, en duidelijk verbijsterd was toen de autorisatie over de lijn binnenratelde.

'Wilt u een taxi?' vroeg de receptionist. 'Naar het vliegveld?'

'Nee.'

'Ik dacht dat u het land wel uit zou willen.'

'Waarom zou ik?' zei hij.

De receptionist herinnerde zich tegenover de politie alles wat hij had gezegd, tot en met het 'Prettige dag'.

Hij stond op straat, zonder vast adres, zonder vaste naam, bekend als Martin Arkenhout en Christopher Hart, wat minstens één naam te veel is. Het politiedossier vermeldt niets over de volgende vierentwintig uur.

Maar stel u voor: deze man leeft van formulieren, adres, beroep, nationaliteit, één letter per vakje, hier tekenen, alles waar men op let. Hij heeft me ooit verteld over Tinkerbelle, de apparaten die elk transatlantisch telefoontje opvangen, meer per uur dan wat wie ook tijdens een leven lang werken zou kunnen uitschrijven en lezen; hij zei dat het punt was dat er niets onopgemerkt bleef. Alles wat je doet is aan voorwaarden gebonden. En al die jaren had hij van dat gegeven gebruikgemaakt, bedrog gepleegd met formulieren en cards en passen en documenten en met de bureaucratische reflex die ze veroorzaakten. Het was een schok voor hem toen bleek dat de bureaucraten ook gebruik wisten te maken van documenten.

Hij had nog niet eerder echt hoeven bluffen, omdat er nooit iemand was geweest die hem op de proef had gesteld; hij nam een nieuwe naam en trok onmiddellijk verder. Maar nu moest hij op volmaakte wijze Christopher Hart zijn, wat die ook mocht zijn: hoogleraar, wetenschapsman, schrijver en wat verder nog. Hij stond bij de dode in het krijt en dat allemaal vanwege een stom antwoord op één onverhoedse vraag in de tram.

En hij moest een personage spelen. Hij kon niet gewoon zichzelf continueren onder een andere naam.

Hij kon één ding maar niet van zich afzetten. Hij zei – hij refereerde aan een andere gelegenheid, maar ik weet zeker dat hij deze keer bedoelde – dat voor hem de stad bestond uit archiefdozen waarin mensen door bedrijf en beroep worden opgesloten, terwijl ze welbewust volgens afspraak van de ene plaats naar een andere gaan. Zelfs de lanterfanters in de zon waren toeristen, dagjesmensen, tijdverspillers die zich zeer bewust waren van het duidelijk geregelde gat in hun georganiseerde dag; ze wisten hun plaats.

Hij was de afwijking geworden, verwachtte er te worden uitgepikt. Hij kon niet overtuigend bij een tramhalte staan zonder bestemming. Hij had geen enkele reden om op welk tijdstip dan ook in welke straat dan ook te zijn. Voorbijgangers, degenen met zelfs het onbeduidendste doel, waren in het voordeel: een netwerk van verplichtingen en afspraken en vaste gewoonten en de verwachtingen van anderen om hen op hun plaats te houden. Maar hij had zijn uitzonderlijk werk gedaan, een leven gestolen, en nu ging hij te gebukt onder zorgen om het te leven.

Hij kon niet goed denken, dus probeerde hij buiten zichzelf te stappen: spacecake, een paar pilsjes, een paar duistere pepermuntlikeurtjes.

Maar hij kon nog steeds alleen maar door zijn eigen ogen kijken. Hij keek naar de hoge gevels van de huizen, de zwaaiende bomen, het zachte licht dat op het grachtenwater in stukken viel, een grote maan in de blauwe en neonverlichte nacht, en hij trad buiten de tijd. Hij was niet gebonden aan een bepaalde naam of persoonlijkheid, aan het spelen van een persoon, zelfs niet aan in-dit-huidige-moment-zijn. Hij was geen seriemoordenaar, ordelijk en regelmatig: hij was een eigenzinnig verbruiker van levens.

Restaurants gingen dicht, gedempt licht achterin, kale tafels, gestapelde stoelen. Er werden wat mensen door kroegen uitgebraakt op een ademtocht van rook en bier. Ik stel me voor dat hij in paniek raakte. Het was geen chemische paniek, hij kwam uit het hart. De afwezigheid van contact met de stad werd de stad die hem buitensloot. Het was een windstille zomernacht, maar het leek heel koud.

Hij heeft me verteld dat hij in de etalage van een boekwinkel stond te staren, probeerde contact te leggen met titels, onderwerpen: niet alleen weten wat ze betekenden, maar zich te binnen brengen wat hij van ze wist en van ze dacht, zichzelf om dat skelet heen reconstrueren. Het lukte niet.

Aan de overkant van de straat was een bomvolle bar, van een gezelligheid waarbij men tegen elkaar aan staat te schurken alsof men niet zeker weet of men nog op eigen benen kan staan.

Misschien zijn we elkaar die dagen wel rakelings gepasseerd. Ik zat op een avond in een bar en ik herinner me een gezicht voor het raam dat ik merkwaardig vond: een volwassen man, een jaar of dertig, stoned, grote grijze ogen, de rol spelend van een kind dat op zijn vader wachtte en met grote ogen naar een volwassen wereld keek. Maar met foute drugs kan iedereen zo worden.

Ik ging aanvankelijk nog niet op zoek naar Hart, niet zolang er museummensen, collega's waren, om te bezoeken. Ik wist dat ik geen politieman was, zelfs geen zedenpreker; ik was alleen maar in Amsterdam om een pijnlijke situatie uit de wereld te helpen. Ik zou nooit kunnen opsporen en schaduwen en razen en tieren. Ik begreep niets van de misdadiger en de politieman in Engelse whodunits die allebei zo kies zijn dat de moordenaar, als hij door de mand is gevallen, de kamer uitgaat om zelfmoord te plegen, teneinde elke sociale commotie te vermijden. En ik heb ook niet de mazzel zoals in *Bay City* waarin de privé-detective in de arm wordt genomen door de vrouw die het heeft gedaan, de wapens ziet afgaan als hij helemaal onder de Martini is, die zo vaak tegen een misdaad oploopt dat zijn adem behalve naar drank ook naar medeplichtigheid en verdenking ruikt. Ik voelde me een zee van telefoonnotities en werkkamers van Harts misdaad verwijderd.

Ik deed waar ik het beste in ben, namelijk praten met collega's.

'Dus wat wil je?' zei Van Ostaade. Hij was een kleine, tengere man met een gezicht dat op het punt stond op te gaan in fijne lijntjes, conservator van het Rijksmuseum.

'Wat ik wil?'

'Natuurlijk wil je iets. Als je hier alleen maar was voor seks, drugs en rock-'n-roll zou je het museum niet gebeld hebben.' Ik vond het interessant dat zijn museum ook 'het' museum was.

'Kun je mij vertellen,' zei ik, 'wat hier in Amsterdam de beste helers van zeventiende-eeuwse prenten zijn?'

'Met toeschrijving of niet?'

'Ja.'

'Grote namen?'

'Bekende namen.'

'Hoeveel?'

'Genoeg.'

'Het zit jullie niet mee, hè? Ik heb gehoord over de Perzische boekomslagen. En die Japanse kist. En dat juwelenkistje van de Medici en die Louis XIV-flesjes. Jullie moeten toch 's wat zorgvuldiger worden.'

'De controle wordt verscherpt,' zei ik. 'Dat zeggen ze. Maar deze prenten vallen onder mijn afdeling, en daarom ben ik hier.'

'Denk je dat ze misschien in Amsterdam worden aangeboden?'

'Het is een ruime markt. Onze dief, als hij het tenminste heeft gedaan, is hier. Er zijn hier een paar aardige, mollige, blozende handelaren met zeer interessante achterkamertjes.'

'Ik hoop dat je geen zaken met ze hebt gedaan,' zei Van Ostaade. 'Ik kan je verhalen vertellen over mensen in jullie Museum...'

'Voor mijn tijd.'

'Ach, ja, natuurlijk. Wat voor prenten zijn het? Landschappen en deftige mensen?'

'Bloemen. Vogels. Insecten. Dieren. En mensen.'

'Dat kan dus van alles zijn.' Van Ostaade dronk luidruchtig zijn bierglas leeg.

Maar ik moest voorzichtig zijn met mijn antwoord; dat wist hij.

Hij grinnikte hoe dan ook, zijn gezicht wat uitgezakt en nat door het bier. Opeens werd de volumeknop aan de bar een stuk opengedraaid. 'Je hebt het over prenten waar iedereen verstand van denkt te hebben, dus wil iedereen ze hebben,' zei hij. 'Iedereen kan ze dus ook verkopen. Je kunt niemand uitsluiten.'

Ik zei: 'Ik moet de handelaar hebben. Een geloofwaardige handelaar.'

'Ga je het spul terugkopen? Ik weet niet of de politie dat zo leuk vindt.'

'Nee,' zei ik. 'Ik koop het niet. Misschien wel de aanloop ertoe. Afdingen als het moet.'

Van Ostaade was zo aardig om me niet met een paar uitgekookte gissingen vast te pinnen. Hij zei wel dat hij her en der zou informeren of er nog iets spectaculairs in de aanbieding was. Hij zou het heel discreet doen. En hij vond het geen enkel punt om hun eigen prentenkabinet ook te controleren voor het geval dezelfde heer ook bij hen op bezoek was geweest. En of ik hem nog even wilde vertellen om wat voor prenten het ging en wie er verdacht werd.

Wat ik natuurlijk niet deed.

We dronken nog wat en de vrouw aan het tafeltje naast ons plofte van haar stoel en krabbelde terug, haar gezicht slap en grijnzend, viel weer en werd overeind geholpen door haar eekhoornhandjes aan de tafelrand. Iedereen was het erover eens dat ze een grandioos drinkstertje was, altijd al geweest.

In het politiedossier zitten de bankafschriften van Harts creditcards, dus we weten dat hij geen slaapplaats heeft kunnen vinden; hij staat niet in een hotelregister. Hij moet zijn ogen met luciferhoutjes hebben opengehouden.

Om vier uur 's morgens liep hij door de enorme, glimmende hal van Schiphol om een kaartje naar Oporto te kopen. Om die tijd is er nog niet veel te doen op een luchthaven. Er waren Surinaamse vrouwen die brede zwabbers voor zich uit duwden, en rijen onbemande incheckbalies als kramen op een kermis die even later zou gaan draaien. Misschien was de kermis ook wel voor altijd verlaten: alleen nog staal en plastic, geen kijk meer op ontsnappen of handel of fantasie, niets wat ooit nog zou bewegen. Maar het was er schoon.

Om 4.35 uur checkte hij in voor de vlucht van 9.50 uur. Ik neem aan dat de man aan de incheckbalie iets tegen hem heeft gezegd. Misschien alleen maar: 'U bent vroeg. Zware nacht gehad?' De man had zo duidelijk gelijk dat hij niet op antwoord rekende.

Hart liet zijn paspoort en zijn boarding pass zien om naar de centrale hal te kunnen.

Hij had het eigenlijk nooit benauwd als hij een nieuwe identiteit probeerde. Hij was deel van de mensenmassa, er was geen reden waarom hij zou worden gecontroleerd en daarna nog eens. Maar het was raar om zo ver voor het vertrek al op het vliegveld te zijn, en hij was de enige bij de paspoortcontrole.

Harts paspoort was een ouderwets, Brits exemplaar, zwart, met harde kaft. De marechaussee had al zijn aandacht aan hem kunnen besteden, maar hij liet hem met een handgebaar doorgaan.

De politie had belangstelling voor Christopher Hart, de immigratiedienst niet.

De rolluiken van de winkels waren bijna allemaal omlaag, dus hij kon nergens wegduiken.

Hij bevond zich tussen de plotselinge verliezers wier vliegtuigen nooit kwamen opdagen, die snurkten en trapten en zich schameltjes oprolden waar ze maar konden: vluchtelingen in opleiding die slechts wachtten tot ze terugkonden naar de burgerstatus.

Om 5.15 uur nam hij een bed in het daghotel. Ze hebben daar pure, koele dozen van kamers. Ik kan me niet voorstellen dat hij lekker heeft geslapen. Hij ging op de rand van het bed zitten, probeerde dingen te bedenken, met krakende hersens en gedachten die vanbinnen tegen zijn ogen schopten.

Toen schoot het door hem heen: Harts Volkswagen. Hoe moest hij verklaren dat Hart zijn auto in Nederland achterliet als hij hem in Portugal nodig had? Hij moest terug om hem op te halen en hij moest het allemaal doen zonder één fout te maken. Hij leek een talent te ontwikkelen om de dingen verkeerd te doen.

De volgende morgen ging ik op zoek naar Hart. Het klinkt absurd, maar ik ging uit van de beleefde veronderstelling dat iedereen me de waarheid zou vertellen, en had de arrogantie te denken dat Hart door de knieën zou gaan zodra ik hem had gevonden.

Ik had de man nooit gezien, weet u nog, nooit ontmoet: voor mij was hij een reputatie, iemand over wie ik in de dagregisters had gelezen, die voortdurend meer materiaal van het Museum had gevraagd. Ik had er de voorkeur aan gegeven me terughoudend op te stellen als hij zijn verzoeken deed, die schriftelijk door hem te laten doen, en schriftelijk te reageren. Ik kan er niet goed tegen indringend te worden benaderd, of te worden geprest.

Ik ging met de dubbeldekstrein en nam een taxi naar de universiteit waar Hart voor het laatst was gezien: een bedeesd instituut net buiten een ver in het binnenland gelegen stad, lage, glazen dozen achter struiken en snelgroeiende bomen. Ik vond de faculteit en de faculteitssecretaresse, een nuchtere dame, en trok mijn charme aan als was het een kostuum.

Ze zei dat er steeds naar Hart werd gevraagd maar dat hij er nooit was. Hij was er natuurlijk wel geweest, had een semester college gegeven, maar nu zagen ze hem nauwelijks. Mensen die 'steeds' naar hem vroegen? Nou ja, er werd naar hem gevraagd. Vaker dan anders. Normaliter belden mensen niet naar de faculteit als ze een academicus zochten omdat ze wel wisten dat ze hem daar nooit zouden aantreffen.

Ze meende dat Hart net buiten de stad woonde. Hij had een boerderij te huur gevonden. Iets in haar toon wekte de indruk dat ze vond dat hij te veel had gewild, dat hij tevreden had moeten zijn met een paar kamers of een flatje, zich had moeten camoufleren als het blok waarin zij zat. 'Hij had het er natuurlijk ook over om naar Portugal te gaan. Voor de zomermaanden, vermoed ik. Ergens achteraf, in de buurt van Coimbra. Ik weet niet of het alleen maar verhalen waren. Hij heeft ons niet gemeld dat hij wegging, dus misschien is hij niet gegaan.'

Ik was helemaal nog geen jager. Ik was nog helemaal van slag, zoals wanneer iemand zonder te waarschuwen niet op een afspraak verschijnt, of te laat op een vergadering komt, of, nog erger, precies op tijd voor een etentje bij jou thuis. Ik zette me op een oud, degelijk rijwiel, een tweewielige tank met versnellingen, en snelde langs de wegen in de richting van Harts huis.

Ik had hem natuurlijk kunnen opbellen. Misschien wijst het feit dat ik dat niet deed erop dat ik al hoopte hem te verrassen en te overrompelen: de goedgestemde bureaucraat die, zonder het toe te geven, met twee handen de kans aangrijpt om het soort wreker te zijn dat zich in pocketboekjes per uur verhuurt.

Maar hij was niet thuis. Thuis had zelfs helemaal niets van een thuis. Aan de tuin was al weken niets gedaan: het had geregend en het groen tierde welig in alle richtingen. Er was geen auto te zien, hoewel er op de oprit naast het huis een droge plek was waar nog maar kort geleden een auto gestaan had kunnen hebben.

Ik liep naar de ramen en keek naar binnen in een hoge, crèmekleurige woonkamer met een dubieus kunstwerk op de natuurstenen schoorsteenmantel: zuidelijk surrealisme met ronde borsten, vanuit elke hoek en in elk vlak. Het huis was best schoon, maar dood.

Ik stelde me voor dat ik aan de hand van die kamer een echte levensgeschiedenis zou kunnen bedenken. Ik hoefde alleen maar lang genoeg te kijken.

Uit het politiedossier blijkt dat Hart niet verscheen bij de vlucht naar Oporto. Een met de hand geschreven notitie – ik zou nu het verschil moeten kunnen zien tussen de inspecteur en de brigadier – stelt alleen de vraag: 'Met de auto?'

Maar zo makkelijk kan dat niet zijn geweest, op de lange, lange wegen naar het zuiden. Hij had te veel tijd, zonder afleiding, om na te denken over hoe rustig en overtuigend hij voorlopig moest zijn, tot de politie haar interesse in de vreemde visioenen van zijn moeder verloor; en hoe hij helemaal opnieuw kon beginnen. Hij heeft me weleens verteld dat hij het fjordenlandschap in Nieuw-Zeeland zo mooi vond: scherp getekend, zonnig en in de verte zwart water, uitgeknipte bergen, witte sneeuw.

Ondertussen moet er niets interessants zijn te vinden over de voorspelbare, respectabele Christopher Hart.

Hij heeft wellicht ook nagedacht over het soort leven dat hij hierna zou nemen. Daar heeft hij me natuurlijk nooit iets over verteld.

De kat lag in de verkeerde hoek, opgevouwen pootjes, wachtend. Ik legde de kledingzak neer, liep de woonkamer in en hij stond beleefd op om me te begroeten. Plotseling zakte hij door zijn pootjes. Ik pakte hem op en droeg hem naar de keuken.

Anna had alles klaargelegd: naalden met plastic kapjes, en een oplossing van elektrolyten die in een bolle, plastic zak aan de muur hing.

Ik legde de kat op een handdoek op de keukentafel.

Je kijkt veel naar een kitten, een jonge kat, die eerste paar jaar van zijn leven. Je kijkt hoe hij jaagt en speelt. Maar als een kat op deze leeftijd is, ben je je veel meer bewust van alle keren dat hij naar jou heeft zitten kijken: jouw getuige, het bewijs van wat er is gebeurd toen jullie bij elkaar waren.

Anna liet me zien hoe ik de toevoer van de vloeistof kon regelen, hoe ik het plastic kapje van de naald moest trekken, hoe ik een losse huidplooi moest zoeken en de naald erin laten glijden. Alleen deed ze het niet helemaal goed. De kat lekte, de vacht zwart doordrenkt, een spoortje bloed. De tweede keer ging het goed, en we wachtten terwijl de vloeistof langzaam in het zieke dier drupte.

'Zijn maag is opgezet,' zei Anna. 'En hij is broodmager. 's Nachts jammert hij.'

Het was of we allebei knokten voor onze gezamenlijke levensgeschiedenis, even vermoeid en kwetsbaar als de zwart-witte kat die dankzij ons langzamer doodging. We waren er zo enorm mee bezig dat we verdriet ervoeren alsof het niet meer dan een onderbreking was van wat we konden doen.

Twee dagen later begon de kat onrustig te bewegen, kon hij zijn draai niet meer vinden. Hij was nu een en al ruggengraat en buik, een grote verkankerde bal opgehangen aan een doorzakkende rug. Zijn vacht werd piekerig door gebrek aan aandacht voor zijn toilet.

'Best,' zei Anna voor ik iets kon zeggen.

De dierenarts bood aan om de kat te katheteriseren 'zodat het sneller zou gaan'.

Geen van tweeën wilden we dat het dier nog langer zou lijden. Geen van tweeën wensten we de macht om over zijn levenseinde te beslissen. We waren zo van slag dat we de dierenarts en zijn assistente niet tegenhielden toen ze de kat meenamen, en na een tijdje terugbrachten met een plastic buisje dat uit een verbonden poot stak.

Anna boog zich voorover om hem haar geurmerk te geven, haar wang tegen de zijne.De dierenarts spoot iets in het slangetje.

De kat klapte in elkaar als een ballon zonder lucht, plotseling maar ook radicaal, zodat het bekende, levende dier kille botten en vacht was.

Anna ging ook tegen de grond, en ik moest meubelstukken onder haar schuiven terwijl ze viel. Ik kon even niets zien. We waren volkomen gescheiden door gemeenschappelijk leed.

De dierenarts liet ons achter bij het lichaam zoals je ouders bij een dood kind achterlaat, maar wij hadden natuurlijk geen kinderen. Sommige vrouwen zijn allergisch voor het sperma van bepaalde mannen, maar toen de wetenschap daar achter was, hadden we al vijf miskramen achter de rug – al die hoop, dan de vloed van geklonterd bloed, vervolgens de absolute verwarring van hormonen en emoties. Je spoelt toekomsten door het toilet omdat er niets anders op zit. Daarna gingen we niet meer naar een dokter.

Ik hielp Anna overeind. Dat deed ik alleen als vriend.

De adjunct-directeur vond ook dat ik naar Portugal moest. Ik had het niet voorgesteld, maar op een of andere manier vond hij het ook en daarna stond hij erop. Ik zei dat mijn vader er onlangs naartoe was verhuisd – de adjunct-directeur dacht daarbij aan een ruïne in de Sintraheuvels, met jasmijn, citroenen, rozen en Moorse trekjes – en ik wilde een paar dagen uittrekken om hem op te zoeken. De adjunct-directeur ging er alweer mee akkoord.

Anna niet. 'Ze kunnen je toch niet door heel Europa laten draven om iemand te zoeken,' zei ze. 'Dat is het werk van de politie.'

'Ik kan niet naar de politie,' zei ik geduldig. 'Zo'n zaak is het niet. Het is wat de Engelsen "delicate" noemen.'

'Hoe bedoel je "wat de Engelsen noemen"? Je bent zelf Engels.'

Ik zei niets.

'Je kunt je er gewoon niet van losmaken.'

'Weet ik.'

'Dus wanneer ben je terug?'

'Dat weet ik niet.'

'Ze kunnen je toch zeker wel vertellen...'

'Zo werkt dat niet. Ik moet een klus klaren, zo simpel ligt het.'

Ik hing op. Ik had dingen te doen: een memorandum herzien over wat we zouden kunnen aankopen uit de collectie van een rijke expediteur die bij Sotheby's onder de hamer ging, een paar bitse telefoontjes met Onderhoud in verband met een verdacht stuk glas in het daklicht boven onze kostbare ladekasten met Rafaëls en Leonardo's, iets met personeelszaken – een promotie van één rang – wat vermoedelijk meer tijd zou vergen dan elk van bovenstaande zaken. En er was de voortdurend knagende kwestie van de zichtbaarheid: die van het Museum en dus ook de mijne. Onze afdeling was er tot nu toe niet in geslaagd een dik, glanzend cadeauboek te produceren, en wetenschappelijke monografieën voldeden niet meer. De Museumpers moest materiaal hebben.

Anna zou terugbellen. Ik zou terugbellen. Zij kon de zaken misschien in de lucht laten hangen, laten doorsudderen, maar ik kon dat nooit. Ik kan maar niet ophouden met pogingen tot redeneren.

Ze belde binnen een halfuur terug.

'Moet je horen,' zei ze. 'Er belde net een dokter op uit Portugal. Zijn Engels was niet goed, maar volgens mij is er iets met je vader. De verbinding was niet goed.'

Ik zat in het vliegtuig naar Lissabon in iets van lamsvlees te hakken, dronk een klein plastic flesje rode Barraidawijn. Ik moet u zeggen: elk gevoel van haast en doelgerichtheid hield domweg op. Ik had het alleen maar koud. De witte wolkenlandschappen dreven de spot met me: een barokke, sentimentele lucht waarin overal dikke, roze, aan lolly's likkende cherubijntjes hadden moeten opduiken.

Want het bericht over mijn vader was griezelig vaag, gefilterd door het Engels van de dokter en wat Anna ervan had begrepen. Ik wist niet hoe hoog de paniekdrempel van de dokter was, maar ik wist wel dat mijn vader nooit naar een dokter zou gaan als er geen alarmerende aanleiding voor was; al het andere was 'verspilling van de dokter z'n tijd'. Het bericht kon dus heftige gevoelens van me verlangen – verdriet, deernis, afgrijzen – of niets anders dan woede om een vals alarm. Als het vals alarm was, zou mijn vader me verwijten dat ik was gekomen. Ik wist niet waar ik aan toe was.

Ik mocht hem niet verliezen.

Ik had mezelf altijd kunnen afzetten tegen mijn vader, kunnen zeggen wie ik was door niet mijn vader te zijn, en nu verdwenen de maatlat en het verleden misschien uit mijn leven. Alles begon helemaal opnieuw, vastgegespt op een busstoel op 10 000 meter hoogte, op een onduidelijke plaats en tijd boven de wolken.

Ik stopte voor koffie op de autoweg naar het noorden, op een plek waar de espresso werd gedistribueerd vanuit een witte en chromen samowar en de sandwiches een datumstempel hadden. Het buitenlandse begon tot me door te dringen, eerst tot de oren: de hoge, gehaaste intonatie van de zin van een man, de manier waarop een gedachte aan het eind omhoogging voor een zoentje aan de lucht. Verder de gemeentebussen die ladingen oude weduwen van stad naar stad vervoerden; een folkloristische groep met zwarte hoeden en rode sjaaltjes; een man die zijn zaktelefoon nerveus vasthield, zich er voortdurend van bewust, zich bewust van het feit dat hij niet overging; ieder ander, telefoon tegen het oor; en de chauffeurs op elkaars bumper hangend als was reizen een sociaal gebeuren, in kleine witte autootjes zonder noemenswaardige snelheid, maar met elk denkbaar elektronisch en mechanisch en automatisch snufje. Portugal wordt, zoals mijn vader graag zei, onder de voet gelopen door de Portugezen.

Er was de grijze tint van olijfbomen, worstelende en klauterende wijnranken, uit gazons opbollende rozenstruiken; en stadjes met namen als Inferno, Chaos en Vallei der Duisternis, keuzemogelijkheden die ter zijde van het moderne deugdzame pad, de snelweg, lagen.

Ik koos de afslag naar Fátima, en stopte een kilometer of wat verderop in wat nu de stad van mijn vader was. Het leek op de andere plaatsen waar ik doorheen was gekomen: de winkel met de gasflessen naast elkaar buiten, de kerk die een pas gewitte doos was, tegen elkaar gekwakte huizen met een bron, een paar ijsreclames, wat bomen, wat oude toeschouwers die onaangenaam stilstonden. Er was een kruispunt met een zwarte askring, de resten van een oud vuur. Merkwaardig.

Even dacht ik dat dit stadje was zoals ik het me herinnerde, maar toen besefte ik dat ik me niets herinnerde. Ik had foto's gezien, brieven gelezen, had gehoord hoe mijn vader onze vaderstad in elkaar zette als was het een modelbouwdoos van onder de kerstboom – onder de sterren op een heldere nacht – maar ik had daar nog nooit gestaan.

Ik liep een winkel binnen waar ze aan één kant koffie en drankjes verkochten. Ik stelde me voor: de zoon van José Costa.

De man achter de toog zei: 'Ik stuur Miguel om hem te halen.'

'Ik loop er wel heen,' zei ik.

'Hij komt liever hierheen, denk ik,' zei de barman met gezag. 'U weet de weg niet. Hij wel.'

Ik weet wat ik had verwacht: warmte misschien, lachende mannen, vrouwen die me kusten, aan een tafel achter een glas aguardente worden gezet, worden ingehaald als een ander ontbrekend stuk van het dorp. Niets daarvan. Ik was teleurgesteld als een kind dat op bezoek komt bij zijn grootouders die doorgaan met kaarten.

Eén oude man, met een gezicht zo glad dat het wel gepuimd leek, vroeg of ik 'o historiador' was, de historicus. Dus dat had vader gezegd dat ik was: een man van de wetenschap, of misschien een verteller van oude, gewaarmerkte verhalen. De oude man vertelde dat er over drie avonden een feest was, en dat ik moest komen. Ik logeerde natuurlijk bij mijn vader.

Dat 'natuurlijk' hield me bezig. Het was vreemd niet te worden gekend en toch niet gewenst te zijn.

Miguel kwam terug op zijn fiets, een zeer stille jongen van tien, en zei dat Senhor Costa eraan kwam. Ik ging naar de buitendeur en keek in beide richtingen, maar nergens in de straat met samengepakte huizen zag ik iemand aankomen.

Er kwam een bus langs die het hele straatje vulde. Iedereen hield even de adem in.

'*Uma bica*,' zei ik. Ik herinnerde me het woord voor een pittig, klein kopje koffie.

Ik dacht dat er mensen langsliepen en aanmerkingen maakten op het feit dat ik in een bar op mijn vader zat te wachten in plaats van naar zijn huis te gaan. Maar ze hadden natuurlijk op elke vreemde iets aan te merken.

Er ging een halfuur voorbij. Ik had niets te lezen, en niets te denken.

Nog eens tien minuten. Miguel floot pittig. Er reed een trekker voorbij met een wagen erachter, en een oude doodskop van een man, de benen ver uit elkaar, die de trekker bestuurde met een bars, ingespannen gezicht. Ik dacht aan grootvader op een slowmotion-Harley. Ik dacht aan de dood op een trage motor.

Nog vijf minuten. Nu waren de eindedagsdrinkers binnen voor een *copo* – een glas wijn – of een biertje. Ze gaven me de ruimte en klonterden gezellig bij elkaar. Ik begon goed kwaad te worden op mijn vader en me af te vragen waarom niemand me gewoon even naar zijn huis had gebracht, waarom hij er zo lang over deed. Hij wilde niet ziek lijken, dat wist ik. Vroeger ook niet.

Ik vroeg Miguel of hij mijn vader nog een keer wilde gaan zeggen dat ik zat te wachten. Of misschien kon hij me de weg naar het huis wijzen.

'Ik ga wel,' zei Miguel.

Deze keer was hij heel snel terug, en hij wilde niet met me praten. In plaats daarvan bracht hij verslag uit aan de barman. Ik pikte er de woorden in groepjes uit: 'Nu, nu, nu' en 'wit, wit'.

Ik ging naar Miguel toe en zei: 'Vertel op. Nu moet je het me vertellen.'

'Uw vader,' zei de barman. 'U kunt beter naar hem toe gaan. Hij is niet lekker.'

'Is hij alleen?'

'Dat lijkt me wel.'

Nu legde de barman me uit hoe ik er moest komen: twee kilometer in de richting van Fátima, dan een pad af naar Casal Novo, een huis met een reusachtige stenen schoorsteen en een tuin. De tuin kon ik niet missen, want die stond vol met dingen.

Miguel zei dat hij meeging om me de weg te wijzen.

'Daar,' zei hij.

Ik wilde dat ik eraan voorbij had kunnen gaan: een beige bunker op een vlak stuk, als een enorme doos in de maïsvelden. Een uitspringende trap liep omhoog naar de begane grond; hij had zijn eigen ananasvormige pinakels. Een enorme schoorsteen met grote, oninteressante, door witte voegen omlijnde stenen doorkliefde het huis. Het dak liep uit in opwippende dakranden en twee terracotta duiven die met veel poeha, als arenden, omhoogschoten. De tuin stond inderdaad vol dingen: een fontein van nog meer krankzinnig opgestapelde ananassen, een partij leeuwen uit één gietmal met donkere slaapplooien, aan de zijkant een Manneke Pis, net een ruw geschetste bladzijde uit een catalogus voor gipsbeeldjes met een paar lichtrode rozen als versiering.

Ik staarde. Ik herinnerde me strakke, witte muren in Stockwell.

'Hij is hier,' zei Miguel en sprong uit de auto.

Mijn vader moet de auto hebben gehoord, want hij kwam naar de voordeur en opende die.

'Pap,' riep ik.

Ik zag dat hij zich overeind moest houden, met zijn armen strak tegen de deurpost. Hij was een goed soldaat. Maar lachen lukte hem niet.

'Pap, ik kom boven.'

Hij leek te kijken hoe ik de trap op rende, maar zonder uitdrukking in zijn ogen. Toen hield hij het niet meer. Hij viel zachtjes. Onder zijn huid gingen zijn botten alle kanten op. Zijn gezicht was een groenig wit waar ik alleen nog maar over had gelezen.

Ik tilde hem op in mijn armen. Ik geloof niet dat ik dat ooit eerder had gedaan, maar ik wist dat hij onder zijn donkere pak heel licht zou zijn. Ik hield hem vast en vroeg Miguel waar de dichtstbijzijnde telefoon was.

Een oude vrouw in het zwart die in de maïs werkte, zag me op de trap en slaakte een hoge, bijna dierlijke kreet, een eindeloze gil.

Ik stelde alle vragen die je iemand na een hartaanval behoort te stellen: over pijn in de armen, pijn in de borst. Hij schudde het hoofd.

Ik droeg hem naar de auto. Het maakte hem niet veel uit. Ik zette hem op de achterbank in de riemen. Volgens Miguel was het twaalf kilometer naar het ziekenhuis. 'Elf,' zei mijn vader.

De oude vrouw bleef maar schreeuwen, een teken voor het hele dal.

In een ziekenhuisje in de volgende stad werd mijn vader op een brancard opgebaard en weggereden. Ik probeerde erachteraan te gaan, maar de zuster hield me tegen.

'Ik moet hem verzorgen,' zei ik.

'Hij is dood. Wist u dat niet?'

Er kwam een politieman naar me toe. Hij was niet in uniform, maar zijn gezag zat hem als gegoten.

Ik weet nog dat ik even mijn best deed om uiterst praktisch te zijn. Als mijn vader dood was, moest er een begrafenis worden geregeld en ik wist niet hoe ze dat hier doen. Er moest in het ziekenhuis een kantoor zijn waar men me met dat soort dingen kon helpen. Verder moest ik overlijdensaktes hebben, tientallen vermoedelijk. Er waren mensen die moesten worden gewaarschuwd. Maar wie zou ik waarschuwen? Ik had mijn moeder al verteld dat mijn vader weg was. In ieder geval zou ik het Anna kunnen vertellen, als ik maar een telefoon kon vinden.

Ik zakte in elkaar, de kracht om te blijven staan was weg, daarna de kracht om te spreken. Ik had tijd om midden onder het luchtloze, verdronken ademhalen te bedenken hoe mijn vader zich zou hebben geschaamd als hij me zo had gezien.

Miguel was er nog. Hij legde zijn hand op mijn hoofd, alsof ik een hond was, een zonderling troostgebaar.

Ik bedacht hoe mijn vader me gescheiden had gehouden van dit land dat hij me nooit had laten kennen, hoe we elkaar waren kwijtgeraakt, jaren voordat hij me vertelde dat het huis in Stockwell was verkocht.

Ik was wees, al heel lang. Dus ik zei tegen mezelf: ik zou moeten weten wat ik moet doen.

Drie

Ik bracht een halfuur door met de priester, die de deugden des hemels aanprees als een verkoper van moeraspercelen, en daarna een moeizaam uur met vier tantes die ik nooit eerder had gezien, die óp waren van het hevig jammeren en me nu wilden verwelkomen, die zeker wilden weten dat ik van het soort was dat naar Portugal terugkeert en er thuishoort, maar ontdekten dat dat niet zo was, dat ik zelfs niet zeker was van de taal. Ik merkte dat het een schok voor hen was toen ik mijn vaders naam, José, uitsprak alsof het een Spaanse naam was, met een sterk geaspireerde 'h' aan het begin in plaats van een krachtige 'zj'. Desondanks barstten ze uit in aria's van geboorten, hartruis, afgebrande huizen, nieuwe huwelijken, en ik kon er net genoeg zelfstandige naamwoorden uit pikken om te begrijpen waar het over ging. De namen zeiden me niets.

Om negen uur kwam de begrafenisondernemer; ik dacht tenminste dat hij de begrafenisondernemer was. Een geslepen man, de voorpoten omhoog voor zijn gezicht. Hij bracht me naar de garage van een meubelzaak, aan de rand van het dorp.

Mijn vader lag in een kist op schragen. 'Normaal gesproken zou hij in zijn eigen huis liggen,' zo zei de begrafenisondernemer, 'maar er is daar niemand en we dachten dat het gezien de omstandigheden beter was om...'

Hij tilde de aluminiumfolie op die hij over het gezicht had gelegd. Het gezicht was een schok, de mond dichtgebonden met een stuk stof om de schedel, en daar een net overheen. Nu er geen wil meer was om het gezicht bij elkaar te houden, zag ik mijn vader ontspannener dan ooit.

De begrafenisondernemer gaf me een deken.

Ik knielde bij de kist, tussen de koude betonnen muren, met de zwakke geuren van olie en uien en iets van formaldehyde. Maar het lichaam was niet gebalsemd. Het was in vorm gekraakt, op die plaatsen vastgebonden, en het net was tegen de vliegen.

Ik probeerde 'vaarwel' te zeggen, probeerde het woord hardop te zeggen. Ik kon het niet. Dit onbeweeglijke lichaam herinnerde me er zo duidelijk aan dat mijn vader er niet was om me te horen. Even besefte ik hoe luid de leegte tegen je kan bulderen, net als alles wat je hoort met je vingers in je oren.

Ik stond op, merkte dat de begrafenisondernemer pal voor de deur stond te wachten.

'Wilt u niet blijven?' vroeg hij. Het was kennelijk een belangrijk punt, een plicht die hij niet van plan was nader toe te lichten.

'Nee,' zei ik. Ik probeerde hem de deken terug te geven.

'Normaal gesproken zouden er mensen zijn om u gezelschap te houden. Ik heb wel wat wijn als u wilt wachten.'

Ik wist toen dat ik geen keuze had. Ik dekte mijn schouders toe met de deken en ging bij de open garagedeur zitten wachten, met even verderop mijn vader, gekneveld en in een net verpakt. Er kwamen wat druk pratende mensen langs.

Ik vroeg me af waarom niemand in de plaats waar hij altijd dacht thuis te horen hem wilde gedenken.

Ik zag de vliegen kringetjes draaien in het witte licht van de straatlantaren, helder als vuurvliegjes. Een tijdje later zette de begrafenisondernemer zijn draagbare tv op de vensterbank aan de andere kant van het steegje, geflikker van blauw licht in de avondschemering, zodat ik onder het wachten naar een of ander showprogramma kon kijken.

In het politiedossier zit een aantal hotelregistratieformuliertjes. Hart probeerde het eerst in Lissabon, maar kennelijk hoorde hij er niet thuis. Misschien gaf niemand hem de gewenste aandacht. Hij verbleef twee dagen in de heuvels in de buurt van Sintra. Meer dan genoeg bannelingen daar die in hun mooie tuinen zitten te verzuren, maar hij vestigde zich er niet. Hij ging naar het zuiden, naar de Algarve, en ik begrijp wel waarom hij nergens aan de betonnen façade van het strand een prettige, gezellige plek kon vinden.

Te oordelen naar het gat in de hotelregistraties liet hij de kust achter zich en reed hij in één dag naar het noorden. Hij kwam naar middeleeuwse straatjes in het midden van het land, een universiteitsstadje op een berg, en installeerde zich in een chic oud-nieuw hotel met een nep-atrium met imitatiebassins en een oud landhuis aan de voorkant. Coimbra, zo was blijkbaar zijn conclusie, was een geloofwaardige bestemming voor een gevluchte academicus.

Als hij heeft geprobeerd om een appartement te vinden, en dat vermoed ik wel, dan heeft hij geen geluk gehad. Huurappartementen zijn er nauwelijks, behalve voor een lange periode. Hij had een alibi voor zes maanden, maar hij kon het nergens kwijt.

Ik belde natuurlijk weer met zijn eigen universiteit. Ze hadden nog steeds geen adres in Portugal van hem gekregen. Ze dachten dat professor Hart rondreisde, een woord dat in de mond van de secretaresse klonk als een zonde. Ik belde ook naar Nederland. Daar wachtte men op bericht van hem. Je kon horen dat ze er niet echt op zaten te wachten.

Anna stuurde me veel liefs, als een pakje.

Voor de begrafenis kwamen ze met een lange Renault-lijkwagen opdagen, forse dragers op een rij op de plaatsen achter de bestuurder, de kist duidelijk zichtbaar door de glazen zijkanten met een blauw en gouden dek om de veiligheidsriemen te verbergen die hem op zijn plaats hielden.

Niemand was naar de wake gekomen. Iedereen kwam naar de begrafenis. Het kerkelijk vaandel ging voorop, daarna de mannen met witte en blauwe tabberds over hun werkkleding, daarachter het crucifix, de priesters, en de lijkwagen, langzaam door de dorpsstraat, ernstig maar niet echt stil. Achter dit alles werd een rij in woede ontstoken moderne auto's belemmerd in hun bezigheden, in afwachting van het moment dat de weg weer vrij was. Er leek iets van triomf in de ogen van de oude, knokige tantes te zijn toen ze hun memento mori pontificaal voor de ogen van die stadse types uitlieten.

De kist kwam uit de lijkwagen en ik nam mijn plaats in om te helpen dragen: een onverwacht, pijnlijk gewicht.

In het koor van de kerk brandde één enkele elektrische kaars. Ik wist nog hoe een kerk behoorde te zijn: donker en Victoriaans, met verguldsel, helder glas en de geur van wierook en boenwas. Maar hier liepen de retabels omhoog in ruwe treden van goud en hemelsblauw, was er een met parels behangen madonna, drie afgehakte hoofden onder haar voeten, en een heilige met fladderende linten even lang als hijzelf, met een drietand: merkwaardige, onofficiële goden.

De priester liet zijn woorden door een microfoon rommelen. De congregatie nam de woorden op en antwoordde voor hij zijn zin kon afmaken: ze konden niet wachten. Er was geen theater of preek, alleen een dialoog die ze even goed kenden als de gesprekken op het veld of in de kroeg.

Omdat ik erop bedacht was de dingen goed te doen en geen fouten te maken, was het pas toen ik me omdraaide en het gewicht van mijn vaders kist opnieuw op me nam, dat ik geheel overdonderd werd. Een hele gemeenschap, dit dorp, de dorpen verderop, was op een werkdag om vijf uur hierheen gekomen om mijn vader zoals het hoort vaarwel te zeggen en, als ze konden, zijn ziel te redden.

We gingen het bordes van de kerk af, een smal laantje door naar de schedel en de gekruiste beenderen boven het kerkhofhek. Ik voelde het handvat van de kist door mijn hand glijden. Ik wilde niet minder sterk zijn dan de andere dragers, niet degene die deze gemeenschapszin verbrak. Ik hield vol. Ik vroeg me af hoe een man die zo mager en knokig was geworden zoveel kon wegen.

De hemel was vol nat licht en zachte, grijze wolken, en langs de weg zag ik dingen die mijn aandacht even afleidden van de bluts in mijn schouder. Hier, stokrozen als een massa torenspitsen aan de rand van een maïsveld; hier, een nuchtere, betonnen privé-kliniek tussen huizen die door boomstammen en pleister bijeen werden gehouden; hier, gras dat al gehooid was, vol steekvliegen en graankorrels; en als ik mijn hoofd even optilde het licht dat over de toppen van de bergen erachter speelde.

De dragers mochten even uitrusten, daarna ging de laan heuvelop. Het dreigde te gaan regenen. Toen passeerden we de kerkhofmuur en kwamen we op een vierkant van zand en keurige marmerstenen, herdenkingsfoto's, familiepercelen met op elk ervan een klein metalen lantarentje om de straten der doden de aanblik van een nette buitenwijk te geven.

Aan het eind stond één glanzend wit huis van marmer: de laatste rustplaats van een emigrant, met iets van gordijnen voor de ramen, de naam van de familie boven de deur.

Ik had er niet aan gedacht om het te vragen, en niemand had eraan gedacht het me te vertellen; ik had een gewoon, gegraven graf verwacht zoals dat van mijn moeder, touwen om de kist te laten zakken, het definitieve van aarde die op het deksel van de kist valt. Maar de naam op het lichtroze huis, met schappen voor vele doden, was Costa.

Mijn moeder ligt in een gat van grijs marmer en groen gras op een kerkhof in Zuid-Londen. Dus voorlopig zou José Costa er alleen liggen, op het tweede schap van vier, na een investering te hebben gedaan in zijn zoon als die op de juiste plaats zou sterven, in de zonen van zijn zoon als hij die ooit zou krijgen.

De priester sprak weer. Het deksel werd van de kist gehaald zodat de mensen voorgoed afscheid konden nemen, maar ik liep niet naar voren. Hier en daar lagen bloemen uit tuinen, verzengend rode gladiolen, fonteinen van montbretia's.

De deuren van de grafkelder gingen voorzichtig dicht als was het een glazen huis, en werden met een hangslot op slot gedaan. Ik vroeg me af wie er een sleutel had, of ik er een moest vragen.

De menigte verspreidde zich voor de taak om te werken aan de eigen familieherinneringen. Niemand haastte zich weg, maar iedereen had iets te doen, akkers bewerken, huizen schoonmaken, tijd verdoen tot aan het avondeten.

Ik wist dat ik in dit marmeren huisje werd verwacht. Er werd van mij verwacht dat ik me wilde laten kisten en opslaan naast mijn vader, in zijn zeer eigen opvatting van een rustplaats. Een fraai staaltje post-mortempressie: een goede zoon zijn en hier gaan liggen, tot mijn dood nadenken of ik het moest doen.

Ik wilde dat mijn vader de duurzaamheid van rotten in de grond had verkozen boven deze staat van wachten tot er deuren naar iets beters opengaan.

Ik vroeg me af waarom mijn vader in zijn geboorteplaats opnieuw had moeten beginnen, waarom er geen familiegrafkelder was waar hij bij kon. Ik was verbaasd over de beleefde plichtmatigheid van de begrafenis, de afwezigheid van hevige tranen.

Ik had bloemen opgeraapt, heftig roze en zwartrode rozen die met gras waren samengebonden. Ze hingen nu in mijn handen en ik wist niet waar ik ze moest laten. Ik realiseerde me dat het kerkhofpersoneel door deze voorstadsstraat van de doden naar me stond te kijken, beleefd ongeduldig.

Ik moest iets hebben om mijn tranen mee te drogen, mijn neus in te snuiten, datgene wat een vader bij zich heeft. Het schoot me weer te binnen: pinguïn spelen, omhangen met papa's enorme tweedjasje; wachten tot papa een bij uit zijn haar had bevrijd; opscheppen tijdens een avondwandeling voor een of ander examen en een vallende ster zien. Ondanks mijn vaders onvermogen om van wereld en land te veranderen, ondanks alles wat mijn vader had gedaan om me van hem te laten weggroeien, was het onverdraaglijk dat mijn vader er niet meer was.

Dit vertoon van gevoelens was ongepast voor een Engelsman, zelfs nog schokkender voor een Portugees. Het was ook onpraktisch, mijn ogen brandden. Ik probeerde nonchalant naar de andere kant van de marmeren tombe te gaan omdat ik daar minder opviel, tot mijn ademhaling weer normaal was.

Ik zag in het marmer, al een beetje geëtst in het delicate oppervlak van de steen, krabbels en lijntjes in spuitbuszwart, brede teerachtige halen op het gladde roze marmer. Ze vormden een datum of een getal: 1953.

Je kunt geen schok voelen boven op een andere schok. Die komt niet door. Ik liep terug naar mijn auto, startte en schoof door de nauwe straatjes. Het was alsof het hele stadje genoeg had gevoeld voor één dag en zichzelf dicht had gedaan.

Ik huiverde toen ik bij de hoofdstraat kwam. Ik zou moeten klagen en protesteren, maar ik vroeg me vooral af waarom niemand me had gewaarschuwd. Misschien was het niemand opgevallen. Het was of de roze graftombe, met zijn kauwgomachtige adering, bluf was; en de bruuske zwarte lijnen waren het bevel om de mond te houden.

Misschien liet het hun koud.

Ik moest een advocaat raadplegen, een nalatenschap regelen over de omvang en vertakkingen waarvan ik me geen enkele voorstelling kon maken. Ik vroeg me af waarom mijn vader een advocaat had genomen in Vila Nova de Formentina, een klein plaatsje ruim zestig kilometer verderop: Maria de Sousa de Conceicão Mattoso.

Ik ontsloot de deur van mijn vaders huis.

Ik had verwacht dat ik achterover zou slaan. Ik was me altijd direct bewust van geuren. In Londen had mijn vader niet gerookt en ook geen hond gehad, zodat dat huis minimaal had geroken: basilicumtoppen die in de keuken lagen te verkleuren, en de onechte dennenlucht van het schuurspul dat mijn moeder gebruikte om schoon te maken. In dit geheime huis rook ik geen van beide. Wel was er cederolie om te poetsen en stof in de oude lucht.

Ik had foto's verwacht, een soort opgepot leven, maar er was er niet één. Er waren ook geen souvenirs. Die waren vooral van mijn moeder geweest en te lastig om te verschepen. Er hing één afbeelding aan de muur, maar die had ik nog nooit gezien: een tegeltableau met een bruin karveel op een blauwe en witte zee.

Ik vroeg me af of ik mijn vader zou kunnen voorspellen, of ik de koffiebonen en de koffiemolen op de voorspelbare plaats zou vinden, evenals de kopjes, de suiker en het flessenwater (mijn vader vertrouwde het Londense water nooit voor serieuze koffie). Om een of andere reden twijfelde ik er nog steeds niet aan of er moest een continuïteit zijn tussen Londen en dit huis, tussen vader en zoon.

Er was geen koffie, geen flessenwater. Ik trok kastjes open, stuk voor stuk, sjorde aan laden, deed het licht in de voorraadkast aan en zocht alle houten planken af. Ik was witheet: de rotzak ging de pijp uit en liet goddomme nog geen kop koffie na.

Maria Mattoso zei: 'Meneer Costa?'

Ze was geruisloos de gang door gelopen, maar niet om me te overrompelen. Maria was een en al zakelijkheid. Je kon haar makkelijk voor een mager stadsmeisje houden.

Ik vond dat ik me moest verontschuldigen. In plaats daarvan bood ik thee aan.

'Een glas water, graag,' zei Maria.

Ze nam een heel klein slokje en zette het glas keurig neer. Ze had niets extravagants, vond ik toen. Mijn oog viel op een zijdeglans van haar op haar armen, donker op donker. Ik vroeg me ook af waarom dit me zo opviel.

Ze was uiteindelijk advocaat. Ze was hier om te praten over geld op uiteenlopende spaarrekeningen, over de renteopbrengsten die hier op hol geslagen leken te zijn. En over het huis natuurlijk, en een stuk land met druiven, en de inboedel. Alles ging naar John Michael Snell Costa onder voorwaarde dat ik een tiende van de opbrengst zou schenken aan een of ander weeshuis twee stadjes verderop.

'Wilt u het huis houden? Of verkoopt u het?'

Ik zei: 'Hoe weet ik dat nou?' En erachteraan: 'Neem me niet kwalijk.'

'U hebt alle tijd.'

Ik bedacht hoe schoon, hoe afstandelijk ze leek: een scherpe, magere toeschouwster. Ik vroeg me af of mijn vader op haar was gevallen. In Londen was hij ook een toeschouwer geweest; dat hadden ze gemeen gehad.

'Er zijn toch geen complicaties?'

'Als u het land dat bij het huis hoort, wilt houden, moeten we dat misschien melden bij het ministerie van Landbouw, omdat u buitenlander bent.'

'Dat was mijn vader toch ook?'

'Hier geboren. Niet dat ik problemen verwacht. Het zijn maar een paar olijfbomen, een paar hectaren, en wat wijnstokken.'

'Ja, natuurlijk.'

'Ik neem aan dat u het stuk grond kent?'

'Ik ben hier nog nooit geweest.'

'O,' zei Maria. Ze was enigszins geschokt; ze was eraan gewend dat families bij elkaar waren en alles van elkaars doen en laten af wisten.

Ik had het gevoel dat ik werd afgeluisterd. Ik wilde niet langer in het huis blijven. Maar Maria leidde een bespreking en haar goede manieren hielden ons op onze plaats.

'Hij was een aparte man,' zei ze beleefd.

'Dat geloof ik ook.'

Binnen enkele minuten had ze me, zorgvuldig maar niet opvallend, gecategoriseerd als getrouwd, geen kinderen, of liever, geen levende kinderen. Ik werkte in een museum, had in Oxford gestudeerd. *Senhor doutor*, ongetwijfeld.

'Gaat u nu naar Engeland terug?'

'Nee,' zei ik tot mijn eigen verbazing.

'Als u het huis wilt verkopen, kunnen we daarmee beginnen zonder u. Als het u niet uitmaakt wie het koopt...'

'Voor mij is er hier niets om sentimenteel over te doen.' Ik zei het heel hard, zodat hij het zou horen.

'Wilt u dat niet, sluit het dan af en ga gewoon weg. Kom terug als het weer aangenamer is.'

Ik had er tot dan toe niet op gelet, maar het was een geruststelling mijn vermoeidheid en de manier waarop mijn gevoelens opspeelden en wegzakten te kunnen wijten aan de hitte. Ik was me belachelijk bewust van de zweetplekken in het enige nette, donkere pak dat ik bij me had, en hoe ongepast dat was tegenover Maria.

'Iemand heeft met een spuitbus op het graf gespoten,' zei ik. 'Ik zou het moeten aangeven. Ik zou het moeten laten schoonmaken.'

Ze keek blanco.

'Een smerige plek. Ze hebben er iets op geschreven, op de achterkant.'

'Waarom zouden ze iets op een graf schrijven?'

'1953. Ik vermoed dat het een bepaalde datum is.'

'De mensen hier hebben een geheugen als een olifant,' zei ze. Ze rekte zich gracieus uit. 'Uw vader zei altijd dat ik een fantastische advocaat was omdat ik geen herinneringen had. Alleen dossiers. Dat was voor hem de belangrijkste reden om bij mij te komen.'

De gratie werkte verwarrend. Het ene ogenblik ging ze helemaal op in haar rol van advocaat, met de precisie van een gezegeld document, het volgende ogenblik rekte ze zich uit alsof ze geen enkele gêne kende.

Ze had heel intieme dingen gedaan: mijn vaders leven opgeschreven en opgeborgen, met hem gepraat zonder anderen erbij op momenten dat hij geen omgangsvormen kon gebruiken om zijn gevoelens mee te maskeren. Ze moest dingen weten die ik nooit had geweten. Ik zei tegen mezelf dat dat de enige reden was waarom ik zo snel een gevoel van intimiteit had.

Het maal voor de *festa* vond plaats in iemands garage, precies zoals ook bij de wake had gemoeten, aan een lange houten tafel, terwijl de tantes in de weer waren met geitenstoofpot, speenvarken aan het spit, kleine kabeljauw- en aardappelbeignets, lokale rode wijn met een zachte, geniepige onderstroom, geroosterde paprika's, in stukken gesneden sinaasappels, en gekookte, gefrituurde en gepofte aardappels. De ventilator bij de uitgang verwijderde de vage achtergrondsmaak van dieselolie en terpentine. Leun achterover en de muur was scherp van de beitels en snijwerktuigen, opzichtig door een veelkleurige wortelknoedel van elektriciteitsdraad.

Ik zat bij het hoofdeinde van de tafel, in die warmte nog steeds in mijn enige jasje, terwijl de rest allemaal in hemdsmouwen was.

Ik dronk. De wijn viel licht en bijna zoet, te jong om de smaak van druiven te hebben verloren. De mannen kwamen naar me toe, bogen zich naar me over, grijnsden hun naakte grijns en vertelden me een en ander over mijn vader. Maar meer nog dan ze vertelden, stelden ze vragen: over zijn leven, zijn vrouw, zijn successen.

Ik vroeg me af wie van hen zijn graf had besmeurd, en of dat alles was wat ze van plan waren. Maar mijn vragen verdronken in de wijn.

De mannen vertelden me wat hen bezighield: wat de warmte met de druiven had gedaan in verband met de onverwachte, verkeerde regen in juni; over de emigrant die was teruggekomen, had ontdekt dat zijn paleisje was onteigend, een geweer had gepakt en de vrouw die voor de gemeente de plannen maakte, door het hoofd had geschoten; over wie er ziek was, wie niet, welke gezinnen er halsoverkop naar Brazilië waren gegaan en dat ze een jaar langer hadden moeten wachten zodat ze de nieuwe spoorlijn, de nieuwe weg, de nieuwe waterpomp hadden kunnen zien; dat Erminio's dennenaanplant precies op tijd was afgebrand zodat hij had kunnen profiteren van de nieuwe subsidies op de aanplant van eucalyptussen, en ook nog geld van de verzekering had gekregen; en dat zijn advocate, die Maria, er de laatste tijd zo goed uitzag.

Ze trokken me mee onder de wijn, naar een klein plekje met reusachtige veronderstellingen, en hoe meer ik dronk, hoe meer ik dacht te begrijpen en hoe meer ik lachte. Op een gegeven moment raakte ik de draad helemaal kwijt en begon ik zonder aanleiding te lachen, en een tel later deed iedereen mee.

Dus noemde ik mijn vader; alleen maar deze woorden: '*O meu pai.*'

'Hij kwam hier niet vaak.'

'Maar mijn vader...'

Er was een kleine bron van stilte tijdens het feest, maar die werd al snel opgevuld met gepraat en geroezemoes.

De tafels raakten niet leeg. Na de vis en de geit en het speenvarken, was er taart met afschuwelijke rozen en een bleek glazuur, en dit alles was over de schragentafel uitgestrooid te midden van papieren bordjes, glazen van de bar, grote blanke rodewijnflessen, allerlei bierflesjes en een kleine archeologische vondst aan varkensbotjes. Er werd wat gezongen, wat eerst werd weggehoond. Ik dacht, met mijn nu troebele hoofd, dat er moest worden gedanst. Ik begon al bijna wijntranen te plengen, maar ik heb altijd een beheerste dronk; behalve de enkele keer dat ik heb geprobeerd om iemand te vermoorden.

Ik zou gaan dansen, deze geheel losstaande 'ik' die deze avond alleen in dit dorp thuishoorde, met... Graça misschien, of Manuela, of Adelina, of met een weduwe, in de zestig, zonder poespas en vol vuur, of een jonge vrouw, zoet en rond van borst en buik en wangen, of met een tante zo taaie als gekookte geit. Ik zou dansen als een Londenaar, als een Portugees, als een geleerde, als een echtgenoot... Wat ik ook was, ik kon het dansen.

De wijn was mijn alibi voor het feit dat ik niet helemaal meer wist waar ik was.

Verder was er Anna in een Londen dat onmogelijk ver weg leek. Ik wist niet eens hoe we uit elkaar waren gevallen. Ik kende haar warmte, haar weigering spijt te voelen, de manier waarop ze zich in haar slaap omdraaide alsof ze snakte naar een aanraking, en ook de manier waarop ze op verzoek de doortastende, welbespraakte docent kon spelen. Ik had altijd van die tegenspraken gehouden, me ermee verweven gevoeld.

We waren elkaar al eens bijna kwijtgeraakt. Ze zou muziek gaan doen, op haar negentiende, zou voor maanden naar de Accademia Musicale di Chigiana in Siena gaan om haar altvioolspel te vervolmaken, om te leren dirigeren. Ze ging erheen met een enorme ambitie. Ik zag haar door de hekken van de Accademia naar een overschaduwde binnenplaats verdwijnen, en ik ging terug naar Engeland, in onzekerheid over hoe het tussen ons was. Maanden later belde ze me op vanuit een ziekenhuis in Londen; ze had op een glibberige trap haar been verdraaid en daarbij was een pees losgeraakt van het bot. Ze vroeg of ze zwanger zou kunnen zijn, want dat hadden de artsen gevraagd. Ik dacht van niet, en ik had gelijk.

Daarna gingen we, afgezien van een paar gezamenlijke feesten, elk naar een andere universiteit en een ander leven. We liepen elkaar weer tegen het lijf, met het soort geluk dat de indruk wekte dat iemand er zijn best voor deed, in een studiezaal van het Museum. Ze studeerde nu kunstgeschiedenis; ze was niet goed genoeg voor het podium, zei ze, en ze handelde altijd naar haar gezond verstand, praktisch en genadeloos. Ik was net een halfjaar bezig te wennen aan de gewoonten en het stof van het Museum. We zochten het geluk in hartstocht, in elk verborgen hoekje van het Museum, in de depots waar niemand kwam, in de opslagruimten; het gebouw was één groot grauw continuüm waarin wij de enige stralende kleuren waren.

Nu ik niet thuis was, ging Anna vast uit eten met iemand die ik niet aardig vind, een oude vriend; dat dacht ik.

Ik had het warm ook, en voelde me klam tegelijk. Ik trok mijn jasje uit, liep naar buiten en herinnerde me te laat dat ik dicht bij de bergen was, in de uitlopers van de Serra Estrela: het koninkrijk van rotsen tussen de Portugese bossen en de Spaanse woestijn.

Het natte overhemd plakte aan mijn lichaam en deed mijn huid erg uitkomen. Ik rilde en begon te dansen, koud en nat en bewegend opdat het bloed in mijn hoofd maar zou blijven draaien. Ik hupte de ene kant op en ik hupte de andere kant op. Ik gebaarde naar Maria dat ze moest komen, maar ze hield niet van dansen; of ze was gewoon veeleisend en wist niet goed wat ze met me aan moest. Ik wenkte de tantes.

Ik moest denken aan mijn vader die koud in de grond lag – alleen lag zijn lichaam boven de grond, en koud kon hij niet zijn met deze warmte, en hij was getekend met dat willekeurige getal: 1953. Ik was zo droef als een beer.

Een van de oudere mannen, een keizerskop op een arbeiderslijf, moet medelijden met me hebben gekregen: een feest zonder vierders. Hij ging op de ijzeren bank voor de garage zitten en praatte tegen me.

'Trek je niks aan van wat ze over je vader zeggen,' zei hij.

'Maar ze zeggen niks.'

'Het heeft niks met jou te maken. Niks. Je was nog niet eens geboren.'

'In 1953?'

'Ze hadden van het graf af moeten blijven.'

'Ik wil weten…'

Hij stond op, het lijf dat zo sterk leek was vreemd onzeker in de gewrichten. 'Nee, nee,' zei hij. 'Je hoeft niks te weten. We vinden het fijn je te kennen.'

De andere mannen barstten even later de garage uit en de weg op, en kwamen er ook bij. En ze hadden de vrouwen bij zich.

Een oude man had een doedelzak, rode stof met gele versieringen, en hij begon te blazen en te pompen. Er was een grote trom die uit de maat sloeg. Er was een geharrewar van bewegingen en slagen, en daartussendoor de begrafenisondernemer en zijn vrouw, allebei rond en stevig als staven vet, die een snelle, lichte, verrassende dans dansten.

Iemand maakte zich met veel gefluister los van de groep en ging weg om iets te halen waar niet over kon worden gepraat; zo leek het tenminste. Ik stond nu in een kring, wierp mezelf in het rond, blij dat het bloed en de spieren weer bewogen, dat de wijn zich naar buiten werkte. Maria schoof rond met een man, en ze lachten niet.

Luiken gingen open, ramen gingen open bij de geluiden.

Toen kwam van het eind van de straat het geluid van schieten, van mortieren, raketten; en het scheen niemand te deren. Ik had politiezenuwen, stadse verwachtingen. Ik dacht dat er wapens op weg waren naar het feest en bleef midden tussen de dansers een tel stokstijf staan. Toen keek ik omhoog naar de lucht en besefte dat iemand de vuurpijlen voor het volgende dorpsfeest had gevonden en ze op een koolveldje aan de andere kant van de weg afstak, een en dan drie en dan weer een, zodat de ongepolijste muziek nu op de slag van een dronken drummer en een lucht met lichtspoorkogels en donderslagen ging.

Ik dreef dood en schaamte met kabaal terug.

De doedelzakspeler begon pas op de plaats te maken. De trommelaar kwam achter hem staan. De knallen kondigden een processie aan, dus kwam er ook een processie, maar dit keer niet de processie van de doden. Ze lieten de hoofdstraat achter zich, met de ouderen achter zich aan, terwijl de jongeren aan de dag van morgen begonnen te denken, en strompelden tegen een heuvel op door een tunnel van mimosabomen en dennen.

Ik probeerde te dansen, te marcheren, mijn evenwicht te hervinden. Maria haalde me in en zei, zachtjes: 'Het is een hele wandeling.'

Ik zei, met weke, dronken oprechtheid: 'Ga je ook mee?'

Maria haalde de schouders op.

Maar niets kon de processie tegenhouden, ook al speelde alleen nog de doedelzakspeler en zwalkte de trommelaar over het pad. De processie ging over de gewoonte van het lopen, de macht om te lopen. De spieren gingen door als de adem tekortschoot, en de adem liet ruimte voor scheten en riedels van de doedelzak.

Ik ging met hen mee.

Het pad slingerde. Er waren olijfbomen, aan de silhouetten te zien. Op een kruispunt staken twee vrouwen de kaarsen in een klein kapelletje aan, gezichten van onderaf goud aangelicht. Er waren vuurvliegjes, schitterende intervallen, zachtjes op de duisternis aangewreven.

Boven op de heuvelrug viel het pad naar beneden naar het volgende dorp. Ik verwachtte het geluid van honden, schrikkerige jachthonden in koor jankend, en misschien wel luiken die werden gesloten, lichten die uitgingen; maar niets bewoog.

De muziek stierf weg. In de stilte begon ik te rillen.

Christopher Hart sprak een boodschap in op het antwoordapparaat van Maria de Sousa de Conceicão Mattoso. Hij liet die dag bij nog acht andere advocaten uit de Gouden Gids een boodschap achter, allemaal met de mededeling dat hij advies wilde over het huren van een huis in de buurt, of waar dan ook.

Maria was degene die erop reageerde.

Ze klom via een smalle, groene trap naar haar kamers, naast een ingenieur en een schoenmaker. Ze hoorde Harts stem: jong, maar verder moeilijk te plaatsen; vermoedelijk Engels.

Ze hield de luiken gesloten terwijl ze hem terugbelde. Dus ze sprak voor het eerst met hem in een kantoor uit een film noir, plassen licht, schaduwen van blinden die de muur in stukken snijden.

Deze Mr Hart zat in een hotel een kleine vijftig kilometer verderop en wilde de gebruikelijke zaken: huren en leasen. Dat was pas een jaar of twintig gebruikelijk, namelijk sinds de eerste buitenlanders waren gearriveerd, naar het zuiden gegleden vanuit de portdalen of naar het noorden vanuit Lissabon en de nevelige pretenties van Sintra: een verdwaalde Nederlandse dichter, een Engelse diplomaat, een vrachtwagenchauffeur die een hartstochtelijk postduivenliefhebber was. Ze waren met zo weinigen en zo onverwacht dat niemand bezwaar tegen hen maakte; het waren gewoon nieuwe buren.

Twintig jaar geleden kon je er natuurlijk nog van uitgaan dat een advocaat hier een man met een buik was die zich neerboog naar de wereld. Maar Maria de Sousa de Conceicão Mattoso had nooit een buikje gehad.

Ze zag buitenlanders graag als haar vrienden. Ze gaf om hen. De meesten kwamen vroeger of later bij haar terecht, tenzij ze zo onbetrouwbaar waren dat ze bij een lokaal-buitenlandse aangelegenheid een lokale buitenlandse advocaat niet vertrouwden; zij beschouwden Het Buitenland als een soort samenzwering van de Vrijmetselarij. En ze brachten hun wereld bij haar, bij stukjes en beetjes, als cadeautjes. Wanneer ze vervolgens iets moesten weten, legde zij het hun uit.

Dingen die u misschien verbazen: ze had geen officiële kantooruren. Ze had geen secretaresse, geen receptioniste, zelfs niet haar bul aan de muur. Ze ging waar men haar nodig had, en als men haar niet nodig had, deed ze waar ze zin in had. Ze deed dit alles op terrein dat nooit onder haar weggleed, terrein dat ze het best kende: de stad waar ze was opgegroeid.

Ik wil dat u Maria leert kennen.

Ze sprak met Hart af in de bar onder haar kantoor. Ze zat graag in de bar omdat ze er koffie kon drinken en naar het stadsplein kon kijken. U moet zich uit deze woorden echter geen onjuist beeld vormen. Het plein is in feite een open plek met een tuin, een betonnen fontein en een rij leilinden tussen de brandweerkazerne, het stadhuis, wat winkels, de verzekeringsmaatschappij, een bank, een agrarische adviseur en een parkeerplaats. Het is er schoon en beschaduwd, maar absoluut niet pittoresk.

Hart reed in iets glimmends en hij zette het neer waar de brandweerlieden altijd parkeerden. Ze wist niet wat voor merk de auto was, maar hij glom zo dat de brandweerlieden geen lust tot klagen hadden.

Hij was lang, absurd lang in de lage bar. Zijn ledematen zaten hoog boven oogniveau, en hij had een doelbewuste glimlach die iedereen van onderaf zag, onder een ongunstige hoek. Hij was blond, goedgebouwd, maar een beetje als die veiligheidsmensen die je op televisie bij staatshoofden ziet: geen persoonlijkheid, alleen doelgerichtheid.

'U bent heel anders dan ik van een advocaat in de provincie had verwacht,' zei hij, wat vanaf zijn hoogte misschien charmant leek.

Ze bood hem koffie aan; hij wilde water.

'Mooi deel van de wereld hier,' zei Mr Hart.

'Kent u het hier goed?'

'Ik ben hier toevallig terechtgekomen,' zei hij. 'Maar ik wil een tijd blijven. Een maand of drie, dacht ik.'

Hij klonk als een conversatieles, mensen in rijen die allemaal aan elkaar vragen hoe men het maakt, en die wezenloos tegen elkaar zeggen dat het heel goed gaat. Ze was blij toen hij vertelde over de noodzaak van twee slaapkamers, goede wegen, voldoende waterdruk, iets 'met privacy maar niet afgelegen'; zakelijkheid paste het beste bij zijn taal. Ze vond hem ook arrogant omdat hij tegenover haar niets persoonlijks losliet.

Ze vroeg of hij alleen was, en hij keek alsof hij wel wist waarom ze dat vroeg, wat niet het geval was. Ze vroeg wat hij voor de kost deed, en hij zei dat hij hoogleraar was en boeken schreef. Het was te inquisitieachtig om door te vragen naar zijn vakgebied, zijn smaak, waar hij doceerde, waar hij vandaan kwam. Hij leek wel erg jong voor het hoogleraarschap.

Hij had trouwens maar één antwoord: hij beloofde dat hij de huur in zijn geheel vooraf zou betalen. 'Ik heb erg veel te doen,' zei hij.

Ik lag in de slaapkamer in het huis van mijn tante, een schemerpeertje in een amberen lampenkap en een klerenkast beschilderd met blauwe, rode en gele bloemen en guirlandes, en een Maagd Maria, bijna onzichtbaar weggestopt naast de deur. Ik kon niet slapen door de wijn.

Ik moest die vuilak gewoon zien te vinden.

Ik hield mezelf voor dat het om mijn plicht tegenover het Museum ging. Ik ben al twintig jaar bij het Museum, dus mijn belangen en handelingen maken deel uit van de staat van dienst en de structuur van het instituut. Ik geloofde zelf bijna in mijn verhaal, al wist ik heel goed dat het me er in wezen om ging meer tijd in Portugal los te peuteren.

Ik kon in ieder geval universiteiten gaan bellen. Ik had nooit geweten dat er in Portugal zoveel zijn: nieuwe, particuliere, technische, verspreid over Lissabon en het halve land.

Ik kocht telefoonkaarten in de bar en belde met kantoormensen tegen een geluidsdecor van spelletjesprogramma's, en een keer van een bar vol met lanterfanters die midden op de dag zaten te bulderen om wat voor de Portugezen het toppunt van humor is: flamenco.

Deze telefoontjes waren vertoon van ijver, niet van hoop. De naam Hart zei niemand iets. Natuurlijk, als hij naar Portugal kwam om te schrijven, om in zijn eentje te zitten, had hij daar niet echt een universiteit voor nodig; maar ik dacht dat hij misschien een bibliotheek zou raadplegen. Als dat al zo was, wist geen mens ervan. Ik had gedacht dat hij er behoefte aan zou hebben ergens heen te gaan waar hij én zijn plaats in de hiërarchie zouden worden erkend.

Ik belde het Museu de Arte Antiga, de Gulbenkian Foundation, de Nationale Bibliotheek, overal waar iemand naartoe zou gaan om plichtsgetrouw referentiemateriaal te controleren, of zonder ironie als professor Hart te worden aangesproken. Ik was even bang dat de conservatoren zouden denken dat ik hen met mijn vreemde telefoontjes op een of andere manier voor Hart wilde waarschuwen; maar om door te kunnen dringen tot iemand met verantwoordelijkheid moest ik wel zeggen dat ik van het Museum was.

Maar toen bedacht ik: de man is schuldig. Ik had de zekerheden van een politieman.

Ik kon niets meer doen dan bellen. Ik kon niet naar de politie, om voor de hand liggende redenen. Ik kon niet gewoon toegang vragen tot een toeristenregister dat me zou vertellen waar de man had gelogeerd of nog logeerde. Al die feiten stonden in het Nederlandse politiedossier, maar dat kon ik toen nog niet weten. Bovendien bevond het dossier zich in een ander land en aan de verkeerde kant van een muur.

Ik trok echter één conclusie. Er waren grote steden met universiteiten, en ik vermoedde dat Hart daar niet heen zou gaan: niet naar Porto, niet naar Lissabon. Hij probeerde niet om de aandacht te trekken. Hij had zelfs geen adres achtergelaten. Bovendien kon zijn Engelse universiteit geen enkele suggestie doen wat betreft mogelijke connecties hier, aangezien nieuwe historische inzichten in de Nederlandse Gouden Eeuw in Portugal geen belangrijk werkterrein zijn; hij had niemand om contact mee te zoeken.

Dus bleef het voor de hand liggende over: Coimbra, eerder een stadje dan een stad, met de bijbehorende schilderachtigheid, een bijbehorende middeleeuwse universiteit met een studentengids, torens, een palissanderhouten bibliotheek, trappen met mozaïeken en beelden. Hart moest van Coimbra hebben gehoord. Het lag negentig kilometer noordelijk van me. Ik stuurde mezelf de snelweg weer op.

Maria herinnert zich de volgende morgen ook nog: hoe haar huis rook naar koffie en vers brood, *broa*, het zware, vochtige maïsbrood. Ze opende een raam en de bries was koel, want hij kwam uit het westen, van de zee. Er waren wolken en mist in plaats van stof.

Haar moeder was in de keuken, met een verkreukelde man van in de vijftig. Ze had misschien hard gelopen, of kisten verzet in de opslagruimte. Ze had de kracht van een boerenvrouw, ook al gebruikte ze die voor boeken en inventarislijsten.

‘Amandio zei dat we misschien naar het strand konden,’ zei haar moeder. ‘Een dagje.’ Haar enorme donkere ogen hadden ooit een schoonheid van haar gemaakt, nu hielden ze klanten op het rechte pad.

‘Het is prachtig weer,’ zei Amandio. ‘Frisse lucht. Misschien krijg ik je moeder het water in.’ Hij grijnsde als een eeuwige dronkaard.

‘Ik zet even wat koffie bij,’ zei haar moeder en Amandio en Maria bleven alleen achter, tegenover elkaar aan het smalle formica tafelblad.

‘Je zult wel blij zijn als ik de deur uit ben,’ zei Amandio. Daarna zei hij: ‘Ja toch zeker?’ Hij wilde antwoord. Maar dat gaf ze niet. Ze smeerde boter op een warm stuk brood en zei tegen haar moeder: ‘Ik wil wat mensen te eten vragen. Volgende week.’

Haar moeder keek eerst Amandio aan, dat zag Maria wel. Maar ze keek hem niet lang aan. ‘Natuurlijk,’ zei ze. ‘Ik vind het fijn om voor je vrienden te koken.’

Amandio en Maria konden niet veel langer meer onder één dak verblijven. Haar moeder was weduwe, en weduwen hebben recht op een leven. Dat vond Maria echt. Maar Amandio was parttime vertegenwoordiger en zo lang bezig om overal in de gratie te komen dat hij een en al olie was; zijn gelaatstrekken, zijn neus, ogen en mond leken te rusten aan de rand van geolied haar, op geoliede huid. Hij verkocht badkameraccessoires, keukenkranen, dat soort dingen, en hij had een keer gewacht tot haar moeder haar winkel sloot en toen een formele, op-één-knie-verklaring over zijn gevoelens voor haar afgestoken. Het was net een slechte film uit de streek; hij had eigenlijk moeten poseren en een fado moeten zingen. Maar haar moeder had zo moeten lachen dat ze hem in bed had genomen, en hij was daarna gebleven. Maria vroeg zich vaak af of haar moeder zijn enige weduwe was, omdat het hem niets leek te doen, dat lachen van haar.

‘Nou, dan gaan we naar het strand,’ zei Amandio.

‘Ik zet warm eten voor je klaar,’ zei haar moeder. Ze leek altijd in de verdediging wat Amandio betrof, alsof ze wist dat hij geen serieuze kandidaat was. ‘Carlo Alberto doet de winkel.’ Ze nam een grote slok koffie. ‘Het is trouwens toch Carlo Alberto’s winkeldag.’

Maria ging naar kantoor. Er kwam een ouder echtpaar langs, bezorgd over hun testament. Iemand belde wegens een buurman die het recht van overpad had geblokkeerd met een stel stalen balken. Er was een langdurige, langdradige *escritura* aan de gang en ze schreef een brief, tikte hem uit op een oude Olympia-schrijfmachine, verklaarde dat er geen reden tot ongerustheid was, dat het huis al van hen was, en dat het bewijs er op het trage ritme van de bureaucratie aan kwam.

Toen ging ze op zoek naar een huis voor Hart. Dat viel niet mee. Er staan overal huizen leeg, maar sommige zijn eigendom van emigranten die in Frankrijk of Duitsland werken, en ze zijn vast van plan om terug te komen. In die tussentijd zijn deze huizen hun toevluchtsoord en hun nieuwe droom; die verhuren ze niet. Ook zijn er oude huizen, krotten met wegglijdende daken en uitbuikende muren, maar daarin kan niemand wonen; de buitenlanders zien 'mogelijkheden' en doen er dan jaren over om de goudkleurige keien uit de rivier te veranderen in een vierkant, wit, klein en beschaafd dingetje, om bidets te plaatsen op de begane grond, op de plek waar de varkens, de kippen en de wijnvaten altijd stonden. Dan willen ze er 's zomers in wonen. 's Zomers is een huis, als het bewoonbaar is, niet beschikbaar: dan zit er iemand te dromen.

Maar er was een Franse schrijver, een grijze, vierkante man, die op stel en sprong naar huis had gemoeten wegens een kleine onoplettendheid – dertig jaar lang vergeten om belastingen te betalen over zijn in Amerika genoten inkomen of zo. Hij had in een huurhuis gewoond in Formentina, dat een beroemd bergdorp is; in een lang, laag, witgeschilderd huis, heel vredig behalve als er bedevaarttochten zijn naar de kapel van Onze Lieve Vrouwe van de Sneeuw. Maar dat hoefde ze niet te melden; Hart was veel te jong, te buitenlands en te modern om iets van bedevaartgangers te weten. Hij dacht vermoedelijk dat de mensen die langs de wegen liepen, met verbonden voeten en een staf in de hand, gewoon zwervers waren.

Bovendien was het een geluksdag toen Maria met Hart naar Formentina reed. De hoge *serra* was helder en de dennengeur was verzacht door de nachtelijke dauw, en het dorp stond vol verse bloemen: margrieten en grote, blauwe flodderige tuberozen.

'Er zijn helemaal geen straten,' zei Hart.

'Geen echte, nee. Daar is het te steil voor. Alleen paden.'

'Waar laat ik de auto dan?'

Ze zei dat hij hem aan de hoofdstraat moest neerzetten, maar dat had hij al begrepen.

'Waarom willen de mensen hier niet meer wonen? De Portugezen, bedoel ik.'

'Er wonen nog wel mensen,' zei ze. 'Maar een heleboel zijn er in de jaren vijftig geëmigreerd, vooral naar Brazilië.'

'Hoe kwam dat?'

'In de houtskool viel geen geld meer te verdienen. 's Winters was het te zwaar, en te ver van de stad af.' Het had geen zin hem haar eigen theorie te vertellen: dat de mensen hier leven voor 'saudade', een hevig gevoel van nostalgie en verlangen, en dat je weg moet zijn geweest om saudade te kunnen voelen.

'Is er een waterleiding?'

Ze wilde dat hij Formentina zag zoals zij het zag. Ze had hier als kind altijd al graag gelopen: slaperige bijen in pluimen witte hei, leien daken kleurig als spreeuwenveren, witte huizen, gele randen om de ramen, dan weer de huizen van donkere, droge steen die in een bergplooi pasten, sommige verlaten, andere leeggeplunderd. Ze glipte weleens tussen twee huizen door, over trappen die soms uitkwamen op stukken braakliggende grond, soms bij schuren. Eén weggetje had een woeste, heldere beek. Ze presenteerde het plaatsje als een verzameling ansichtkaarten: momenten waarop alles helder en scherp belicht is.

Maar als ze bleef staan en door haar eigen ogen keek, kwam het schattige, vrolijke plaatje op een merkwaardige manier tot leven. Geiten kwamen een kelder uit. Een vrouw liep haar tuin in met een mand met mest op haar hoofd. Een man sjorde aan een eindeloze rubberen irrigatieslang. Een man weefde wilgentenen als gouden strengen. Twee jongemannen waren aan de kant van de weg druk in de weer met een oude SEAT.

Ze was al bang dat het niet genoeg was om Hart vast te houden, dat ze niet wist hoe ze zijn aandacht moest vasthouden.

Ze voelde zich als iemand die zijn woonplaats wil promoten toen ze het had over de bus die elke dag door haar woonplaats daverde. Ze catalogiseerde haar stad: een bibliotheek, vier apotheken, drie banken, een sportschool voor krachtsport en een andere die was omgetoverd tot biljartcentrum, tweemaal per week markt, een hypermarkt die bij de opening geveerde smient in de diepvries had en nu diepvriespizza verkocht, een kordon van nieuwe roze flatgebouwen en op vrijdag een film.

Ze bedoelde dat Formentina dat allemaal niet had en dat hij er dus voor naar Vila Nova moest.

Hij beende voor haar uit, liep het huis voorbij en keerde om, bijna boos. Ze bedacht hoe energiek hij leek, te veel motor voor zijn tollende, inefficiënte gedrag.

Maar toen hij eenmaal het huis binnenstapte, was de zaak, zoals ze had verwacht, snel beklonken. Het was of de kamers aan de berg waren opgehangen. Je ging bij het raam zitten en de bossen stortten zich onder je vandaan tot aan het vage wit en de dakpannen van Vila Nova ver onder je. Je kon niet geloven dat je hier kon zitten, drinken en slapen, met buren maar ook met de berg en de bossen om je heen. Zo zag zij de locatie tenminste na de nauwe straatjes van het stadje.

'Bergruimte,' zei Hart. 'Ik moet bergruimte hebben. Ik neem aan dat ik wel ergens een timmerman kan krijgen?'

'Voor hoe lang huurt u het huis?'

'Drie maanden, misschien langer.'

'Zeg maar wat u wilt gaan doen, dan vraag ik het wel.'

Hij liep te rommelen aan laden en tafels en kasten alsof hij een heel leven had dat per boot onderweg was en dat met zorg moest worden opgeborgen. Toch kon hij niet ouder zijn dan dertig. Op die leeftijd hoefde je toch niet met je hele leven te zeulen.

'Ik doe het,' zei hij.

Ze had hem van alles kunnen vertellen. Ze wist van oude routes over de bergen naar Spanje, van muilezelkaravanen die er ooit met horten en stoten overheen waren getrokken en de plaatsen waar ze hun toevlucht zochten, de plaatsen waar het koninklijk hof in Lissabon sneeuw weghakte die in grotten werd bewaard tegen het warme weer. Ze voelde nauwkeurig hoe een zomertuin eruit hoorde te zien: staken met heldergroene bonen, bladkool op lange, knoestige stelen, zoete, glanzende uien op de grond. Maar ze besefte dat ze er geen idee van had wat Hart hier zag, waarom hij hier wilde zijn, wat het voor hem allemaal betekende.

Ik weet wat Christopher Hart daarna deed. Maria heeft het me verteld, omdat zij degene was die hem zag.

Ze reed over de oude weg naar het zuiden het stadje uit, langs de dakpannenfabriek die een hele berg uitholt om aan klei te komen, langs droge maïsvelden, door dennenbossen waar de varens al bruin ritselden als papier. Ze keek uit naar een briesje, maar de lucht was dichtgestoft en wachtte tot hij kon openscheuren tijdens een bui.

Tussen de dennen hing een blauwig waas. Het kon de hitte zijn, of rook. Ze zette de auto in een flauwe bocht aan de kant en keek omlaag naar het dal. Ze had de velden al zo vaak gezien dat ze er niet echt meer naar keek: een grof patroon van bonen, maïs, aardappels, koriander en knoflook en uien, lapjes grond die precies in elkaar pasten.

In het bos zag ze iets bewegen. Als ze op jacht was geweest, had ze de haan van haar geweer gespannen. Maar dit dier bewoog zich met schaamteloos lawaai, geflikker en uitschieters. Het was een groot beest, fors genoeg om de bomen te bedreigen: lopend vuur.

Een struik barstte uit in neonoranje, daarna lekten het rood en oranje zich een weg naar de berm en de lange, droge grasstengels brandden als sterretjes. De bramen liepen als lonten een heg in. De lucht schokte zodat je het kon horen, als een schip wanneer de motoren beginnen te draaien.

Ze stond drie bochten in de weg boven het vuur. Ze zag dat het nog maar net begonnen was. Ze moest het volgende dorp gaan waarschuwen, de vrijwillige brandweer alarmeren.

Maar ze was nog nooit zo dicht bij een brand geweest. Het was een schouwspel, vuurwerk, verlichting gezien door de bomen van een park. Het was zo gewoon dat het haar niet kon deren. Bovendien had het geluid van de vlammen haar in een houdgreep. Het omringde haar, ook al bevond het zich maar aan één kant; het leek te voorspellen waarheen het vuur hierna zou overspringen.

Een zeer lange, blonde man liep het vuur in. Niemand is hier lang; het is Keltisch grondgebied. Niemand is hier blond op de toeristen na. Dus zelfs van die afstand wist ze dat het Christopher Hart was. Hij probeerde de vlammen met zijn jasje terug te drijven, alsof het nooit zijn bedoeling was geweest dat het vuur zo om zich heen zou grijpen.

Ze reed snel weg. En natuurlijk belde ze de *bombeiros voluntarios*, de brandweer. Die verzamelde zich, maar de regen beukte neer en de vlammen waren niet heet of sterk genoeg om het vol te houden.

Die zomer viel er bijna geen regen meer.

Ik neusde in bibliotheekregisters als de bibliothecaris niet keek, ik vroeg portiers in grote betonnen faculteitsgebouwen of ze een professor Hart kenden. Ik belde mijn tantes met de mededeling dat ik een paar dagen in Coimbra bleef. Ik belde naar het Museum om mijn secretaresse te vragen of Christopher Hart alsnog een adres in Portugal had doorgegeven. Als hij bewust was ondergedoken, dan leek het me dat hij daarmee zijn misdaad bekende.

De tantes meldden dat Maria had gebeld. Ik belde haar en kreeg het antwoordapparaat. Ik sprak het nummer van mijn hotelletje in.

Ze belde om zes uur. Ik spurtte door de gladgeboende gang, langs een drom verstofte aspidistra's en nam het gesprek bij de receptie aan.

'Ik wist niet dat je in Coimbra zat,' zei ze. 'Dat maakt het makkelijk. Kom morgen lunchen in Vila Nova de Formentina. Ik heb wat papieren voor je om te tekenen. Je moet wat mensen leren kennen.'

Ik wist toen nog niet van haar neiging ervan uit te gaan dat alle buitenlanders elkaar moesten kennen.

We gingen lunchen in een gelegenheid met stoeltjes van smeedijzer met onverbiddelijke zittingen, en kleine, ronde tafeltjes. We aten gegrilde zoute kabeljauw met olie en peterselie en uien en kikkererwten. Er kwamen nog drie mensen bij.

Er was een emigrant die net weer terug was uit Nederland, een man van achter in de twintig, een computerdeskundige; een schilder die in zijn eentje in een bergdorpje woonde. En een academicus, een slungelige man met wit-geel haar, achter in de twintig. Hij kwam te laat en had geen tijd om te eten, zei hij.

'Christopher Hart,' zei hij.

Op mijn hotelkamer was maar één, kleine spiegel. Ik stelde mezelf voor: John Costa, museummedewerker.

Hart kon moeilijk voor het Museum op de loop gaan. Daarmee zou hij schuld bekennen. Hij zou eerder doen alsof hij dacht dat ik een soort intellectuele maatschappelijk werker was die zijn intellectuele zwangerschap kwam controleren en nog wat andere vormen van bijstand zou uitdelen, om er zeker van te zijn dat hij was veroordeeld tot de juiste staat van welzijn.

Ik stelde me voor aan de spiegel: engel der wrake.

Eerder een Keystone Kop, dacht ik. Ik kan bedreigend zijn, maar dat vereist hartstocht. Ik kan niet opduiken in een deuropening en die met spieren vullen en iemand ineen doen krimpen. Ik kan een ijskoude dief er beslist niet toe dwingen de spullen te overhandigen alleen maar omdat ik dat zeg.

Dus stelde ik me aan de spiegel voor in een duisterder vermomming: John Costa, handelaar.

Over handelaren en conservatoren valt wel wat te vertellen. Handelaren zijn speciale heerschappen. Ze hebben een speciale, gepoetste roze huid die glimt. Ze dragen double-breasted pakken en hun gele stropdassen zijn gestrikt tot grote zijden bloemen. Hun schoenen zijn volmaakte, gepoetste gaatjesschoenen. Zij zijn de mensen die taxi's krijgen als de rest van de mensheid door de papsneeuw sjokt, de mensen die nooit een bocht maken maar alleen afsnijden.

Ze bellen voortdurend naar het Museum.

Ik ben een eerlijk man, maar toch nemen ze me mee uit lunchen, ergens ver bij het Museum vandaan, in het allerverlokkelijkste Kensington, en stellen me voor om een vervelend feit gewoon te vergeten of te accepteren dat een bepaalde herkomst niet geheel uit te sluiten valt of te helpen kunst uit zeg Italië op een van de traditionele manieren te splitsen. Ze doen dat heel subtiel, in de zin dat je hun taalgebruik niet zou kunnen vervolgen, zelfs niet na de tweede fles wijn, en toch zijn ze heel direct. Ze willen de autoriteit van het Museum als die van hen in twijfel lijkt te worden getrokken.

John Costa, handelaar; met een voorstel dat Hart zou kunnen overwegen, de hint dat er werken zijn waar hij vanaf weet maar die het Museum niet kan erkennen, werken die een heel mooie prijs kunnen opbrengen.

De huid is niet goed: te donker, geen Angelsaksisch biggenroze. Ik had geen echt duur pak in mijn garderobe, ik had niet eens iets zwarts voor de begrafenis van mijn eigen vader. Maar ik kan er kredietwaardig uitzien in een krakendwit overhemd en door understatements suggereren dat er onbeperkt geld is, net buiten bereik. Bluffen kan ik toch zeker wel.

Ik zou Maria Mattoso hebben ingehuurd om een volgende ontmoeting met Hart te regelen als betrof het een huurovereenkomst of een ander contract; maar dat was niet nodig. Ze had een seizoenkaart voor willekeurig welke wedstrijd die de buitenlanders speelden.

De ontmoeting vond op mijn verzoek plaats, dus ik reed het hele stuk naar Vila Nova de Formentina. Hart hoefde alleen maar van Formentina af te dalen naar Vila Nova.

Omdat er geen officiële agendapunten waren, alleen een soort sociale verplichting, spraken we af op een terras met plastic stoelen van een bar net boven de markt.

Ik was er als eerste, perfect geschoren, geschoren als een penitentie. Hart verscheen in spijkerbroek met vouw en flanellen overhemd, de keurige jonge academicus als houthakker.

Ik zei tegen Hart dat ik had gebeld omdat ik in de buurt was. Ik vertelde over de begrafenis van mijn vader, en hij drukte voorzichtig zijn medeleven uit.

Daarna vroeg ik wat hém naar Portugal had gebracht, met een heel klein beetje extra nadruk op die vraag.

Hij grapte: over een jaar lang blondjes en nuchter verstand en haring, en er niet meer tegen opgewassen zijn.

Maria spande zich in om te volgen wat we echt zeiden.

'Het zat erin dat we elkaar ooit zouden ontmoeten,' zei ik.

Hart keek niet-begrijpend. Natuurlijk moest het hem ook verbazen dat we elkaar nog niet hadden ontmoet; hij moest mijn naam kennen.

'Ik bewonder uw iconografisch werk,' zei ik. 'Het is prachtig om iets te kunnen zeggen over bloemenschilderijen. Daar moeten we dankbaar voor zijn.' Hij reageerde niet op gevlei. 'U bent,' zei ik, 'onze befaamde collega.' Ik miste de opgeblazen Portugese termen nogal – de banken schrijven in hun brieven zelfs hun meest dubieuze klanten nog aan met 'excelentissimo' – die niet eens overtuigend bedoeld zijn.

'Helaas ken ik uw werk niet,' zei Hart. 'Uw werkterrein.'

'Ik heb een keer een dissertatie geschreven over Duccio en de vraag of hij in zijn eigen stijl schilderde.'

'Duccio,' zei Hart.

'Een uiterst academisch werkstuk,' zei ik. 'Drie rondjes om het onderwerp, met voetnoten.'

Het was overduidelijk dat ik dat niet had moeten zeggen. Zo meteen was het effect van de perfecte scheerbeurt uitgewerkt en zou mijn kennis me te kijk zetten als een onbetekenende academisch gevormde pennenlikker die zit te bluffen.

'Maar u,' zei ik, 'hebt de gave om dingen te vinden die een ander mens niet vindt. En dat op de meest onmogelijke plaatsen.'

'Really?' Het had me moeten opvallen dat het het onvervalste, emotieloze New Yorkse 'really' was, een uitnodiging om het nog eens te proberen.

'Het Museum is er niet echt gelukkig mee. Maar het Liber Principis behoort echt te worden gepubliceerd. Een schitterende verzameling.'

Wat ik niet wist was dat hij zijn schooljongens-Latijn zat te oefenen: het boek, nominatief, de prins, genitief. Verder zei het hem niets.

'En natuurlijk heel waardevol. Daar wil iedereen wel een stuk van hebben. Ik vond de claim van het Museum in ieder geval altijd slecht onderbouwd.'

Ik dacht dat hij het doorhad. 'En uw belang?' vroeg hij. 'Zakelijk of plicht? Of voor uw plezier?'

'Alles tegelijk. Het is altijd goed om iets als eerste te weten. En het levert altijd geld op.'

Ik zat ernaast wat Maria betreft. Ik dacht dat ze niet onder de indruk was van het gesprek en maar wat naar andere mensen zat te kijken. Een oude vrouw in het zwart die liep te worstelen met een grote bos rode dahlia's voor de markt. Een meisje bij wie er geen lachje afkon. Een man in een zwart kartonnen pak met een arm die eindigde als een varkenspootje. Vijf bankbedienden in overhemdsmouwen op het punt om er een grap over te maken, dienders op hun plaats gehouden door het gewicht van hun verbazingwekkend glimmende hoge schoenen.

'Dus u handelt?' zei Hart. Meer kon hij niet maken van iemand die het in één adem over boeken en geld had.

Maria boog zich naar voren. Ze had me gerangschikt onder de bureaucraten, de brave professionals, en ze was niet van plan dat idee zomaar op te geven.

'Ik doe zaken,' zei ik. 'Materiaal dat mensen verder nergens anders vinden, materiaal dat ze voor zichzelf willen houden. Mensen die het geen punt vinden als er een hiaat in de provenantie zit, zolang het verhaal als geheel maar overtuigend is.'

'Wat is dat, provenantie?' vroeg Maria.

'De geschiedenis van een werk. Wie de eigenaar is geweest en wanneer, en waar het is geweest.'

'Je bedoelt dat ze het niet erg vinden als het gestolen is?' vroeg Maria.

Ik lachte even. Het moest een veelbetekenend, geraffineerd maar verder neutraal lachje zijn. Ik had geluk dat het niet vervaagde in het felle licht van al die interpretaties.

'We moeten een keer samen gaan eten,' zei ik tegen Hart. 'We hebben veel te bepraten. Over het Liber Principis.'

Ik zag dat Maria weer vragen wilde gaan stellen, maar Hart was haar voor.

'Hoe lang blijft u hier?' vroeg hij, alsof hij er zeker van was dat het niet lang genoeg zou zijn voor een ontmoeting.

'Voorlopig ben ik nog hier. Ik moet familiezaken regelen, dus ik ben nog niet weg.'

Maria vond dat het hele gesprek iets had van het luisteren naar een radio waarvan de batterijen langzaam leegraken.

Toen we weggingen, zei Maria dat ze nog een koffie en een glas water wilde. Ze zat met een stel vragen. Buitenlanders komen meestal als hun leven elders is opgeraakt: futloos, in de VUT, misschien boos, op zoek naar een zo ingrijpende verandering dat ze niet aan puur materiële details als een inkomen denken. Ze komen niet zoals Hart of zoals John Costa met hun oude leven achter zich aan en er nog steeds in bezig, en heftig genoeg om ruzie te krijgen.

Er was iets echt buitenlands opgedoken.

Het was te warm om zaken te doen, maar ze ging toch naar haar kantoor, schakelde de telefoon uit en ging zitten. Ze zou naar huis zijn gegaan maar het was lunchtijd en Amandio was er.

Hij kwam er nu ook slapen. 's Avonds was haar moeder vriendelijk, 's morgens warrig, Amandio bevoorradend en besturend en in de gaten houdend als was hij de winkel zelf. Op een avond probeerde ze broa te maken, ondanks de aanwezigheid van het kooknichtje. Ze haalde bloem en water, deed suiker bij de gist, kneedde het deeg en liet het rijzen tot het uit de kom liep en zacht, bedachtzaam over tafel begon te stromen. Ze kneedde het, beukte het, maar het bezat een beangstigende veerkracht. Ze smeet het op een bakplaat, ook al groeide en bewoog het nog steeds, en liet het helemaal verbranden.

Amandio proefde. Hij glimlachte heftig. Maria niet.

'Het stoort je toch niet dat ik er ben?' zei hij.

'Natuurlijk niet.'

'Ik wil je niet tot last zijn,' zei hij. Hij at gestaag door van de broa, vervulde zijn plicht tegenover Maria's moeder. Maria niet. Haar moeder keek toe.

'Ik weet dat je je moeder altijd voor jezelf hebt gehad...'

Maria zei: 'Ik moet naar kantoor.'

Ze voelde zich hier voor het eerst niet op haar plaats. Het was niet zozeer het verlies van het betrouwbare comfort van thuis. Thuis, dat was je leven. De plaatselijke regels schreven voor dat je bij je familie, in het familiehuis, bleef wonen tot je trouwde. Goed, ze had al jaren getrouwd moeten zijn, maar ondanks haar afwijkende manier van leven was ze nog steeds gebonden aan en bepaald door thuis: dit huis, dit stadje, dit dal.

Overal elders zou ze, zoals tijdens de paar weken die ze ooit in Parijs had doorgebracht, moeten vertrouwen op illusies en toneelstukjes: andermans kaarten, reisgidsen, levensgeschiedenissen en geologische beschrijvingen, herinneringen, angsten, wat je in de kranten leest, wat ze je in het nieuws vertellen, een wereld van verkeersborden, een en al waarschuwingen en aanwijzingen, die ze nooit zo goed zou kunnen begrijpen als hier, in dit stadje. Dit was de plek die ze het best kende, in haar botten en op haar huid, jaar in jaar uit.

Op een avond vond ze Amandio snurkend in een stoel, vlees dat als gist in de broa rees, met een laagje olie erbovenop.

De dag erna kocht ze een nieuwe jurk, twee nieuwe jurken. De ene was erg kort. Ze dacht erover haar haar een andere kleur te geven. Het waren geen zaken die haar anders bezighielden, maar het was goed om dergelijke onbetekenende beslissingen te nemen. Ze oefende.

Op een middag bekeek ze een flat in de dichtstbijzijnde grote stad: drie kamers op de derde verdieping, een flatgebouw in de kleur van gerookte zalm. De muren leken ontoereikend om de levens van de mensen uit elkaar te houden, en de woonblokken stonden pal op elkaar in een nieuwbouwwijk; overal zag je steigers en kale baksteen.

Zij vond het prachtig. Ze stak in de flat geen sigaret op, ook al had ze er best trek in, omdat ze er behoefte aan had dat het huis vol nieuwe lucht was.

Ik stond tegen de adjunct-directeur te kraaien, vertelde hem uiterst nauwgezet hoe ik het onmogelijke had gedaan: Hart vinden.

'En?' vroeg de adjunct-directeur. 'En nu?'

Christopher Hart lag in blauw water, in een geleend zwembad, en staarde naar de blauwe hemel: zwevend als een reclamebord voor een vakantieland of de convenantgebonden genoegens van een goedkope sigaret.

Maria keek toe. Zij had tenslotte dat zwembad voor hem gevonden. Ze bevonden zich op de flank van een heuvel, met uitzicht over de bomen en steenhellingen en akkers, maar Hart zei dat hij alleen maar volmaakt blauw zag. Hij zei tegen Maria dat hij de Engelse woorden voor dit bijzondere blauw zocht: roodborstei misschien. Gentiaan. Ceruleum. Hij dacht erover in dit blauw te verdrinken. Hij wilde de rest van zijn leven in dit water liggen, tot het zwakke, gemene chloor hem helemaal wit had gebleekt.

Dat had het makkelijker gemaakt, denk ik.

Hij kan niet blij zijn geweest met mensen die zijn gestolen 'ik' kenden, die met Christopher Hart te maken hadden gehad. Waar hij vroeger verkoos te verblijven, gaat men af op wat men ziet, en daarna neemt men wat men ziet en ontleedt het en daarna legt men de geruchten onder de loep en valt men elkaar lastig met de mogelijkheden. Iedereen verzint zichzelf en daarna de anderen.

Telkens als hij de rand van het bad aanraakte, zichzelf uit het water hees, moest hij weer professor Hart zijn: een romanpersonage dat al geschreven was. Hij moest berekend zijn op alles wat Hart volgens deze John Costa had gedaan of nog zou kunnen doen. Maar hij wilde elke Christopher Hart kunnen zijn die hij kon verzinnen, binnen de beperkingen van de kredietwaardigheid natuurlijk.

In het water, nog koel onder de brandende zon, draaide hij zich om en zwom een paar baantjes in water dat spieren gladstreek. Buiten het water, op de droge tegels, verwachtte hij een wereld die hij al zo'n beetje kende: wilde dochters, mensen die doceren, een of ander cocaïnehoofd dat uit de kleren gaat, onintellectuele mensen wier dagen zo leeg zijn dat ze beginnen te snakken naar een nieuw boek, mensen die aan kunst gaan doen, tuinieren, mensen die drinken en natuurlijk de aangewezen neuksters: degenen die de roddels voor de rest produceren. Er zouden scheidslijnen per land zijn waarbij elke groep zijn eigen belang in het oude land gegund was: omdat het geruïneerd was, vervuild, vol zwarte gezichten of onbuigzaam, omdat niemand van hen van plan was om terug te gaan. Voor degenen die ervan hielden zouden er klassenverschillen zijn.

Hij hees zichzelf uit het water, schudde zich uit als een hond. Maria zegt dat het leek of het zwembad opeens claustrofobisch werkte, of onproductieve tijd hem schrik aanjoeg. Hij knikte naar haar en rende weg om zich te verkleden. Hij zei zijn gastheer en -vrouw niet gedag.

Hij reed weg, de heuvel op. Ze hoorde venijnig remmen, wielen die in een abrupte draai over stenen schoven. Hij had een doodlopend stuk genomen. Hij kwam de helling af in een schrikbarend tempo, optrekkend en afremmend tot hij echt kon wegscheuren naar de bochten van de hoofdweg beneden. Daar reed hij als een man die een wedstrijd rijdt, een man zonder bestemming of doel, tenzij zoveel mogelijk afstand achter zijn wielen te krijgen.

'Ik ben blij dat je overweg kon met Christopher Hart,' zei Maria, onoprecht.

'We hebben elkaar nog een paar keer gesproken,' zei ik. 'We lopen elkaar telkens tegen het lijf.'

'Jullie hebben dingen gemeenschappelijk.' Ze bedoelde: omdat jullie van elders komen, deel uitmaken van steden en een wereld van woorden die zij niet kende.

'Wat het huis van mijn vader betreft,' zei ik, 'ik denk dat het tijd is voor de volgende stap.'

'Wil je het afsluiten of verkopen?'

Als ik 'verkopen' zei, zou mijn vaders leven op een ordelijke, emotieloze manier worden afgebroken en doorgegeven aan iemand anders. Het zou niet mijn verantwoordelijkheid zijn. Ik kon het niet meer tegenhouden.

Ik zei: 'Afsluiten, denk ik.' En ik voegde eraan toe, omdat ik iemand moest hebben die luisterde: 'Ik kan het nog niet verkopen. Het voelt raar om iets te verkopen zolang ik nog niet echt weet wat het voor hem betekende.'

Maria zei: 'Sluit het af. Ga weg en denk erover na.'

'Maar ik blijf nog een tijdje.'

'Voor zaken?'

'Zo ongeveer.' Ik moest iemand door intimidatie of overreding tot een bekentenis brengen, iemand die tot nu toe opmerkelijk weinig belangstelling had getoond voor mijn suggesties en aanbiedingen; als hij iets te koop had, verkocht hij het niet aan mij. Niet iets om Maria te vertellen.

Maar ik zei dat ik een huis wilde. Ik vroeg of er misschien iets was in het dorp waar Hart woonde. Maria zei dat dat best mogelijk was omdat er in Formentina nogal wat tweede huizen stonden.

Ze vond binnen een week een huis voor me, voor minimaal een maand.

Ik belde Anna om het uit te leggen.

'Kom terug,' zei ze, met haar intieme stem, niets van de bondigheid en dictie van haar gewone manier van spreken. 'Je bent lang genoeg weg.'

'Dat weet ik,' zei ik. 'Maar dat gedoe met Hart... en de erfenis is nog niet afgehandeld.'

'Daar heb je advocaten voor.'

'Er komt toch meer bij kijken. Persoonlijke kwesties. Dat gedoe met het graf.'

'Ik heb geen tijd voor een lang gesprek. Ik moet zo naar college.'

'Ik hou van je,' zei ik. Ik ben een gewoontedier – werk, liefde, eettijden – en soms verlossen gewoonten je van het nemen van beslissingen. 'Ik mis je, ik kom terug zo gauw ik kan.'

'Als je er maar niet zoek raakt.'

'Ik heb er aan het Museum een maand bij gevraagd.'

'Ik lijk verdorie Penelope wel. Alleen brei ik niet. Ik schrijf collegeteksten.'

'Ik kom heus wel terug.'

'Dat zeg je alleen omdat je erover dacht om daar te blijven.'

Ik vroeg me af of het plagend bedoeld was. Ik dacht van niet. Geen van tweeën waren we blij met dit gevoel dat het verleden als ijs onder ons kraakte.

Maria kwam langs, alleen om te zien of het goed ging met Hart, of het huis in orde was, op weg om water te halen, omdat ze toevallig in de buurt was. Maar ze vond het niet nodig alle smoezen op te sommen.

Hart kon niet de deur voor haar neus dichtgooien of zeggen dat ze moest weggaan. Hij wist maar al te goed hoe het er in kleine plaatsjes aan toegaat. Dat heeft hij me verteld.

Ze liet hem de bron zien, anderhalve kilometer en verscheidene plooien in de berg verderop: een park, groot genoeg voor zeven bomen, een buis in een gekleurd vlak van gemeentetegels waar altijd water uit kwam. Maar er waren mensen, twee gezinnen op elkaar gepropt in een taxi en een open vrachtwagentje die bladeren bij elkaar harkten om een picknickvuurtje mee te maken. Ze wees Hart op de bergen, op het paars van de hei, de geur van de pijnbomen en bracht het gesprek daarna op de lunch.

Op de terugweg raakte ze door haar gespreksstof heen. Maar de aandacht die ze voor hem had, had een lading gekregen.

Ik zette de auto in Formentina neer. Ik haalde er doordeweekse bagage uit, het soort koffer dat op maandag meegaat en op vrijdag terugkomt: keurig, zwart, op wieltjes, het signaal dat hier iemand reist voor zijn wérk. Ik droeg hem naar de deur van het huisje dat iets hoger lag dan de weg. Ik maakte de deur open.

Ik deed alle lampen in huis aan hoewel dat niet nodig was. Ik gaf ermee aan: ik ben hier, in het huis tussen jou en de weg.

Natuurlijk hoefde een handelaar zoiets niet te doen. Zijn aandrang zou zo zoetjes geolied zijn dat er niet aan te ontkomen viel en verzet gewoon ongemanierd was. Ik beschikte niet over dat trucje.

In de namiddag ging ik bij Hart op bezoek.

Een aanloop vond hij overbodig. 'Maria zegt dat je haar hebt verteld dat je in het Museum werkt.'

Dat had hij al kunnen weten, zoals hij ook mijn naam en het kleine hiërogliefenblokje van mijn handtekening had kunnen kennen van de keren dat hij het Museum om een gunst had gevraagd.

'Ik moet even wat uitleggen,' zei ik.

Ik had gewild dat hij dacht dat ik een corrupte handelaar was, iemand die zwart handelde. Alleen was de gedachte ondraaglijk dat ik het goed deed, dat ik iemand wist te overtuigen. Maria bijvoorbeeld.

'Maar u praat alsof u in kunst handelt.' Hij speelde zijn verbazing wel erg uit.

'Ik vermoed dat ik die indruk wel heb gewekt,' zei ik.

'U hebt het met zoveel woorden gezegd.'

'Maar het gaat niet om handel. Ik ben assistent-conservator van de prentenafdeling van het Museum. Ik houd me bezig met het Liber Principis. Het Museum houdt zich ermee bezig.'

'Wilt u het boek kopen? Voor het Museum? Of voor een van die klanten die niets om een provenantie geven?'

'Ik ga niet weg,' zei ik. 'Ik ben hier voor een familiekwestie.'

'Het Museum vertoont wel erg veel begrip.'

'Inderdaad. Voorlopig wel.'

Ik wist zeker dat ik een dreigement in de lucht liet hangen en dat hij zou begrijpen dat hij niet veel tijd had om de gestolen waar terug te geven. Hij zou begrijpen dat ik het meende omdat ik er volgens hem bij te winnen had. Ik kon hem rustig aan zijn zorgen overlaten.

Tenslotte waren we buren, dus hij kon geen kant op zonder me of te moeten ontlopen of gedag te zeggen. Ik kon zijn ochtendwandeling in de gaten houden, een late kop koffie in de bar, een boodschappentochtje naar de markt in Vila Nova. Hij moest zich ook bezorgd afvragen of het opzet was of gewoon kwaadaardig toeval, een gevolg van het feit dat het 's zomers moeilijk is voor een week, een maand, een huurhuis te vinden.

Onze patstelling had uiteindelijk een adres: een dorp, in tweeën gesneden door een weg, en nog een keer door een riviertje, vol kleuren en stenen. Ik was blij dat ik even ergens thuis was.

Ik zette koffie, net als hij, snakte naar iets te lezen, iemand om mee te praten, keek uit over het dal net als hij, en zag de lucht vanuit het westen zwart en furieus aankolken. Ik dacht echt dat ik alleen maar hoefde te wachten.

Mijn antwoord was goed. Alleen klopte de opgave helemaal niet.

Ik weet nu uit het politiedossier dat de Nederlanders de Portugese Guarda Nacional al hadden gevraagd onopvallend te informeren naar iedereen die beweerde dat hij Christopher Hart was. Het zou niet eenvoudig zijn – Hart was EC-ingezetene en kon vrijelijk Portugal in en uit – maar ze hadden de hotelregistratieformulieren, en dat was ruim voldoende.

Over een dag of wat zou Martin Arkenhout zekerheid hebben over wat hij nu al vermoedde: dat hij het verkeerde leven had gestolen. Hij zou ook weten dat hij zich aan het bestaan als Christopher Hart moest vastklampen om niet te worden geconfronteerd met de ontrafeling van een hele loopbaan.

Ik zag het gebeuren, alleen besefte ik het toen nog niet.

Hij kwam voorzichtig de leistenen treden af. Bewolking overwoekerde de huizen als oude klimop, verbrak de strakke lijnen van hun donkere, massieve vormen, maakte een deel van de bossen onzichtbaar en liet de rest grijs en donker.

Hij dacht dat ik nog niet wakker kon zijn, dat het licht in mijn huis sinds gisteravond aan was. En als ik wel wakker was, was ik vast nog niet gekleed en klaar om de deur uit te draven voor het licht werd. En als dat wel het geval was, kon hij me kwijtraken.

Hij startte de auto. De bewolking hield het geluid laag bij de weg, maar maakte dat het afgrijselijk hard klonk. Ik zou nu wel wakker zijn en me halsoverkop uit mijn schema, mijn ochtendroutine loswurmen.

Van hieruit kon je maar twee kanten op: omhoog en omlaag. Omhoog slingerde de weg zich de kale bergen in, daalde dan weer steil af naar een dal, een meer, een stuwmeer. Omlaag liep de weg naar een vertrouwde stad met vandaar een tiental andere steden voor het kiezen.

Hart ging naar beneden. Achterom kijkend naar de weg, zag hij alleen maar een witte wolkenmuur. Het dorp was verdwenen. Hij moest ook verdwenen zijn.

Hij vertelde me dat hij erover had gedacht om naar Guarda en de grens te vluchten en naar Spanje te gaan. Of hij had naar een vliegveld kunnen gaan om een kaartje het land uit te kopen, naar een plek, waar dan ook, waar minder belangstelling voor Christopher Hart bestond. Hij had een hele dag de tijd: een hele lege, hol klinkende dag.

Soms dook er een grote Volvo-vrachtwagen op uit het wit die met grote snelheid langsgierde, soms waren er autolampen voor hem; maar het maakte niet uit. In de wolken en het wit, in de tunnels van bomen, was hij alleen genoeg. De dag opende zich voor hem, de zon brandde de mist en de wolken weg en droogde de natte weg.

Hij was weer onderweg, weer aan het roer: onoverwinnelijk.

Ik hoorde de auto starten. Ik maakte nog wat toast. Harts boosheid moest nut hebben, leek me: een man die denkt dat hij in de val zit, zal zich misschien verraden, of zelfs overgeven.

Ik ging naar zijn huis. Logisch. De buren zouden het kunnen merken, maar door de week zijn dat er niet veel. Bovendien was bekend dat buitenlanders allemaal kennissen van elkaar waren, die bij elkaar in en uit liepen. De deur zat op slot. Het zag er binnen saai en griezelig opgeruimd uit; al het persoonlijke – zelfs vuile kopjes, niet gedragen truien – was uit het zicht weggestopt. Hart liet amper een indruk in het huis na, laat staan dat hij het duidelijk zíjn huis maakte.

Dat gold ook voor mij. Mijn eigen huis was koud en doods, zoals elk huis dat je huurt. Je kon maar beter niet weten wat er het laatst was gebeurd.

Ik trof Anna net niet thuis. Ik wachtte zodat ik iets op het antwoordapparaat kon inspreken omdat ik dat graag doe: ik kan precies onder woorden brengen wat ik wil zeggen.

Daarna belde ik het Museum. De adjunct-directeur was merkwaardig lang van stof. Hij drong erop aan dat ik de tijd ervoor nam. Hoe meer tijd ik ervoor uittrok, hoe zekerder ik er natuurlijk van diende te zijn dat ik het probleem met het Liber Principis zou oplossen, dat was duidelijk. Maar dat leek me niet zo'n moeilijke zaak. Ik vond Hart al aardig nerveus, en zijn zenuwen waren het enige waar ik op kon werken.

Ik dacht eraan hoe ik in het elegante en eufemistische proza van het Museum zou uitleggen waar ik mee bezig was, welke formulering ik zou gebruiken voor 'intimidatie'. 'Interimdiscussies' misschien. 'Polsingen'.

Om me heen opende de dag zich, koeler dan anders, met een blauwe hemel vol enorme witte wolken. Nu Hart weg was, had ik slechts één dringende bezigheid, en dat was een privé-aangelegenheid: opnieuw gaan klagen over mijn vaders graf.

De Guarda Nacional Republicana huisde in een bakstenen kazerne in een doolhof van lage, met draad afgezette muren en een detonerende vijgenboom die zijn warrige takken over de militaire ordelijkheid uitspreidde. Binnen hing een vreemde ziekenhuissfeer, maar een ziekenhuis waar mensen zweten.

Ik vroeg of er iemand was wiens Engels beter was dan mijn Portugees, de truc van het jezelf omlaag halen. Ik gaf mijn naam en ging op een bank zitten. Een briesje trok aan de fotokopieën van gezichten op het bord 'Gezocht'.

'Bent u John Costa?' vroeg een man.

Hij moest al wat ouder, zelfs oud zijn in zijn gesteven witte overhemd. Hij droeg zijn buikje als een reeks onderscheidingen onder een lang, mager gezicht dat niet bij het lichaam paste. Hij gedroeg zich als een officier die zal proberen om niet op zijn strepen te gaan staan, voor deze ene keer.

Ik stond op. De man leek niet over de gebruikelijke nietszeggendheid van een politieman te beschikken, de muur waarop je geacht wordt al je schuldige gedachten te projecteren. Hij leek bijna vriendelijk. Ik verwachtte dat hij iets dokterachtigs zou gaan zeggen: 'Wat scheelt eraan?'

Drie dienders in uniform en laarzen salueerden strak en de vriendelijkheid smolt weg.

'Ik ben kapitein Mello,' zei hij, in het Engels. 'Zegt u het maar.'

Ik zei dat het me speet dat ik hem moest storen. 'Maar iemand heeft het graf van mijn vader beklad,' zei ik. 'Ik wilde weten wat eraan gedaan wordt.'

'Dat gebeurt hier maar zelden,' zei Mello. 'Het spijt me.'

Ik dacht dat we zo de dag wel doorkwamen, al verontschuldigend.

'Ze hebben iets op de achterkant gespoten. Het bekende geklieder en een jaartal: 1953.'

Mello schudde het hoofd. 'Dat is wel zeer onchristelijk. Schandalig.'

Zijn bezorgdheid leek beminnelijk, niet politieachtig, en zeer gemeend. Hij noemde mijn naam nog eens: 'John Costa. Wat naar.'

Ik zei: 'Moet ik proces-verbaal laten maken?'

'Nee, nee, dat is niet nodig.'

'Maar u weet niet eens waar het graf is.'

'We hebben er een proces-verbaal van. We doen eraan wat we kunnen.'

Ik vermoedde dat dit de normale dooddoener voor een geschokte zoon was, maar hij keek me aan alsof hij dacht iets te zullen ontdekken.

'Ik snapte het getal niet,' zei ik. '1953.'

Hij zei: 'Vandalen. Ze weten de helft van de tijd niet wat ze opkalken.'

'Maar u hebt wel enig idee, is het niet?'

Ik werd binnen een paar minuten afgescheept tot buiten de kazernepoort, een gezagsuitoefening waar ik me pas van bewust werd toen ik op de parkeerplaats stond.

En toen was ik alleen in het land van mijn vader, volmaakt onwetend, met nog alles te ontdekken.

Het was een van die zeldzame dagen waarop je weer enkele van de privileges teruggraait die voor een kind doodgewoon zijn: je verwonderen, wonderen najagen, een landschap, een geschiedenis, een stad naar believen samenstellen uit verhalen, dromen, misverstanden en wat je ziet.

Er zijn geen deskundigen, revisionisten, congresmappen, geen beredeneerde catalogi en reisgidsen en politieke principes die zich tussen jou en je waarneming wringen. Alles is helder omlijnd, nog niet verpest door woorden.

Ik vond dat Mello mij het verhaal van mijn vader wel had kunnen vertellen. Daarna zette ik die gedachte van me af en genoot van de oplichtende kleuren en het stralende licht.

Ik ging op expeditie. Ik volgde de rivier de Mondego langs kastelen, groene rijstvelden, tot beneden bij de zee. Vervolgens reed ik een stukje naar het noorden waar de kust een en al rotsen en inhammen is, maar het was geen dag voor zo'n woeste verlatenheid. Aan de voet van de kliffen wist de zee niet van ophouden.

Naar het zuiden dan maar. Er was een vissersdorpje waar je kamers kon huren met uitzicht op een uitgestrekte, halfronde baai, wit zand aangevuld met nog meer wit zand, strandhuisjes in rijen gestreept canvas langs een stad van plankieren. Het stadje rook naar kokosolie en jodium. Er was een circustent, dichtgeknoopt en in afwachting van de avond, en een paar vissersboten met hoge, lichtgeschilderde voor- en achterstevens die op het droge waren getrokken tot bij de asfaltzee van de parkeerplaats.

Men verdrong elkaar op het harde, hete zand. Daarachter hield de zee hen tegen: grauw, met woelig kelp, kleine kinderen afschrikkend met zijn kou en gespuug en gezuig.

Een vader nam zijn zoontje mee naar de rand van het water, liet hem de hele grote zee zien. Het jongetje kon zijn blik er niet van losmaken, verzette geen stap meer.

Wij hebben geen kinderen, Anna en ik. We kregen nooit de zuivere vertroosting van een wetenschappelijke verklaring, pas toen het te laat was; we dachten dat het een pijn was die we moesten delen en verzorgen. We zijn hem gaan verwarren met liefde, denk ik nu.

Ik kon de oceaan niet meer zien, alleen nog de betonblokken, die roze en wit, als een stad van luciferdoosjes, de zandvlakte en de zee omvatten.

Ik zag Hart, of liever een glimp van hem, in een echte havenstad waar vrachtschepen hoog en roestig op hun ankers reden. Hij moest een verkeerde afslag hebben genomen. Hij wierp een donkere blik op me en reed met toenemende snelheid de stad uit over de lange, hoge rivierbrug die een riviermonding breed is.

Ik ging natuurlijk achter hem aan. Hij moest de indruk krijgen dat ik hem voortdurend op de hielen zat. Hij moest zenuwachtig worden.

Onder aan de weg lagen zoutpannen, allemaal zo regelmatig van vorm als Nederlandse weilanden, maar ze waren niet gelijkmatig groen, sommige stonden vol water, andere waren wit van het zout, een wit met een rood waas en zwarte adertjes. Her en der waren er ook gebouwtjes: hutjes, loodsen, schuilplaatsen.

Voor iemand die kwaad is, is dit landschap een melodrama. Iemand die op de vlucht is, kon snel naar het zoute water beneden scharrelen, dijkje na dijkje onzichtbaarder worden, onderdak zoeken in een bakstenen schuurtje met kilometers in de omtrek geen eten of drinken. Een pekeldood. Hij zou verdrinken, omlaaggezogen door het zout. Hij zou verblind raken door de witheid van het zout en struikelend in een machine terechtkomen of in diep water of onder een auto.

Na de brug sloeg Hart af, over keienwegen, een stuk grote weg, toen een soort gesloopte avenue met zeedennen en yucca's en af en toe een snackbar, het soort weg dat altijd naar een geheel verouderde badplaats leidt.

Ik zag alleen een man op de vlucht. Ik had er geen idee van dat hij mij in gedachten opnieuw aan het bedenken was.

Aan het eind van de avenue kwam hij tot zijn geluk in een surfershemel terecht: een lang, smal strand dat zich eindeloos uitstrekte, gebeukt door golven, een zee die zo doorschijnend als glas terugkrulde maar met dunne, witte schuimlijntjes. De bebouwing hield op. Massa's meeuwen. Alleen hier en daar pikzwarte figuurtjes in wetsuit. Toen hij eenmaal op het strand stond, zag hij alleen nog zand en zee en mensen die in zee speelden, en een zwarte hond op zijn achterpoten die probeerde om de golven terug te drijven.

Hij spoog driemaal op het zand om zichzelf te vergeven.

Hoe verder hij het strand afliep, naar een verte met stuivend licht, hoe meer zin hij kreeg om er te blijven. Hij wierp zich in die zee, worstelde zich omhoog tot hij de kracht van het water onder zich voelde en reed erop terug naar het strand. Toen hij weer languit op het zand lag, was er nog steeds niets achter het glinsterende scherm van de zee en de lange processie van witte zandstranden. Geen afleiding. Geen problemen.

Ik wilde zijn probleem zijn.

Hij had ook een keuze, dat weet ik nu. Op dat uitgestrekte lege strand was hij nog altijd de jongen met een fatsoenlijke jeugd, van rechthoekige groene zompen, recht getrokken sloten, kassen die 's nachts flikkeren als spookbedrijven. Hij had maar één paar ouders, en als hij ooit zou ophouden met verder trekken, zou hij terugvallen in de schoongeschrobde regelmaat van hun wereld die hem zou boenen en bezemen en poetsen tot de dood erop volgde.

Ik observeerde hem op het strand. Ik had bij toeval de goede weg genomen, weg van al die gezinnen op het grote strand en de meisjes in schaamteloos korte broekjes die klanten zochten onder de vrachtwagenchauffeurs op de grote weg; maar ja, veel bestemmingen zijn er niet aan deze kust. Ik zag zijn auto tussen de busjes van de surfers staan, en hij kon maar één kant op lopen, aan de rand van de zee.

Ik vond het wel mooi, zijn opgejaagdheid. Maar hij zag mij niet als een bewaker van zijn leven, of als een Nemesis. En hij gaf het voorlopig nog niet op. Hij zag mij als het soort persoon met een baan, een kantoor en een vrouw die me naar Londen zouden terughalen. Ik zou hem binnenkort verlaten. Bovendien had hij alle boosaardigheid van een adolescent die het heel goed aanvoelt: hij was beter dan iemand met vastigheid. Vastigheid betekende compromissen. Die sloot hij niet.

Hij waadde het water weer in. Ik zag hem heftig met zijn armen naar de golven slaan; hij zwom niet, hij bevocht de zee. Toen spoelde hij heel plotseling naar het strand terug op de woeste vaart van een getijdestroom. Hij ging op het zand zitten.

Hij zag me in de verte wuiven. Hij kende niemand anders, dus hij wist dat ik het moest zijn, ook al was ik veel te ver weg en te vaag om te worden herkend.

Hij staarde voor zich uit naar de zee. Er kwamen ambtenaren die vage opmerkingen over gestolen waar maakten en hem vervolgens niet meer met rust lieten. Dan had Christopher Hart net zo goed geliefden kunnen hebben.

En er was zo'n ruime keuze geweest, een hele volksstam die hij had kunnen afmaken: eenzame kroeglopers, eenzame wandelaars, de ongebondenen, mensen in een buitenland om lang vergeten redenen, mannen die weg zijn gegaan om een nieuw leven te bedenken, de kerels die te verstrooid zijn om vrienden vast te houden, of te gemeen, de domme maar kredietwaardigen, de zwervers die op een dag misschien lang genoeg blijven staan om te beslissen wat ze toch najaagden – een volk van verloren jongens die te vaak het vliegtuig hebben genomen. Maar hij had geen van deze doelloze, ongewortelde levens gestolen. Hij had Hart gestolen, en Hart was voor anderen van belang.

Hij kon altijd een ander leven stelen. Deze keer zou hij het goed doen. Er moest een buitenlander zijn wiens plotselinge vertrek niemand zou verbazen.

Hij stelde zichzelf weer vragen over mij.

John Costa had in Londen een vrouw, een leven, een baan, en vast en zeker een hypotheek: verplichtingen en misschien liefdes.

Maar het betekende ook dat John Costa een paspoort en creditcards en al die levensbelangrijke dingen moest bezitten. John Costa was een conservator die opmerkingen over gestolen spullen liet vallen, die een reden zou kunnen hebben om te verdwijnen. Hoe langer ik bleef, zo redeneerde hij, hoe kleiner de kans dat ik gewoon naar kantoor zou teruggaan. Ik voerde iets in mijn schild.

Hij dacht blijkbaar dat ik misschien dromen en verlangens had. Maar hij beschouwde ze alleen maar als een film, iets dat zonder gevolgen eindigt als het licht aangaat. Hij wist ook niet veel van film.

Het was de eerste keer dat hij erover dacht me te doden. Hij bezwoer me later dat hij het idee bijna onmiddellijk weer had laten schieten.

Toen hij eenmaal naast me stond, voorstelde om te gaan lunchen, vroeg welke van de hem onbekende vissen ik hem aanried en als een zoetekauw van een toerist een glas witte port voor me bestelde, was hij bijna plakkerig.

'Ik voel me bijna gevleid,' zei hij. 'Dat jij me achtervolgt. Ik dacht dat ik gewoon een anonieme hoogleraar was.'

'Het kwam toevallig zo uit. Ik dring toch niet binnen in je privé-leven?'

'Maar je bent er wel. Je zou hier niet zijn als ik er niet was.'

Ik haalde mijn schouders op en schonk *vinho verde* in.

'Als je hier niet was geweest,' zei hij alsof hij de zaak zat te overwegen, 'had niemand mij hier gekend.'

'Misschien niet.' Ik had geen behoefte aan studentikoos gekwek over identiteit, of om getuige te zijn van een premature midlifecrisis.

'Maar als je hier bent…'

'Je weet dat ik niet weg kan voordat we de kwestie hebben uitgezocht. Het Liber Principis.'

'O ja?'

'Dat weet je best.'

'Kan ik daarvan op aan?' vroeg hij. Ik dacht dat het ironisch bedoeld was.

We namen de snelste weg naar huis, een konvooi van twee auto's onder een betrekkende hemel die niet langer stralend blauw maar sepiakleurig met zwarte strepen was. Het rook naar opgewarmde lucht. Waar tussen de bomen licht hoorde te schemeren was alleen maar rook, tot de weg ons verder trok, het bos uit naar de vlakke, natte rijstvelden. Toen stond de rook als een muur achter ons.

Hart stopte abrupt bij een kasteel langs de weg: kantelen, uitkragende fundamenten, een kerk binnen de muren.

Ik schoot een stuk door en schoof toen snel van de weg af, tot grote schrik van de horde autootjes die achter me aan jakkerde.

Het kasteel was opgezadeld met een kroon van lichtblonde steen, onlangs aangebracht, en alles daaronder was uitgehold in de berg: holen, beroete kookplaatsen, oude gaten voor latrines, stenen die waren afgerond door honderd jaar romantici die een zetel met uitzicht wilden, omsloten door een buitenmuur die voor het grootste deel was veranderd in een hoge, met gras begroeide wal. Ik wandelde er wat rond. Een geit staarde me aan. Ik liep helemaal langs de buitenmuur en klom naar de stenen ommuring boven op de berg.

Ik zocht niet naar Hart. Ik nam aan dat hij mij wel zou zoeken.

Ik stak over naar de donjon, omlaag over een vloer van aangestampt puin. Ik zag niemand, hoorde niets bewegen op de auto's na die onder aan de toren langsreden. De stilte zat me dwars.

Ik rende de stalen trappen en loopbruggen op naar de trans. Het uitzicht bestond uit rode aarde en het stoffige groen van zomerbomen en dorpjes als bijeengedreven witte dozen. Maar ik keek er niet echt naar. Ik luisterde en keek vanuit mijn ooghoeken uit naar Hart.

De man kon zich nergens verbergen. Hij had geen reden om zich te verbergen. Onder de hoge, recht boven ons staande zon waren zelfs geen schaduwrijke plekken om hem te verbergen. Zijn afwezigheid hing in de lucht.

Ik stond tegen een kruisvormig schietgat in een hoek van de trans en keek naar beneden naar de ronde donjon. Ik dacht dat ik een deur hoorde dichtvallen. Maar een ruïne heeft geen deuren die met een snel, strak geluid dichtvallen.

De namiddaghitte beukte als hamers neer op mijn hersens. Ik zei tegen mezelf dat dat het probleem was.

Ik liep de trans af, ging na waar ik omlaag kon kijken naar de binnenplaats of de hellingen rondom het kasteel. Ik liep snel omlaag naar de donjon en de uitgang.

Harts auto stond er nog.

Ik had geen idee wat hij uitspookte. Ik had aangenomen dat hij was gestopt om het kasteel te bekijken omdat hij dat leuk vond, dat hij eventjes voor toerist wilde spelen.

Ik liep terug naar de onderaardse ruimten van de ruïne, de holen en grotten, dankbaar dat ik uit de zon was. Er woei papier rond. Een subtiel zacht briesje bracht de blaadjes van de olijfbomen op de hellingen in beweging.

Ik vond een hol achter de belangrijkste kookgrot en ging er naar binnen: pure nieuwsgierigheid, zei ik tegen mezelf. Een hond schoot naar buiten, nerveus en jankend. Ik draaide me om naar de zon.

Hart stond aan de ingang van de grot. Hij had een mes in zijn rechterhand en iets stevigs in zijn linker.

Ik zei: 'Ik dacht dat ik je was kwijtgeraakt.'

Ik kon de uitdrukking op zijn gezicht niet zien. Hij pakte het mes en draaide de sinaasappel in zijn hand rond zodat hij een keurige spiraal afpelde.

'We moeten de kwestie uitzoeken,' zei ik.

'Ik begrijp er niks van.'

'Ik ben alleen geïnteresseerd in het Liber Principis. Als we dat kunnen regelen...'

'Ik vermoed dat iedereen er belang in stelt.' Hij wist niet wat hij zei, dus hij zei het met een stalen gezicht.

'We kunnen maar beter gaan,' zei ik.

Hij liet de sinaasappelschil op de grond vallen, waar hij als olie in de zon lag te glimmen.

'Praten doen we later wel,' zei ik.

Toen ik langs hem liep, voelde ik een soort huiver over mijn hand.

'O, sorry,' zei Hart.

Hij lachte. Ik had nog nooit zo'n lachje gezien.

In de auto zag ik op de rug van mijn hand een dun streepje bloed opengaan. Ik veegde het weg. Ik dacht eerst dat mijn hand, zonder dat ik het had gemerkt, per ongeluk ergens tegenaan was gekomen, maar mijn hand rook naar sinaasappel.

Op de terugweg reed hij vriendelijk, zodat we ons met de vaste onderlinge afstand van een konvooi voortbewogen: veilig, beschermd.

Maar hij had een hekel aan het idee van 'bescherming'. Later vertelde hij me dat hij veel meer voelde voor het idee achtervolgd te worden; dat was minder beangstigend dan de afschuwelijke, regulerende aandrang van hartelijkheid.

Hij nam een verkeerde afslag. Maar misschien was het geen verkeerde afslag, dus ik reed achter hem aan. Hij lag een aantal bochten op me voor maar voelde zich toch verplicht het een tijdje rustiger aan te doen.

Langs de weg stonden twee tieners te liften: lijzig, blond, ontkleed, te jong en te buitenlands van uiterlijk en te giechelend onschuldig voor bermhoeren. Hij stopte.

De twee blondharigen draafden naar de auto toe en lachten energiek, alsof ze te onwetend waren om hun aantrekkelijkheid te doseren. Hij lachte terug.

Het tweetal wilde naar het een na volgende stadje. Ze wrongen zich naast Hart voorin. Ik kon de lucht van olie en verbrande blonde huid van het meisje en de jongen bijna ruiken; ik had ook belangstelling.

Hart liet natuurlijk zien hoe goed hij kon rijden.

Maar plotseling stopte hij en gooide het tweetal uit de auto. Ze leken stomverbaasd dat hun huid en charme niet hadden gewerkt. Ze keken hem na toen hij wegreed en het meisje stak haar middelvinger op.

Daarna was hij opnieuw degene die voorstelde om wat te gaan drinken. Voor ik mijn gezicht kon wassen en een ander overhemd aantrekken, kwam hij met grote sprongen de trappen af. Een stukje voor mijn huis hield hij even in, deed zijn kraag goed, kromde zijn rug en liep toen door alsof hij in beslag werd genomen door allerlei hooggeleerde gedachten. Ik observeerde de verandering.

Hij zei: 'Maria heeft een berichtje achtergelaten. De politie heeft gevraagd waar ik was.'

'Heeft ze gezegd waarom?' Ik wist dat het Museum geen officiële klacht had ingediend: we zijn discreet bij zonden in het algemeen, en de zonde van diefstal impliceert de zonde van nonchalance bij de beveiliging.

'Ik denk dat er iemand naar me op zoek is.' Hij haalde de schouders op. 'Ik ben blij dat ik jou heb om voor me in te staan,' zei hij opgewekt. 'Jij bent officieel. Jij telt mee.'

'Maar jij hebt een reputatie,' zei ik. 'In het Museum hebben we alleen rangen en titels. Je loopt een tijdje met een bepaalde titel rond, maar het blijft onpersoonlijk.'

'Maar dat je hier bent, maakt het makkelijker,' zei hij.

Later zei hij: 'Na een tijdje sluiten de bergen je in. Dat zul je wel merken.'

'Ik hou van de bergen.'

Hij zat rusteloos als een jongen op zijn stoel. Hij stond op, ging naar het raam, liep wat heen en weer, stak zijn verontschuldigingen af en ging de deur uit voor een wandeling in de plooi van het dal.

Hij brak een tak van een dode struik en sloeg ermee tegen de bramen en het hoge gras. Er hing een wolk van geel poeder in de lucht. Maar op de terugweg vergat hij niet om zich naar mijn huis te draaien en te zwaaien en te grijnzen als een goede vakantiebuur.

Vier

Maria las die zomer een boek over vuur. Iemand moest het in een van de te verhuren huizen hebben laten liggen: een boek vol grafieken en tabellen, afbeeldingen van doornige planten van plaatsen waar brand was geweest. Soms vulde dat een hele middag.

De wind kwam elke dag warm uit Spanje en 's middags was Vila Nova dicht. Deed je een luik open, dan zonk het hele huis weg onder de zware inval van de hitte; je kon je eraan bezeren. Zelfs de geur van het stadje was geroosterd: dennen en eucalyptus in de houtopslagplaatsen, marktafval, een iel lijmluchtje uit de tapijtfabriek, hete rozen in droge tuinen.

De buitenlanders werden allemaal door de hitte vastgenageld, wat te verwachten was – te heet zelfs om te zeuren of te ruziën en een advocaat te bellen. Dus kon Maria lezen over grasbomen en orchideeën die alleen na een brand in bloei komen, dat dieren bij brand niet in paniek raken, dat ze tegen de vuurzee in rennen en zich op het al verbrande gebied in veiligheid brengen. Ze las over haviken die de rook in vliegen om ontsnappende sprinkhanen te vangen, en kevers die het vuur in dansen, die zich naar beneden reppen over takken waarvan het sap nog kookt en het hout roodgloeiend is. Zelfs Engelse kevers doen dat.

Iedereen was die zomer met zijn gedachten bij branden. Alleen Hart en ik waren te buitenlands om ons zorgen te maken.

Maria was nieuwsgierig genoeg om terug te gaan naar de plek van de brand waar ze Hart had zien dansen. Ze hield zichzelf voor dat ze wilde kijken of het boek klopte, of de mieren er inderdaad opuit trokken om de harde, papaverachtige zaaddozen van de eucalyptus te roven, of er bij struiken bloemen verschenen op geblakerde takken en of kleine, ronde muizen de as kwamen omwoelen. Misschien was er wel een grasboom of een orchidee. Fantaseren mocht.

De bramen waren slechts doornige warboelen van zwart touw. Er was een kleine open plek, nieuw, een paar littekens op oude bomen iets hogerop. Ze was blij dat het vuur was teruggeslagen. Bergbewoners leven op dezelfde manier met sneeuw en zijn plotselinge, dodelijke verschuivingen, bewoners van rivierdelta's met water; ze zijn op hun qui-vive en houden van een kleine triomf.

Ze liep het bos in, interpreteerde de brand: hoe hij zich had voortbewogen, waar hij was begonnen. Hij was van één punt uit begonnen, zoals bij een waaier, en was zo klein gebleven dat dat punt nog zichtbaar was.

Het was donderdag, jachtdag. Wapens knalden in de stilte, knalden nog eens en nog eens. Na de lunch en de wijn wordt er veel meer munitie verschoten en veel minder bloed vergoten. Alles wat beweegt is een doelwit als je niet echt tussen de bomen door kunt kijken. De mannen beginnen op adelaars te schieten en verbazen zich erover dat de honden ze niet kunnen vinden. Ze pompen een kat vol lood in de hoop dat het toch nog een konijn zal blijken te zijn.

Ze stond op een open plek onder de zwarte knoesten van een verbrande mimosa. Alle sporen van het vuur leidden hierheen.

Ze voelde zich niet op haar gemak. Hart was ver weg, maar ze had hem hier gezien, en zijn aanwezigheid of afwezigheid begon voor haar een rol te spelen. Ze was bereid om uit alles wat ze vond een verhaal te verzinnen.

Onder de mimosa lagen verbrande vellen papier. Dat is niet vreemd: mensen gooien hun afval hier weg omdat het makkelijker is dan het langs de officiële weg kwijt te raken. Auto's soms, banden en hoekijzer, en vaten en plastic en blikken en vijfliterflessen voor wijn, papieren waar niemand wat aan heeft.

Dit papier was zwaarder dan normaal, stugger, zo dik als fotopapier. De bovenkant was zwart gebobbeld. Ze pakte het op en draaide het om.

Ze kon het natuurlijk niet lezen. Maar ze wist zeker dat ze even in een paar ogen keek.

Mijn huis werd belegerd: bussen langs de kant van de weg die de krappe bochten blokkeerden en ongeordende groepjes oude mensen in hun nette kleren uitlaadden die allemaal in de schaduw wilden staan. Ik bekeek het van achter mijn raam als een oude dorpsvrijster.

De oude kudde leek zich opeens een doel te herinneren en verplaatste zich de berg op. Ik verwachtte dat het pad hen eronder zou krijgen, maar ze gingen gestaag verder en omhoog, zeulden hun lichaam voort: honderden treden, onregelmatig en met scherpe randen zodat je ze met gespitste geest moest benaderen en je kuitspieren moest laten werken om boven te komen.

Het was te warm om je aan te kleden, te warm om te bewegen. Ik stond in mijn korte broek voor het raam en probeerde iets te begrijpen van die oude mensen die zich met zo'n gratie en wilskracht voortbewogen. Ze waren op weg naar een kruis dat een Christus droeg met opgeschilderde wonden.

Ze hadden nu hun eigen tempo gevonden, de vrouwen in zwart linnen, de mannen in schone overhemden. Het pad zigzagde de helling op, dus ze leken mijn hele blikveld te vullen, zich een doodstil landschap toe te eigenen en het te vullen met hun inspanning. Sommige vrouwen kropen. Anderen liepen op blote, bloedende voeten. Enkelen stokten, als vliegen op vliegenpapier, weer anderen keken achterom en riepen iets tegen de rest, maar de meesten trokken in een ernstige, geconcentreerde stilte verder.

Mijn vader heeft hier nooit deel van uitgemaakt, denk ik. Maar ik was er niet helemaal zeker van. Hij kwam hiervandaan en kende dit soort gewoonten. Ze konden dieper zitten dan een zoon ooit zou weten.

Ik dacht dat ik iemand aan de deur hoorde. Ik ging opendoen, en op het stoepje lag een stapeltje van vijf perziken.

Hart bekeek de bedevaartgangers vanaf zijn eigen drempel. Hij vond dat hij een locatie had gekozen die hem wat al te apart en bijzonder was.

Hij heeft me dit verteld:

Voorheen had hij altijd mooie locaties gekozen, keurige generalisaties van het soort dat mensen uitzochten als ze de benen namen om hun geld uit te geven, met landhuizen, vaak roze, en tuinen met palmbomen en zwembaden, met eindeloos gebronsde mensen, net genoeg drank en drugs om, in de schaduw en in het water, de dagen soepel door te komen. Soms waren er boten als drijvende huizen, en bedienden afgestemd op onbuigzame grillen. Dat was het soort locaties dat hij meestal koos. Daar werd niet over de verlossing gesproken, laat staan dat men ervoor op de knieën ging. Dat zou ongemanierd zijn geweest.

Hij had ook gewone mensen gekozen, met geld achter zich. Christopher bleek anders te zijn, heel anders dan hij had geleken. De indruk was geweest: een geregelde hoeveelheid geld, anoniem, professoraal, voorspelbaar, met nog driekwart sabbatsjaar over dat iedereen kon stelen. Deze andere Hart wekte de belangstelling van mensen: musea, zelfs de politie.

Nou, hij was nu wel interessant genoeg. Zijn leven was gestolen. Hij was materiaal voor een sprookje: levend en tegelijkertijd dood.

Hij proefde het zweet op zijn arm. Hij ging onder de douche staan en liet zich door het bruine water kleuren. De afgelopen dagen was de wereld zo uitgedroogd dat er nu ongefilterd water uit de kraan kwam omdat filters de trage stroom helemaal zouden kunnen tegenhouden.

Hij wilde geen gebogen, zwarte figuurtjes meer zien die nu langs de geblakerde heuvel naar beneden kwamen alsof ze boven iets hadden gevonden.

Maria de Sousa de Conceicão Mattoso stond in de deuropening. Ze meldde haar komst niet, ze stond daar gewoon, een silhouet tegen een felle zon.

'Ik was in de buurt,' zei ze.

Hart haalde haar binnen.

'Alles in orde?' vroeg ze. '*Tudo bem?*'

'Ja, hoor.'

'Ik dacht, kom, ik ga even langs. Ik was op weg naar…'

'Hmm.' Zijn hersenen waren te druk bezig om enige echte reactie door te laten.

'Je kunt hierlangs naar het stuwmeer beneden,' zei ze. 'Een prachtig meer.' Het was of ze vogelbotten had en iets schuin ten opzichte van de kamer stond. 'Het is er erg mooi.'

'Dat zal best,' zei hij.

Ze ging op een houten stoel zitten. Hij verwachtte dat ze haar benen over elkaar zou doen zodat haar rok zou opkruipen tot waar de stoel in haar magere dijen sneed. Maar ze ging zitten als in een schoolbank.

'Wil je een kopje thee?' vroeg hij.

Ze schoten allebei in de lach. Hij bedacht hoe Engels hij deed. Zij dacht helemaal niets.

Hij had hier geen tijd voor. Zij had alle tijd van de wereld. Hij moest een voorstelling bedenken, en zij was gewoon nieuwsgierig, wachtte op elke uitspraak van hem die iets meer over hemzelf zou kunnen vertellen.

'Ik zet even thee,' zei hij.

Ze bleef rustig op de stoel zitten, met stralende ogen. Ze zag hoe hij de ketel met kraanwater vulde.

'Er is een stuk hoger een bron,' zei ze. 'Dat is beter, denk ik. Dan heb je water waar niemand woont. Geen vervuiling.' Daarna bedacht ze dat ze misschien te veel aandrong en zei: 'Zelfs geen slangen.'

Hij hield op met wat hij aan het doen was.

'Slangen. De mensen zeggen dat ze het water ingaan en het vervuilen. Met hun huid, denk ik.'

'Geloof jij daarin?'

'Ik neem niets erg serieus,' zei Maria.

Hij zette de ketel op het gas.

'Ik bedoel,' zei Maria, 'dat het een enkele keer goed is om in slangen in het water te geloven en meestal niet. Net als met spoken.'

'Geloof je in spoken?' Maar hij was niet echt geïnteresseerd in een antwoord, dat kon Maria wel zien. Hij zocht naar een manier om de ruimte in de kamer te vullen met gepraat.

'Echt waar?' Hij ging weer zitten, deze keer in zijn stoel, met zijn benen uit elkaar. Ze genoot van het feit dat hij sterk was maar nog een beetje onhandig, als een jonge ooievaar.

Ze glimlachte. 'De mensen hier hebben alle tijd om in zulke dingen te geloven. We hebben niets anders te doen dan verhalen te bedenken.'

Het was een uitnodiging, ongetwijfeld. Dat wist hij. Hij wist op dit moment alleen even niet hoe hij moest reageren: als Arkenhout, als Hart of als zichzelf. Zijn ademhaling werd wat dieper, zijn pols wat sneller.

Ze stond op en liep naar het raam. Op weg erheen moest ze heel dicht langs hem heen, haar bruine arm langs de zijne.

'Je zou de luiken moeten dichthouden,' zei ze. 'Het is beter om 's zomers de warme lucht buiten te houden. Als die eenmaal binnen is, krijg je het binnen nooit meer koel.'

'Zit wat in,' zei hij.

Hij keek hoe ze zich vooroverboog om de luiken dicht te doen en af te grendelen, haar kleine achterwerk in een hoek omhoog. Ze bewoog zich zoals een flirterig type zou doen, maar ze was zich er absoluut niet van bewust. Ze lachte niet en deed ook geen moeite om niet te lachen.

De kamer was erg donker.

'Je kunt het licht aandoen,' zei ze.

Hij bewoog niet.

'Ik ben bang dat ik overal tegenaan loop,' zei ze.

'Dat zal best meevallen.'

'Het komt door de zon,' zei ze. 'Ik zie niets.'

Hij bleef precies zo zitten. Ze zocht haar weg door de kamer alsof ze haar best deed om niet tegen hem aan te lopen.

Hij kende de regels niet. Zij wist niet dat er regels waren.

'De mensen hier vinden het fijn dat jullie er zijn,' zei ze. 'Ze vinden het fijn dat er verderop een senhor doutor woont, iemand met een titel.' Ze moest nu gaan zitten, een beleefd, zelfs respectvol gesprek gaande houden.

'Vind je het hier niet saai?' vroeg ze.

Hij vroeg zich af wat voor kwaad het kon om één enkel verhaaltje te vertellen: neem een Bahamanacht en kleed die aan met een maan en nachtbloemen en drummers, vertel iets over een toeristisch moment in Wenen. Gewoon een ansichtkaart, niets persoonlijks.

Hij kreeg het idee dat het spannende moment helemaal voorbij was. Dat was het niet.

Hij voelde haar vingers beginnen in de holte van zijn hals en een spoor over de spieren van zijn schouder trekken, daarna over zijn arm.

'Ik kan je lezen,' zei ze.

Ze bedekte hem met haar lichaam, lichtjes, bleef net iets minder dan een armlengte van hem vandaan; toen boog ze haar armen en lag ze tegen hem aan gedrukt. In het donker ontwaarde hij haar ogen, een glans van subtiel grijs. Verder was het alleen aanraking.

Ze bestond uit breekbare botten die in hem prikten, een kind of een hardloper. Ze was meer vleugel dan hand. Ze was handen die vragen stelden. Toen voelde hij haar volle warmte en haar fantastische volharding alsof ze onder zijn huid kroop om hem te zoeken. Hij merkte dat hij boog en kreunde en wrikte alsof hij onder haar gewicht hoerentrucjes uithaalde. Aan zijn haar trok ze zijn hoofd achterover.

Hij stond op en nam haar mee naar de slaapkamer, om hem heen gevouwen. Zij was precies op maat voor zijn kracht. Ze hield haar lippen op elkaar in zijn hals, zodat de adem er speelde en prikkelde.

Gedecideerd trok ze haar jurk uit. In vergelijking daarmee leken zijn kleren onhandig. Ze ging voorzichtig op bed liggen, verwachtingsvol maar geduldig in het schemerlicht, amper bewegend. Hij dacht dat misschien haar speelsheid op was, dat ze genoeg had aan het wachten en de duisternis en de mogelijkheden. Dat kon hij zich best voorstellen. Hij had hetzelfde met doden.

Maar hij vergiste zich. Hij wilde zijn gezicht in haar begraven, en het zout in haar geslacht proeven, maar ze trok hem naast zich. Hij kon niet zeggen of ze hém wilde of de vredigheid die haar misschien wachtte als ze bij hem was weggegaan, maar ze wilde onmiddellijk en heftig neuken.

Hij viel op haar, zette haar met zijn volle gewicht klem op de matras. Ze kwam naar hem omhoog met veel meer kracht dan hij had vermoed. Ze vond hem en nam hem in zich. Een tel lang was er een kinderlijke verrastheid: dat ze überhaupt verenigd waren. Daarna was er alleen het smakken en zuigen van buiken tegen elkaar, het gebulder van de adem in hun keel, de wederzijdse hitte.

Na afloop keek hij hoe ze ademde, haar kleine, ronde buik bewegend boven het grove zwarte haar en haar geslacht.

'Woon je al je hele leven hier?' vroeg hij.

'Ja, mijn hele leven.'

'Heb je nooit behoefte gehad om naar, ik weet niet, Fortaleza of San Salvador te gaan? Of Rio?'

Ze deed haar ogen open en lachte naar hem.

'Fortaleza,' begon hij, 'is...'

Hij wist genoeg om in paniek te raken om wat hem overkwam.

Ze moest nog naar de bron voor water, honderd koude liters in plastic flessen die achter in haar auto lagen te stuiteren. Er was maar één weg terug: weer door Formentina.

Ik zat toevallig op de stoep voor mijn huis. Dus stopte ze. Natuurlijk. We maakten wat loze opmerkingen en ze reed verder, maar ze stond nog steeds op mijn netvlies, als de zon wanneer je er te lang naar kijkt.

Haar eigen gedachten draaiden echter allemaal om het huishouden. Ze probeerde te bedenken hoe het zou zijn om water op te halen voor het huis, om naar de hypermarkt te gaan. Al die klusjes waren niet langer diensten of verplichtingen of gunsten die ze voor anderen deed maar gewoon nodig voor zichzelf. Aan haar alleen-wonen zou een hoop moreel vergulds el ontbreken.

Ze had gerepeteerd wat ze thuis zou gaan zeggen, wat de anderen zouden zeggen en zorgvuldig zouden vermijden te zeggen, maar uiteindelijk ontglipte het haar toen ze aan de koffie zaten: dat ze het huis uitging.

'Je hoeft niet,' zei haar moeder.

'Het werd anders wel tijd.'

'Om mij moet je het niet doen,' zei Amandio.

'Het heeft met niemand iets te maken. Ik vind gewoon dat ik een eigen huis moet hebben.'

'Je moet alles zelf regelen,' zei haar moeder. 'En je bent er helemaal alleen.'

'Dat zit er wel in.'

'Het is niet goed voor mensen om alleen te zijn,' zei ze, alsof ze het tegengif nog maar net had ontdekt en niet zeker wist of het wel zou blijven werken. 'Je hebt je familie nodig. Je hebt iemand nodig om het huis schoon te houden en te koken.'

Amandio zei: 'Je zou meer moeten uitgaan.' Hij wist een variatie op zijn glimlach te produceren: een beetje vaderlijk, maar niet ongeïnteresseerd.

'Dat doe ik al,' zei Maria. 'Ik doe niet anders.'

En dat was dat: een leven dat in een minuut tijd op zijn kop wordt gezet. Het was niet gewoon een ander adres. De mensen hier wonen binnen hun familie, in het netwerk van wie door wie werd gebaard. Dat is de kring waarbinnen ze zich bewegen, hun roddelstof, hun verwachting van het dansen, drinken en eten. Je verbreekt dat netwerk niet, tenzij je trouwt of naar de grote stad verhuist. Maria ging niet weg.

Haar moeder haalde de koffiekopjes weg en zei: 'Sommige mensen hebben wat te doen.' Ze liep drukdoenerig de trap af naar de winkel waar ze in een hok achteraf ging zitten, achter de tegels, pijpen, borstels, schroeven en het gereedschap. Amandio ging ook naar beneden naar de winkel, maar hij bleef niet. Hij had ergens anders iets te doen. Maria's moeder omringde zich met rekeningen, belastingpapieren, nota's, met catalogi van bestratingen en grasmaaiers, gerubriceerde overzichten van bidets, specificaties, met alles waar ze het directe nut van inzag. Ze had een donker, koket of aanmoedigend oog voor de klanten die haar blik opvingen.

Ze was woedend. Maria onttrok zich aan de manier waarop de dingen worden gedaan, en dat kon niet goed aflopen.

De politie stond de volgende morgen bij me op de stoep, dezelfde kapitein Mello die mijn klacht over mijn vaders graf had aangehoord.

Hij was hoffelijk, bijna. Hij vertelde me dat hij Formentina erg mooi vond, dat hij blij was dat hij de lucht van de serra kon inademen. Hij zei dat het hem speet dat hij me moest lastigvallen – mijn Museumconnecties rangschikken me onder de senhores doutores, degenen die dergelijke verontschuldigingen verwachten – maar kon ik misschien de identiteit van Christopher Hart bevestigen? Ja, die professor die dat huis op de berg had betrokken. Ik moest hem toch kennen, uit Londen.

Ik zei behoedzaam: 'Ik weet wat hij doet. Maar ik durf niet te zeggen dat ik hem persoonlijk ken.'

'Ah,' zei Mello. 'Maar u hebt naar hem geïnformeerd toen u hier kwam. Nu hebt u hem gevonden. U hebt hem toch wel gevonden?'

'Ik begrijp niet wat u bedoelt,' zei ik. 'Hij is het ongetwijfeld. Dat is Christopher Hart. Specialist zeventiende eeuw, in het bijzonder van de Nederlanden. Iemand die probeert op te vallen in de schaduw van Simon Schama. Hij is bezig met...' Maar ik wist niet precies wat, zelfs niet in deze curieuze sfeer van nonchalante samenzweerderigheid en rechercheursbekentenissen. 'Genreschilderijen.'

'Ja,' zei Mello.

'Zijn er soms problemen?'

'In het geheel niet. Een routineonderzoekje.'

'Het Museum heeft om eigen redenen belangstelling voor professor Hart,' zei ik. 'U kunt me zeker geen aanwijzing geven ten aanzien van...'

'Ik houd u niet langer op,' zei Mello. Maar hij bleef stokstijf staan; hij observeerde me. 'Ik heb uw vader gekend,' zei hij.

Ik wist niet wat ik moest zeggen.

'Ik dacht dat u hier voor uw vader was,' zei Mello. Het klonk of ik hem had teleurgesteld. 'Ik geloof dat het graf is schoongemaakt,' zei hij. 'Maar dat wist u waarschijnlijk al.'

'Ik ben niet meer bij het graf geweest.'

Ook dat leek hem teleur te stellen.

'Ik was blij dat uw vader terug was,' zei hij.

'Ik had gemengde gevoelens. Dat kunt u zich wel voorstellen.'

'Hij moest een keer terugkomen. Hij kon niet zijn hele leven wegblijven.'

'Dat geldt toch voor ons allemaal, niet? Dat we wel terug moeten naar onze geboortegrond.'

Hij schudde het hoofd.

Hij zei: 'Het spijt me. Ik had niet zo'n beslag op uw tijd moeten leggen. U zult het wel druk hebben.'

Hij liep met zeer rechte rug en in gedachten verzonken terug naar zijn auto.

Binnen een paar minuten kwam Hart de trap af gesprongen, alsof hij eenentwintig, tweeëntwintig, vijfentwintig had staan tellen nadat hij Mello had zien wegrijden.

'Ga je buiten de deur lunchen?' vroeg hij.

Ik zei: 'De politie heeft naar je gevraagd. Of ik wist of je Christopher Hart was.'

Hij zweeg geen tel. 'O ja? En wat heb je ze verteld?'

'Ik heb gezegd wie je was.'

'Jammer,' zei hij. 'Ik stelde me al voor dat ik de man met de duizend gezichten was. Of zoiets. Niet alleen maar een gewone Engelse hoogleraar.'

'Ik zal hem terugbellen.'

'Doe geen moeite,' zei hij. Hij zei het met verrassend veel nadruk.

Hart lag in een ander zwembad en trok baantjes in een volmaakt, gechloreerd solipsisme. Het bad glinsterde, het universele, stralende blauw van zwembaden tussen rozen en andere lage struiken.

Eromheen stonden de Engelsen, gin geheven, veronderstellingen opgepoetst, mompelend dat de politie hoogst merkwaardige vragen had gesteld over deze Mr Hart.

'Hebben ze het jou ook gevraagd, dear?' vroeg iemand aan mij.

'Nee,' zei haar man tegen mij, met overtuiging. 'Dat doen ze niet. Aan vrienden stellen ze nooit vragen.'

Er was een bewust goed geconserveerde man van in de zestig – overwerkte spieren bijeengehouden door huid als een vloerbedekking – wiens jongere vrouw naar Harts rug keek terwijl hij heen en weer gleed, heen en weer. Ze hadden een West-Midlands accent.

'Het bevalt me hier heel goed,' zei de man tegen mij. 'Heerlijk. Echt heerlijk. Heerlijk. U zult zich hier thuis voelen.'

Zijn vrouw glimlachte tegen Harts rug.

'Hij is hoogleraar kunstgeschiedenis,' zei ik behulpzaam tegen zijn vrouw.

'Dan moet ik hem wat vragen over Portugese kunst,' zei ze.

'Wat heeft dit kutlandje nou voor kunst?' vroeg haar man.

Hart zwom door en hoorde niets dan het water en nu en dan bubbelend gepraat. Hij wist natuurlijk dat er op hem werd gelet.

Hij hees zich bij het diepe uit het water.

'U zwemt heel goed,' zei mevrouw Midlands.

Hij wilde iets prozaïschers, iets botters horen. Hij wilde dat ze een echt risico nam. Dus ging hij weer onder water, met een clean, afstandelijk gevoel, en waadde aan de andere kant het water uit.

De vrouw zag plotseling rood.

En Hart kwam terug, droog en gekleed: het buitenbeentje. Zijn publiek werd gevormd door alle emigranten, niet alleen de vrouw met het verhitte gezicht. De politie verleende hem een vreemde sterstatus.

Voorlopig kon hij zonder gevaar Christopher Hart zijn. Christopher Hart werd geïdentificeerd door ieders aandacht, door de senhor doutor van het Museum, die geen reden had om te liegen. Men had geen boodschap aan overijverige, koppige Nederlandse dienders en hun vragen. Ze vonden het zielig voor mevrouw Arkenhout, die nog steeds gebukt ging onder haar verlies van tien jaar geleden, die nog steeds, op krankzinnige wijze, rouwde.

En als Hart onomstotelijk Hart was, dan betekende het dat hij niet tegen zijn moeder had gelogen. Daar haalde hij een perverse bevrediging uit.

Maar hij moest zijn tijd goed gebruiken. Deze improvisatie leverde, evenals de vorige, meer problemen op dan ze waard was. De volgende zet moest zonder risico en overtuigend zijn.

Hij rook niet genoeg geld, zeker niet voldoende krediet rond het zwembad. De emigranten bezaten de prijs van hun verkochte huis in Engeland minus de kosten van levensonderhoud gedurende de maanden of jaren dat ze in Portugal zaten.

De Portugezen maakten een onheilspellend gevestigde indruk. Die leken goed op elkaar te letten.

Hij was me dankbaar voor mijn aanwezigheid en grijnsde me op een dronken manier toe. Ik kon best eens een losgeslagen conservator zijn – die misschien bezweek voor de verleiding nadat hij had gevonden waarvoor hij hier was, die wanhopig was door de dood van zijn vader en de benen nam. Dus kon hij mij zijn.

Hij onderzocht niet meer, hij controleerde.

Hij nam me mee naar een goed restaurant bij het kasteel en bestelde in olie gestoofde garnalen met basilicum en knoflook, daarna geroosterde gezouten kabeljauw en een fles serieuze wijn: een Caves São João Riserva uit 1986, vol en houtig en rood. Het was zijn manier om me te bedanken voor het redden van zijn leven en het uitleveren van het mijne. Het was alsof mij het hof werd gemaakt.

Ik weet niet of het door de wijn kwam, een aardige hoeveelheid, dat ik om middernacht klaarwakker was en rechtop in bed zat. De stilte leek ongewoon diep: niet de machineachtige geluiden van een nat bos, geen cicaden en kikkers als zingende zagen, geen snorrende nachtzwaluwen. De wereld was gereduceerd tot dit krappe dal en wachtte.

Onder in het bos, aan de andere kant van de *serra*, was het abrupte geluid van takken die werden afgerukt, een kreet, een krijs en daarna een huilerig gejank. Daarna was er een diepe zucht die in de nacht doorsijpelde als water in droge grond.

Ik sloot de luiken en stormde met veel kabaal het huis door, trok glazen uit de kast en knalde ze op de tafels, liet kranen lopen, deed alles om de stilte te verbreken die bij de ramen op me wachtte.

De volgende ochtend lag er een keurig pakje voor mijn deur: een koolblad zo stug als canvas en dichtgebonden met bloemstengels. Erin zat een stuk vlees, nog overtrokken met bloed.

Mijn overbuurman, een man van in de vijftig met een grijns die werd opgehouden door twee tanden, keek toe hoe ik het openmaakte. 'Varken,' zei hij. 'Varken uit de bergen.'

Ik trok een niet-begrijpend gezicht.

'Ze hebben vannacht een varken te pakken genomen,' zei de buurman. 'Er zat een varken in de maïsvelden en daar zijn ze achteraan gegaan.'

'Ik heb niks gehoord,' zei ik.

De buurman knikte, goedkeurend. 'Gestoofd is het lekker,' zei hij.

Ik stelde me voor; Arturo deed hetzelfde.

'U hebt het huis gekocht?' vroeg Arturo.

'Ik blijf maar een paar weken.'

'O. Wilt u een *copo*?'

'Het is nog een beetje vroeg.'

'Ik dacht dat u Portugees was.'

'Mijn vader. We hebben heel lang in Londen gewoond.'

'En nu komt u naar huis terug?'

'Je weet maar nooit.' Ik kon niet tegen hem zeggen dat ik beslist weer naar Londen zou teruggaan, terug naar mijn officiële ik.

'Wilt u een *copo*?'

We gingen de schuur naast zijn huis in, een betegelde grot die rook naar gemorste wijn en werd gemaskeerd door de krullen en tentakels van een wingerd. Arturo opende de tap van een vat en schonk in.

'Goede wijn,' zei ik, hoewel het wrang, schraal spul was. Ik dronk langzaam; mijn vader had me ooit verteld dat er een halfwilde druif is die een methanolmengsel produceert dat je hersens uitschakelt.

Arturo wachtte tot ik uitgedronken was en schonk nog eens in. Er was maar één glas. Hij ging op een betonnen muurtje zitten, nog steeds met een glimlach.

'We hebben u niet gezien. We dachten dat u misschien ziek was.'

'Ik was er wel, maar ik had het druk.'

'We hebben het altijd druk.'

'Ik kom uit Londen.'

'Ik ben in Bordeaux geweest. Tien jaar. Ik was taxichauffeur.'

'Mooie stad.'

'Ik ben gek op de stad. Elke stad. Het platteland is alleen maar werken en stof. Werk en stof.'

'Ja.'

'Bent u getrouwd?'

'Ik ben getrouwd. Ze is in Londen.'

'Komt ze hierheen?'

'Ik ga terug.'

'Ik ben uit Frankrijk teruggekomen,' zei Arturo. 'De mensen geloven het niet, maar het is echt zo.'

'Waarom bent u eigenlijk naar Frankrijk gegaan?' Maar dat was een domme vraag.

'Honger. We hadden niets te eten,' zei Arturo. 'Dus ben ik op een morgen weggegaan, naar Frankrijk. Toen ik werk in de bouw had gevonden, en onderdak, heb ik mijn vrouw geschreven wat ik had gedaan. Daarna stuurde ik natuurlijk geld naar huis. Toen werd ik taxichauffeur. Ik kende alle nachtvlinders. Elke hoer in Bordeaux.'

Ik voelde de wijn rondtrekken in mijn maag. 'Was dat ten tijde van Salazar?'

'Ik stuurde geld. Wat kon ik verder nog doen?'

'Beviel het u in Frankrijk?'

'Ik hou van steden. Hier ga je nooit ergens heen. Je blijft gewoon.'

'Het is hier erg mooi.'

'Ja, hoor.'

'Ik wist niet dat hier wilde zwijnen waren.'

'Te veel. We mogen ze niet doodmaken. Ze zijn "zeldzaam".' Hij zette het woord tussen sardonische aanhalingstekens. 'Dan komt er een in je maïsveld terecht en twintig minuten later heb je geen eten voor de winter meer. Ja, en wat doe je dan?'

'Moet het vlees sudderen?'

'Zulmira wilde het voor u klaarmaken, maar misschien houdt u niet van onze kookkunst. Ze heeft wel uien voor u, en basilicum en wat knoflook. Ik leg het wel bij uw deur neer.'

'Nou, graag.'

‘We dachten dat u misschien voorgoed zou blijven,’ zei Arturo.

Ik zei: ‘Ik dacht over een tuin.’

‘Wilt u een tuin aanleggen? ’s Zomers valt er niks te planten.’

‘Gewoon zomaar iets.’

‘Bloemen? Houdt u van bloemen?’

‘Ik blijf te kort voor bonen en kool,’ zei ik.

Hart zou me nu niet meer ontlopen; hij weigerde te vluchten. Nu de politie op bezoek was geweest, was ik zijn zeer bruikbare collega die in de watten moest worden gelegd.

Hij was goed in stiltes, herinner ik me. Ik vertelde hem meer over Anna dan ik eigenlijk van plan was, en zonder eigenlijk iets bijzonders te vertellen. We hadden het over het Museum. Hij zorgde in ieder geval voor een soort afleiding terwijl ik overlijdensakten kocht – onmogelijke aantallen, voor exorbitante prijzen, van tevreden ambtenaren – en alle papieren en spullen van mijn vader in orde bracht. Ik had alles aan Maria kunnen overlaten, maar het was deel geworden van het te ruste leggen van mijn vader.

Dus we aten samen: jonge kippen van de barbecue met hete *piri-piri*, of *bacalhau à brás* – het zachte gouden gerecht van ei en zout en kabeljauw en heel dunne frietjes, de essentie van fish & chips en ontbijteieren ineen; salades van tonijn en kousenband, opgepept met knoflook. We baanden ons een weg door een cultuur van zeeën, hete Afrikaanse pepers, een varken in elke schuur, een peulvruchten etende natie met een voorkeur voor knoflook en de zure scherpte van koriander.

Ik zou meer van mijn vader hebben begrepen als ik die maaltijden als bron van informatie had gezien, niet gewoon als eten. Dat is me nu duidelijk.

Hart werd een soort ceremoniemeester, degene die ons vermaakte. Hij stelde een tocht voor toen we in een café met Maria erbij zaten te lunchen. Hij vond dat we met ons drieën naar de kapel van het klooster van Lorvão moesten. Hij had er vermoedelijk iets over gelezen in de Michelingids, en hij stelde zich er een spektakel met veel wit en verguldsel bij voor.

Maria keek hem vreemd aan, alsof hij een volstrekt misplaatste grap maakte, maar dat ontging me op dat moment. Ze ging niet mee.

We reden over zigzaggende weggetjes, in bochten om olijfbomen heen die helemaal waren overwoekerd met het schitterende blauw van winde, langs windmolens op een kale berg. Ik moest hem ervan weerhouden in de auto Abba te draaien met de volumeknop op tien.

Het klooster kon je niet missen, de ruggengraat van een stadje met een opgewonden riviertje: een wit, paleisachtig complex met ramen die omlijst waren door steen in de kleur van vers brood.

Er zaten ook tralies voor de ramen. Ik zei er nog wat over, maar alleen voor de grap.

De hoge, ijzeren poort stond open. Ik reed voorzichtig verder, langs openbare gazons en geometrische bedden met goudsbloemen en rode salvia's.

'Waarom vraag je het niet?' zei Hart.

Er stond een man naast een soort kiosk, met een sigaret die onaangestoken in zijn mondhoek hing.

'Kunt u me vertellen waar de kerk is?' zei ik.

Hij keek naar me alsof hij in de spiegel keek. En tegen jezelf praten doe je niet; dan denken ze dat je gek bent.

Achter de auto dook nog een man op die doodstil bleef staan. Er kwam een derde bij.

'Wat is dit?' vroeg Hart.

De roerloosheid rondom de auto was griezelig. Niemand zei iets. Niemand deed een zichtbare poging tot contact: geen lachje, geen gewijs, geen opgeblazen of boos geschreeuw om duidelijk te maken dat we op verboden terrein waren of op de verkeerde plek. De mannen bewogen zich even willekeurig als vissen.

Een deur van het klooster ging snel open en dicht. Twee mannen in witte jassen kwamen gehaast naar buiten. Het leek of ze ruzie hadden.

Ik probeerde met toeteren hun aandacht te trekken.

Ze draaiden zich heel even om. 'Gesloten,' schreeuwde een van hen. 'Gesloten.' Ze wuifden ons weg.

'Dat zijn artsen,' zei Hart.

'Dat lijkt mij ook.'

'Dan zijn het godverdomme gekken, deze kerels,' zei Hart. 'Ik wist niet dat het een gekkenhuis was.'

'We rijden er gewoon achteruit weer uit,' zei ik. 'Er is niets om bang voor te zijn.'

'Misschien zijn het lepralijders. Het is iets besmettelijks. Ik weet het.'

Ik kreeg hem de eerste keer niet in zijn achteruit.

Hart draaide het raampje dicht. Hij bracht de mannen op de buis en keek ernaar zoals een kind naar gevaar op tv kijkt: gezicht uitgezakt, lichaam verstijfd, ogen wijdopen.

We kropen achteruit de poort van het klooster door. Ik was bang dat de mannen niet opzij zouden gaan om ons door te laten, maar dat deden ze wel, traag. Toen we langsreden, herinnerde een van hen zich iets over glimlachen. Hij bewoog zijn lippen, deed zijn tanden van elkaar. Maar zijn ogen bleven dood.

Toen we op de weg waren, zei ik: 'We hadden naar de kerk moeten vragen. Je zei dat we erin konden.'

'Ik wil hier weg, en gauw ook,' zei Hart.

Ik reed snel de berg op.

Hart zei: 'Maria had ons moeten waarschuwen.'

'Ik denk dat ze dacht dat iedereen dat wel wist.'

'Ik heb mijn moeder ooit zo gezien,' zei hij. 'Ze lachte als een pop. Ze kon zich helemaal niet bewegen. Ik...'

Toen herinnerde hij zich dat hij iemand was die geen levensverhaal mocht hebben.

'Ik kan wel een borrel gebruiken,' zei hij.

De borrel moest hem volledig in beslag hebben genomen, want zijn auto was weg toen ik tegen de avond een stuk ging wandelen en zelfs nog toen ik in het zwakker wordende licht terugkwam en de lucht de kleuren had gekregen van een Cecil B. De Mille-slot: perzik, bloedrood, bleke blauwen en groenen, allemaal volstrekt willekeurig uitgesmeerd over monumentale wolken.

Bij Hart thuis brandde geen licht. Het leek zo stil dat ik de auto wel moest horen als hij terugkwam.

Ik probeerde of de deur open was.

De kamer had iets van een leegstaand vakantiehuisje, met een laptopcomputer op tafel.

Ik keek om me heen. Een raar, oud gewetensbezwaar weerhield me ervan in papieren te gaan snuffelen en in kasten en laden te gaan rommelen; voor zolang het duurde tenminste. Ik kon zeggen dat ik gewoon op Hart zat te wachten. Ik vond zeker dat ik het recht had om hem te controleren, om achter dingen te komen. Maar ik merkte dat het niet meeviel om voor politieman te spelen.

De stekker van de laptop zat in het stopcontact, dus er zou geen vermindering van batterijvermogen zijn om me te verraden als ik hem opendeed.

Ik had geen bijzondere verwachtingen. Ik dacht gewoon dat er ergens in zijn werk en brieven misschien iets was waarmee ik een bruikbaar beeld van Hart zou kunnen samenstellen.

De vraag hoe Hart te werk ging, werd direct beantwoord: het apparaat ging rechtstreeks naar Nota Bene. Ik ging de namen van de bestanden na, daarna de data en de lengtes. Ik vond 'Opzet', een behoorlijk lang bestand, 73 kb, waar Hart ongeveer een maand daarvoor aan had gewerkt.

Ik opende het bestand en las.

Het was of ik Hart op een of ander tuinfeest tegenkwam: een kiekje van Hart terwijl hij probeerde om indruk te maken.

'Opzet' betrof een boek over de periode die prins Maurits in Nederlands-Brazilië had doorgebracht, een kraag van land om Recife en Pernambuco heen. De prins ging er in de zeventiende eeuw heen om een onbetekenende kolonie te besturen die niet zozeer afhankelijk was van goedwillende kolonisten als wel van haar macht over de handelshavens. Hij had het een en ander meegenomen. Deze nieuwe wereld was een plaats van monsters en legenden, maar hij wilde weten wat er precies was, hoe vreemd ook, om die onbekende dingen op dezelfde wijze te benoemen en te classificeren als in de reeds bekende wereld was gedaan. Hij zette alle fraaie mythen overboord in de hoop modern te zijn.

Hij nam kunstenaars mee om vast te leggen wat er groeide en leefde. Zijn arts werd zijn natuurvorser. Hij bouwde paleizen op een eiland (hij heeft zich nooit echt op het Amerikaanse vasteland gevestigd) en van daaruit zond hij tekenaars en waarnemers uit om alles uit te zoeken, vast te leggen, te catalogiseren en te verklaren. Hij stuurde de schilder Frans Post op pad om schilderijen te maken die voor nieuwe kolonisten zouden zorgen: landschappen met voor op het toneel reien van ongevaarlijke exotische dieren tegen een achtergrond van blauwe bergen, met suikermolens en oude kathedralen om een ver, getemd Europees verleden te impliceren. Hij stuurde de schilder Albert Eckhout uit om de schildpadden, de gekuifde, slordige hoenderen, de peulen, fletse paddestoelen, grote katten en bobbelige, glinsterende citroenen, kortom alles wat onbekend was, vast te leggen.

Tot zover niets bijzonders. Hart gaf een fraaie historische beschrijving. Hij had kennelijk al voor ogen wat er op het stofomslag moest komen. Het enige wat eraan ontbrak was een visie.

Die kwam er pal achteraan: het bekende gooi- en smijtwerk. Hart scheen woedend te zijn over het verkrachten van Amerika door de wetenschap, over het brute binnendringen van 'het moderne', zelfs als de zwaarste zonde van dat moderne het verzamelen van aquarellen was. Het moderne werd ervan beschuldigd te streven naar de hegemonie over de kleurrijke vruchten, de levende, kwetterende dingen en de menselijke wezens die in de albums werden geclassificeerd. Imperialisme, eurocentrisme, vermoedelijk patriarchisme en zeker de moderne wetenschap met haar kwalen, het was allemaal impliciet op deze ogenschijnlijk lieflijke bladen aanwezig. Het bewijs was de waardering die aristocraten er in de achttiende eeuw voor hadden: een bewijs dat de albums zelf niet deugden.

Het was vermoeiende leesstof. De woorden waren net wriemelende duizendpoten: lenig, glanzend en griezelig. Overal was razernij, een vastberadenheid om de stichters van, laten we zeggen, een botanische tuin te beschuldigen van medeplichtigheid aan alles wat er volgens Hart mis was, met inbegrip van Vrouwe Historia omdat ze niet was zoals Hart. De bladzijden spogen ideeën alsof het kleine wapens waren.

Even was ik opgelucht. Uit niets bleek dat Hart zich vol overgave wreekte op zijn materiaal.

Maar toen kwam het snelle werk: een ontdekking, iets om naam mee te maken en, nog erger, krantenkoppen – over dit belangrijke koninklijke museum dat in bezit hield wat het nooit had mogen hebben, over vijftig jaar geheimhouding en bluf. Hart draafde natuurlijk door; hij ging hevig tekeer tegen de hegemonie – altijd weer dat zware, bonkige, felle woord – van musea en historici zelf. Hij brak de staf over, in willekeurige volgorde, objectfetisjisme, elitisme, imperialisme, het historische proces (wat iets anders leek te zijn dan geschiedenis of geschiedschrijving) en de zware zonde van het modernisme, zelfs over de misdaad van het lineaire denken en ratio's verkrachting van de aarde. Maar terwijl hij met glimmende abstracties goochelde, probeerde hij de rol van held te spelen: een held van de depots, een schatgraver die met veel misbaar ten strijde trekt tegen het kwaad, met een doctorstitel.

Ik dacht dat ik beneden aan de weg een auto hoorde. Ik zette de computer uit en liep naar buiten, de trappen op, met mijn rug naar mijn huis, zodat het kon lijken of ik op mijn gemak een avondwandeling in het bos ging maken.

Ik zag mensen die met scherpe dingen in de velden hapten en groen wegdroegen voor de geiten. Het leek een toneeluitvoering, tegen de achtergrond van lei en natuursteen. Maar hetzelfde gold voor Hart, een Jekyll en Hyde: enerzijds de geleerde Hart met zijn voetnoten en morele zekerheden, anderzijds de misdadiger Hart die prenten stal en zo goed kon bluffen. Ik moest hem maar eens helpen kiezen welke rol hem het meest beviel.

Eerst dacht ik dat het licht me ertussen nam, hoewel er achter de veranda's en de blinden van mijn huis weinig licht was om me ertussen te nemen. Het was of er binnen iets bewoog.

Ik dacht aan een beest dat op onderzoek uit was, een kat die een tehuis zocht. Op mijn derde dag in Formentina was er op de stalen voordeur gebonkt. Toen ik opendeed, stond ik oog in oog met een kwispelend roedeltje wilde honden, een en al grijns.

Dieren kunnen dus geen deuren openen.

Het huis had een stevige voordeur en aan de achterkant een vluchtgat, pal tegen een steile bergwand. Ik had het vluchtgat nog niet geprobeerd, dat was niet nodig geweest. Ik werkte me door bramen heen en haalde me open aan stenen om erbij te komen, struikelde half over een olievat dat onder het vergelende gras lag.

Het luik ging te gemakkelijk open.

Ik stapte er niet meteen doorheen. Ik wist dat het pal erachter, in een excentriek soort gang, een bende was van gereedschap, schoonmaakmiddelen, een oud droogrek en blikken verf, en ik voelde er niet veel voor om de hele berg over de tegelvloer te laten kletteren.

De berg was, dat zag ik, keurig aan de kant geschoven.

Ik was de rechtmatige bewoner die bij thuiskomst een dief kon betrappen, maar zo voelde ik me niet daar in die gang. Ik voelde me merkwaardig kwetsbaar. De inval was zo ordelijk, zo systematisch.

De deur naar de keuken stond op een kier. Ik wurmde me erlangs zodat de scharnieren niet zouden piepen, en bleef ineengedoken als een soldaat, een merkwaardig instinctieve reactie voor iemand met een zittend leven.

In Londen troffen we ons huis een keer opengebroken en in puin geslagen aan, met scheef openhangende laden, ons hele georganiseerde bestaan overal rondgestrooid, en een hoop stront midden op het kleed in de woonkamer. Maar in deze keuken was niets aangeraakt. De twee uien, de flessen rode wijn, de bananen met hun wolk piepkleine vliegjes, de koppen en glazen, alles lag en stond op zijn plaats.

Ik hoorde mijn ademhaling. Ik dacht dat ik misschien moest kuchen. Ik luisterde zo heftig dat ik niets gewaarwerd in de andere kamers, behalve het feit dat er iemand was geweest, misschien nog was.

Ik kon geen stuk gereedschap uit de stapel in de gang halen, niet zonder geluid te maken. Ik pakte een wijnfles.

Ik stortte me naar voren, sloeg de deur van mijn woonkamer open.

De inhoud van mijn colbert lag uitgespreid op tafel: creditcards, vliegtuigtickets, pasjes, mijn paspoort, twee chequeboeken, een leren creditcardhouder.

Bij controle bleek alles er nog te zijn, alle tekenen en bewijzen van John Costa's leven en kredietwaardigheid. Dat feit was verontrustender dan wat ook. Ik zette de wijnfles neer.

Het had iemand anders kunnen zijn, hield ik mezelf voor, en niet Christopher Hart. Ik kon mezelf niet overtuigen.

Hij kwam de volgende morgen naar mijn huis met de vraag of ik mee ging wandelen. De toestand dreigde absurd te worden: twee mannen verenigd door een misdaad, die elkaar nooit helemaal uit het oog verloren, maar zich stilhielden, alsof stilhouden alles gewoon maakte.

Hij liet me flessen water in zijn rugzak zien, wat chocolade. De tocht was een uitdaging, niet zomaar iets.

We liepen omhoog, langs Jezus aan zijn witte kruis en over geitenpaadjes verder omhoog tot aan de rand van het bos. Er was een licht briesje. Er waren bruine varens, bloeiende lavendel, hei en vingerhoedskruid en miezerige eikjes die groeiden als struiken; daardoorheen hadden de houtvesters een weg zo breed als een bulldozer gehakt, klei-wit en warm.

Ik vermoed dat verliefde mensen wandelingen maken zoals deze: doelloze wandelingen, gewoon om bij elkaar te zijn. Hart had een soort aandacht voor me die ook een eis was.

De eerste paar kilometer zeiden we niet veel. Toen merkten we allebei dat de weg nogal had gekronkeld en dat de plooien van de berg ingewikkelder waren dan we hadden gedacht. We waren niet echt verdwaald, want we hadden boven en beneden, en de richting van de zon en wisten min of meer hoe de bergen liepen. Maar waar thuis was konden we niet meer aanwijzen.

'We kunnen beter naar boven,' zei hij. 'Van daaraf kunnen we zien hoe we moeten lopen.'

'In Zwitserland hebben ze richtingwijzers op de bergen. Die mis ik hier.'

‘We komen er wel uit,’ zei hij.

We liepen ietsje harder nu we een doel hadden: de weg zoeken. Als we jongens waren geweest, hadden we nog van alles te ontdekken en te bepraten gehad. Als mannen zeiden we maar af en toe iets. Bij iedere splitsing liepen we langzamer omdat elk van beide paden goed was en het soms niet duidelijk was welk pad consequent omhoog zou voeren.

‘Als je iets wilt rechtzetten kan dat,’ zei ik. ‘Dat is de reden waarom ík hier ben, en niet de politie.’

Hart trapte tegen witte steentjes op het pad.

‘Denk er maar over,’ zei ik. Ik stapte stevig door.

Ik had er geen idee van wie er met me meeliep. Ik voelde me volkomen op mijn gemak, zelfs hier in het bos, waar je kunt uitglijden, ongemerkt in het schootsveld van een jager kunt lopen, in het pad van een brand kunt komen te liggen waarna er, presto, een geheel nieuwe John Costa, een lange, blonde, het bos uit kan komen wandelen, op weg naar een plek waar niemand hem kent. Cartagena misschien; Arkenhout had films gezien die in Cartagena waren opgenomen. Hij vond het idee van een koloniale, tropische omgeving wel prettig.

Ik was een heel eind vooruit, liep geluidloos over de bakkende klei, maakte duidelijk hoe ik erover dacht door voorop te gaan en snel te lopen, net als mijn vader altijd deed. Ik draaide me om en riep naar Hart dat hij moest doorlopen.

Hart was er niet. Hij was van het pad af, misschien om te plassen.

Ik bleef braaf staan. Het gewicht van de dag kwam op me neer: warm, somber, met grillige, woedende luchtverplaatsingen ergens in de verte. Aan de overkant van het dal, waar de heiigheid doortrokken was met bruine rook, doorkliefde een bliksemschicht de hemel horizontaal, recht als een mes. Het bos leek opeens heel dicht beplant, zo regelmatig als een akker.

Hart moest ergens tussen de ondergroei en de struikeiken en de hei zijn. Misschien stond hij wel naar me te kijken.

Ik draaide me om, draaide me nog eens om. Ik voelde een nieuwe, warme wind over het pad: een weersverandering, anders niet.

De bliksem liet de hemel nog eens scheuren.

Ik begon te rennen. Ik wilde uit het bos zijn voor het onweer losbarstte. Ik wilde uit de buurt zijn van wat Hart ook mocht uitspoken.

Ik verstapte me op een boomwortel en viel. Mijn enkel klapte dubbel en door de pijnschok knorde ik als een varken.

Gestoofde witte paden liepen omhoog en omlaag tussen de bomen, zich splitsend en kronkelend. Ik wist niet of ik de weg naar huis nog wel wist.

Ik weet zeker dat ik voetstappen hoorde weggaan.

Even kon ik niet staan. Ik dacht dat de warme wind achter me misschien een brand was, net uit het zicht, gesticht ergens achter een stapel stenen of een stel dicht op elkaar staande jonge, oplichtende eucalyptusbomen. Ik wist niet hoe ik bij het vuur vandaan moest rennen, noch waarheen.

Hart zei: 'Alles in orde?'

Hij stond bijna over me heen gebogen.

Ik zei: 'Laat me maar even. Even een benauwdheidje, denk ik.'

Hij had een lange strook eucalyptusbast in de hand, het taaie spul dat als ongelooide repen leer door de bomen wordt afgeworpen. Hij liet het tegen zichzelf aan knallen. Daarna haalde hij zijn sigaretten tevoorschijn. Ik kon nog even niet bewegen, dus ik keek toe hoe de lucifer opvlamde en zwakker werd alsof dat boeiend was, keek toe hoe hij nog brandend op de grond viel, net buiten mijn bereik. De as viel erachteraan, en uiteindelijk de brandende peuk.

'Kom,' zei hij, 'we hebben de hele dag nog.'

Hij liep nu voorop; dat punt was voor hem.

Ik hoorde de vogels heel hoog in de eucalyptus kwetteren.

We gingen nog steeds bergopwaarts. Ik hield mezelf voor dat het logisch was, dat we het goede pad onder aan de berg niet vlot zouden vinden, dat we moesten doorklimmen totdat het bos ophield en we op de kale serra waren.

Maar Harts tempo was wedstrijdachtig fel en het mijne moest gelijk op gaan.

Ik vroeg om water. Hij gaf me een fles maar bleef niet staan.

'Je weet dat je het een en ander hebt uit te leggen,' zei ik. 'Waarom is het je niet opgevallen dat het Liber Principis beschadigd was, als je het niet zelf beschadigd hebt.'

'Heb ik iets uit te leggen?' zei Hart.

'We willen de prenten terug, onbeschadigd. Als we ze terughebben, zal het Museum vermoedelijk geen vragen meer stellen.'

'Jij bent conservator,' zei Hart. 'Je bent niet van de politie. Waarom hebben ze jou dan gestuurd?'

'Als het om een uitglijer gaat, heeft het Museum er geen belang bij om een aanklacht in te dienen. We zijn slechts geïnteresseerd in de prenten. Om in dit stadium de politie te bellen…'

'Je bedoelt dat je niet wilt dat men het te weten komt.'

'Ik wil de prenten,' zei ik. 'Ik ga niet uit Portugal weg voor ik ze heb.'

De bodem was te ongelijk voor een lekker vlot tempo. In het natte voorjaar hadden er dieren rondgeglibberd en hun afdrukken in de nu doorbakken klei achtergelaten. Er waren stenen, soms omgevallen boomstammen. Op sommige plaatsen stonden de pijnbomen zo dicht op elkaar dat ze elk groen dingetje dat aan hun wortels leefde hadden uitgeroeid. Hun gevallen naalden hadden de bodem vóór ons in ruw, bruin papier verpakt.

'Er gaat niemand weg,' zei Hart.

Ik besef nu waar hij aan moest denken. Harts misdaad had eindelijk een naam gekregen, en enige bijzonderheden. Als hij een bibliothecaresse had betast, had het Museum zich niet zo druk gemaakt. En ook niet als hij had verduisterd, drugs had gebruikt of zich had overgegeven aan intersoortelijke intieme contacten. Ze hadden niemand gestuurd als hij alleen maar een idee had gestolen. Maar het ging ze zo aan het hart dat ze deze John Costa hier dagen, zelfs weken lieten blijven, en dat alles om iets officieels, iets met een kaart in een kaartsysteem en een catalogusnummer en een identiteit.

Het was Harts misdaad, zoals het vermoorden van Hart Paul Ravens misdaad was: het kon zijn morele vakantie niet beroeren. Maar het kon wel zijn kansen op een volgend leven grondig verknoeien.

Zijn armen gingen op en neer als bij een snelwandelaar, een prijswinnaar. Ik was opeens witheet bij de gedachte dat ik achter hem liep, maar ik vertrouwde mijn enkel niet genoeg om te proberen hem te passeren.

Hij wachtte erop dat ik het zou proberen, of hem zou vragen even te stoppen. Ik zou niet stoppen.

Hij zei nu niets meer.

Het donker onder de bomen, dat evenzeer een gebrek aan leven als aan licht was, begon uiteen te vallen in stroken en plekken. Gras, munt, wat venkel verschenen weer, maar alleen dicht opeen daar waar het licht erbij kon. Terwijl we doorklommen, veranderden de pollen in kleine tuintjes en soms waren de tuinen net weilanden.

We kwamen opeens uit op de hoge serra. Het licht was even heet als schitterend, een hamer op de huid. Bliksemschichten sneden door de lucht en lieten de bomen huiveren in het naderende onweer.

Als we verstandig waren geweest, waren we teruggegaan en niet de kale vlakte opgelopen terwijl zich een onweer boven ons oplaadde. We hadden om ons heen moeten kijken om te zien waar we waren. Tot nu toe was onze enige koers omhoog geweest. We hadden moeten stoppen.

Ik vertikte het om als eerste te blijven staan. Hij vertikte het om als eerste te blijven staan. Dus renden we over het ruige, stoffige gras alsof we een bestemming voor ogen hadden.

Toen ik Anna weer belde, koos ik het tijdstip met zorg zodat ik haar aan de lijn zou krijgen in plaats van de gedigitaliseerde stem van het antwoordapparaat.

'Ik snap het niet,' zei ze.

'Het is een soort patstelling,' zei ik. 'Ik moet gewoon een langere adem hebben dan hij.'

'Kan ik naar je toe komen? Voor een weekend?'

'Ik weet niet hoe lang ik hier nog ben. Misschien is het aan het eind van de week allemaal geregeld en dan...'

'Ik zou dit weekend kunnen komen.'

Dat kon ze niet, dat wist ik bijna zeker. Ze kon nooit iets zomaar verscheuren, zelfs geen lege dag in haar agenda; ze bewaakte zichzelf met tijdschema's.

'Als je daar zin in hebt,' zei ik. Ik wilde wreed zijn.

'Ik kom je verrassen,' zei Anna.

Ik was gestopt met het schrijven van officiële dagrapporten voor de adjunct-directeur. Hart was gezond en wel en gedroeg zich zoals je kon verwachten, deelde ik hem mee, hoewel hij er zo te zien geen duidelijk werkschema op na hield. Dat vonden we allebei schokkend. Ik had tenminste nog het fatsoen te beseffen dat ik moest bellen, af en toe, om te voorkomen dat de indruk ontstond dat ik kon worden gemist.

Voor mij was Hart het probleem niet, nog niet. Dat was deze plek, dit Formentina, dit Portugal. Ik kwam altijd weer bij mijn vader uit. Hij was teruggegaan naar Portugal omdat hij zich opnieuw wilde vestigen, en om die reden had hij gekozen voor een praktisch, laaggelegen gebied: met waterdruk, elektriciteitsleidingen, dagelijkse bussen, een minisupermarkt. Ik had dat niet nodig. Ik kon hoog en schilderachtig wonen, zoals elke passant. Voor mij betekende het landschap genieten, een genoegen niet ongelijk aan vakantie: het bood de kans de ogen wijd te openen zonder een plek in te perken tot de weg die je moet nemen, tot een adres dat je moet zoeken.

Het probleem was dat ik niet in een hotel verbleef waar geüniformeerde mensen elkaar dagelijks vervingen. Ik ontkwam er niet aan dat ik in Formentina individuen begon te zien, hun namen leerde kennen, iets van hun leven wist.

Ik kende Arturo door zijn passie om dingen te verklaren. Hij had velden met jonge appelboompjes, zo dicht op elkaar als bonenstruiken, en hij zei dat hij lindebomen had, zijn eigen aanplant ergens boven tussen de pijnbomen; hij hield ook bijen die dronken en dik in de zoete kelken van de lindebloesem rondhannesten. De dagelijkse toestand was werken.

'Ik moet geopereerd worden,' zei hij tamelijk abrupt.

Ik zei: 'Wat hebt u dan?'

'Dat weten ze niet.'

Ik zei: 'Is het voor een biopsie?'

'Ze weten het pas als ze het hebben gedaan.'

'Kan ik iets voor u doen?'

'Ik vroeg me af of u ons naar het ziekenhuis zou kunnen brengen. Vrijdag.'

'Natuurlijk,' zei ik. 'Hoe laat?'

'Acht uur 's morgens. Ze kunnen wel een ziekenauto sturen, maar ik heb geen zin in een ziekenauto. Ik wil liever op de gewone manier, zolang het nog kan.'

Zijn gezicht was verwoeste huid en uiterst open ogen. Hij was heel bang.

Ik dacht aan het overlijden van mijn vader. Ik móét het moment hebben gezien, toen hij half tegen de deurpost zat, toen hij op de stoep in mijn armen lag, maar ik heb het ook gemist: het precieze ogenblik waarop het lichaam eindelijk leeg was, het moment van de omslag. Het was te krachtig om zich te laten voorstellen.

Anderzijds kon ik me amper voorstellen wie mijn vader was en wat hij had gevoeld toen hij daar verbleef.

Het volstond niet om te zeggen dat hij van het stadje hield, ervan had gedroomd; je kunt een liefde verzorgen, dromen onderhouden, zonder ooit terug te gaan. Meestal is dat beter. Er waren momenten geweest, als ik niet bij Anna was, waarop ik kans zag in een dag tijd of zo een liefde te vinden en te verliezen, in hotels in verschillende landen, om op die manier herinneringen te hebben; maar dat was voorbijgaand, conferentiegedoe, en ik wilde nooit terug.

Arturo stapte uit de schaduw en stond naar me te kijken, en ik naar hem. Hij wilde uitleggen. Hij wist alleen niet wat hij moest uitleggen. En ik zat daar, nog steeds niet in staat een leven voor hem te verzinnen uit wat ik wist. Hij leek bijna tevreden, maar soms ging hij plotseling op een steen zitten alsof de mogelijkheid tot bewegen niet meer bestond.

Zijn vrouw, Zulmira, had de sleutel van de kapel onder haar beheer, dat wist ik, en ze ging er elke avond naartoe om een lamp aan te steken; maar hoe ze de wereld regelde met behulp van heiligen en de Maagd, de hoop op plotselinge wonderen levend hield op een plek die nooit leek te veranderen, ik had geen idee. Ik had het begrip in mijn bloed moeten hebben, ter wille van mijn vader. Misschien was dat het geheim van hoe ook hij de wereld had georganiseerd.

Arturo riep naar boven: 'De druiven bij dat huis waren altijd een mirakel.'

'Dat zal best.'

'Iemand zou er best weer druiven kunnen zetten.'

Die dag zetten drie politieagenten – geen spoor van Mello – hun auto aan de weg neer en renden omhoog naar Harts huis en openden het zoals je een blik opent: zonder geweld, maar iedereen ziet wat er is gebeurd.

'Papieren,' zei een van hen.

Hart zei: 'Wat moet u hebben?'

Hij dook in de zakken van het Cerutti-jasje, het exemplaar dat nog net iets te snel was voor het dal, en haalde er een paspoort uit.

De hoogste van de drie agenten nam het aan, opende ramen en deed een bureaulamp aan en bekeek het bladzijde voor bladzijde. Hij leek zich te bekommeren om de standpunten van Harer Britse Majesteits minister, om de datum en de plaats van uitgifte en de verloopdatum, om het Amerikaanse visum met de nauwelijks herkenbare foto van Hart erin gekopieerd. Hij ging met een nagel over het visum, vergeleek de cijfers onderaan met de geboortedatum op bladzijde 4. Daarna controleerde hij het deel met 'in geval van nood gelieve...' op bladzijde 94, dat Hart, net als ieder ander, niet had ingevuld. Pas daarna legde hij het paspoort ter zijde.

'Hebt u nog andere identiteitsbewijzen?'

Hart zei: 'Grapje zeker?'

Hij wist dat dat fout was. Hij was vaak genoeg in allerlei landen langs de douane gekomen om te weten dat je er respectvol bij hoort te staan als ze je papieren controleren, omdat die papieren hun niet interesseren; ze willen onderworpenheid of ze willen dat je laat zien dat je nerveus bent.

'Neemt u me niet kwalijk,' zei hij. 'Natuurlijk heb ik die.'

Op de universiteitspas zat een foto, en achter op zijn bankpas ook. De Indiërs hadden bij beide fantastisch werk geleverd.

Maar hij had hun niet gevraagd om de pas van de sportschool te veranderen. Hij was van plan geweest om die weg te gooien; hij had hem in Harts huis moeten laten liggen, geen reden om een pasje voor een Londense sportschool helemaal mee te nemen naar Portugal. Maar Hart had het natuurlijk ook al meegenomen naar Nederland.

De oudste politieman speelde nu pasjes uit, deelde ze met casinonauwkeurigheid.

Hij zou het sportschoolpasje wel zien. Het zou er niet tussen passen. Het zou voldoende zijn.

Het was te laat om het pasje terug te nemen. Hij had het uit vrije wil gegeven.

De reparatiepas voor de computer. De bibliotheekkaart. De Greenpeace-creditcard, biologisch afbreekbaar.

'Waar was u in de nacht van 26 op 27 juni?' vroeg de oudste diender. Hij zat met de sportschoolpas in zijn hand. De foto was niet meer dan een polaroidkiekje, met kleuren die snel richting beige en magenta neigen. Er viel geen conclusie aan te verbinden, vast niet. De agent bekeek hem met dezelfde ernstige aandacht als waarmee hij elke snipper van Harts officiële, gelamineerde wezen had bekeken.

'Dat weet ik niet,' zei Hart. 'Dat zou ik moeten nakijken in mijn agenda.'

De diender gooide het sportschoolpasje neer.

'Laat het me weten,' zei hij. 'Of kapitein Mello. Op het politiebureau. In Nederland zijn mensen die het willen weten.'

Hij schudde de kaarten weer en stond op, geflankeerd door zijn ondergeschikten, met zijn volmaakt uitdrukkingsloze diendergezicht.

'Alleen die datum maar,' zei de diender. 'Ik moet het tegen het eind van de dag weten.'

Toen ze weg waren, liet Hart zich op de grond vallen en ging push-ups doen, alleen maar om iets te doen wat hij in de hand had.

Hij was erg geschrokken, niet door de controle, die elke buitenlander routinematig had kunnen overkomen, maar door de eis dat hij naar het politiebureau moest komen om hun dat laatste detail te geven. Ze hadden ook kunnen blijven wachten tot hij het in zijn agenda had nagekeken. Dan had hij het hun direct kunnen vertellen.

Ze konden met geen mogelijkheid weten wat er op 27 juni was gebeurd, omdat het niet iets was geweest dat sporen naliet. Hij moest de datum zelf nagaan. Het was de avond geweest waarop hij in een warme, bruine kroeg iets was gaan drinken, her en der was gaan zitten, op jacht was geweest. De avond dat hij Hart voor het eerst had ontmoet.

Maria liet zichzelf binnen. Hij lag op bed, onrustig slapend en nog helemaal aangekleed.

Ze knipte het licht aan, abrupt als een politieman zou hebben gedaan.

'*Olá*,' zei ze. 'Sliep je?'

Ze keek naar hem met een directheid die hij niet had verwacht. Niet beleefd-gewoon, of conventioneel. Het had iets gemeen met de directheid van oudere boerenvrouwen die nooit een andere manier van kijken naar de wereld hadden geleerd.

'Ik slaap,' zei hij. Hij bleef stil liggen.

'Stel je voor dat de politie terugkomt,' zei ze, 'en dat we maar tien minuten hebben.'

Ze deed het licht uit.

Vijf

’s Morgens reed ik Arturo naar het ziekenhuis, langzaam als in een zwarte auto in een plechtige stoet.

De oude man moet bijna alle ochtenden van zijn leven de nevel tussen de bomen hebben zien hangen, van vorm zien veranderen en zien drijven in het licht van de koplampen met het dampende asfalt eronder, maar nu verkoos hij er ononderbroken naar te blijven kijken; en Zulmira zat rechtop op de achterbank. Ze waren allebei zo gespitst als angstige dieren.

Hun dochter, Isabel, probeerde Zulmira’s rechterhand te pakken. Ze kon Zulmira’s greep op zichzelf niet verbreken.

Het ziekenhuis had de hanteerbare aanblik van een plaatje in een brochure: oleanders, parkeerplaatsen, glazen torens. Maar binnen was het een gedrang als op een markt, vrouwen in het zwart, tassen en grote bundels, een hele burgerbevolking die kwam rouwen om haar mannen in de oorlogen: mannen door machines in stukken gesneden, mannen wier hart was ontploft of wier hersens ermee waren opgehouden door de drank, gebroken mannen, mannen die op waren geraakt toen het ze het slechtst uitkwam. Elk vloerrooster en elke hoek was vol wachtenden; het harde glas en de tegels van de muren waren zacht geworden door kleding en ogen en handen.

Arturo werd niet echt verwacht, werd bijna op een zijspoor gezet om in de rij te wachten voor een kantoor dat hem zou kunnen vertellen in welke rij hij daarna moest wachten. Er waren stoeten zieken tussen dit kantoor en het volgende.

Ik kon zijn gelatenheid, zijn geduld niet aanzien. Ik baande me een weg naar de opnamebalie en maakte gebruik van mijn keurige burgermanieren en het curieuze van mijn accent om aandacht te krijgen. Na enkele minuten kwam een verpleegster Arturo halen; ze voerde hem weg, een kartonnen koffer in de hand, door een lange, donkere gang die soms glansde van licht uit een ver raam.

Zulmira ging onmiddellijk achter hem aan. Maar een peloton artsen kwam met veel drukte langs en ze bleef eerbiedig staan. Ze ging in de gang op de grond zitten en controleerde het eten dat ze in een andere tas had meegebracht.

'Dat heeft hij niet nodig,' zei Isabel.

'In het ziekenhuis geven ze je niet te eten.'

'Maar hij mag het niet hebben.'

'Wat ik heb meegebracht is toch goed?' Ze deed een beroep op mij alsof ik er iets mee te maken had, een jampot met bonenstamppot in de hand.

'Ik weet het niet,' zei ik. 'Vóór de operatie zal hij niet veel kunnen eten, en erna zal hij wel geen trek hebben.'

'Hij wil het vast wel hebben. Om aan te sterken.'

Isabel zei: 'U hoeft niet te blijven. Wij blijven wel.'

Zulmira keek me recht aan. Haar rechterhand was een beetje meer ontspannen en ze had er een crucifix in: een metalen Christus op een houten kruis. Het crucifix had een diepe moet in haar hand gemaakt.

Haar gezicht werd eventjes uitdrukkingsloos, lijkbleek, haar ogen dood; toen kwam ze weer bij ons terug, met nog altijd maar één ding voor ogen: Arturo.

'Hij wil dit eten hebben,' zei ze.

'U weet dat hij het niet mag hebben,' zei Isabel. 'We brengen hem eten als het beter met hem gaat.'

'Ik heb het voor hem klaargemaakt,' zei Zulmira, koppig, maar ze had geen energie meer. Ze had al eerder een hele nacht in dit ziekenhuis over Arturo gewaakt, naar zijn geschoren, bleke gezicht gekeken, terwijl hij op zijn rug op een baar lag als een ding dat een schuur wordt ingereden, zijn gezicht moe ook al kwam hij uit een chemische slaap. Ze dacht dat iedereen een bepaalde hoeveelheid geluk was toegemeten en ze wist niet zeker of hij er deze keer zou zijn als hij wakker werd.

'We kunnen niets meer doen,' zei Isabel.

'Ik kan wachten,' zei Zulmira, heftig. 'Echt waar.'

Ik verliet hen. Ik zei bij mezelf dat ik een al rommelige plaats er alleen maar nog voller op maakte en dat ik toch een soort indringer was. Maar dat gold voor iedereen in die gang; ze botsten in en uit elkaars levens, scheerden soms per ongeluk vlak langs een sterfgeval. Ik kwam op het idee om, voor ik wegliep, te kijken welke zaal het was en hoe de opname-arts heette.

Ik reed de stad in, kocht een Engelstalige krant en bestelde koffie onder de luifel van een terras.

Ik bleef me vastklampen aan ideeën, citaten zelfs, om me te vrijwaren voor wat ik in Zulmira en Arturo zag: zowel hun angst als hun zekerheden. Ik weet nog dat ik als jonge jongen maandenlang verpest was door een zin in Graham Greene – het moet in *The Human Factor* zijn geweest – waarin iemand een werkelijk verdorven uitspraak doet: dat medelijden de enige waarlijk volwassen emotie is. Dus dacht ik dat volwassenheid onthechting betekende, het recht om je andermans pijn via jouw medelijden toe te eigenen, om je moreel betrokken te voelen zonder iets sterkers te voelen. Ik weet nu wel beter.

Er liep iemand langs met die merkwaardige schildpadbewegingen van nek en hoofd die betekenen dat hij je wil laten merken dat hij denkt je te hebben herkend maar niet zeker weet of hij iets mag zeggen. Die iemand liep opnieuw langs: kapitein Mello.

Ik legde de krant neer. Mello stond voor me, glimlachend.

'Mag ik u een koffie aanbieden?' vroeg hij.

Ik kon alleen maar 'graag' zeggen.

Hij legde beslag op een stoel, liet met kleine, gezagvolle gebaren de kelner opdraven.

'Wat betreft het graf: ze hebben gedaan wat ze konden,' zei hij. 'Helaas zuigt het marmer de verf op.'

'Ik ben u zeer dankbaar. Maar ik weet nog altijd niet waarom er überhaupt iets op gekalkt is.'

Mello zei: 'Het is sommigen gegeven om te vergeven, anderen niet.'

'U hebt mijn vader gekend,' zei ik.

'Voordat hij emigreerde natuurlijk.'

'Hij heeft nooit veel over die jaren verteld.'

'Die zijn voorbij,' zei Mello. 'Ten goede of ten slechte.'

'Ten slechte?'

'Kijk maar om u heen,' zei Mello en hij liet zijn blik door een volstrekt normale winkelstraat met Bennettons en Body Shops gaan. 'Niet alles is erop vooruitgegaan.'

Ik zag een meisje in iets wat voor een rokje moest doorgaan met verbijsterend blote benen, twee mannen waarvan de ene drumde en de ander saxofoon speelde, etalages vol pastelkleurige kleding, een ouderwetse kapper, een boekwinkel vol wetenschappelijke titels, en nog een stuk of wat cafés die overkookten tot op de stoep.

'We hebben natuurlijk drugsproblemen. Je kunt je auto nergens meer neerzetten zonder dat een of andere junk je "helpt" om een veilig plekje te vinden, en je voorruit inslaat als je hem niet betaalt. Je kunt niet overal meer op straat lopen.'

Ik zag toeristen die probeerden om hun groene reisgidsen in overeenstemming te brengen met de bezienswaardigheden.

'En de prijzen,' zei Mello. 'De mensen zeggen dat ze gelukkiger waren toen je nog drie sardines voor tien escudo kon krijgen. Nu zijn ze bang voor geld. Ze waren gelukkig met wat ze hadden.'

'Mijn vader niet.'

'Uitzonderingen houd je altijd. En mensen die in het buitenland gingen werken, waren uitzonderingen.'

'Ze gingen in het buitenland werken omdat ze hier honger leden.'

'Heeft uw vader u dat verteld?' Mello nam een slokje van zijn koffie. 'Volgens mij was het anders.'

Ik wist niet of ik zijn versie van mijn vader wel wilde horen. Maar hij wist tenminste iets van zijn levensgeschiedenis, en verder was er niemand die dat zelfs maar wilde toegeven.

'We wisten dat u hier was,' zei Mello. 'Ik had u al eerder willen opzoeken.'

Ik keek op mijn horloge. 'Neemt u me niet kwalijk,' zei ik, 'maar ik heb afgesproken dat ik iemand in het ziekenhuis zou opzoeken en wil niet te laat komen voor het bezoekuur.'

Mello zei: 'Het was moedig van uw vader om terug te komen.'

'Ik begrijp niet wat u bedoelt.'

Een merkwaardig moment lang had hij, met de zon achter zich, een priester kunnen zijn: iemand met de macht om vrij te laten en te vergeven, niet de macht van een politieman om op te pakken en te wreken.

'Ik laat u gaan,' zei hij.

Een heel eind verderop in de straat, voorbij etalages vol nepkant, en andere etalages vol oud blikken speelgoed en stof, en een zaadhandel vol graszaad in zakjes, hoorde ik Mello's woorden nog: '... moedig... om terug te komen...'

Nu was de onuitgesproken gedachte, de gedachte die mijn vaders naam in een gouden lijstje zette, altijd geweest dat hij naar Londen was gekomen om aan een dictatuur te ontkomen. Het had iets heldhaftigs geleken, niet gewoon iets economisch, een principiële kwestie om te ontsnappen aan politiespionnen en een gereglementeerd leven. Ik wilde daar niet de visie van een politieman op hebben, zelfs niet als hij impliceerde dat er genoeg van de oude, fascistische hiërarchie over was om van mijn vader een held te maken alleen omdat hij was teruggekeerd naar waar hij thuishoorde.

Bovendien dacht ik dat Mello de vraag stelde: 'Bent u moedig genoeg om terug te komen?'

Ik ging naar de bank, verontschuldigde me zoals steeds beleefd voor mijn gebrekkige Portugees en vroeg of ik op een Eurocheque 35 000 escudo kon krijgen.

In de rij naast me stond een omvangrijke, ontzagwekkende vrouw, met een vilten hoed en een groen kostuum, duidelijk de voorzitster van iets nuttigs. Ze gaf me opeens een por tussen mijn ribben. 'U spreekt heel goed Portugees,' zei ze.

Ik kon geen ander antwoord bedenken dan: 'Dank u.'

De dag werd toch nog koeler. Bij de kapel stond een onbekende auto, achterkant open en een weegschaal daarbinnen zichtbaar op een bed van jutezakken.

De velden lagen er verlaten bij. Vrouwen liepen kriskras door het dorp en de mannen dromden bijeen in de schaduw.

Er hing iets in de lucht, dat voelde ik. De os, die je anders nooit hoorde, loeide één keer.

Vier vierkante mannen kwamen in een scrum een deur uit, gevolgd door vrouwen met grote kommen van rood plastic, met schalen, wijn, eieren en brood.

Ik ging ervan uit dat importbewoners weg moesten blijven, wat dit ook mocht zijn. Hart zou wel in zijn cleane, witte huis met zijn eigen dingen bezig zijn; hij had geen enkele reden om überhaupt naar beneden te komen. Later ontdekte ik dat ik een heel ander geval was. Arturo had me erbij willen hebben, maar de andere mannen wisten niet goed hoe iemand met zulke fraaie stadse schoenen, stads gepoetst, zou reageren. En nu Arturo er niet was, voelde niemand zich verplicht of gerechtigd om me uit te nodigen.

Ik ging niet naar binnen. De honden renden rond als loopjongens.

Een vrouw die ik niet kende, riep naar me: '*Senhor*. Senhor João.' Ze vond het niet helemaal gepast om me uit te nodigen, maar ze wilde me erbij betrekken omdat ik mijn burenplicht had gedaan ten opzichte van Zulmira en Arturo en Isabel.

De scrum verdween in een schuur aan de weg, muren van keien en een golfplaten dak dat de avondlucht roosterde. Ik liep achter hen aan. De vrouwen en enkele oudere mannen stapten om de dennenappels en -naalden en hei en houtjes heen die op de grond lagen, bleven uit de buurt.

Het varken was heel jong, heel vet. De scrum wierp zich op het varken, een voor elke wild trappende poot, en drukte het dier neer; een vijfde pakte een fors mes en sneed het de keel door. Het ging heel plotseling, zonder waardigheid maar niet met grof geweld. Bloed craqueleerde de witte varkenshuid, net een mooie martelaar op een tegel.

Het dier verstarde geluidloos.

Ik had zoiets nog nooit gezien. Ik vroeg me af of het voor deze mannen eenvoudigweg routine was, iets dat ze precies wisten.

Er was er maar één die sneed en slachtte, de anderen assisteerden alleen. Hij zei dat hij geen vakman was; ik heb het hem gevraagd. Hij zei dat hij een beetje wist hoe het moest.

Ze legden het varken op de grond en gingen met een brander over de huid, over de flanken en onder de ronde achterkant, schraapten het vuil van de poten zoals een dame die haar nagels vijlt voor de nacht, schoren de huid met troffels, sneden de oren af en brandden de borstels eruit weg. Het vuur was bleekblauw en ik rook gas, verbrande borstels, de dunne, okerkleurige poep die het varken in zijn laatste moment had laten lopen. Iemand kwam op het idee om het poepgat met papier en kurk te dichten.

Vervolgens legden ze dennentakken en -naalden op een hooivork en staken ze aan, en in de schuur kolkte geparfumeerde rook op. Ze legden het vuur overal op en rond het varken, zodat het in een plas van vlammen en rook en as lag; de snuit en de onderkaak waren uiteengezakt in een slappe lach. Elke vork met brandende dennentakken werd zorgvuldig aangedrukt. De witte roet danste in de lucht.

Ze pakten heidetakken en veegden de varkenshuid schoon.

'Dat maakt het lekkerder,' zei iemand in mijn oor. 'Het vuur, bedoel ik.'

Ik knikte.

Het dier was nog helemaal heel, alsof het was opgezet of gebeeldhouwd, met op de huid wat kleine goudkleurige en zwarte blaasjes. De geur was nu zoet en harsig, afgezien van de lucht van verbrand haar die in je neus bleef hangen.

De mannen legden het varken op een schoongeboende bank en droegen het naar het licht. Met borstels bezemden ze het lichaam schoon. Het had nu een gekookte kleur, niet het gewone roze en wit.

De slachter pakte een keukenmes, waste het, wette het. Hij sneed in de wangen van de varkenskop, trok het vlees eraf en brak de bek open. Bloed stroomde weg: verbijsterend donker over lange rijen kleine tanden en kiezen en een slappe tong. De beeltenis van een varken was opeens weer een echt karkas.

Iemand drukte me een glas sterke drank in de hand. Het brandde in mijn maag en bracht hem tot bedaren. Dus draaide ik me niet af. Ik respecteerde het gebruik, de aanpak van deze mannen, hoewel een van hen grijnzend over de billen van het varken wreef. Iedereen lachte, ging verzitten of verstaan, als een feest dat pas een feest is geworden bij het eerste gebroken glas en het eerste dronken gelach.

Het gelach verontrustte me.

De slachter sneed de anus van het varken weg, een keurig en nieuw rond gat, en bond de darmen af. Hij sneed een gat midden in de buik. Er vloeide geen bloed.

Daarna ging het mes door beide achterpoten om gaten te maken voor een dubbele haak. De mannen tilden het karkas op en hingen het met een touw aan een balk in de schuur zodat het met de kop naar beneden net boven de grond hing. De varkenskop vertoonde, nu de tong weg was en het kraakbeen van de snuit samen met de kaak was weggesneden, een dronken grijns van bloed.

De lachende man dook erin met zijn eigen mesje. Hij ging met een vinger over de twee rijen tepels op de buik van de jonge zeug. Hij zaagde er een af, rolde hem heen en weer tussen zijn lippen, kauwde erop en spuwde hem uit. Hij barstte uit in een kinderlach.

Nu wilde ik wegkijken. Iemand duwde me nog een gevuld glas in de hand en ik dronk het leeg.

De slachter begon tussen de achterpoten van het varken te snijden, een behoedzame, subtiele lijn door het wit van het vet, verder en verder naar beneden. Ik deed een paar passen naar voren om het beter en van dichterbij te zien. Hij liet het mes even in het vlees van de achterkant van de dij zitten.

Hij ging het borstbeen met een bijl te lijf. Toen de bijl erdoorheen ging, was er het vallen en stromen van bloed dat in de rode plastic bakken spetterde en ze zwart kleurde. Ik deed een stap achteruit.

Hij opende het buikvlies en de darmen begonnen te vallen, stevig, wit en glanzend. Als ze braken en de stank vrijkwam, bond hij ze af. Hij stak zijn handen in de holte en wurmde de ingewanden naar buiten met de zuigende geluiden van een vacuüm dat wordt verbroken.

Het was ondraaglijk heet in de schuur. Mijn verstand raasde van de drank. Ik kon niet meer zeggen wat ik dacht: alsof ik op een of andere manier uitkeek op een soort verleden, alsof het vooruitzicht van bloed me opwond, alsof alleen de systematische aanpak van de slachter me ervan weerhield om me vol walging af te keren, alsof ik zelf aan het karkas wilde werken of wilde vergeten dat ik ooit had gekeken hoe een mes behoedzaam in een buik verdween.

Ik wilde een stadse opmerking maken: dat je, als je vlees eet, je ervan bewust moet zijn hoe je eraan komt. Maar ik had niemand om met zo'n cliché lastig te vallen. Ik was alleen met de magische transformatie die ik had gezien, die verder iedereen doodgewoon en platvloers vond: van een levend, krijsend varken tot een beeltenis, van een chaos van organen tot iets dat nu schoongemaakt en op maat gemaakt in de diepvrieskist thuishoorde, of in een slagerij. Het leven veranderde in een halfuurtje in een maaltijd.

Ze haalden er de platte, glanzende lever uit, en de nieren, die in hun uitgestrekte vetbed lagen. Ze pakten een zaag en haalden hem door de rug van het varken om het in tweeën te delen.

Ik zag Christopher Hart vanuit de deuropening toekijken.

Een slachter keek naar een slacht. Hij was van zijn stuk gebracht, vertelde hij me later. Hij was gewend geraakt aan plaatsen met veel groen, rust, mooie zwembaden, aan beschikbare vrouwen die van verhalen hielden, en nu werd hij geconfronteerd met een karikatuur van zijn eigen geregelde werkwijze. Ook hij was praktisch als hij doodde. Hij hield van verandering, niet van het doden dat ervoor nodig was. Hij kende de geuren in het lichaam, de geuren die mijn neusvleugels prikkelden. De brander en de dennennaalden waren een nieuw idee.

Hij proefde de sfeer van het feest: wijn, vuur, bloed. Hij had zich nog nooit zo volstrekt vreemdeling gevoeld. De weegschaal in de auto zei dat dit een eenvoudige handelstransactie was, maar het was meer dan dat: een overwinning op gebrek, en zelfs een beetje gevaarlijk.

Het karkas was bijna in tweeën gezaagd. De slachter had nog een laatste taak: eerst zijn mes en daarna zijn bijl pakken en de bebloede kop scheiden van de keurige helften varkensvlees erboven. Hij zwaaide de bijl en iemand hield de kop in zijn handen.

Daarna was er een optocht: de compacte flanken van het over schouders gegooide varken, de lever die aan een dun, wit touw van organen hing, de kop, de kuip met ingewanden. Het bloed was al weg.

Ik was stomdronken, met een onbetrouwbare blik. Hart hield me in de gaten. Na een minuut of wat kwamen de vrouwen met het bloed terug van het vuur: geklonterd als het vel op verf, om op te kauwen met tenen rauwe knoflook en een dressing van olijfolie, samen met gezouten kabeljauw en gekookte eieren en broa.

Ik at. Ik graaide naar het bloed en de kabeljauw. Ik denk dat ik er nog nooit zo kwetsbaar heb uitgezien.

'Je wilt toch niet rijden,' zei Hart. Natuurlijk wilde ik dus niets liever dan zelf rijden, naar de zee en tegelijkertijd naar de bergen, en snel.

Hart zei: 'Je kunt beter een kop koffie nemen.'

'Gatver, koffie.'

Hij zei: 'Geef me de autosleutels.'

Dus pakte ik de sleutels en liet me achter het stuur glijden, klaar om weg te scheuren. Het was zo makkelijk voor hem.

Ik startte en glibberde de berg af. Het was puur geluk dat ik alleen het lage muurtje tussen weg en dal schampte. Ik hield wat in en nam de volgende bocht te ruim omdat ik probeerde uit de buurt van de rotsen te blijven. De bomen struikelden rond aan de rand van mijn blikveld.

Ik wist dat dit fout was. Het licht was verraderlijk en lastig geworden, wolken boven bomen, niet genoeg om goed te zien waar de rand van de weg precies liep, omdat er geen lijnen waren. Ik had wel in de gaten dat ik naar links, naar rechts moest zwenken, dat ik de bochten secuur moest nemen. Ik had deze weg vaak genoeg gereden om hem in grote lijnen te kennen, niet tot in detail.

Ik wist opeens dat ik het niet zou redden.

Er zaten een paar koplampen vlak achter me en ze verblindden me. Ik kon niet opeens stoppen. Ik zag geen plek om te stoppen. Ik kon ook niet doorrijden met het dal dat aan één kant wegviel, recht omlaag over plooiende rotsen en oude boomwortels. Ik kon amper op de weg blijven maar werd gedwongen om sneller te rijden.

De lampen zaten nu pal op me, lampen waar ik koppijn van kreeg als was het keiharde muziek. Ik dacht een lichte tik te voelen, een zetje naar voren.

Een gewone macho zou me hebben willen inhalen, voorbijscheuren. Deze bestuurder plakte aan mijn bumper.

Zoals bij dronken lieden gebeurt, had ik op een gegeven moment opeens door wat er gebeurde. Ik zag verderop een zijweg aangekondigd en ik scheurde omhoog de steile wielsporen in.

De motor sloeg af.

De auto met de onheilspellende koplampen reed langs.

Ik trok de handrem aan en mijn hoofd viel op het stuur. Het geluid van de claxon maakte me wakker.

Ik was nog steeds niet bij zinnen, begrijpt u. Ik liet de auto achteruit de weg op zakken. Ik stond er even toen ik heel langzaam een tweede auto met groot licht aan de bocht om zag komen.

De zon kwam op, laag en stralend.

Hart zei: 'Alles in orde?'

'Wat was dat verdomme voor streek om achter me aan te rijden?'

'Je bent dronken. Ik wilde niet dat je je te pletter zou rijden.'

'Je hebt me bijna vermoord. Ik zag niets.'

Hart gaf helemaal geen antwoord.

'Ik zei dat je me bijna had vermoord.'

Hij zei: 'Ik breng je wel naar huis. Laat de auto staan.'

Het is een wonder hoe de rede de werkelijkheid verhult. Ik geloofde daarna echt dat hij me op een of andere manier het leven had gered.

Dat was toen Anna kwam. Ze betaalde de taxi, dronk een kop koffie en zocht uit welk huis ik gebruikte; de barman sprak bonkig Frans. Ze had gevraagd of ze wat van de basilicum kon kopen die hij in de bar had hangen, bladen die in de droge lucht bronskleurig waren geworden, en hij had haar een bosje gegeven. Ze gebruikte ze om er de lucht mee tot een briesje te slaan.

Dergelijke momenten beleefden we altijd samen. Ze zat te bakken in de schaduw, glimlachte als er mensen langsliepen, liet haar ogen vollopen met alle tinten groen die op de berg te vinden waren. Er ritselden zoveel cicaden door de lucht dat het was of ze een wind van geluid maakten, een soort machine die kuchte als een oude man achter in een kroeg.

Ik ken Anna. Vanaf het moment waarop het te laat was om de vliegreis te annuleren, was ze zich gaan ontspannen. Geld verspillen kon ze uiteindelijk niet. Ze miste me, dat weet ik. Ze miste aanraking, de mogelijkheid om haar leven te regelen via iemand anders' aanwezigheid. Het was geen romantiek, zo was het nu eenmaal.

Maar ze was niet in staat om Formentina echt te zien, en dat wist ze. Haar collega's zeiden dat ze van een leven als dit droomden: groen, zonder verspilling, niet in beslag genomen door geld uitgeven. Daarna sprongen ze in hun Ford en gingen plastic geld uitgeven in een winkelcentrum. Ze wilden gezonde lijven en die kochten ze per uur in de sportschool. Ze schaften zich boerderijen aan, maar schone, luchtdichte, levenloze boerderijen. Hun wereld moest wel gerenoveerd zijn.

Zij, Anna, was net als zij. Ze grinnikte erom.

Ze keek naar een vrouw op de wasplaats, een groot stuk donkergroene zeep dat stevig over wit linnen ging, waarna het linnen werd gewassen en gespoeld en nogmaals gespoeld; een man die een karretje met groene en bruine bermgewassen voorttrok, grassen en varens en voederwikke. Ze wilde met iemand praten maar besefte dat ze hun, in de meest letterlijke betekenis, niets aanging: een vrouw in keurig wit katoen, een beetje te verzorgd, op onverklaarbare wijze uit de lucht op het bordes van hun kapel neergedaald en blijkbaar zonder iets te willen.

Ze wist dat ik vroeger of later, misschien maar voor de duur van één middag met te veel wijn, op het idee zou komen om hier te gaan wonen.

Maar ze zat heerlijk in de schaduw, bewegingloos van genoegen. Ze lette niet eens op de weg toen ik kwam aanrijden in een brave, glimmende Opel, gevolgd door een blonde lange lijs in een Volkswagen Golf.

Ze zag me teruglopen om de blonde jongen aan te pakken en ze zegt dat we ruzie schenen te hebben maar dat de woorden niet zover droegen.

Ze stond op, streek haar rok glad, hield de basilicum voor zich.

'Ik ben te vroeg,' zei ze. 'Ik kon een dag eerder komen, dus ik dacht: laat ik het maar doen.'

Ik liep naar haar toe. Ik denk dat het de zon was die mijn bewegingen zinnig en traag hield.

'Anna,' zei ik.

Ze legde haar armen om me heen, en een tel later sloeg ik mijn armen om haar heen. Ik probeerde geen whisky uit te ademen.

'Ik miste je. Ik dacht: ik ga eerder.'

'Daar ben ik blij om.'

'Ik kon niet bellen. Je zei dat je telefoon het hier niet deed.'

Ik had geen flauw idee wat ik tegen haar moest zeggen of wat met haar te doen, dat kon ze zien. Dat zou ze me helemaal opnieuw moeten leren.

'Ik vind de trein fijn,' zei Anna. 'Ik had een echt boemeltje. Het stopte bij elk station en bij een stel boerderijen. Daarna heb ik een taxi hierheen genomen. Iedereen schijnt Formentina te kennen.'

'Dat zal wel.'

'Daar was ik blij om. Ik bedoel, het had ook een of ander vlekje op de kaart kunnen zijn dat niemand kende.'

Hart rende de treden op naar zijn keurige, witte huis en knalde de deur dicht. Ik weet nu dat ik die dag ben blijven leven puur en alleen doordat Anna was aangekomen. 'Die vrouw met haar lange, katoenen rok,' zoals Hart zei, 'met haar lange, Engelse gezicht.'

Anna lag een beetje te woelen. Ik was op, we hadden maar een halfuur geslapen.

'Ik moet iemand ophalen uit het ziekenhuis,' zei ik.

'Wie? Ik snap het niet.'

'Iemand van het dorp.'

Ik ging de kamer uit voor ze vragen kon stellen, ik liet haar achter op dunne, katoenen lakens in een kamer die altijd maar warm bleef, zelfs met de luiken en de ramen potdicht.

Ik reed voorzichtig, maar een of twee keer schatte ik een bocht verkeerd in.

De gangen van het ziekenhuis roken naar ether en dennen en kleurloos, gedenatureerd eten. Ik vond Zulmira en Isabel als bewakers elk aan een kant van een deur.

'Is hij geopereerd?' vroeg ik.

'Ja,' zei Isabel. 'Ze willen ons niet precies vertellen hoe het ging.'

'Maar is het goed met hem?'

'Volgens ons wel.'

Zulmira zei: 'Er is niemand om het licht in de kapel aan te doen.'

'We gaan naar huis,' zei Isabel.

'Maar dan wordt hij in zijn eentje wakker.'

'Er zijn verpleegsters. En er liggen nog twee mannen.'

'Hij voelt zich vast alleen. Ik slaap altijd hier.'

'U voelt zich beter als u thuis slaapt.'

'Je man wil zeker dat je thuiskomt?'

'Ik denk dat hij warm wil eten, ja,' zei Isabel.

'Hij kan ons thuisbrengen.'

'Hij moet vanuit zijn werk direct naar huis.'

'Het deugt niet dat we het Senhor João vragen. Jorge zou ons moeten rijden. Ik ben hier al vaker gebleven.'

Ik ken het land van mijn vader goed genoeg om te weten dat gesprekken zoals dit nooit en plein public plaatsvinden. Die ene keer dat ik wijnglazen op de grond liet vallen en vloekte en tekeerging, hoorde ik de luiken van de huizen in de buurt dichtgaan om me de gêne te besparen. Ofwel ik was voor hen nu min of meer een dorpsgenoot of Zulmira was veel te moe voor schaamte.

'Ik ga kijken of ik een dokter kan vinden,' zei ik.

Ik baande me een weg door de gang. Het was alsof ik door waterplanten zwom. Er waren verpleegsters, apparatuur, vrienden en bekenden, een hele familie die geschokt bijeenstond zonder oog voor mensen die erlangs wilden, twee oude mannen die een vijfliterfles rode wijn openmaakten en te horen kregen dat ze die moesten opbergen, een paar artsen wier pakken en witte jassen als een wapenrusting van hun lichaam afstonden. Ik tackelde ze, werd doorverwezen, vond een verpleegster die de gegevens kende en wist te vertellen dat het een doodeenvoudige biopsie was met als grootste risico de algehele verdoving, en dat hij die nu wel te boven was.

'Maar het is een beetje te laat om hem vandaag nog naar huis te laten gaan,' zei ze. 'Dat wordt morgen.'

'Moet zijn familie hier blijven?'

'Hij is kerngezond. Hij is niet jong meer, maar hij is sterk. Breng ze naar huis en breng ze morgen terug wanneer hij ze kan herkennen en dan kunnen zij hem mee naar huis nemen.' Ze dacht even na en zei: 'Als u zijn vrouw eens zover kreeg dat ze naar de dokter ging...' Ze lachte naar me. 'Ze denken dat alleen de mannen doodgaan, de mensen van het platteland.'

Ik begreep er niets van.

Ik praatte Zulmira overeind. Ik kreeg een verpleegster zover dat ze de deur opende zodat Zulmira Arturo's borst in het middelste bed betrouwbaar op en neer kon zien gaan.

In de auto op weg naar huis zei Zulmira: 'Ik ga broa maken. Ze krijgen daar geen broa. Alleen maar brood, witbrood.'

'Maakt u maar broa,' zei ik. 'Ze hebben vanmiddag een varken geslacht.'

'Maar Arturo was er niet,' zei Zulmira.

Om negen uur die avond legde Zulmira een brood voor mijn deur. Anna hoorde buiten iets bewegen, liep naar de deur en zag haar wegbenen.

'Je buren moeten op je gesteld zijn,' zei ze.

Weet u wat ik dacht? Dat ik op tijd zou zijn, dat ik deze keer iemand in leven zou houden, dat Arturo en Zulmira weer bij elkaar zouden zijn. Geen uitvaarten, geen begrafenissen, geen graven. Deze keer zou ik het beter doen.

Maria vroeg Hart naar haar huis te komen kijken op de dag dat ze het vond. Ze hield zichzelf voor dat ze een tweede paar ogen nodig had.

Het was niet buiten de stad, dat zat er voor haar niet in. Het was dus een buitenwijk van Vila Nova geworden, aan de rand van wat ze daar een industriële zone noemen, een stuk voorbij de houthandel en een paar loodsen met elektrische apparaten. Het huis zelf was stralend wit, met een grasveld en rozen, en donker hout.

'Mooi huis,' zei Hart.

'Ik wist niet of het wel deugde.'

'Ik weet weinig van die dingen.'

Ze wilde dat iemand tegen haar zei dat ze het goed had gezien: dat ze het hier fijn zou hebben en dat het een huis was waar de mensen wilden komen. Haar hele leven had ze gewoond op plekken waar het vanzelfsprekend leek om te wonen – studentenhuizen, thuis vooral – en ze had nog nooit een keuze gedaan waarmee ze moest leven.

Ze liet hem een blik in de keuken werpen. 'Groot,' zei hij. En de kamers, met kale tegelvloeren en overal stof en verflucht, her en der stukken afdekplastic, in een hoek een scheur in de pleisterlaag die van plafond naar vloer kronkelde en de indruk wekte dat er modder achter zat. 'Mooi,' zei Hart.

'Ik moet nog meubilair kopen,' zei ze.

Daar ging het niet om; zij wist het, hij wist het. Hij beende rond en deed ramen open alsof hij wilde weten wat voor uitzicht er was. Het was het gangbare: de flank van het gebergte, stukken muur, boom, dak tot daar waar je alleen nog verder omhoog kon kijken als je op de grond ging liggen.

Ze wachtten op elkaar.

Ze liet hem de keuken nu echt zien: overal marmer, een ruime kookplaat, kasten van donker hout. Ze probeerde de kranen en hij kwam achter haar staan, streek even langs haar, deed een stap achteruit. Ze wachtte tot het water warm werd, wat nergens op sloeg omdat er geen gasfles voor de geiser was. Het water liep. Ze draaide de kranen dicht.

'Hé,' zei hij.

Ze stond op het punt om iets over de tuin te zeggen, maar hij stond tegen haar rug aan.

Ze draaide zich om. Hij stond voor zich uit te staren, leek het, zijn ogen zacht en op één punt gericht.

Ze wist niet zeker of dit de goede regels voor huiselijke hartstocht waren. Misschien hoorde ze te gaan koken. Ze wilde het allemaal uitproberen.

Ze staarde naar het hout en het marmer om haar heen.

Hij kuste haar linkerborst. Ze was zich bewust van de lucht van schoonmaakmiddel: iets van dennen dat ergens in een chemische fabriek was gekraakt.

'Het is mooi,' zei hij.

'Ik moet naar huis,' zei ze. Ze besefte dat ze haar moeders huis bedoelde.

Dat weekend had Vila Nova de Formentina haar festa. Anna wilde natuurlijk dansen. We dachten allebei dat een massa mensen de kloof tussen ons misschien zou dichten.

De kerktoren was afgezet met witte lampjes zodat hij een tekening in zacht, licht potlood leek. Enorme luidsprekers verzadigden de muren met geluid. Groene strepen neonlicht, lijnen met licht en vlaggetjes glinsterden in het kleine beetje wind tussen de vermoeide bruine bladeren van de lindebomen.

Ik hoorde wijsjes die ik me uit Italië herinnerde, toen Anna en ik er voor het eerst waren: drammerige, sentimentele liedjes zoals 'Una lagrima sul viso...'

De jeugd stond al klaar: jongens in T-shirts als een stijve, witte huid, meisjes in strokenrokken. De band werd in elkaar gezet: een drumstel, een synthesizer, gitaren en een saxofoon als ster.

Maria Mattoso bracht Hart van de berg mee naar beneden en ze dansten samen. Anna wilde ook dansen, maar eerst wilde ze water van de bar. Ik werkte me door het gedrang heen om het te halen.

Een man in uniformoverhemd en uniformbroek, met een wapen, tikte me bij de bar op de schouder. Hij was in de zestig, denk ik, met een vierkante, donkere kop en een goed onderhouden lichaam.

'Kapitein Mello wil u graag spreken,' zei hij. Zijn eigen naam verstond ik niet; hij mompelde hem. 'Ik sta tot uw beschikking.'

'Ik begrijp het niet.'

'Kapitein Mello wilde dat ik u een en ander uitlegde over uw vader.'

De muziek was lawaaiig en glibberig, oude jankende melodieën met erachter een constante beat. Tussen Anna en mij begon het plein te golven en te deinen van gedans.

'Maar ik ben hier met mijn vrouw.'

De man haalde zijn enorme schouders op.

Ik stapte in. 'Ik wist niets van mijn vader,' zei ik. 'Hij had het met mij bijna nooit over Portugal. Wel over de geschiedenis, de tempeliers en de Moren en zo. Maar over zijn eigen leven heeft hij het nooit gehad.'

'Moeilijke tijden,' zei de politieman; hij had zijn aandacht bij de weg.

'Hij is in 1953 weggegaan,' zei ik. 'Tijdens de dictatuur.'

'De gouverneur,' zei de politieman. 'Hij wilde graag *O Governante* worden genoemd.'

'Ik heb me altijd afgevraagd waarom mijn vader is weggegaan.' Zonder het te willen pulkte ik aan de oude wond.

'Weet u wat 't was?' zei de politieman. 'De mensen gingen weg. Zo zat de economie toen in elkaar. Wij hebben de wegen aangelegd in Frankrijk en de huizen gebouwd in Zwitserland en de rioleringen gegraven in Duitsland. Het geld stuurden we naar huis. Zo ging dat.'

'Dat begrijp ik wel.'

'Waarom wilt u dan zoveel antwoorden hebben?'

'Iemand heeft mijn vaders graf besmeurd. Ik wilde weten waarom.'

'Weet u zeker dat u dat wilt weten?'

Hij reed door Vila Nova naar de rand van de stad waar vermoeide gebouwen langs de weg stonden, witte muren met zwarte schimmelstrepen. Hij liet de auto bij een van de gebouwen tot stilstand komen, een lang blok als een kazernegebouw met tralies voor de ramen. Er zat geen glas meer in de ramen, zag ik.

'Wat is dit?' vroeg ik.

'Kapitein Mello heeft me gevraagd u iets te laten zien. Hij zei dat het makkelijker was tijdens de festa: dan is er niemand. Hij hoopte dat u daarna meeging voor een glas.'

'Ik dacht dat dit een officiële zaak was.'

'Luister eens,' zei de diender. 'U wilde antwoorden, Mello wil dat u die krijgt. Kom mee.'

De deur was afgesloten met een hangslot totdat de politieman hem openmaakte.

Ik liep een donker, leeg gebouw in met een gewapende politieman wiens naam ik niet wist, maar die zei dat hij van Mello kwam. Ik dacht dit heel helder terwijl ik aan het begin van een donkere gang stond. Maar tijdens de voorgaande weken was er een drempel in me verlaagd. Dit was geen melodrama. Het was de enige manier waarop een raadsel als mijn vader mogelijkerwijs kon worden opgelost.

De politieman beende de gang door. Aan beide kanten waren kapotte deuren met kleine ruimtes erachter.

'We gaan naar beneden,' zei hij. 'Daar ruikt het niet altijd even prettig.'

Midden in dit functionele kavalje van een gebouw was een brede, bijna ornamentele trap: azulejo's van cherubijntjes en Vrouwe Justitia, van landelijke tafereeltjes en glazig ogende schapen, en een dreigend oog met stralen. De verlichting was zo zwak dat ik alleen fragmenten van glimmende afbeeldingen op de wandtegels kon ontwaren.

We gingen de trap af. Uit de kelders kwam de lucht van vlees, vochtig, iets als korstmos dat in de vochtigheid gedijde. Maar het rook niet leeg.

De politieman knipte een lamp aan in een vierkante, witgekalkte ruimte. Het licht was zoveel feller dan in de rest van het gebouw, dat ik even dacht dat de ruimte smetteloos was. Toen drong het tot me door dat de vloer uit gebarsten beton bestond, dat de muren in de hoeken van elkaar weken, en dat er afdrukken van rattenpoten op de muren stonden, als de afdrukken van kinderhandjes.

'Mello zei dat u dit moest zien,' zei de politieman. 'Ik moet u vertellen wat ik hier heb gezien.'

'Was dit een politiekazerne?' vroeg ik. 'Een onderkomen van de politie?'

'PVDE,' zei de politieman. '*Polícia de Vigilância e Defesa do Estado.* Na de Duitse oorlog werd het de PIDE: *Polícia Internacional e de Defesa do Estado.*'

'Staatsveiligheid,' zei ik.

Hij knikte vaag. 'Ik vind het hier net zo afschuwelijk als u, weet u. Ik wil hier helemaal niet meer terug zijn.'

Hij ging midden in de ruimte staan. 'Haken,' zei hij. 'Daarboven. Deze paal is er altijd al geweest.' Hij wees op een boomstronk. 'Daar kon je iemand mooi aan vastbinden. Armen achterlangs, altijd. Touw om de knieën. Daarna gaan de armen in de nek.

De stopcontacten zaten daar,' ging hij verder. 'Een stuk of wat. Ze hadden hun eigen generator.'

'Ja ja.'

'Ze hadden natuurlijk nog meer technieken. Ze hadden wat ze in de koloniën "het kamp van de langzame dood" noemden. Ze konden je voor altijd in de gevangenis houden, voor het geval dat. Maar waar het op aankwam was de dreiging van deze ruimte. Dit soort ruimte. Dit is er alleen maar de plaatselijke, afgeleide versie van.'

'Om te folteren.'

'Natuurlijk.'

'Is mijn vader hier geweest?'

Maar de politieman patrouilleerde nu langs de muren, alsof hij zo ver mogelijk verwijderd wilde zijn van de verantwoordelijkheid in het midden van de anders donkere ruimte: de stopcontacten, de pilaar, de haken.

'Ze vonden het leuk om te vragen waarom de gevangene zich niet verweerde,' zei hij. 'Ze dachten dat dat betekende dat hij geen echte man was, en dat zeiden ze dan ook.' Zijn stem werd zacht. 'Dit was nog niet eens het ergste. Ze hadden ook hutten: donker en vochtig. Je kreeg vaak niet te eten. Je zat daar maar, in een krappe ruimte en in je eigen uitwerpselen, week in week uit.'

Ik zei: 'Ik neem aan...'

'Dit wilde u zeker niet weten, nietwaar? Een minder roemrijk stuk geschiedenis. Maar u hebt erom gevraagd. U was gewaarschuwd.'

'Is mijn vader hier geweest?'

'Ja,' zei de politieman. Hij spuwde.

'Als gevangene?'

De politieman zei: 'Nee.'

Het kostte me enorm veel moeite om het volgende te zeggen, om de woorden langs een beschermende schildwacht van herinneringen aan alle vriendelijkheid en zachtmoedigheid en fatsoen van mijn vader te krijgen. Ik vroeg: 'Was hij bij de politie?'

'Nee, nee, nee. U snapt het nog steeds niet, hè?'

'U legt ook niks uit.'

'Luister. Voor de oorlog was het allemaal beter. De PVDE en PIDE en al dat soort mensen wisten de helft van de tijd niet wat ze aan het doen waren. Ze vergaten om de mensen te fotograferen. Ze waren niet goed in het afnemen van vingerafdrukken of het bijhouden van dossiers. Amateuristisch gedoe. Tot ze in contact kwamen met de deskundigen – voornamelijk Duitse experts van de Gestapo – en beter werden. Ze leerden hoe ze mensen echt pijn konden doen. Ze gingen echte foltermethoden gebruiken in plaats van gewoon zwepen en stokken en water.'

De wezenloosheid van de ruimte was plotseling afstotelijk, als een lacune in datgene wat ik begreep van de wereld. Erger nog, ik kon me niet echt goed voorstellen wat er zich had afgespeeld. We hebben het materiaal van bruut geweld verzacht tot sadomasochistische chic, een luchtig gebruik van de zweep in een videoclip; daardoor kunnen we de wanhoop die de echte pijn kruidde niet meer proeven. Ik in ieder geval niet.

'Hebt u genoeg gezien?' vroeg de politieman.

'Ja.' Ik wilde in staat zijn me een beeld te vormen van en mee te leven met degenen die hier hadden geleden, met degenen die wel 'goed' moesten zijn, omdat hun goed-zijn werd gedefinieerd door blauwe plekken, littekens en zelfs de dood, met degenen die voldoen aan de criteria voor het martelaarschap. Ik kon het niet. Ik had het te goed gehad.

Het licht ging uit en de duisternis leek de lege ruimte te vullen. Aan het eind van de bovengang liepen we bijna hard. Ik rook oud vuil aan mijn schoenen.

'Mello verwacht u nu,' zei de politieman.

Midden in het gedans bleef Anna in verwarring staan. Ik had terug moeten zijn. Ik had met flesjes water aan moeten komen. Ik had nu op het plein moeten zijn en met haar in hetzelfde kleine vakje moeten ronddraaien waarin de ouderen met zo'n verbazingwekkende energie hun kunsten vertoonden.

De nacht was helemaal gevallen. Tegen de zwarte hemel en het dunne maansikkeltje had het licht iets betoverends. Het plein was verkaveld tussen de generaties, tussen weduwen en hoopvollen, en de mensen stroomden toe vanuit de zijstraten, lachend en roepend, iedereen buiten in de nacht. Kinderen dansten tussen de langere lijven, in hun eigen lage wereldje.

Zij zag dit alles, zag de achterkanten van halfbekende hoofden, dacht dat ze Arturo uit het dorp herkende, maar kon in het gedrang niet bij hem komen. Ze ging in de buurt van de bar staan waar mannen elkaar goedmoedig verdrongen voor bier en wijn.

Ze liep tegen Harts rug op terwijl hij stond te praten met Maria.

'Waar is John?' vroeg ze. 'Waar is hij?'

'Hij was toch bij u?' zei Hart.

'Ik heb hem al een halfuur niet meer gezien. Hij ging naar de bar en ik heb hem niet meer teruggezien.'

Maria zei: 'Ik denk dat hij ergens staat te praten.' Ze zegt dat ze geen hoge verwachtingen had van het gedrag van mannen op feesten. Maar ze vindt ook dat Anna ongerust was.

'Hij is aan ons allebei ontsnapt,' zei Hart. Anna trok een woedend gezicht bij deze vermeende medeplichtigheid, maar ging er niet tegenin.

Hart nam de benen, dwars het plein over. Hij was lang en breed genoeg om de massa te laten wijken en eroverheen te kijken. Anna ging terug naar de bar en probeerde de mensen in een soort proto-Romaans, dat ze baseerde op halfvergeten Italiaans, te vragen of ze me hadden gezien.

Maria zegt dat Anna de woorden niet kon vinden om een beschrijving van me te geven; dus probeerde Maria te helpen.

Mello's huis lag aan het eind van een rechte, smalle oprijlaan die ooit naar een boerderij moet hebben geleid maar nu aan beide kanten lag ingeklemd tussen blokken met flatjes. Het was een villa, met keurige, laagblijvende bloemen. Deuren aan de zijkant van het huis gaven rechtstreeks toegang tot een rommelige woonkamer: kranten, zwakke lampen, muren met souvenirs uit de koloniën.

'Good evening,' zei *Senhora* Mello. Ze was een uiterst gedistingeerde dame, maar ze sprak als op een bandje, alsof ze slechts drie woorden Engels en alles wat ermee te maken had uit haar hoofd had geleerd: 'Good eve, en, ing.'

Mello stuurde haar weg. Ik had geschokt willen zijn door zijn bruuske optreden, maar in plaats daarvan was ik blij dat ik verder kon met de zaak.

Hij ging me voor naar een werkkamer, en haalde een karaf tevoorschijn. De kamer rook intens naar cederolie, bijna genoeg om me te verlossen van de vuiligheid en de lijkenlucht van de kazerne.

'Het spijt me zeer,' zei hij.

'Ik begrijp u niet.'

'Ze hebben dat jaartal opnieuw op uw vaders graf gekalkt. Ik begrijp niet waarom de mensen zo weinig bereid zijn om te vergeten.'

De wijn was te zoet en de kou kon dat niet verhelpen.

'Het kan iedereen zijn,' zei hij. 'Kinderen. Junks. Misschien is de begraafplaats de plaats waar ze drugs gebruiken.'

'Maar het is steeds dezelfde datum.'

Het bleef even stil.

'Uw vaders graf is een andere zaak,' zei Mello. 'Het valt nogal op.' Mello nipte heel voorzichtig aan de wijn, alsof die hem enigszins tegenstond. 'Tegenwoordig accepteert men zo'n verschil niet. Men heeft er geen respect voor.'

Senhora Mello kwam binnen met een verse kaas die op gerimpelde melk leek, kleine zwarte olijven, een gesneden broa, zout en peper. Ze ging direct de kamer weer uit.

'U hebt de oprijlaan hierheen gezien,' zei Mello. 'U hebt al die flatgebouwen aan beide kanten gezien. Men heeft geen respect meer voor een *quinta*. Alles is anders geworden.'

'Het moet hier heel mooi zijn geweest, heel vreedzaam, voordat die huizen er zijn neergezet.'

Mello haalde zijn schouders op. 'Het was bovendien het huis van mijn vader. Een boerderij midden in de stad. Zoiets kon niet eeuwig duren.' Hij leek een beetje berustend, een beetje boos: iemand van in de zestig misschien, die duidelijk in een bureaucratisch continuüm was opgeklommen, die wantrouwig stond tegenover de nieuwe vergunningen en mogelijkheden. God sta me bij, maar ik dacht dat hij daarmee een reactionair werd, misschien wel een fascist, verbonden met hetzelfde gewelddadige verleden waarvoor hij zoveel moeite had gedaan om het me te laten zien.

Ik wilde ter zake komen. Ik durfde niet.

'Denkt u er nooit aan om verder buitenaf te gaan wonen?' vroeg ik beleefd.

'In mijn tijd ging je niet op het land wonen. Je kocht geen stuk grond, net zomin als je een nieuw kind kocht. Dat is ook anders geworden.

'Die verse kaas is erg goed,' zei hij. 'Het is tegenwoordig niet gevaarlijk, ook al zeggen ze van wel. De geiten worden allemaal ingeënt.'

'En mijn vader?' zei ik.

Mello deed zout en peper op de verse kaas en zette er een vork in. 'Uw vader,' zei hij op de manier van iemand die even pauzeert alvorens een toespraak te gaan houden.

'Mijn vader hield van dit land. Hij heeft me alles over de geschiedenis van Portugal geleerd.' Ik kreeg iets van een advocaat die een jury toespreekt. 'Maar hij heeft me nooit iets over zichzelf verteld.'

'En u denkt...'

'Ik weet niet wat ik moet denken. Het huis was een verrassing voor me, evenals het graf. Alsof hij weliswaar terug was, maar zich toch tegen iedereen wilde afzetten.'

Mello zei: 'Dat doen *emigrantes* vaak. Ze gaan weg, verdienen geld en willen dan iets wat duidelijk maakt dat alle tijd en moeite ook de moeite waard zijn geweest.'

'Hij schepte te veel op,' zei ik. Ik had het eindelijk hardop gezegd. 'Wat moest hij met zo'n graf? Dat is alleen om de mensen hier iets te zeggen.'

Mello stond op, liep naar een overvol cilinderbureau en kwam terug met een envelop. Hij zei: 'Ik kan u slechts dit geven.'

Ik pakte de envelop aan. Ik had geen zak om hem in te doen, dus hij zat onder de zweetvlekken toen ik thuiskwam.

Anna zei: 'Waar ben je geweest, verdomme?'

Hart zei: 'Waar was je? Je was opeens weg.'

Ik zei: 'Ik wil er niet over praten. Misschien is er een taxi om me thuis te brengen.'

'Alle taxichauffeurs zijn aan het dansen,' zei Maria.

'Laat iemand me dan even wegbrengen. Dan kan die met de auto weer terug. Ik wil de avond niet verpesten.'

Anna zei: 'Ik ga mee.'

Hart zei: 'Is alles verder in orde?'

'Ik ben maar een uurtje weggeweest,' zei ik. Het was vleiend om te zien hoe mijn afwezigheid hen allebei van hun stuk had gebracht, bijna alsof ze te veel van me hielden.

Toen de huisdeur achter ons dichtviel, was de stilte in Formentina tastbaar. Honden staakten hun gezeur. Cicaden en kikkers klonken gesmoord, wat gebabbel in de stilte van de nacht in plaats van hun gebruikelijke lawaai.

We hoorden in een huis in het dorp borden stukvallen, daarna iets metaligs, een pan misschien, die over tegels rolde. Het geluid van wat er misging vulde de hele stilte. Het zette Anna een tijdje aan het fluisteren.

'Wat moest Mello van je?'

'Daar ben ik nog niet achter. Hij wilde dat ik wat papieren zou lezen.'

Ik schonk mezelf iets in en zette de ramen open om het huis een beetje te laten doorwaaien. De lucht was stoffig en ik dacht dat ik een brandlucht rook.

Anna stelde niet eens voor dat ik haar de papieren zou voorlezen. Ze liep naar de veranda en ging er in de koele schaduw van de maneschijn zitten.

Ik had graag ruziegemaakt, iets om het moment uit te stellen waarop ik zou ontdekken wat Mello me te zeggen had. In plaats daarvan kon ik niets beters bedenken dan met veel omhaal een mes te gaan zoeken om de envelop mee te openen, geen perfect mes dat stomp werd als ik er papier mee sneed, maar een grof mes. De snee die ik maakte was heel ongelijk.

Ik haalde twee velletjes flinterdun papier tevoorschijn, een met het briefhoofd van het restaurant waar mijn vader had gewerkt en door hem ondertekend, en een doorslag van Mello's antwoord.

Ik wist zeker dat ik niet genoeg Portugees zou kennen om een officiële brief te lezen. Hij zou eufemismen bevatten, euphuïsmen, jargon en geheimtaal. Dus ging ik een woordenboek halen nog voor ik de brieven helemaal had opengevouwen.

Mijn vader in een wezenloze witte ruimte met een haak, elektriciteit en een pilaar. Hij was geen politieman. Hij werd niet gefolterd. Wat was hij dan wel, en wanneer en waarom was hij daar? Hij was een raadsel.

Reden voor verder uitstel had ik niet meer.

'Hoogstvoortreffelijke Senhor Mello,' begon mijn vader, met het gebruikelijke respect, het respect dat banken hun cliënten betonen op het maandelijkse afschrift. Daaronder stond zijn volledige naam op een aparte regel, gecentreerd en onderstreept.

'U herinnert zich mij wellicht nog uit onze tijd in Portugal, waar ik zo'n *saudade* naar heb...' schreef mijn vader.

Ik kende dit woord 'saudade': het allesverterend gevoel van verlies, de zoetheid van de nostalgie en het ongebreideld verlangen, allemaal samengepakt in twee lettergrepen.

Zoals u weet, ben ik in 1953 *naar Londen gegaan. Ik heb hier zo goed en zo kwaad als dat ging een loopbaan en een bestaan opgebouwd. Nu ben ik een oud man die erover denkt naar zijn eigen land terug te keren, om weer mezelf te zijn, om een Portugees huis te hebben. Alles is veranderd, dat kan niet anders. Ik ben veranderd. Het land is veranderd. Alles is nu vrij en democratisch. Ik zou het zeer op prijs stellen als u mij uw mening gaf over mijn plan om terug te keren, of er enige moeilijkheden verwacht kunnen worden, of het verstandig of zelfs wel mogelijk is.*

Ik hield de brief omhoog alsof ik merktekens of geheime inkt zou kunnen ontdekken, een of andere bijzondere code in de manier waarop de woorden op het papier waren gerangschikt. Maar er was niets bijzonders. De brief betekende wat hij leek te betekenen: dat mijn vader toestemming vroeg om terug te keren.

Hij had de brief op zijn uitgebreidste, meest formele manier ondertekend, met krullerige initialen. Er stond een verwijzing bovenaan die eruitzag of de kantoortypiste hem had uitgehakt, letter voor letter, zich verbazend over de vreemde accenten.

Ik vouwde de tweede brief open. Mello had geschreven:

Alle Portugese burgers zijn welkom als ze naar hun geboorteland willen terugkeren. Er is veel tijd verstreken sinds we elkaar voor het laatst hebben ge-

zien en de tijden zijn veranderd, zoals u zelf al schreef. Als zich enig probleem bij uw terugkeer voordoet, moet u contact met me opnemen. Bovenal ben ik politieman.

En Mello had, toen hem dat werd gevraagd, toestemming gegeven.

In een witte ruimte waar een man wordt gefolterd: wat is de man die niet de folteraar is, niet de politieman en niet het slachtoffer? Mijn gedachten dwaalden die hele nacht stuurloos rond. Het zag ernaar uit dat mijn vader niet op de loop was geweest voor een overheidsapparaat, zoals ik altijd had gedacht, maar hij had dat ook nooit beweerd. Misschien had hij de staat van de dictator per ongeluk of opzettelijk een dienst bewezen. Dat was iets wat de mensen na zoveel jaren best zouden hebben onthouden, en mijn vader, die altijd zo zelfverzekerd en dapper had geleken, had moeten vragen of het wel echt veilig was om terug te komen. Of misschien was hij bang geweest voor opvattingen van vroeger die onder een dun vernisje van democratie verborgen lagen.

Wat is de man in de witte ruimte die slachtoffer noch folteraar is?

Ik herinnerde me dat er op zijn begrafenis geen echte rouw was geweest, hoe de twee marmeren huizen, een voor het leven, een voor de dood, zijn hele omgeving opzettelijk hadden getart, hoe ik redelijk welkom was geweest – omdat ik een rouwende zoon was, omdat ik een teruggekeerde *emigrante* was, omdat het de gewoonte was – maar mijn vader niet werd geëerd.

Anna ging naar bed. Ze nam niet de moeite om me te troosten of me vragen te stellen. Ze wist dat we dat allemaal achter ons hadden.

Ik ging bij de ramen staan. De lucht was nu koud, maar rook nog vaag naar warmte en as. Hoger op de berg kon ik de vormen van de huizen onderscheiden, een paar fruitbomen ertussen, en soms de vorm van een bloeiende tuberoos, afstekend tegen de glans van de leisteen. De mensen sliepen; met een werkdag in het vooruitzicht kon je het risico van nachtmerries en slapeloosheid beter niet lopen. Ik vroeg me af of ik ooit zo'n hevige vermoeidheid zou kennen.

Zo moest het zijn in alle kleine plaatsjes die zo lang geen contact hadden met andere plaatsen, waar ze dertig jaar geleden een zwangere vrouw kilometers op een raamluik moesten dragen voordat ze bij een weg kwamen die de ziekenwagen wel aankon. Er was maar één plaats om te wonen, dus de mensen vergaten wat ze moesten vergeten om hùn leven te kunnen beschermen.

Toen mijn vader terugging naar Portugal en zijn grote, assertieve huis aan de weg en het chique marmeren graf voor een nieuwe dynastie bouwde, trok hij een lange neus naar het geheugen en zijn regels. Hij was beschermd, bewaakt en officieel. Hij hoefde zich niets aan te trekken van wat de buren wisten; alles wat ze deden zou hun eigen leven meer verstoren dan het zijne.

Maar op een avond was het geheugen uitgebroken uit zijn kooi van welgemanierdheid en naar het kerkhof gegaan om de vorm en de grootspraak van mijn vaders graf uit te wissen. Het tolereren van de levende man was één ding, het tolereren van zijn bewering dat hij een van hen was, maar dan beter, was iets heel anders.

De spuitbusletters konden de doden niet kwetsen. Ze waren een belediging voor de levenden; misschien, zo ging het door me heen, voor Mello zelf, die zo'n voorliefde voor orde had en zich zo druk maakte om junkies en meisjes met korte rokjes.

Later, in bed, bleven de vragen langstrekken, als de paarden van een papieren speelgoeddraaimolen. Eén keer schoot ik koud overeind bij de gedachte dat ik in feite ver van huis was, belast met schulden, met een huwelijk dat bijeen werd gehouden door koortsachtig andere dingen te doen. Een andere keer begon ik door het huis te lopen op zoek naar vertroosting.

Buiten sliep het dorp meedogenloos door.

Om vier uur was ik klaarwakker. De geur van koffie in het donker deed me denken aan dagen van tochten, vroeg opstaan om te gaan vissen in het kanaal, of om een trein te halen voor een vakantie in een zilte badplaats. Om vijf uur had ik de brieven tien keer overgelezen en geen verklaring gevonden die ik wilde horen.

Om zes uur was er roze achter de grijze huid van de lucht. Vogels zongen. Jachthonden, hongerig en hitsig, jankten tegen een denkbeeldig geluid. Details, een dode boom hier, een hoge boom daar, verschenen in de zwarte wazigheid van het bos. Een man hoestte.

Anna kwam in de deuropening staan en klaagde zachtjes.

Ik bracht Anna koffie op bed en een kom met een paar in stukken gesneden perziken.

'Wat wilde je vandaag gaan doen?'

'Weet ik niet,' zei ze.

We bezaten nog steeds het gezamenlijke talent om over dingen heen te stappen.

‘We kunnen gaan picknicken, boven in de bergen.’

‘Daar is het te warm voor.’

‘Daarboven waait het. Op mijn erewoord.’

We worstelden op vriendelijke toon. Uiteindelijk zei ik: ‘Warm is het overal.’

‘Ik wil dingen zien, nu ik hier ben.’

‘Je bedoelt kunst en kerken?’

‘Ja, precies. Kunst en kerken.’ Ze gooide me een kussen naar het hoofd. ‘Daar verdien ik de kost mee, met kunst en kerken.’

‘We kunnen altijd nog naar Tomar gaan,’ zei ik.

‘Ja, graag,’ zei ze. ‘Ik wil het hier samen met jou beleven. Echt.’

Ik wist dat Tomar Anna zou boeien: een voetnoot in de kunstgeschiedenis, een kasteel en een convent, Renaissance, manuelijnse ornamentiek, met een zijdelingse verwijzing in een boek van Umberto Eco, schilderijen van Gregorio Lopes, wiens naam ze in haar eigen ogen zou behoren te kennen. Een plek die ze mooi en interessant zou vinden.

Dat was niet de reden waarom ik erheen wilde.

Ik moest denken aan de avonden waarop mijn vader Tomar had veranderd in verhalen, regenachtige avonden waarop ik niet stil kon liggen terwijl mijn vader vertelde over schatten en geheimen en vrome ridders en geheime codes betreffende het universum, uitgehakt in steen.

Soms was het heel prozaïsch een geschiedenisles: hoe de tempeliers, in een verbond met God, het kasteel bij Tomar hadden gebouwd om de heidense Moren te bevechten – mijn vader hield van grote woorden als het om slechteriken ging; hij voelde jongens goed aan. Hoe de tempeliers te paard naar de mis gingen en uitvallen deden zodat het moslimbloed van de kasteelmuren stroomde. Het was een tijd waarin we allemaal partij kozen.

Mijn vader bezong de armoede van de tempeliers, hun toewijding aan God en de strijd, en daarna werd zijn stem zachter omdat hij wilde dat ik ging slapen. Maar ik luisterde maar door. Ik maakte van de tempeliers een jongensclub met reusachtige slagzwaarden, vol geheimzinnigheid zodat de haren in een jongensnek overeind gingen staan. Ik vertelde dit alles aan Anna toen we op een weg reden die zich als zwart glas voor ons uitstrekte.

‘Je hebt het nooit over je vader,’ zei ze.

‘Ik kan het niet over alles hebben,’ zei ik.

Ik weet nog dat ik keek hoe de tempeliers in mijn dromen langsreden, kerels die even groot en onverzettelijk waren als oude rotsblokken, en hun gezichten even verweerd. Op avonden dat ik meer moed had, deed ik samen met hen een uitval vanuit hun eenvoudige, sterke kasteel, op een vloedgolf van geloof die groot genoeg was om me te dragen, ook al geloofde ik niet in hun specifieke God of welke dan ook; en gewapend met iets wat nog machtiger was, iets waarvoor het woord dat er het dichtstbij komt 'woede' is, een oude worm in de geest. Ik was doodsbang om bij hen te zijn, en doodsbang dat ik zou ontdekken dat het op een of andere manier onvermijdelijk was dat ik daar was. Dat was wat het betekende om man te zijn.

Dat kon ik Anna niet vertellen.

'Ik maakte me altijd voorstellingen van dat kasteel,' zei ik. 'Er waren zalen en gangen, en heel veel trappen die eindeloos rondgingen.'

'Net als in avonturenfilms,' zei Anna. 'Met Errol Flynn.'

'In de film zagen kastelen er altijd precies goed uit,' zei ik. 'Grootse torens. En er hoorden rijen flakkerende fakkels te zijn.' Ik kon niet zeggen dat ik de fakkels als herinnering aan die plaats zag.

'Je drukt op een steen op een graf en er wordt een geheime gang zichtbaar?'

'Nee,' zei ik. 'Nee, het graf is de bibliotheek. Die moet je lezen om aanwijzingen te krijgen. Daarna ga je op zoek naar een groot mysterie. Ik kon me nooit voorstellen wat voor mysterie dat dan moest zijn, wat er in de volgende ruimte zou liggen. Ik stond altijd aan de andere kant van de deur.'

'Was het iets metafysisch? Of was het goud?'

'Er moest een soort schatgebouw zijn,' zei ik. 'De tempeliers bewaarden in oorlogstijd de rijkdommen van anderen, net als bankiers.'

'Dat weet ik,' zei ze.

Maar ze wist niet dat de oude stenen ridders in mijn geest eeuwig op wacht stonden, onsterfelijken, ook als hun gezicht helemaal was weggesleten. Soms was het of ik tussen hen stond wanneer de stenen even ademden en de maliën even verschoven. Ik was altijd blij als ik mijn vaders gewicht nog op de rand van het bed voelde.

'Rechtdoor,' zei Anna met de kaart voor zich.

We kwamen over een heuvel tussen kazernes en een supermarkt en we zagen Tomar. De stad was gewit, en het kasteel was van beneden af gezien een rij sterke, gouden stenen uit de rivier, met een ineengedoken toren en een rij kantelen zo breed als de hemelboog.

Het was niet wat ik had verwacht. Het was geen verhaal, slechts een gegeven in het stadssilhouet, iets dat gekrat kon worden en van een etiket voorzien, als iets voor een museum. De grote, rode geraniums deden het goed in de witte straten, vond ik. De kerk was prachtig.

Anna zei: 'Wat zit je dwars?'

We pakten allebei een toeristenfoldertje over de tempeliers en lazen het bij een kop koffie. Feiten werden opgesomd: hoe de tempeliers hadden gevochten, hoe de orde omstreeks 1400 was ontbonden en hoe in Tomar op de overblijfselen ervan de Christusorde was gesticht; en hoe de karvelen van de Portugese ontdekkingsreizigers die uittrokken om Prester Johannes en Indië en Amerika te zoeken, het kruis van de Christusorde de hele wereld over hadden gedragen. Maar dit was niet de geschiedenis zoals mijn vader die uit de doeken had gedaan op avonden dat hij en zijn zoon allebei hongerden naar de ontbrekende vrouw, de ontbrekende moeder; het was mannenwerk geweest, de kern van het verhaal, de sterke, grijze, vastberaden, onheilspellend geduldige ridders.

'Ik wil lopend naar het kasteel,' zei ik.

Ik was een toerist, maar ik was in feite heel gespannen. Het kasteel van Tomar was het enige grootse beeld dat ik met mijn vader deelde. Als hij hierover had gelogen, had hij over alles gelogen.

Lopen leek een passende, pelgrimachtige manier om boven te komen. Het pad voerde ons langs de achterkant van het stadhuis, over groene wielsporen en langs muren van zachte, grijze steen overwoekerd door klimop en bougainville.

We bleven onderweg staan, onder een olijfboom.

'Mijn vader had de neiging het verhaal mooier te maken,' zei ik.

'Dat doen vaders.'

'Als ik dan lekker warm in bed lag, wilde hij dat ik dankbaar was, dus dan maakte hij me aan het rillen.'

Anna zei: 'Ik ken ook een stel spookverhalen.'

'Hij had het over een diepe, diepe put waar de doden elke nacht in optocht langs reden. Eronder waren gewelven, doolhoven en tunnels. Daar bevonden zich de zevenarmige kandelaar uit de tempel van Salomo, de schedel van iemand die Beëlzebub heette, de lijkwade van het graf van Christus en de Heilige Graal.'

Ik liep verder over de rommelige stenen.

'Je snapt het niet,' zei ik.

Maar zo liet ze zich niet door me buitensluiten.

Ze zei: 'Ik heb vroeger alleen maar de krankzinnige verhalen over de tempeliers gehoord. De verhalen die opduiken in literaire romans. Al dat gedoe over een androgyne duivel en elkaars anus kussen en de kat en het afgehakte hoofd. En de geheimen van Salomo's tempel. En de vrijmetselaars natuurlijk.'

'Ik heb op Charing Cross Road een keer een boek gekocht,' zei ik, 'over de tempeliers. Het was in het Frans. De tempeliers hadden blijkbaar geheime Meesters van andere melkwegstelsels, en ze hadden werkelijk overal een verklaring voor.'

Anna zei: 'Wat zou het heerlijk zijn om de wereld zo te versimpelen dat je alles in één klap, met één grote vergissing, begrijpt.'

We kwamen bij de buitenpoort.

In gedachten veegde ik de plek schoon, haalde alle lange bussen weg, echte volksverplaatsers, die langs de muur stonden opgesteld, en de babbelaars bij de poort die probeerden de openingstijden hardop te lezen, en de kraam waar ze abrikozen en koud water verkochten. Anna wist dat ze deze enigszins vreemde sfeer van verering niet moest verstoren.

Ik vraag me af wat ze van mijn stemming vond. Ik ben het nooit te weten gekomen.

We liepen de poort door naar een verzonken laan van steen. Die maakte een bocht en kwam abrupt uit op een terras: sinaasappelbomen en flodderige roze oleanders en buxushagen, banken van blauwe en gele tegeltjes, uitzicht op bos. Anna was verrukt, ik was geschokt. Bloed en ridderlijkheid pasten volgens mij niet in dit lieflijke park.

U voelt er iets van gekte in, nietwaar? Of op zijn minst onredelijke en obsessieve gevoelens. Maar dit was de enige manier, dacht ik oprecht, om mijn vaders wereld te leren kennen en het beeld te zien dat we deelden. Ik moest dit ene weten.

Toeristen haastten zich langs ons, videocamera's sneden de plek in stukken ter grootte van beeldschermen en details. Anna haalde haar groene Michelingids tevoorschijn, háár bron van informatie.

Voor me zag ik het echte fort: niet het kasteel, maar een ronde kerk met steunberen op de rotsen, met een onbehouwen defensiviteit die enigszins werd verhuld door het nieuwe bordes en de terrassen eromheen, een toren, recht afgesneden voor meer kracht, met erboven één enorme, profetische luiklok.

Het was de kérk waar mijn vader me over verteld had. Ik bleef ademloos staan.

De toeristen draafden door. Ik dacht dat ik paarden hoorde die nerveus ronddraaiden, in toom gehouden door figuren in grijze wapenrustingen, terwijl ijzer over de grond schuurde, hoeven en wapens. Ik dacht ook paarden te ruiken: zweet en mest.

Ik dacht dit niet alleen. Ik hoorde en rook het echt. Ik was niet omringd door spoken, maar door een verhaal, een verhaal gehoord door een jongen wanneer hij half bang is om in slaap te vallen, wanneer zijn vader de angst temt door hem dingen te vertellen die hij al kan dromen.

'Je moet via de kerk naar binnen,' zei Anna en sloeg de bladzijden van de Michelingids om.

Kloostergangen van blauwe tegels en glanzende sinaasappelbomen. Een ronde kerk opgesloten in een vergulde lichtkoepel. Een stuk lager dan de kerk een eenvoudige doos van steen en licht, kaal en vreemd.

'Umberto Eco heeft de treden geteld,' zei Anna vrolijk. 'Voor *De slinger van Foucault*. Hij scheen te denken dat het aantal er iets toe deed.'

Op de muren buiten kwam rond de ramen steen tot bloei, gehakt tot zeevoorwerpen, koraal en touwwerk en astrolabia, en verderop artisjokken, en engelen in wapenrusting, opgehouden door een oude man met een baard en omhoog reikend naar een hemel van vierkante kruisen en kantelen – later gebouwd, vertelde Anna me uit de gids, evenals de kloostergangen uit de Renaissance en het aquaduct dat als een parade het klooster binnenstapte, en de vaalgele en witte hospitaalvleugels, dit alles voegde iets toe aan de kern van de geheel eigen opvatting van mijn vader.

'Ik vind dat plaatsen als deze net tarotkaarten zijn,' zei Anna. 'In het begin kaartten ze gewoon, toen vergaten ze hoe je moest kaarten en nu vindt iedereen de tarot heel mysterieus. Over honderd jaar voorspellen ze de toekomst aan de hand van buskaartjes.'

Nu ken ik de achterkant van monumenten, waar de dingen staan die nergens inpassen. Het Museum barst ervan, een krankzinnige opslagplaats van spullen met de ordening en de zinnigheid van de tentoonstellingszalen als façade. Ik wilde weten wat er hier niet-publiek was.

'Wil je de rest ook zien?' vroeg ik aan Anna.

Ze zei: 'Natuurlijk. Dit is heel apart.'

'Ik bedoel met de rest het deel dat niet voor het publiek toegankelijk is. Ik kan bewijzen dat ik van het Museum ben. Het is de moeite van het proberen waard.'

De dames bij de deur voerden telefoongesprekken en verzochten ons te wachten. We gingen op de leuning zitten bij de Charola, de grote ronde kerk met zijn koepel, keken naar binnen, naar stil grijs licht en de steigers die tot het dak reikten met brede trappen en ruime werkvloeren en een gevoel van bestendigheid.

De toeristen betaalden en liepen door, een verspreid gezelschap dat zachtjes praatte uit ontzag voor de ouderdom, het goud van de steen, de vreemdheid van het oord.

Na een minuut of twintig draafde er een man van in de twintig uit een stenen deurportaal, zei 'Meneer Costa, meneer Costa' alsof hij zich geneerde voor het feit dat hij er niet was geweest om de geëerde gast te begroeten en stelde zich voor als 'Manoel, uw gids'.

Ik stond op en rekte me uit.

'We kunnen beginnen,' zei Manoel, 'in de Charola.'

We liepen door de afzetting en gingen onder de koepel in de kerk staan. Manoel wees op de enige grote pijp die van een gestolen orgel was achtergebleven, op de muren waarop ooit beschilderde panelen hadden gehangen, weggehaald ter meerdere glorie en ten gerieve van de klerken in Lissabon. Hij liet het aangevreten, vergulde hout zien, de beelden, de Byzantijns aandoende lijnen van de vage muurschilderingen. Maar mijn oog dwaalde telkens af naar het hoogste punt van de koepel, dat door de werkvloeren van de steigers aan het oog werd onttrokken.

Manoel had het in de gaten. 'Deze kant op,' zei hij.

We klommen op hout dat zich heeft gezet, hout dat in kerktorens zit en de klokken draagt. Deze constructie, imposant en degelijk, was bedoeld als tijdelijk, maar vulde het beeld en bepaalde zowel het licht als de ruimte in de koepel. We kwamen op een vloer die helemaal rond de Charola liep, van muur tot muur, met daarboven weer een vloer. We klommen door zolders van oude lucht, licht dat bleekgoud was door de weerkaatsing van de balken. De trappen gingen halverwege in elkaar over, splitsten zich, deelden zich soms tot ceremoniële paren.

Eindelijk kwamen we helemaal boven in de koepel. De steigers reduceerden hem tot een soort rondlopende, gewitte gang, die net onder het zonlicht hing dat door de bovenkant van de lantaren naar binnen viel. Er waren tafels bedekt met kwasten, potten, plamuurmessen.

'Niemand krijgt dit ooit te zien,' zei Manoel, die precies wist wat ik graag wilde horen.

Ik verwachtte het gekraak van balken onder het gewicht van iemand die aan het werk was, maar het enige wat ik hoorde was mijn ademhaling,

Anna's ademhaling, een paar rafelige duiven die flapperden in de raamkozijnen, elk geluidje van de steiger die boog en terugboog in zijn omlijsting van oude steen. Manoel stond te wachten.

Anna zei: 'Ik wist van het hele bestaan hiervan niet af.'

We liepen achter Manoel aan een hoek om naar een plek waar de muur was vrijgehakt van witkalk.

Ik zag een duivel op een zuil: een hulpduivel slechts, maar wel een die de achterpoten van een hond als benen had, spenen als van een zeug en de wereldwijze kop van een straatslijper. We draaiden tegelijk om onze as, Anna en ik. We zagen hoe Christus werd geslagen, een afbeelding zo groot dat we overdonderd bleven staan tegenover open, starende ogen. We draaiden ons verder om, naar een muur met een vaag silhouet van een paleis en een soort knoedel van kleine, woest vechtende soldaten, en een deugdzaam hoofd waarvan het lichaam onder de witkalk ten onder was gegaan. Het was opmerkelijk dat de duivel zo goed al die eeuwen was doorgekomen.

'Het Lijden van Christus,' zei Manoel. 'De wandschildering moet helemaal rondlopen.'

'Maar wie zou hem hebben kunnen zien?' vroeg ik.

'Hij hoefde niet te worden gezien,' zei Manoel. 'Hij was ter ere van God.'

'Heel bijzonder,' zei Anna. Er klonk iets begerigs door in haar stem: een ontdekking, onbekende fresco's waar nog niet over was geschreven, meer bewijzen wellicht voor veritaliaanste invloeden in de Portugese kunst, of, nog beter, een soort onafhankelijk genie, een nieuwe Giotto, of misschien twee. Ze vond het heerlijk om bevrijd te zijn van het soort vragen dat haar studenten stelden, hun duidelijke voorliefde voor afgeronde meningen, niet voor afbeeldingen, en voor feiten die in de encyclopedie kunnen worden opgezocht.

'Dit is uit de tijd van de Christusorde,' zei Manoel.

'O. O ja, dat is zo,' zei ik.

Ik stelde het me voor: een geheime gelovige die duizelingwekkend hoog bezig was met verf en ladders om deze beelden op het verse pleister aan te brengen. Want ik was gewend aan fresco's die, omdat ze snel werden opgebracht, bestonden uit decoratieve, gesjabloneerde kleurvlakken waarbij het kleine beetje individualiteit later werd toegevoegd. Deze fresco's waren heel anders: een niet-aflatend, persoonlijk gevoel van pijn.

Ik stelde me voor hoe de schilder het als een uitdaging had gezien om zo hoog boven de grond te werken, om de ogen van Christus in doodsnood te zien en de vluchtige triomf van een wrattenzwijnduivel met duizend spenen. Dit alles zou eeuwenlang ongezien blijven omdat, na alle risico's, zijn werk vanuit de kerk beneden alleen uit vage lijnen en kleurvlakken bestond. Dus de schilder had gewerkt voor… ja, waarvoor? Voor geld vermoedelijk. Uit gebrek aan andere opdrachten. Voor God alleen.

Anna zei: 'Zijn er nu restaurateurs aan het werk?'

Manoel haalde de schouders op: 'De ene keer is er geld, de andere keer niet. Het duurt al heel lang.'

Anna stond bij de muur en liet haar vingers vlak langs de rand van de dikke laag witkalk zweven.

Ik dacht aan mijn vaders keurige, praktische katholicisme, niets in uitersten, niets eigenaardigs. Toen zag ik de duivel met de spenen, de gesel in de handen van een kleine, donkere soldaat, de treffend grote, donkere ogen van Christus, wier staren alleen nog maar werd uitvergroot op de plaatsen waar de verf in de loop der tijd was gescheurd en gebladderd.

De gang van licht tussen de koepel en de werkvloer werkte claustrofobisch.

'Ze zijn hier al jaren aan het werk,' zei Manoel.

Maar er werd door niemand gewerkt. De stilte had iets griezeligs. De enige aanwezigheid die je voelde was van deze reeks half blootgelegde interpretaties van het geloof dat deze plek bezielde. En ik stond buiten dit geloof en werd alleen maar in verwarring gebracht en afgeschrikt door de duivel, de geseling, de ogen.

'We moeten naar beneden,' zei Manoel. 'Er is nog zoveel te zien.'

Ik was uitgekeken, en meer dan dat, maar Anna zei: 'Mag ik nog even verder kijken?' Ze lachte haar Engelse lach: strálend, bediend door een tijdschakelaar, de bedoeling verhuld.

Ik gleed bijna uit op de bovenste treden. Ik was blij dat ik van de gang van licht weg kon naar de zolders, die elkaar opvolgden, en uiteindelijk de laatste, brede trap af naar de aarde. Ik voelde dat ik weer met twee benen op de grond stond: terug op de plek waar schilderijen kunnen worden benoemd en opgeborgen, verklaard en veilig tentoongesteld, waar taxonomie de plaats inneemt van schokeffect zoals medelijden de plaats inneemt van pijn. Mijn brein was niet helemaal helder, begrijpt u.

Ik stond nog op de trap toen ik Hart naast de balie zag. Hij keek op, gespitst en verwachtingsvol als een hond. Anna bleef nog een aantal minuten bij de muurschildering en Manoel hielp haar met zijn uitvoerige ridderlijkheid de trappen af, maar toen ze bij de afzetting kwamen, stond Hart er nog.

Ik was hier voor iets heel persoonlijks, iets waar ik Anna amper deelgenoot van kon maken, en daar stond die dief, die neuroot, dit onduidelijke ding, deze verdachte professor. Op dat moment namen de zaken een keer. Ik had hem kunnen vermoorden.

Hart besefte dat onmiddellijk, nam er notie van. Hij verborg hetzelfde gevoel om in leven te blijven, zou je kunnen zeggen, dus herkende hij het bij anderen. Beantwoordde het ook. Daarna kwam hij weer ter zake: kijken of het leven van John Costa de moeite van het stelen waard was, of er iemand vragen zou gaan stellen.

Manoel zei: 'Als uw vriend soms ook mee wil...'

Hart zei: 'Heel aardig van u.'

Anna lachte.

'We gaan nu naar het kasteel van de tempeliers,' zei Manoel. 'Gaat u mee?'

'Ik wil uw bezoek niet bederven,' zei Hart.

'Natuurlijk niet,' zei Anna.

Manoel haalde sleutels op bij de balie aan de ingang, een zware bos ijzer, en opende een deur aan het eind van de laatste kloostergang. Erachter was niets dan een smalle stenen richel die zonder balustrade langs de muur liep. De stenen glommen. We schuifelden eroverheen, keken goed uit voor afgebroken stukken steen en de rommelige gaten die er soms in zaten.

'Dit was het paleis van Hendrik de Zeevaarder,' zei Manoel. 'Gaat het, Senhora?'

Het paleis was een ruïne vol merktekens en vlaggetjes van archeologen. We zochten schuifelend onze weg.

Hart had kunnen uitglijden en dan was ik misschien dolblij geweest dat ik van hem af was. Wat er ook nog van me werd verwacht, hem in de gaten houden of arresteren, het zou dan afgelopen zijn.

Elke keer als ik even inhield, door de lege ramen in de paleismuur naar het bos keek, haalde hij me in en voelde ik zijn aanraking, betekenisvol.

Anna liep heel voorzichtig door.

We kwamen bij een tweede afgesloten deur. Manoel liet de bos sleutels rammelen, koos er een uit en had de verkeerde, duwde daarna een grote staaf ijzer in het slot; de deur ging open. We stonden in de toren van het kasteel.

Anna was teleurgesteld, dat zag ik zo. Dit was niets dan stenen en verdedigingswerken, een partij ongeregeld als erfgoed. Je moest de boeken lezen om te weten te komen welke gevechten er waren geweest en wat hun betekenis was, en zij gaf er de voorkeur aan om op haar ogen te vertrouwen. Het was haar niet ontgaan dat Hart mij in de gaten hield en ik hem. Het was merkwaardig hoe waakzaam we alledrie waren terwijl Manoel doorkletste.

Manoel wees ons beleefd op de kapel: een ruimte die in de muur hing nu de trappen lang geleden tot stof waren vergaan. 'Daar waren de voorraadkamers,' zei hij en liet rijen praktische cellen zien. 'En de bron,' zei hij en wees op een rond gat in het vlotgras dat bezit van het kasteel had genomen.

Hart en ik stonden ieder aan een kant van het gapende gat in het gras en keken naar beneden. Er was een onderbreking van donkere lucht, geen wanden te zien, en dan een plas water. Het leek me dat de plas een oever had, geen scherpe rand.

'Er is weleens een gids beneden geweest,' zei Manoel opgewekt.

We tuurden het duister in. Het enige wat Hart zou zien was een gat met zwart water, maar ik zag heel even het kasteel zoals het in de verhalen van mijn vader was: een plaats waar helden een vreemde, heroïsche strijd ter verdediging van mysteries aanbonden.

'Wat heeft hij daar gezien?' vroeg ik.

'Hij hing aan een touw,' zei Manoel, 'dus hij heeft daar niet rondgelopen.'

'Ja?'

'Hij had de indruk dat er twee doorgangen waren, aan elke kant van de plas een. Met stenen ervoor.'

Hart hoestte.

'Hij zei dat de stenen net menselijke figuren waren. Net ridders die op wacht stonden.'

Voor mijn geestesoog zag ik ze ademhalen.

'We moeten terug,' zei Anna.

Hart dacht dat hij eindelijk een breuklijn had gevonden, eentje tussen de merkwaardig obsessieve gevoelens in mij en de praktische instelling van Anna. Hij hoefde het niet bij het rechte eind te hebben. Hij hoefde alleen maar te weten dat andere mensen hetzelfde hadden kunnen vermoeden, dat het geen verrassing zou zijn als John Costa plotseling zou weggaan voor een geheel eigen zoektocht.

'Er kunnen natuurlijk wel gangen zijn,' zei Manoel, verrast door al die plotselinge emoties bij zijn toehoorders.

Hart zei: 'Het is bijna lunchtijd,' en drukte Manoel een bankbiljet in de hand.

In de veilige kloostergang aan de andere kant van de ruïnes, gaf Manoel aan Anna uitleg over de theorie die een vriend van hem had bedacht, over water, lucht, vuur, aarde en geest en waar hun symbolen zouden kunnen zijn, en over de intrinsieke betekenis van het koraal en de artisjokken. Anna luisterde heel vriendelijk toe.

Buiten de Charola, in het licht dat ons de ogen deed toeknijpen, nam Anna een foto: naaldbomen, architectuur, en twee mannen die de vereiste glimlach opzetten.

Naderhand wendde ze zich even tot mij, kil en boos. 'Wat doe je hier?' zei ze.

Arturo zat op het stoepje voor zijn deur snijbonen te snijden.

'Vrouwenwerk,' zei hij.

'Alles goed?' vroeg ik.

'Min of meer, *mais ou menos.* Alles goed met u?'

'Mijn vrouw is er.'

'Is ze katholiek?'

Het was een vraag waar ik niets mee kon, dus zei ik niets. Arturo interpreteerde mijn zwijgen als 'ja' en zei: 'Dan kan ze bij Zulmira de sleutel van de kapel krijgen als ze dat wil. Zulmira heeft hem altijd bij zich.'

'Dank u,' zei ik. Toen besefte ik dat ik tijdens het gesprekje onwillekeurig een paar passen achteruit had gedaan. 'Ik zal het haar zeggen.'

Dat deed ik, en Anna zei: 'Gaan er geen mannen naar de kapel?'

'Ik denk dat bidden vrouwenwerk is,' zei ik.

'Wat is dan mannenwerk?'

'Naar Frankrijk trekken om geld te verdienen zodat de vrouwen niet verhongeren,' zei ik. 'Daar alléén zijn en wachten.'

'Heeft die oude man dat gedaan?'

'Hij heeft het zelfs niet tegen zijn vrouw gezegd. Een week nadat hij in Bordeaux was aangekomen, kreeg ze een ansichtkaart van hem.'

'En ze bleef alleen achter.'

'Alleen met de kinderen. Jij denkt altijd dat het leven rechtvaardig gemaakt kan worden, hè? Een soort evenwicht. Nou, dat lukt niet altijd. Hij leed eronder, zij leed eronder, de kinderen leden eronder. Maar ze hadden te eten.'

'Is het dan goed?'

Ik liep weg.

'Is het dan goed?' vroeg ze nogmaals.

Ik draaide me nog niet om.

'Waarom denk je dat ik niet weet wat pijn is? Je denkt dat ik maar doe alsof, hè?'

'Nee,' zei ik. 'Nee, natuurlijk niet. Maar dit ben jij en dat is Arturo in het dorp Formentina. Het is niet zo dat er één stel voorschriften en gedragsregels is dat voor iedereen en overal geldt.'

'Dat weet ik,' zei ze. 'Vind je het vervelend dat ik ben gekomen?'

'Ik wilde met je gaan eten. Een goed restaurant waar jij het fijn zou vinden.'

'Zodat ik goede herinneringen zou meenemen?'

'Het zou een begin zijn.'

Ze legde haar armen om mijn middel.

Toen we voor een briesje de berg op reden, zei ze opeens: 'Het Museum brengt wel veel begrip op.'

'Ja, dat is zo,' zei ik.

Het viel haar op dat ik plotseling gas gaf.

Door Maria veranderde Hart zijn regels. Hij deed nooit mee aan het dorpsgebeuren, maakte geen kennis met vaste bewoners die tegenstrijdigheden zouden zien; hij was een reiziger. Hij zou Maria nooit hebben meegevraagd naar de festa, maar zij had hem gevraagd.

Zelfs toen dacht hij alleen maar dat ze eenzaam was. Voor hem bestond eenzaamheid niet, behalve als een fout in de plannen die voor hem aanleiding was om verder te trekken. Hij hield van verder trekken. Het behoedde hem voor een hele lusthof met verleidelijke misvattingen, zoals de opvatting dat iets pas echt is als het wordt gedeeld met anderen. En nu zat hij vast in de identiteit van iemand anders en was verontrustend dicht bij de gedachte dat de enige manier om zijn eigen wezen te redden was een ander deelgenoot te maken van de inhoud van het Groot Vakantieboek van zijn daden.

Ook zou hij graag iemand hebben gehad om ruzie mee te maken. Hij dacht met weemoed aan stemverheffingen en een duidelijke dictie.

Anna, aan de keukentafel, sneed een ui. Het mes gleed weg op de natte glans: geen zachte, meegaande ui uit de supermarkt thuis. Ze legde kippen op een tinnen bord, magere, schonkige vogels – je zág ze wegrennen

– heel anders dan de mollige, gezapige kussens die ze gewend was te kopen. De tomaten waren ook al houtig en groen; ze hadden een poederige roodheid in de buurt van hun binnenste.

Ze deed de oven aan. Het flessengas loeide een minuutje, zakte af tot een laag vlammetje en ging vervolgens uit. Ze zette de ovendeur open en probeerde het nog eens. Nu brandde ze haar vingers aan de hete deur, maar de oven bleef branden.

De telefoon ging, mijn zaktelefoon. Hij was vervelend en vasthoudend, net als alle telefoons, maar hij was zachter en ze kon niet goed horen waar ik hem had neergelegd. Ze had vette handen van de kip. Ze waste ze, min of meer hopend dat hij gewoon zou ophouden, maar dat deed hij niet. Ze vond hem in mijn jasje.

'U spreekt met Mello. Zou uw man mij kunnen terugbellen?'

'Jazeker. Natuurlijk. Ik weet het weer. Uw nummer...'

Natuurlijk was er geen blocnote, geen potlood. Er was een paperback met een zwaar, geplastificeerd omslag en ze kraste het nummer in de glans met haar nagel.

Ze deed de deur open en ging buiten staan in de bewegingloze lucht. Waar ze dacht dat de zee moest zijn, heel ver weg, was de hemel veranderd in een strook sepia. Zelfs de namiddaghitte voelde nog aan als een brand. Ze kon geen reden bedenken waarom ze had besloten om te gaan koken op een dag als vandaag, op een plaats als deze.

Ze maakte een wandelingetje, gleed van de ene schaduwplek naar de andere, liep langzaam de trappen op. De bramen waren bijna rijp, zag ze. Wat hoger groeiden struikjes rozemarijn tegen een gestapelde stenen muur. Ze voelde zich buiten adem door de droge hitte. Ze wist dat ze kort daarop een harde bal van pijn achter haar ogen zou voelen.

Ze plukte rozemarijn. De stengels wilden eerst niet breken; ze waren te houtig en te harsig. Ze plukte piepkleine twijgjes om de merkwaardige doodverfkleurige bloemetjes heen, twijgjes die bijna van een spar of pijnboom konden zijn. Ze wreef ze fijn tussen haar vingers en begroef daarna haar gezicht in haar handen en in de geur van scherpe, medicinale olie, een concentraat van de rozemarijn die ze van koudere oorden kende.

In de bergen ronkte een auto door de bochten naar beneden.

Ze bedacht opeens dat de oven aanstond. Ze rende het trapje op, viel bijna de keuken in en testte, terwijl ze doorliep, met haar hand de lucht. Ze wurmde de rozemarijntakjes in de holten van de kippen, duwde de bakplaat de hete oven in en rook weer aan haar handen: vet en geneesmiddel. Ze had de geur ook in haar mond.

Ze trok de luiken stijf dicht en ging in de donkere woonkamer zitten. Restanten van veertjes op de kippen verschroeiden in de oven, als azijn zo scherp in de lucht, vóór de volle, echte geur van gebraden vel en vlees loskwam. De schroeilucht was niet erg, zei ze bij zichzelf. Die was niet erg.

Ik kwam terug met water uit de bron en droeg de vierkante vijflitervaten de keuken in. Ik riep haar naam, maar ze had niets te melden. Ik deed het licht in de woonkamer aan.

'O,' zei ik. 'Zit je hier. Hoe is het met je?'

Ze ging naar de badkamer en liet de kraan lopen. Maar ze herinnerde zich dat ze dat water niet kon drinken, en voor het geval ze nog twijfelde, had het de kleur van koffie. Ze bukte zich voor een fles met bronwater, maar die was leeg. Ze pakte de pot met voorgeschreven pijnstillers en even dacht ze dat ze nooit meer in staat zou zijn het gevoel tot bedaren te brengen dat ze door de pijn werd gereduceerd tot een incompetente figuur, iemand zonder een gewoon gevoelsleven, voortmodderend, oud zelfs.

Ik gaf haar een glas schoon water. Ze nam de pillen in. Ik zei: 'Kom, ga even liggen. Toe.'

'Of je iemand wilt bellen, een zekere Mello. Zijn nummer staat op je boek.'

'Op het boek?'

'Ik heb het erin gekrast.'

Ze moet me hebben horen bellen en zich hebben verwonderd over mijn duidelijke, officiële manier van spreken. 'Ik ga vanavond naar hem toe,' zei ik. 'Ik ben blij dat ik kan helpen.'

Ik klopte aan precies zoals een politieman doet: zes luide tikken die op onmiddellijke aandacht rekenen.

'Ik denk dat we eens moeten praten,' zei ik.

Hij zat aan de andere kant van de tafel, de handen gevouwen als een kerkdak.

'Je hebt er toch geen bezwaar tegen als ik rondkijk,' zei ik zonder al te veel vragende toonsverhoging aan het eind van de zin.

'Nou zeg,' zei Hart. Hij dacht duidelijk dat hij de overhand had.

'Ik heb geduld gehad,' zei ik. 'Ik heb weken gewacht. Ik dacht dat je wel had begrepen dat ik niet wegga voor we het materiaal van het Museum boven water hebben gekregen.'

‘Om wat voor materiaal gaat het?’ vroeg Hart. Hij had reden genoeg om rancuneus te zijn: hij werd behandeld als een kruimeldief, een professor die er met een of ander koptisch portret vandoor gaat, een Grieks been, iets van goud, terwijl hij in werkelijkheid veel meer gestolen had. Hij was iets wat rondsloop in de diepste seksangsten van de mensen; als ze eens wisten. En om dan op zo’n amateuristische, bureaucratische wijze te worden bedreigd: te horen krijgen wat je moet doen op straffe van het ontregelen van de gang van zaken terwijl je in feite voorpaginanieuws bent en veel gevaarlijker; dat stak.

Deze keer was ik in het voordeel. ‘De politie wilde weten,’ zei ik, ‘of je een zekere Martin Arkenhout hebt gekend.’

Hij zweeg slechts een paar tellen, maar het stemde niet meer, als een houtblazer die te laat inzet in een stuk van Bach. Hij stond op en vroeg of ik wijn wilde.

Ik kon niet weten wat ik had gezegd. Ik wilde wijn.

‘Mello kon je telefonisch niet bereiken,’ zei ik. ‘Dus heeft Anna me naar boven gestuurd. Om te vragen of je beneden wilt komen voor het avondeten. Zij kookt.’

Hart was verbaasd. We zouden volmaakt welgemanierd zijn, uiterst sociaal, buitenlanders vereend in een vreemd land, ook al waren we door een misdaad samengebracht. Er zou sherry worden geoffreerd, en aanvaard. Waarschijnlijk zouden we over Tomar praten, omdat dat onze enige gemeenschappelijke ervaring was.

‘Wat zou ik u nou precies moeten geven?’ vroeg Hart. Ik dacht dat hij misschien wilde onderhandelen.

‘Er ontbreken minstens vijftien afbeeldingen,’ zei ik. ‘Ik wil ze allemaal in perfecte conditie terug hebben. Als er een of meer zijn verkocht, wil ik weten waar ik ze kan vinden – waar ik ze precies kan vinden, niet de naam van een of andere handelaar. Als er een of meer zijn beschadigd of vernield, wordt er niet onderhandeld.’

‘En daarna?’

‘Daarna niks. Ik ga terug naar Londen, jij doet waar je zin in hebt. Ik ben geen politieman.’

‘Wat heeft Anna gekookt?’

‘Ze heeft kip in de oven staan. Met kruiden.’

‘Hoe laat?’

‘Om negen uur,’ zei ik. Bij de deur voegde ik eraan toe: ‘Dan wil ik alles geregeld hebben.’

Ik ging niet naar huis. Ik bleef in de schaduw hangen, met uitzicht op zijn ramen. Dat had ik van Hart geleerd, van de manier waarop hij soms een stilte liet vallen die anderen konden invullen.

Ik begreep niet wat ik zag.

Hij rukte koffers open, stuk voor stuk, kiepte ze om zodat er een wanordelijke hoop overhemden en schoenen en plastic stomerijzakken op de grond lag.

Hij opende de zwarte gebonden opschrijfboekjes die Hart in Amsterdam had gekocht, probeerde het handschrift te lezen dat over de regel dwarrelde als de lijn op een medische monitor. Hij bekeek boeken die waren verminkt en verwerkt, met teruggevouwen bladzijden, onderstrepingen, aantekeningen die om andermans teksten kronkelden als de slakkensporen die freaks in bibliotheekboeken achterlaten; en hij controleerde stapels foto's van schilderijen en etsen, gloednieuw en glanzend. Hij had te weinig voorwerpen ingepakt toen hij Harts huis had ontruimd. Hij was ervan uitgegaan dat ze samen met het huis gehuurd waren. Hij had geen idee.

Hij wist nu dat iemand het juiste verband had gelegd: van Arkenhout naar Hart. Ze zouden de keten nalopen op vermiste personen, plotselinge verhuizingen. Er zouden snel genoeg bewijzen opduiken; je kon nooit al het bloed opruimen, of er zeker van zijn dat de steken in elk lichaam op zichzelf zouden blijven staan en naamloos zouden blijven. Het vernuftige van zijn werkwijze was het ontbreken van verbindingen geweest, en dat was nu helemaal voorbij.

Ik zag de paniek op zijn gezicht.

Martin Arkenhout was terug; zo verklaarde hij het later. Arkenhout eiste Hart terug en wel zo grondig dat hij bijna geen lucht kreeg. Hij herstelde een onderbreking van tien jaar alsof die niets betekende, legde wegen bloot die volgens hem verborgen waren en verbindingen even subtiel en chaotisch als al die wetenschappelijke krantenkoppen over hoe een vallend blad in een ver melkwegstelsel je biljartstoot hier op aarde kan verknallen. Arkenhout was degene die hij in Florida had vermoord, Arkenhout die nu door zijn herinneringen banjerde, het ding dat koste wat kost moest worden onderdrukt en uit de weg geruimd. Nu hing de naam weer in de lucht, en Arkenhout was net een spook uit een stripverhaal, een doodgraversgrap.

Hij kon te ruste worden gelegd als mijn leven beschikbaar was om te worden gestolen; maar zover was het nog niet. En tot die tijd moest hij dit dode leven van Hart bewonen.

Martin was altijd de winnaar geweest, de man die zichzelf voortdurend opnieuw wist uit te vinden, een Faust zonder behoefte aan een beperkend contract met welke toevallig passerende duivel ook. Hij deed waar anderen slechts van durfden dromen, namelijk alle bijkomstigheden veranderen en, leven na leven, alleen het essentiële meenemen.

Tot dan toe had hij er nooit aan getwijfeld dat er iets essentieels bestond.

Ik was hem even kwijt toen hij onder het raamniveau verdween.

Hij keerde een attachékoffertje om waaruit keurige plastic mapjes met verzekeringspapieren, bankafschriften, brieven en grensdocumenten vielen. Het was vreemd dat Hart in een Europa zonder grenzen er zoveel van bij zich had, alsof hij voor zijn gevoel op avontuur ging naar een of andere in diepe bossen verborgen Colombiaanse zilvermijn of een dubieus eiland of land met een echt regime.

Ik kon niet zeggen waar hij jacht op maakte. De papieren schoven over elkaar, gleden over de plastic mapjes; hij maakte er een bende van, de hele kamer door. Maar ik had er toen geen idee van dat hij koortsachtig naar iets op zoek moest, of waarom ik die paniek op zijn gezicht zag.

Hij heeft het me wel verteld, later. Het was of Christopher Hart in dat lange, witte Portugese huis springlevend en ontketend rondwaarde: een huichelaar, een draaitol die dingen verborg voor deze tweede Hart, zijn erfgenaam, hijzelf.

Hart had één grote blauwe Vulcanite-koffer op wieltjes, een soort hutkoffer, Globetrotter genaamd. Hij frunnikte aan het onregelmatige oppervlak van de bodem en vroeg zich af of het misschien een dubbele bodem was. Een van de witte banden gaf mee.

Hij begon te lachen. Hij realiseerde zich toen dat hij weliswaar Harts kleine maar volmaakt gebouwde krediet had gestolen, maar een fysiek fortuin had laten liggen. Hij had Hart vast en zeker goed genoeg kunnen spelen om de prenten te verkopen. Dan had hij ook eens geld van zichzelf gehad, geld dat niet opraakte zoals het krediet van anderen op het moment waarop mensen vragen gaan stellen. Met dat geld had hij zich een eigen leven kunnen aanschaffen.

Hij ging naar de veranda. De zon was bezig onder te gaan en de enorme pijnboombossen waren een beetje goudkleurig, een beetje roze: decorateursvredigheid. Het was een doodgewoon schouwspel, gezien vanaf een doodgewone plaats. Hij was ook doodgewoon, gevangen als hij nu was in een naam en een levensgeschiedenis zoals iedereen.

Hij ging terug naar de Globetrotter, met een mes. Hij wrikte de bodem van de koffer los, onder de bekleding.

Niets.

Hij kon Hart niet zijn, besloot hij. Hij kon deze John Costa niet tevredenstellen door met de gestolen prenten te komen. Hart-zijn betekende dus eeuwig en altijd problemen.

Als hij John Costa was, zou de band tussen Arkenhout en Hart voorgoed verbroken zijn. Hij zou een lichaam en een naam achterlaten die al zijn misdaden en avonturen zouden dragen.

Hij vertelde me dat hij nog niet eerder op die manier over de dood had gedacht: als iets bevredigends, niet alleen maar als iets noodzakelijks.

De dagen erna waren als het diner van die avond: een soort dans, twee mensen die aan elkaar geklonken zijn, leven en dood, een derde die aftikt. Soms was Hart degene die zich een indringer voelde, zegt hij. Soms was het Anna. Ze zegt dat ze niet kon bevroeden wat voor geschiedenis zich tussen Hart en mij afspeelde. We hadden alledrie een zaak aan de hand die de wellevendheid ons verbood ter sprake te brengen, laat staan af te wikkelen: een diefstal, een huwelijk op de klippen, de mogelijkheid van een moord.

Harts nachtrust werd, zo vertelde hij Maria later, verstoord door dromen, dromen van een Holland waar de zomer ook had huisgehouden zodat het water in de Vecht laag stond. Hij had geweten dat het de Vecht was door de bochten, de kastanjes, de landhuizen, en de drukte op het water: kleine, parmantige jachtjes tussen de gazons.

Zijn moeder zat bij een sluis thee te drinken. De sluisdeuren gingen open en er voer een lange boot binnen. De deuren gingen dicht en het water stroomde weg. Maar het wilde niet ophouden voordat de bodem van de sluis glanzende modder was geworden.

Zijn moeder stond in de sluis en probeerde de boot met haar schouder weg te duwen. Ze kreeg er geen beweging in. Ze gleed onderuit. Ze lag in de modder, met haar gezicht tegen iets kaals en wits. Ze lag oog in oog met de holten van een schedel.

Ze zei hardop: 'Martin, is alles goed met je? Martin?'

Dit gebeurde ook, maar het was niet mevrouw Arkenhout die de ontdekking deed. Het was een jongen, Piet geheten, elf jaar, het zoontje van het bestuurslid van een kunstenaarsvereniging en een lerares, een jongen die bij de sluis hielp en veel sneller was dan de oude, officiële sluiswachter. Hij haalde de schedel boven en zei dat hij hem wilde houden omdat hij verwondingen had en van een beroemde krijger moest zijn, vast en zeker Krull, of Conan.

De politie wilde niet naar hem luisteren. Integendeel, ze stuurden de schedel naar het gerechtelijk laboratorium.

Zes

’s Middags kwam Maria bij Hart op bezoek.

‘De politie heeft naar je gevraagd,’ zei ze. ‘Alweer.’

‘Ik heb geen idee waarom.’

‘Controle van buitenlanders misschien.’

‘Ze controleren toch nooit? Of wel?’

Ze had voor die middag al iets voor hem bedacht: voortvluchtige in schuilplaats, doodsgevaar. Ze legde een brood op de keukentafel en stond daar, slank en kwetsbaar in haar zomerjurkje. ‘Je moet de luiken dichthouden,’ zei ze. ‘Anders weten ze of je er bent.’

Hij kon niet klagen. Zijn leven, al zijn levens hingen hiervan af: zijn wat de mensen van hem verwachtten.

Ze liep rond en controleerde de deuren, sloot de luiken, trok in het donker de gordijnen dicht. Het licht dat overbleef was het glanzen van huid, de strook licht hout onder de voordeur, een paar lichtpuntjes in het plafond op plaatsen waar de planken ietsje weken.

Ze kwam naar hem toe in de deuropening. Ze knoopte zijn overhemd open, begon het uit te sjorren en daarna wierp ze zich tegen hem aan alsof ze alle wanhopige wittedoekhartstocht van alle bioscopen van de wereld in dit moment kon persen, en ze glimlachte erbij. Daarna kuste ze hem, dwingend.

Hij kende de signalen ook. Hij had zijn handen hoog onder haar rok, ging snel te werk, ompraten overbodig. Ze stelde zich hen voor in een film noir, verloren zielen die zich op dit laatste vuur werpen. De choreografie schoot alleen tekort op de gebruikelijke momenten, bij het afstropen van een broek, het uit een spijkerbroek stappen. Daarna namen de lichamen het over van het script, en was er geen tijd of leven te verliezen – hij staand, zij met haar benen om hem heen, haar hele gewicht, zo leek het, gericht op het hem zover mogelijk in haar brengen.

Hun huid was glibberig en heet, hun ademhaling vertwijfeld. Het was het dringendste, het passendste voor de laatste nacht van een veroordeelde dat ze kon opvoeren.

Daarna zocht ze haar kleren bij elkaar.

'Ik wilde je het even laten weten van de politie,' zei ze. 'Dan kunnen ze je niet overvallen.'

Een paar tellen lang wist hij niet zeker of ook dit deel uitmaakte van de matineevoorstelling die ze net hadden gespeeld.

In mijn huis ontstond in die periode een dagelijkse gang van zaken. Het was mijn kloostercel geweest, een toevluchtsoord, een plek zonder associaties, net als een hotelkamer. Maar Anna's aanwezigheid vulde het huis met ons gezamenlijke leven. De rangschikking van de stoelen was nu van belang; die bepaalde hoe we die avond zouden praten. Het bed werd gelucht en strak opgemaakt.

En er was eten nodig. In Vila Nova was er op woensdag en zaterdag markt. Anna had uit een glossy tijdschrift het beeld van de Provence, uitgestald op schragentafels: een stuk of tien geitenkaasjes, en mooie groenten om een salade mee te maken.

We baanden ons met moeite een weg langs de bedelaar zonder benen, de taartenverkoper, de mensen met bloemen en de slagerijen naar de overdekte markt: smalle paden tussen smalle tafels, vrouwen boven bosjes groen, plastic zakken met eieren of witte of scharlakenrode of donkerbruine bonen, behaarde perziken, wouden van schel oranje montbretia, berustende koriander en uien, nat van het sap. Na het territorium van de vrouwen kwamen de kaaskramen, de tafels met gezouten kabeljauw, de worsten die achter elkaar op stokken hingen, de man die kuikens verkocht, de echte groenteboeren met hun treurige groene paprika's en kiwi's en nectarines uit Spanje.

De markthal was best praktisch: een ruime aanvoer van waterkers of spek, ruwe appels of aardappels. Maar hij was ook middeleeuws in zijn volle opdringerigheid, in de manier waarop de vrouwen je aanriepen, in de hoopjes van wat die ochtend als bloem of vrucht was geoogst en nu was uitgestald om te worden geruild voor geld. Je kon je voorstellen dat je voortglibberde over met stro bedekte modder in plaats van gemeentebeton.

Ik vroeg: 'Wat moet je hebben?'

'Ham. *Presunto.* Misschien ook nog vis.'

Er waren lange, stekelige vissen, net geharnaste palingen, en plakken van een grof creatuur met donker vlees. Er was niets bij dat echt bekend was. De sardines lagen onder de tafels, sommige kistjes lichtgezouten, andere onder een sneeuwstorm van zout. Die kende ze tenminste. Ze liep plotseling tegen de grenzen van haar nieuwsgierigheid en haar belangstelling aan: ze wilde schoongemaakte kabeljauw, zalmfilet.

Ik zei: 'We kunnen altijd nog kip eten, of buiten de deur.'

'Ik wil vis klaarmaken.'

Dus kocht ze *corvinho* zonder goed te weten wat het was, en een bobbelig soort zoete peultjes, en aardappels en kaas en perziken. Ze nam er nog peterselie en sla bij en een paar takjes gedroogde citroenverbena om thee van te trekken. Ze was aan het botaniseren.

Ik wachtte op haar, met mijn rug tegen de spijlen van het hek, tussen roddelende clubjes mannen die zich verdiepten in de verhalen over en de voorvallen in de stad.

Ik zag Arturo, maar hij stond niet bij de roddelaars. Hij liep tussen de rijen tafels door, een emmer in elke hand.

Ik wist dat mannen nooit iets kwamen verkopen in de vrouwenzone.

Mensen gingen opzij om hem door te laten omdat hij daar niet thuishoorde, en bovendien, de markt was al twee uur aan de gang en het beste was toch al weg.

Hij zette de emmers op de tafel. Hij goot er roze, wasachtige aardappels uit die aan alle kanten van de smalle, natuurstenen tafel rolden.

De vrouwen knikten. Maar niemand zei iets tegen hem, of keek hem recht aan. De plaatsen naast hem waren leeg.

Ik dacht aan hem als een vriend, een bondgenoot. Maar ik wist ook niet hoe ik hem dat kon laten merken; het was net zo vreemd om als man aan de tafels te kopen als te verkopen.

Anna kwam tussen de mensen vandaan, beladen met dunne blauwe plastic tasjes. Ik nam er een paar van haar over en voerde haar met ferme pas de markthal uit.

Thuisgekomen spreidde ze het eten dat ze had gekocht uit alsof ze het als een plattegrond kon lezen.

Ze legde ook hinderlaagjes voor mij. 'Ik wilde dat ik wist wat je zo bezighoudt.' En: 'Ben je nog iets te weten gekomen over je vader?' Ze zei die dingen wanneer ik voor een zonsondergang zat, wanneer ik schoenen zat te poetsen, alsof ze onder het vizier van mijn bewustzijn door zouden glippen.

Toen, na een dag zonder enig antwoord van mij, werd ze opeens boos: 'Ik doe mijn best. Waarom doe jij je best niet?'

Ik staarde haar aan.

'Je bent steeds verder weg,' zei ze. 'Je bemoeit je niet met mij. Je belt niet naar het Museum. Het is alsof Londen voor jou niet meer bestaat.'

Ik weet niet meer wat ik heb geantwoord. Ik hoop dat ik niet iets heb gezegd als 'Doe niet zo stom'. Maar ik denk het wel.

We gingen 's middags naar bed, ieder aan een kant van het bed vanwege de hitte, naar we beiden aannamen. Zij doorbrak de verdeeldheid. Ze stak een hand uit en ik dacht dat ze wilde dat ik hem in de mijne nam, maar ze wilde me aanraken langs de lijn van mijn ruggenwervels terwijl ik daar lag. Haar vingers raakten mijn huid net aan, wekten verwachtingen.

'Draai je 's om,' zei ze.

Ik draaide me om. Ik had natuurlijk een stijve. Ze lachte zachtjes. Maar in plaats van samen te vallen, in plaats van te lachen of van het moment te genieten, verstarden we in een soort gêne. De begeerte, de normale reacties waren er wel. Maar opeens leek het ongepast, bijna onfatsoenlijk om ermee door te gaan, alsof we het alleen als tijdverdrijf deden.

Ze gaf me een kus op mijn voorhoofd en ging liggen, ver weg, alsof ze nog in Londen was, dichtbij als op een vingerlengte afstand. Ik stond op, ging de douche in, liet het bruine water lopen in de hoop dat het helder zou worden.

Later maakte ze een bewerkelijke verse vruchtendrank en zaten we naar het dal beneden te kijken: glans op de leien daken, vogels die tussen bomen heen en weer schoten, het stromen van water.

Ik zei, omdat ik niets anders over mijn lippen zou kunnen krijgen: 'Vreemd dat Arturo op de markt was. En Zulmira heb ik helemaal niet gezien.'

Ze knikte.

We wisten allebei dat die middag meer was dan een slechte dag in bed die later tijdens de ontspannen avond soepeltjes zou worden rechtgezet. Het had ons niet ontbroken aan begeerte. Wel aan een band.

'Je zou even bij ze kunnen gaan kijken,' zei Anna. 'Misschien kun je beter even gaan kijken.'

Dus beklom ik de trappen naar het huis van Zulmira en Arturo, klopte op hun metalen poort, probeerde of hij openging en liep de binnenplaats op. Het was een open ruimte met verhoogde bedden met goudsbloemen en sla, hout opgestapeld onder bijgebouwen, ruimten aan beide zijden als je de betonnen trap opging, en dieren: een varken in de hoek gestald, konijnen in hokken van gaas, een konvooi kippen, pikkend naar de wereld, en een bokje dat aan het eind van een touw met een halster rondsprong. Langs één muur worstelden zich geraniums omhoog.

Ik riep: 'Arturo. Zulmira.'

Arturo kwam uit het donker de veranda op. 'Senhor João,' zei hij.

'Alles in orde? *Tudo bem?*'

'*Tudo bem*,' zei Arturo zonder overtuiging.

'Echt waar?'

Hij schudde zijn hoofd een beetje. 'Zou u Zulmira en mij naar de stad kunnen brengen? Ik denk dat we naar het ziekenhuisje van Vila Nova moeten.'

'Is Zulmira nu ziek?'

'Ik ga haar halen.'

'Moet ik helpen?' vroeg ik. Maar hij was alweer teruggestapt, het donker in, en ik was half verblind door het stralende licht van de zon.

Anna wilde ook helpen. Dat wilde ze het liefst, liever nog dan dat ik werd beziggehouden, hoewel ze me nu behandelde met de omslachtige vriendelijkheid die je betoont aan iemand die in de rouw is.

'Daar,' zei ze. 'Daar zijn ze.'

Arturo kwam de trappen af, met Zulmira naast zich. Ik wist dat Arturo's benen het soms ineens begaven, maar vandaag keek hij strak voor zich uit alsof hij al zijn wilskracht richtte op niets anders dan gewoon naar beneden lopen. Zulmira leek aan zijn nek te hangen. Er waren donkere plekken onder haar ogen, als oud bloed onder de huid, en ze strompelde, haar voeten sleepten over de stenen.

Ik wilde helpen. Anna wilde helpen. We hebben dezelfde aangeboren neigingen die zich zeer verschillend uiten: Anna is er meer van overtuigd dat ze zich in levens kan mengen, terwijl ik een geboren bureaucraat en bezwarenmaker ben. Maar we zijn allebei attent, altijd.

Arturo deed of ik er niet was. Hij liep door met Zulmira's arm om zijn nek. Ik was zo gewend aan haar sterke aanwezigheid op het land, een geit opjagend, gras snijdend, in de grond stekend met een schoffel, dat ik geschokt was door de slapheid van haar arm.

Het moet te merken zijn geweest dat er iets bijzonders aan de hand was, want Hart keek van boven toe. Hij ving mijn blik op. Hij haalde zijn schouders op. De gebruikelijke namiddagstilte leek ons allen terneer te drukken.

Arturo en Zulmira kwamen bij de weg. Arturo hield met een hand Zulmira vast en opende met de andere het portier van mijn auto; ze kon niet op haar benen staan. Hij gebruikte alle oude, opgespaarde krachten in zijn lijf om te voorkomen dat ze op de grond zou vallen.

Hij zette haar op de achterbank. In dorpen waar iedereen de zaken voor elkaar in de gaten houdt, doe je je auto niet op slot.

Anna zei: 'Je kunt beter gaan helpen.'

Ik repte me de berg af.

Arturo zat op de passagiersplaats. Ik klom achter het stuur, startte en keek achterom om te zien of er iets aankwam.

Zulmira zat met haar hoofd achterover, haar armen slap naast haar lichaam. Ik zag dat haar ogen naar boven gedraaid waren.

Uiteindelijk herkende ik de lucht: een bedorven versie van zweet en vlees, toegedekt met zoete, goedkope zeep. Zulmira was dood.

Niemand had gerekend op de reactie van de politie. De vriendelijke, voorkomende Mello was kortaangebonden; hij hield vol dat Arturo een dode verborgen had gehouden, vond verdachte omstandigheden, liet hem voor de duur van het onderzoek opsluiten in de gevangenis in de stad hoewel de man alleen nog met hulp van al zijn wilskracht kon lopen. De politie bezette het dorp en controleerde alles en iedereen; de mensen kwamen van de velden naar huis om hun persoonsbewijzen te zoeken. Iedereen was een onmisbare getuige, in quarantaine in het dorp.

Ik kan genieten van Anna's verontwaardiging. Als ze had gekund had ze zich tussen de politie en de vrouwen gegooid. Maar ze sprak geen Portugees, en ze wist nooit goed wat voor onrecht zich precies om haar heen afspeelde, dus haar woede bleef ongespecificeerd en ineffectief. Dat vond ze verschrikkelijk.

Ze verontschuldigde zich bij het college waar ze doceerde. Ik verontschuldigde me bij de adjunct-directeur met de verklaring dat ik in Portugal werd vastgehouden om redenen waar ik geen invloed op had.

'Er gebeurt een hoop in jouw leven,' zei de adjunct-directeur.

Ik dacht dat de wereld ons niet nog meer op de huid kon zitten. Hij bestond uit Anna en mij, aanrommelend in een doos, ons huis, en Hart die altijd toekeek. Hij had een neus voor tranen en ruzies en bestudeerde ze. Hij probeerde de afstand tussen ons te meten.

Ik miste mijn gesprekken met Arturo over de bijen, of over de stad of het stof.

Formentina, dat zo'n volmaakt decor voor een leven had geleken, begon te bederven, zoals een tekening uit elkaar valt of vernis over verf craqueleert of vandalen zoiets moois als het Liber Principis in stukken snijden. Maar er was geen enkele ruimte voor mijn gebruikelijke felle, gerechtvaardigde woede om zo'n verandering. Arturo had niets misdaan, Zulmira al helemaal niet. Hart had het dorp ook niet veranderd. Zonder hem had ik het nooit gevonden.

Anna wilde weg. Dat zei ze een paar keer. Ze vroeg waarom ik niet wilde gaan praten met mijn vriend, kapitein Mello, om erachter te komen wanneer de getuigen konden vertrekken.

Ik vond Mello in de kazerne van de GNR.

'Ik bied u mijn verontschuldigingen aan,' zei Mello. 'We moesten uitzonderlijke maatregelen nemen, dat begrijpt u.'

'Ik begrijp alleen dat mijn vrouw...'

'Uw professor Hart,' zei Mello, 'is degene waar we belang in stellen. Er loopt nog een ander onderzoek, maar ik vermoed dat u dat al had geraden.'

'Dat is zo.'

'U hoeft mij niet te vertellen waarom ú in Hart geïnteresseerd bent. Ik heb wel een gegrond vermoeden. De Nederlandse politie heeft contact gehad met mensen van het Rijksmuseum, dat soort zaken.'

Zijn zinnen werkten als een ondervraging, dus deed ik heel zorgvuldig mijn best om geen enkele reactie te tonen.

'Kijk,' zei hij. 'Die andere zaak is buitengewoon ernstig, dat moet u wel weten. Meer kan ik niet zeggen. Ik heb al te veel gezegd.' Hij sprak in toneelfrasen uit een of ander Victoriaans drama omdat dat het Engels was dat hij kende: boekentaal.

'Bedoelt u dat u Formentina bezet houdt om Hart te pakken? Is dat niet wat overdreven?'

'Het is maar voor een paar dagen. Die andere zaak is buitengewoon ernstig.'

'Maar mijn vrouw...'

'Mocht het zo zijn dat we bij meneer Hart huiszoeking moeten doen, dan zou u daar toevallig aanwezig kunnen zijn.'

Ik staarde hem aan.

'Ik bel u wel,' zei hij. 'We kunnen het zo aanpakken dat iedereen er voordeel bij heeft.'

Maria Mattoso had nog nooit een strafzaak gedaan, meestal niet voor Portugese cliënten gewerkt. Maar Anna haalde haar over, en ik steunde

Anna daarin, zodat ze naar de gevangenis in de stad ging. Dat was ooit een bisschoppelijk paleis geweest: een indrukwekkend ommuurd ovaal, en het enige wat je van buitenaf kon zien was een goud-met-witte koepel met grote ramen, bezet met bewakers. De toegangspoort paste nog uitstekend bij een paleis.

Maria Mattoso zette haar auto neer, liet haar identiteitsbewijs zien en ging naar binnen. Ze schrok van de stilte in de gangen en de sfeer van bekneld leven overal om haar heen.

Arturo werd voorgeleid, in een blauwe overall en zijn eigen oude overhemd.

Hij zei: 'Heel aardig van u om te komen.'

'Hoe gaat het ermee?'

Arturo probeerde niet een antwoord te bedenken.

'Ik heb eten meegebracht.' Daar had Anna op gestaan.

'Ik heb geen trek,' zei Arturo.

'Dat komt wel weer.'

'Ik wil niets hebben dat zij me kunnen afnemen.'

'Wie pakken uw eten af?'

Arturo zei: 'We hebben slaapzalen, weet u. Veertien man per kamer. Ik heb een onderbed en degene die boven me slaapt is niet zindelijk. Ik kan niet weg.'

'Ik weet dat het daarbinnen niet best is.'

'Er zijn wel wc's, maar die doen het niet.'

'Ook een beklaagde heeft rechten. Misschien kunt u een borgtocht krijgen.'

'Ik ken deze mensen niet,' zei Arturo. 'Ze zijn jong, ze mompelen in hun slaap. Ze zitten onder de merktekens.'

'U hoort hier niet.'

'Jawel,' zei Arturo. 'Ik moet hier zijn.'

Even wist ze niet goed hoe ze verder moest. Ze kon de advocaat zijn, de berekenende beschermer. En ze kon Maria Mattoso zijn, die een man zag die was versteend van verdriet.

'Dit is alleen een formeel vergrijp,' zei Maria. 'Er is geen twijfel aan dat Zulmira een natuurlijke dood is gestorven. Een nooit geconstateerde hartkwaal.'

'Wat doe ik dan hier?'

'Ik weet het niet. U hebt haar geen kwaad gedaan.'

'Ik heb haar gewassen. Ik heb mijn best gedaan.'

'Dat weet iedereen.'

'Zij had al die onderzoeken moeten hebben. Zij had naar de dokter gemoeten. Niet ik.'

'Dat is geen strafbaar feit. Dat is een probleem van de dokter.'

'Waarom zit ik...' Maar hij nam niet de moeite om de vraag af te maken. De autoriteiten hadden hem zijn hele leven lang met weloverwogen onverschilligheid behandeld; het verbaasde hem niet. Als hij zichzelf nu toestond om kwaad te worden, zou hij kwaad moeten zijn om zijn hele leven.

'Het wordt nog erger. Ik heb het erger gemaakt.'

'Dat meent u niet.'

'Die mannen op de zaal,' zei Arturo, 'zijn volgens mij verslaafden. Ze zijn misschien wel ziek. Ik slaap er niet graag.'

Hij stond op.

'Gisteren,' zei hij, 'hebben ze vergeten om ons eten te geven.'

Maria stond ook op. 'Ik zal een klacht indienen. Ik zal zien wat ik kan doen.'

Arturo zei: 'Het is Gods wil, denk ik. Ik wilde dat ik het Zulmira kon vragen. Zij weet hoe het zit met Gods wil.'

Maria keek hem na; hij probeerde te marcheren, maar op beverige, van schuld betichte benen. Ze zag de deur achter hem dichtzwaaien. Ze rook flauw iets van een ontsmettingsmiddel dat de strijd aanbond met een smurrie van oud zweet en stront, met ramen die op zo'n meedogenloze dag dichtbleven en lucht die door tien, twaalf mannen werd gebruikt.

Ik neem aan dat Arturo zich op zijn brits heeft laten zakken. Hij zat te kijken naar de collectie scheurtjes in de muur omdat ze minieme beweginkjes leken te maken nu zijn bril weg was. De bewakers hadden niets te doen voor de mannen in voorarrest; ze zouden het beter krijgen als ze waren veroordeeld, in grote cellen. Dus plantte Arturo een tuin tegen de muur. Met zijn zwakke ogen zag hij weer de druivenranken, en snijbonen op staken en het dichte groen van de aardappelplanten.

De begrafenis was niet zoals de begrafenis van mijn vader. Het lichaam kwam uit het lijkenhuis van de politie in een goedkope vurenhouten kist. Arturo werd er vanuit de gevangenis heen gebracht, vernederd door handboeien, tot niet meer in staat dan er te staan en zijn tranen terug te dringen. De grafdelver maakte een scène om zijn loon en de correcte fooi voordat hij de kist tussen de droge kleiwanden van het gat wilde laten zakken.

De familie van Arturo en Zulmira, een kluitje mensen, stond er zo'n beetje bij totdat de kist met aarde was bedekt.

Anna zei: 'Hij beseft niet dat ze dood is.'

'Natuurlijk beseft hij dat.'

Ze schudde haar hoofd. 'Hij heeft een aantal nachten met haar geslapen. Dat hoorde ik van Maria.'

Ik zei: 'De vrouwen gaan bijna nooit als eerste dood. Tel maar eens hoeveel vrouwen in het zwart er zijn.'

'Dus niemand maakt zich zorgen om de vrouwen? Ze brengen de mannen naar het ziekenhuis en vragen niet eens hoe het met de vrouwen is?'

Ik herinnerde me wat de verpleegster over plattelandsmensen had gezegd toen ze zei dat Zulmira naar de dokter moest. Maar zelfs de verpleegster had er verder niet op aangedrongen.

Het kerkhof was een doos met gloeiende witte muren, oplichtend door het geschitter van kiezel en marmer, van bleke steensoorten en glanzend metaal. We legden het af.

Ze haalde haar schouders op. 'Ik wil graag het graf van je vader zien.'

Ik legde een hand op haar schouder, liet hem wat wegglijden. 'Ik weet dat je gauw weer weg bent. Ik wilde dat je niet weg hoefde. Ik wilde dat ik gewoon mee terug kon.'

'Kom dan terug,' zei ze. Ze had geen belangstelling meer voor mooie woorden.

'Ik moet dit afmaken.'

'Waarom? Waarom moet je het afmaken?'

Ik wist niet goed wat ik bedoelde. Mijn verlof was met een week om, maar ik had opdracht van de politie om niet weg te gaan; dat was een excuus. Ik observeerde Harts irritante zelfverzekerdheid, zijn stralende gebabbel, en ik wilde hem klem zetten. Ik moest een antwoord hebben op alle raadsels die Mello me over mijn vaders verleden had gegeven.

Anna kon mijn vaders graf makkelijk vinden: het enige marmeren huisje. De deuren waren al een beetje vies van het mos.

'Hebben ze de kist zomaar op een plank gelegd?' vroeg ze.

Ik zei niets.

'Sorry, ik wilde niet…'

'Het is een eengezinswoning voor de doden. Ik weet niet wie hij verder nog verwachtte.'

Anna wachtte.

'Ik wil nog steeds uitzoeken,' zei ik, 'wie hij was voordat hij naar Londen ging en wie hij was toen hij daar is weggegaan en hierheen kwam. En of Londen misschien een zwart gat in zijn leven is geweest.'

'Hij hield heel veel van je.'

'Hij wilde dat ik Engels was.'

'Hij wilde je beschermen.'

'Of hij wilde me kwijt, wilde dat ik iemand anders' verantwoordelijkheid werd, iemand die hem er niet meer mee zou lastigvallen. Ik weet het niet.'

'Daar kom je niet achter.'

'Ik vraag me van alles af. Ik vraag me af hoe het is om thuis te horen op een plek die je niet kent. Vragen en vragen. En de vraag waarom ik me niet zo kan voelen als hij. Vaders en zonen komen toch altijd van dezelfde plek, waar ze ook heen gaan, hoe ze ook veranderen?'

Anna zei: 'Ga mee naar een plek waar we kunnen zitten. Het is zo warm.' Ze wierp nog een blik in de tombe. Ze zag vier planken die een stukje van de deur af begonnen, met rechts één kist, met een marmeren naamplaatje. De kist was nog smetteloos; er viel niet te rommelen met de glans en het koper zoals bij kisten die in de grond verdwijnen.

'Je weet net zoveel als ik,' zei ik.

'Ik wil zijn huis zien. Je zou me zijn huis kunnen laten zien voordat iemand anders het koopt.'

Ik zei: 'Ik heb nog niet besloten of ik het verkoop.'

We wierpen stof op op het pad tussen kerk en kerkhof, veranderlijk, wervelend stof dat aan ons gehemelte plakte en in onze ogen prikte. Langs het pad stonden bloemen die geschikt zijn voor dit warme weer, blauwe cirkels van papier, open op groene houten stelen.

'Wat bedoel je met "Ik heb nog niet besloten"?' Ik had verwacht dat ze kwaad zou zijn, maar ze klonk vlak, als een docent die zeker is van haar gezag.

'Ik kan niet beslissen,' zei ik.

'Laat me het dan zien,' zei Anna.

Onderweg wisselden we geen woord.

Ik zette de auto neer voor het huis van mijn vader. Anna stond tegen de auto geleund te kijken naar de stenen leeuwen, de putti, telkens met hun tweeën, de droge fontein met de grote bruine grashalmen eromheen, de grote nepschoorsteen van keien en het smeedijzer overal. Het huis was een verzameling dromen en aspiraties, in stukken gesneden en samengeplakt tot een ambitieuze puinhoop. Eén enkele, taaie rode rozenstruik, de bloemen open en bijna zwart, stond bij de muur te gedijen.

'Ik had geen idee wat ik moest verwachten,' zei ze.

'Hij wilde alles hebben wat anderen ook hebben, maar dan groter. Dat heb ik nooit geweten. Ik vermoed dat alle *emigrantes* dat willen. Je moet laten zien dat alle ellende van het weggaan de moeite waard is geweest.' Ik opende het hek naar het voortuintje. 'In Zuid-Londen ging dat niet.'

'Hij hield van leeuwen.'

'Iedereen heeft leeuwen. Hij heeft ook gipsen ananassen.'

'En bordessen.'

Ik rommelde met de sleutels in mijn zak. De Londense sleutels, nee, dat ging niet. De Museumsleutels ook niet. Het bosje lichte sleutels, met het gewicht en de kleur van aluminium, was van het huis in Formentina.

'Ik heb de sleutels niet bij me,' zei ik terwijl ik me naar Anna toe draaide. 'Ik dacht echt dat ik ze bij me had. Ik was niet van plan om ze thuis te laten.'

Anna was de trap al op, bij een raam, en keek naar binnen, naar de donkere, koele ruimte, haalde de zware stoelen, de koperen lampen op tafels zonder foto's eruit.

'Ik geloof niet dat hij uit Londen iets heeft meegenomen,' zei ik.

'Ik denk dat hij opnieuw wilde beginnen.'

'Maar hij heeft niet eens plaatjes of foto's meegenomen. Niet een. Alsof zijn hele leven in Londen niet heeft plaatsgehad.'

Ze keek op me neer. Ze zegt nu dat ze een loyale, vastgeroeste en niet-begrijpende man zag. Ze voelde een groot verdriet omdat ze me in haar armen had willen nemen, maar dat zou niet meer werken.

Vrouwen sneden groenvoer voor de geiten: gras, zuring, lavendel. Zulmira's dochter nam de ochtendbus omdat ze donderdags in Vila Nova altijd bij iemand schoonmaakte. Sommige mannen uit het dorp werkten in dagploegen aan het kappen van eucalyptussen om een hele berg van rode klei te schonen die de tegelfabriek wilde gebruiken. De anderen waren zoals meestal ergens aan het bouwvakken, druipend van het zweet; ze zeulden met balken en stenen of vernisten groen hout en wel zo mooi dat het was of je op spiegels liep.

Ik weet dat Arturo in zijn cel zijn gewone bezigheden meer dan wat ook miste, het vrijmaken van grond, het vlechten van gouden wilgentenen voor een afscheiding, bomen stutten, iets slijpen en het gebruiken tot het opnieuw moet worden geslepen. In één dag kon hij zich een jaar werk verbeelden, maar zonder de bevrediging van bezig te zijn geweest, spieren te hebben gebruikt, nuttig te zijn geweest. En zonder nut raakte hij zichzelf kwijt.

Ik weet dit omdat ik het ook zo voel. Ik was het op een of andere manier verplicht om Hart klem te zetten en die prenten terug te brengen. Daar kon mijn baan, mijn geloofwaardigheid, van afhangen, maar ook mijn gevoel van eigenwaarde nu er zoveel andere dingen waren weggevallen: mijn affiniteit met mijn vader, mijn huwelijk, mijn plaats. Er waren natuurlijk vormen van troost: bossen, de bergen, vreedzaamheid, bronwater, misschien zelfs de waardigheid van werk, de cirkel der seizoenen, alles wat een wonder was als je een ticket het land uit had en een gevangenis als je dat niet had.

Er was een festa aan de andere kant van de berg, kwam Maria melden. Ze benoemde zichzelf voor die dag tot ceremoniemeesteres.

We verzamelden ons, als een konvooi, in een driehoekig stuk park met in het midden een muziektent, en de slagschaduwen van lindebomen. Hart zei dat hij een cola wilde en verdween naar het plaatselijke winkeltje. Ik kwam achter hem aan omdat ik koffie wilde, en zag hoe hij de vrouw betaalde voor grote vuilniszakken, een stuk ijzerdraad, een schroevendraaier, een snoeischaar met stevige kaken.

Vuilniszakken, een snoeischaar, ijzerdraad, een schroevendraaier. Dergelijke artikelen hadden niets te maken met kunst of diefstal, dus vergat ik ze.

Maria ging die avond met haar moeder mee naar huis. Ze hadden iets te bespreken, zei ze; ze verontschuldigde zich al voor het feit dat ze niet met Hart meeging. Hart zei dat hij dat best begreep, dat ze haar werk had, haar eigen leven. Hij was maar een bezoeker.

Daarna bood hij haar een cadeautje aan. Ze kon het te allen tijde in Formentina komen halen.

Hij wist direct dat hij het verkeerd aanpakte. Maar ze weigerde het niet. Ze zei: 'Ik kom het nu halen.'

Ze liep achter hem aan de berg op en zette zich als een rechter in een stoel. Hij verdween de slaapkamer in. Hij bedacht dat hij misschien met een boek of een fles voor de dag kon komen. Maar hij wilde haar een van die beroemde prenten geven die Hart had gestolen.

Hij ging weer op zoek. Hij schiep een vreemd soort magie: door Maria een bladzijde te beloven zorgde hij ervoor dat hij ze moest vinden.

Er zat niets in de voering van de koffers, op de voor de hand liggende smokkelplekjes. Hij keek tussen de kleren die hij uit Harts huis had meegenomen, alleen omdat hij het leeg had willen achterlaten.

Jasjes. Niemand zou met veel pijn en moeite een waardevolle prent in de voering van een jasje naaien. Het was niet waarschijnlijk dat professor Hart handig was geweest met naald en draad. Pantalons idem dito. Sokken worden nooit een knoedel die groot genoeg is om een prent in te verstoppen.

Natuurlijk was er een stapel overhemden: nette, katoenen overhemden zó uit de wasserij. Vijf droegen Nederlandse labels, één een Engels, uit Londen. Het was nog een uiterst net overhemd ook: button-down, wit. Maar het was dik, te dik.

De professor was niet zo op kleren dat hij maandenlang een perfect gewassen en gestreken overhemd bij zich had.

Hart trok het cellofaan los. Op de plek waar er in het torso van het overhemd een stuk karton had moeten zitten, zaten papier en plastic en een soort beschermend vloeipapier. Tussen de velletjes vloeipapier zaten helder gekleurde prenten.

Hij haalde de bovenste eruit en ging terug naar Maria.

Hij liet haar een grote katachtige zien, opgesloten in een kooi van dunne waterverf, het zwart in zijn vacht intens als van verse inkt, de kracht van klauw en kaak goed zichtbaar gemaakt. Hij bood hem haar aan.

'Nee, dank je,' zei ze.

Bij de deur zei ze: 'Ik wil niets hebben. Je bent binnenkort weer weg.'

Hij ging op de tegelvloer zitten. Hij was geblokkeerd – van alles te doen, geen wilskracht om het te doen, als een sportman die bezwijkt onder zijn leeftijd en merkt dat zijn spieren hem niet langer losgooien van de grond.

Hij had die verrekte prenten van Hart gevonden en nu was het domweg te laat om die Museumman af te schudden en verder te trekken. Hij had te lang gewacht, zat opgezadeld met de vragen van anderen. Hij had mijn leven nodig voor het zijne.

Hij had het beste aangeboden dat hij bezat, beter dan verhalen, beter dan beloften, en Maria had het afgewezen.

Hij was een moordenaar. Hij verdiende de vetste krantenkoppen, toespraken van politici, een piek in de verkoop van de allerbeste inlaatsloten en peperspuitbusjes en 9 mm-pistolen. En daar zat hij nu, opgesloten in een dorp wegens een of ander voorval dat meer weg had van een beeld: een dode vrouw lopend in de armen van haar man.

Het was natuurlijk veel erger dan hij zich voorstelde.

Christopher Hart had een tandarts in Cambridge die de gegevens naar de plaatselijke politie faxte, die ze kopieerde en doorstuurde naar de Amsterdamse politie ter attentie van brigadier Van Deursen.

Er was geen reden om aan te nemen dat een schedel die was gevonden in een sluis in Nederland zou overeenkomen met de gegevens van een Brits onderdaan die officieel nog in leven was. Maar dat was wel het geval.

Hart bekeek de prenten. Hij deed ze elk in een plastic map.

Het had voor hem geen zin om dat soort dingen te houden. Hij kocht noch verzamelde. Hij trok verder; dat was zijn opzet voor een leven.

De misdaden van Hart waren de zijne niet. Die dingen konden beter naar mij toe.

Hij schoof één plastic map onder mijn deur door.

Ik zag hem binnenkomen, glimmend. Ik pakte hem op. Ik zag dat de katachtige een beetje gekreukeld was, dat het papier aan de randen aangetast was. Opnieuw voelde ik die zuivere, inspirerende woede omdat er iets volmaakts was verknoeid.

Alles wat er geen deel van uitmaakte moest weg.

Van alle gevallen was Anna het makkelijkst. De politie zei dat ze mocht vertrekken nu ze de dekmantel van het onderzoek van Arturo niet langer nodig hadden. Op haar ticket stond Oporto als vliegveld van vertrek, en hoewel ze zei dat ze een latere vlucht zou nemen en wilde dat ik met haar mee terugging, zat ze ook met haar lesverplichtingen en haar zichtbare afkeer van het dorp.

De rit naar het vliegveld was ondraaglijk. Onderweg verpleegde ze me met geheugenfragmenten: soms belangrijke zaken, zoals het feit dat ik als enige nooit iets van verbazing had laten merken toen ze de muziek opgaf, en hoezeer haar dat had geholpen; dan weer gedeelde onbenulligheden zoals die keer dat we op een wandeltocht in Zwitserland verdwaald waren of een maaltijd in Siena, de piepkleine inktvisjes met knapperige tentakeltjes en lijfjes glibberig van de inkt.

'Ik heb je hele proefschrift gelezen,' zei ze. 'Woord voor woord.'

'Dat hoefde niet.'

'Ik wilde het.'

Dit alles verliep als een gesprek aan een doodsbed: iemand die vastbesloten is om geen dingen ongezegd te laten en bang is dat zich nooit meer een gelegenheid zal voordoen om ze te zeggen. Ze vertelde me over een middag in Siena, een witte kamer, de Bachsuites voor altviool solo, een briesje licht en warm op onze lichamen. Het beeld was lieflijk, maar het was geen herinnering meer, het was niet meer verbonden met onze levens.

Op het vliegveld van Oporto zei ze dat ze *The Guardian* moest hebben en schoot weg naar de krantenkiosk. Er waren veel te veel buitenlandse kranten; ze bladerde Franse schandalen door, *Billboard*, communistisch getint Italiaans sportnieuws. Ze vond wat ze zocht en kwam door de hal naar me toe.

'Wacht maar niet,' zei ze. 'Het heeft geen zin om te wachten. Ik ga door de douane en drink daar wel koffie.'

'Maar het vliegtuig gaat pas over een uur.'

'Misschien koop ik nog wat cadeautjes.'

'Ik hou van je,' zei ik.

'O ja. Ik hou ook van jou.' Ze zei: 'We hebben er alleen niet veel aan, hè?'

Ze ging door de politiecontrole en de veiligheidscontrole en ik kon haar nog net zien. Daarna ging ze de hoek om naar de paspoortcontrole voor vluchten naar Londen en weg was ze, echt weg.

Ik belde Mello vanaf het vliegveld. Ik zei dat ik graag iets wilde uitleggen en dat ik naar het bureau van de Guarda kwam.

Ik liet hem de prent zien: de grote katachtige, pluizig door de slechte behandeling. Ik legde uit dat er nog veertien uit het Museum waren verdwenen, dat Hart de verdachte was en dat deze prent onder mijn deur door was geschoven.

'Een voorlopige aanwijzing dat de man gestolen goederen bij zich heeft,' zei ik. 'Nu moet de politie me helpen.' Toen hoorde ik de gezamenlijke stem van het Museum, een grote, zwijgende reizang. 'Het is een behoorlijk linke zaak.'

Mello grinnikte. 'Ook wij zitten niet op complicaties te wachten. Als hij de prenten heeft, neemt u ze gewoon mee naar Londen. Er spelen belangrijker zaken.'

'Dank u wel.'

'We weten niet hoe de aanklacht tegen de man moet luiden, nog niet. Zonder u hebben we geen wettige grond voor een huiszoeking. De Nederlandse politie hamert erop dat het een wettige huiszoeking moet zijn.'

Er gingen twee auto's met agenten mee, en het konvooi daverde met geweld Formentina binnen, opzettelijk, een boodschap op wielen. Het dorp verstijfde: rustig bewegende mannen bij de bijenkorven, op de berg onderweg met de geiten; de twee vrouwen aan het bonenplukken; de kroegbaas die aan de weg gasflessen op elkaar zette. De politie stormde de leistenen trappen op tussen zwijgende mensen door die toekeken en pas langzaam, gefluister na gebaar na gefluister, in beweging kwamen.

Mello maakte donderend kabaal op Harts deur. Geen reactie.

'Zijn auto is er niet,' zei ik behulpzaam.

Mello liet drie zwaargebouwde mannen naar voren komen en ze gingen door de deur als was hij van papier.

Een oude man riep iets van tussen de bonenstaken in zijn tuin. Zijn vrouw trok hem naar binnen.

Het huis was pikdonker en rook naar oude adem en zweet. In de slaapkamer lag een bende wasgoed, die de politie zorgvuldig onderzocht. Elke la werd geopend, doorwoeld, gesloten. Harts jasjes hingen in een ondiepe kast; elke zak werd gecontroleerd. Paspoort. Creditcards. Chequeboekjes. De stapels papier werden geschift op foute documenten. De computer werd behandeld als een soort contrabande en aangezet om te zien of het was wat het leek en niet zozeer om enige gegevens die er mogelijk in zaten. En ik was voor het eerst van mijn leven gerechtigd te rommelen in wat ik maar wilde.

Ik wilde de prenten. En ik wilde weten waarom. Ik haalde de stapels papieren ondersteboven en spreidde ze een beetje uit waarbij ik bedacht was op alles met een ander gewicht of een andere textuur. Ik neusde in laden met sokken en overhemden. Ik zou ook een goede dief kunnen zijn; een dief met vergunning.

Ik maakte een veelbelovende kartonnen koker open waar alleen een affiche in zat. Maar het affiche zelf was belangwekkend: een Van Gogh, een papaverveld onder een onbewogen, bijna gestuukte hemel, een donkere optocht van gras, rechts aan de kant wat huizen op een kluitje, en een sterk gevoel van platheid. Het miste felheid of decoratieve aspecten, en ik keek er te lang naar omdat ik maar niet begreep waarom Hart, een Engelsman, geprogrammeerd om te dromen van zeestranden, Toscaanse bergen, valleien en alles wat maar golft, zo'n betekenis aan platheid kon hechten.

'Iets gevonden?' vroeg Mello.

'Nog niet.'

'Wij hebben één ding gevonden. Een identiteitsbewijs uit New York, op naam van Thomas Galford.'

‘Wie is dat?’

‘Misschien is het een identiteitsbewijs voor een plaats waar je een valse naam moet opgeven,’ zei Mello. ‘Het is gewoon een plastic pasje.’

Een van de agenten hield de oude Vulcanite-koffer op. Mello voelde of er een dubbele bodem was.

We keken of er misschien een soort vliering was of in ieder geval iets van een verborgen kruipruimte onder het dak: negen man die naar boven kijken, met handen en ogen omhoog naar het plafond van dunne stroken hout. Ik vond in een hoek van de grote slaapkamer een uitgezaagde rechthoek.

‘Ladder,’ schreeuwde Mello, en zijn mannen stampten weg om er een te zoeken. Toen ze weg waren, vroeg Mello: ‘U hoopt plaatjes te vinden?’

‘Plaatjes? Prenten uit een album. Het is heel onlogisch van hem om ze mee te nemen als hij niet van plan was om ze te verkopen, maar u hebt gezien wat er bij mij op de mat lag.’

De ladder kwam en Mello liet mij, niet zozeer uit respect als wel uit vriendelijkheid, degene zijn die de ladder beklom en de rechthoek van los hout opzij duwde. Ik kwam met mijn gezicht terecht in onafgedekte glaswolisolatie. Ik moest hoesten. Ik pakte de zaklamp aan en keek om me heen naar waar de lichtbundel over de glaswolvlakte heen in de randen van de dakpannen prikte. Ik voelde ook om me heen. Mijn vingers sloten zich om een plastic map.

Ik was even boordevol hoop. ‘Ik heb iets,’ riep ik, het geluid gesmoord in de glasvezel.

‘Iedereen verbergt wel iets,’ zei Mello. ‘Niet altijd iets belangrijks.’

Ik kwam voorzichtig de ladder af. ‘Misschien is het niet van hem,’ zei ik.

Het was een doorzichtige envelop van ongeveer twintig bij dertig centimeter, vol bonnen, een vliegticket, snippers van het soort documentatie waarmee mensen om belastingredenen proberen hun leven te bewijzen. Ik gaf hem automatisch aan Mello, maar hij liet mij de envelop openen.

Het vliegticket betrof een KLM-vlucht van Amsterdam naar Lissabon, businessclass, terugvlucht nader te bepalen, betaald met een Visacard.

‘Maar hij is toch met de auto gekomen?’ zei Mello.

Er waren papieren van een huurauto, maar die pasten niet bij de auto waar Hart in reed. Er was een rijbewijs, verlopen, ten name van Gregory Keller, met een foto die erg op Hart leek. Er was een gebruikt Nederlands treinkaartje, Amsterdam-Utrecht. Er was een pasje voor de Bobst Library van de New York University, een zeepje uit het Georges V in Parijs, een pak kaarten van een casino in Nassau, één Ting Ting-gembersnoepje, een aantal taxibonnen uit allerlei steden, en een kaartje van de tandradbaan naar de top van de Pilatus, net buiten Luzern.

'Allemaal als aandenken,' zei ik. Ik probeerde geen walging in mijn stem te laten doorklinken.

'Ik neem het rijbewijs mee,' zei Mello. 'Is er nog iets van uw gading bij?'

De mannen legden de map terug, legden de papieren weer neer zoals ze erbij hadden gelegen, deden de luiken weer eens dicht, en maakten het huis donker en beklemmend.

Op het moment dat ze buiten in de zon stonden, waren ze weer doodgewone beambten.

Een vrouw die vanaf haar hek had staan toekijken, deed een paar stappen naar voren, koppig en sterk en genoeg opgedraaid om de ambtenarij te durven aanspreken. 'Arturo?' vroeg ze. 'Hoe zit het met Arturo?' Haar toon was zeer beleefd, maar ze zei alleen die woorden, alsof ze er geen vertrouwen in had dat taal haar verder van dienst kon zijn.

Mello zei: 'Dat moet u het hoofdbureau vragen.'

Het grijze legertje marcheerde naar de auto's, knalde met de portieren zodat iedereen het hoorde, reed snel weg en liet mij voor mijn deur achter.

Ik zag de vrouw nog aan het hek staan. Kinderen trokken aan haar jurk, en ze verzamelde ze om zich heen en stapte uit het zicht. Ze lachte, of liever, gaf een lach als een cadeautje aan de kinderen.

Niks. Niks, godverdomme, dacht ik, behalve het vreemde van een paar onbekende namen. Ik was te kwaad om tijd te verspillen aan de vraag wat die andere namen zouden kunnen betekenen. Ik wist alleen dat Hart me nu echt zat te stangen, dat hij me aan zich bond door de kans dat ik die prenten zou kunnen terugbrengen. Ik was zijn grap geworden.

Maria Mattoso zorgde ervoor dat ik haar hoorde aankomen: gekrijs van banden op het asfalt, daarna een loeiende motor, vervolgens een dichtgeslagen portier. Ze leek even niet te weten wat ze zou doen: rechtstreeks doorlopen naar Harts huis of eerst bij mij aankloppen. Ze koos mij.

'Bedankt voor het telefoontje,' zei ze. 'Het was zeker de Guarda, hè? En hoe lang zijn ze binnen geweest?'

'Een halfuurtje misschien.'

'En jij was erbij?'

'Moet je luisteren, ik heb je alleen gebeld omdat Hart niet thuis was en ik vond dat iemand moest weten...'

'Maar je vond het niet nodig dat ik het wist toen de huiszoeking aan de gang was. Je hebt tot 's avonds gewacht.'

'Ik moest Anna naar het vliegveld brengen,' zei ik. Als excuus voldeed het niet, maar ik moest toch iets zeggen.

'Heb je iets gevonden? Hebben zij iets gevonden?'

'Ik weet niet waar ze naar op zoek waren.' Maar dat had ik haar wel kunnen vertellen: discrepanties, gaten in het dossier die ze konden vullen met onderzoek en vermoedens.

'Je kunt beter meegaan,' zei Maria.

Ze stond daar, voor deze ene keer bij iets betrokken, absoluut niet wegsluipend uit het middelpunt van de zaak. Ik had nooit eerder de kans gehad haar zo duidelijk te zien.

'Kom mee,' zei ze.

Ze beende de leistenen trappen op. Ik keek hoe haar benen functioneerden, de ronding van een loperskuit, de slanke, nijvere dijen. Haar aanwezigheid werkte elektriserend op mij, als een lading in een Leidse fles, nu ik zo volledig op mezelf was.

De deur hing weer in zijn scharnieren, maar hij bewoog zachtjes heen en weer toen Maria hem opende. Ze liep naar binnen.

Er was iets bijna metaalachtigs bij gekomen in de lucht van zweet en adem: de lucht van geüniformeerde indringers. Het was meer dan alleen papieren en kleren die nauw merkbaar niet op hun plaats lagen. Dat kon ook de werkster geweest zijn. Of een dief. De inbreuk kwam van mannen die in verborgen hoekjes porden om een levensverhaal boven water te krijgen, of te verzinnen. Hoe weinig ze ervan begrepen was heel makkelijk te bewijzen: ze legden niets terug zoals het was geweest.

Ze hadden vermoedelijk sporen van Maria gevonden, en ze zochten sporen, meer niet. Uit de sporen konden ze sagen, avonturenverhalen, mysteries verzinnen.

'Wie was het?' vroeg ze.

'Mello,' zei ik.

'Had hij een gerechtelijk bevel?'

'Volgens mij wel.'

'Hoeveel man?'

'Zeven. In totaal.'

'Gewapend?'

'Ja.'

'Hebben ze precies verteld wat ze wilden?'

'Mello zei dat het een kwestie van identiteit was.'

'En wat wilde jij?'

Ze pinde me vast met haar woorden en ik stond daar met mijn ogen wijdopen en mijn handen keurig op de naad van mijn broek. Ik was opgetogen. Haar aandacht leek meer dan groot genoeg om alle gebreken en gaten die zich in mijn leven vormden, te bezielen.

'Wat wilde je?' vroeg ze opnieuw. 'Volgens mij heb je het niet gevonden, anders had je me niet gebeld.'

'Je weet toch waarom ik hier ben?' zei ik. Ik had nu eindelijk het recht, vond ik, om haar in vertrouwen te nemen. 'Het Museum gelooft dat Christopher Hart iets gestolen heeft. Ik ben hier om het terug te krijgen.'

'Prenten,' zei ze. 'Hij heeft me er een laten zien. Ik kon me niet voorstellen dat hij gewoon een ordinaire dief was die prenten uit een album snijdt.'

'Dus jij hebt hem onder mijn deur door geschoven?'

'Ik niet. Daar heb ik niet aan gedacht.'

'Dit... iets... die prenten behoren het Museum eigenlijk niet toe,' zei ik. 'Daarom willen we ze terug zonder dat iemand weet dat we ze hebben, en zeker niet dat ze gestolen waren. Snap je wel?'

Ze was nog boos op me, opgefokt, maar het leek haar koud en helder te maken. 'En je hebt niets gevonden?'

'Mello zei dat ze niets hebben gevonden.'

'Dus nu kun je naar huis.'

Ze had me aangemerkt als het volmaakte voorbeeld van de bezoeker, het soort dat altijd een goede reden heeft om weer weg te gaan: baan, vrouw, kinderen, huis, hypotheek, angst voor alternatieven en de keuze ertussen.

'Ik heb geen huis,' zei ik. Ze luisterde niet. 'Dit is mijn plaats van herkomst.'

In mijn hele kindertijd is me het nut van de biecht ontgaan. Ik haalde een paar miezerige zondetjes naar boven voor een drukbezette priester en bood ze hem aan als plichtmatig bewijs van mijn belangstelling. Later ben ik dat allemaal ontgroeid. Maar ik had de hele ochtend naar Anna geluisterd, en nu wilde ik dolgraag alles ten minste één keer zeggen zodat het in de lucht kon sterven en me niet meer kon hinderen. Of zodat Maria het allemaal zou aanvaarden en vergeven.

'Luister,' zei Maria. 'Hebben ze iets meegenomen?'

'Ik weet het niet zeker. Niet veel.'

‘Mag ik hier even bellen?’

Ze belde de Guarda en vroeg of ze Mello kon spreken, maar hij was bezet. Ze vroeg wat er uit het huis van Hart in beslag was genomen. Een brigadier zei haar dat er uit het huis niets in beslag was genomen dat van Christopher Hart was. Pas toen ze had opgehangen, besefte ze hoe merkwaardig hij de ontkenning had geformuleerd.

Maria verdeed geen tijd aan mij.

Haar eerste gedachte was de GNR-kazerne te bestormen en te eisen dat ze Mello te spreken kreeg. Maar een boos persoon maakt fouten tegen de etiquette, genoeg om terecht te worden weggestuurd. In plaats daarvan belde ze op vanuit de koelte van haar keuken. Ze was heel trots op haar verstandige besluit toen ze me erover vertelde.

‘Gaat het om Arturo de Sousa?’ wilde een brigadier weten.

‘Nee,’ zei Maria. ‘Ik zou op dit tijdstip niet over Arturo bellen. Het gaat over Christopher Hart.’

‘Ja,’ zei de brigadier.

‘Ik zou graag iemand te spreken willen krijgen.’

‘Wilt u vanavond nog iemand spreken? Vertegenwoordigt u meneer Hart?’

‘Ik bel niet als advocaat.’

‘Maar vertegenwoordigt u meneer Hart?’

‘Ik bel niet als advocaat.’

Ze is er nooit achter gekomen wat hem ertoe bracht haar serieus te nemen. Er viel een stilte, de hoorn viel zo te horen, ze hoorde gepraat aan de andere kant van de ruimte. De brigadier kwam terug.

‘Senhor Mello komt naar u toe. Met een kwartier.’

Ze stelde zich voor hoe Mello door zijn stille vrouw werd aangekleed en opgepoetst, in een auto werd gezet en uit rijden werd gestuurd naar Maria’s huis. Hij zou door de stad rijden en met veel gewichtigheid, eraan hechtend dat de stad zijn aanwezigheid erkende. En hij zou alles wat Maria van Hart vond graag rechtzetten.

‘Dit is zeer ongewoon,’ zei Mello toen ze opendeed.

‘Dat weet ik. Wilt u iets drinken?’

Mello bleef aarzelend in de deuropening staan. Ze wist dat hij zich afvroeg of het wel geheel gepast was om na negen uur ’s avonds in het huis van een vrouw te zijn, en dat hij zich meer op zijn gemak zou voelen als ze een oude afzetter van een advocaat met een buikje was geweest die inlichtingen kon geven aan een poolbiljart of in een knus kroegje.

'Iets te drinken,' zei Mello. 'Misschien een glas…'

'Port,' zei Maria.

'Ja.' Mello liet zich in de woonkamer in een stoel zakken in de schrale lichtplas van een staande lamp, en keek om zich heen. Het oude, donkere hout, de siervoorwerpen van porselein hier en daar, en de zware gordijnen leken hem gerust te stellen. Hij bevond zich nog altijd in een afsplitsing van zijn eigen wereld.

'Geen witte port,' riep hij Maria minzaam na.

Maria zette een fles twintig jaar oude tawny neer. Dat was overdreven, dat wist ze, maar ze speelde een spel waar ze niet mee vertrouwd was: speculeren op geheimen over en weer van mensen uit het vak, wat geheel losstaat van wetten of een reguliere rechtsgang of gerechtigheid.

Mello nipte aan zijn glas. 'Wat kan ik eigenlijk voor u doen?'

Ze zei: 'Ik wilde dat wat hier gezegd wordt onder ons blijft, als dat kan.'

Mello haalde de schouders op.

'Ik vraag me af wat u van Christopher Hart weet,' zei ze.

'Meneer Hart,' zei Mello. 'U hebt niet toevallig een kaakje?'

Zij was de smekelinge, hij had de antwoorden. Ze haalde kaakjes.

'Ik dacht dat u zijn advocaat was,' zei Mello.

'Ik heb een huis voor hem gevonden en het huurcontract geregeld. Als uw mensen een boodschap voor hem hebben, vragen ze of ik die wil doorgeven. Dat doen ze vaak omdat ik Engels spreek.'

'En zeer goed, neem ik aan.'

'U hebt vandaag huiszoeking bij hem gedaan,' zei Maria. 'Dat betekent dat u behoorlijk ernstige verdenkingen tegen hem hebt. Ik wil er niet nauwer bij betrokken raken als er iets blijkt te zijn wat ik zou moeten weten…'

'Erbij betrokken,' zei Mello. 'Ik dacht dat u er al zeer bij betrokken was.' Hij zette het woord overeind en tuigde het op met veronderstellingen: wat vrouwen doen, hoe de wereld behoorde te zijn, hoe goed de politie weet wat zonde is.

'U kent me,' zei Maria. 'Ik ken alle buitenlanders.'

'Natuurlijk.'

'Maar ik zou niet kunnen beweren dat ik Harts achtergronden begrijp.'

'U behoort ze wel te kennen,' zei Mello. 'Het zijn zeer bijzondere achtergronden. Ik weet niet hoe hij zich aan u heeft voorgesteld. Als professor zeker? Met een universiteit en een hoop titels en zo. Geen erg boeiende achtergrond, dus ik vermoed dat niemand de moeite neemt om een en ander in twijfel te trekken. Hij kwam uit Nederland waar hij zijn sabbatsjaar zou doorbrengen. Maar…' Mello speelde met een kaakje, quasi verfijnd omdat hij bij een dame thuis was. 'Hij kwam in Amsterdam in de tram iemand tegen die dacht in hem haar eigen zoon te herkennen. Niet Christopher Hart maar Martin Arkenhout, die tien jaar daarvoor in Florida zou zijn omgekomen. Ze zijn naar Harts hotel gegaan, hebben zijn pasfoto gefotografeerd en dat was volgens mevrouw Arkenhout precies zoals haar zoon eruit zou hebben gezien.'

Maria zei: 'Wilt u nog wat port? Een *copito*?'

Maar bij Mello stond de knop op 'serieus'. Hij vertelde in extenso dat Arkenhouts reisgezel later ook verdwenen was. 'Ziet u het patroon? Ik zou graag nog een beetje wijn willen.'

Maria schonk in.

'We hebben inderdaad bij Hart huiszoeking gedaan. We hebben een identiteitsbewijs op weer een andere naam gevonden, van een man die op de Bahama's als vermist is opgegeven. Iemand die geld genoeg had. Dat soort kwesties.'

'Hebt u Hart niet gearresteerd?'

Mello zei: 'De bewijzen zijn verspreid over zes of zeven landen. En veel is het niet. We hebben een verhaal dat nader moet worden verklaard, dat is alles. Dat komt vaak genoeg voor.'

Maria liep in de kleine woonkamer heen en weer alsof het een rechtszaal was, drie stappen heen, drie stappen terug, vlak langs de lage tafel met de scherpe randen. 'Ik neem aan dat…'

'Als de Nederlandse politie gelijk heeft,' zei Mello, 'dan doodt deze man en gaat hij weg. Maar hij gaat dan weg met een nieuwe naam.'

'Hier in Formentina zal hij lang moeten zoeken.'

'U kent John Costa toch wel?' zei Mello.

Maria schonk zichzelf een half glas port in, hoewel ze eigenlijk nooit wijn dronk. Ze hief haar hoofd op en haar blik kruiste Mello's strakke blik.

'Ik dacht dat u hem wel als laatste aan gevaar zou blootstellen,' zei ze.

'U denkt toch niet dat ik een heilige ben?'

'Maar hij is de zoon van José Costa.'

'We kunnen Hart nog niet aanpakken. Hij moet het nog een keer proberen.'

Mello stond op alsof de welgemanierdheid dat vereiste.
'Alleen maar proberen,' zei hij.

Alles wat er nog meer geen deel van uitmaakte moest weg.

Mijn vaders levensverhaal jeukte en knaagde aan me, tastte mijn concentratie aan. Het moest worden opgelost. Ik besefte toen nog niet hoezeer informatie een man uitholt, hem de vertrouwde kennis van zijn jeugd afneemt en alleen met magere feiten aankomt. Ik werd gereduceerd tot de schulp die iedereen kende: John Costa, een man die geen geheimen meer heeft.

Ik ben thuis in bibliotheken. Ik ben een bibliotheekrat, een museumtype, snorren vol stof. Wanneer ik iets moet weten, wend ik me weer tot de boeken, zoals ik me als kind tot de grote, in bruin gebonden encyclopedie wendde met zijn postzegelplaatjes over, zo leek het, werkelijk alles. Mijn vader was heel trots op de encyclopedie, op het bezit van boeken.

De plaatselijke bibliotheek was nieuw en wit en leeg. Dat werd niks. De toegang tot de universiteitsbibliotheek, dertig kilometer verderop, werd versperd door oude ongehuwde engelen die slechts een uiterst select gezelschap toelieten. Maar ik betoverde hen met het gezag van mijn Museumpasje.

Kaartsystemen, betekenis en ordening. Ik ging aan een tafel zitten met alle boeken over de geschiedenis van de Portugese geheime politie die ik kon laten komen. Algemeenheden voldeden niet meer. Ik moest namen hebben.

Er waren verslagen over verzet tegen de oude dictatuur, enorm lange onderzoeken over hoe alles in elkaar stak, onderzoeken over de banden met de Duitse, de Spaanse en in het bijzonder de Engelse geheime diensten; zelfs een verslag uit 1920 over een monarchistische opstand van vijf dagen in Oporto. Ik vond statistieken, theorieën, politieke prenten – bijtende uit een tijdschrift genaamd *O Verdade*, 'De Waarheid' – die lieten zien wat er zich wellicht had afgespeeld in elke witte ruimte in een kelder: elektrische stoelen, mannen met de gezichten van hoekige helden die werden geslagen door mannen met de gezichten van kapitalistische honden.

Na een paar uur kon ik al voor deskundig doorgaan. Ik wilde niet gaan lunchen omdat ik er helemaal in opging, omdat ik bang was dat het bataljon oude vrijsters me de tweede keer zou terugwerpen.

Ik kwam mijn vaders naam niet tegen, niet in studies over het Portugese Legioen, dat de geheime politie assisteerde, noch in de memoires die ze naar mijn tafel bleven brengen: over een Burcht van Verzet, een Communistische Intellectueel, de memoires van een inspecteur van de PIDE, van gevangenen, over 'Een leven in revolutie' en de tijd doorgebracht bij 'Salazars inquisitie'.

Maar Mello vond ik wel.

Het is niet zo'n ongewone naam, maar deze Mello kwam uit Vila Nova de Formentina en was ongeveer van de goede leeftijd. Maar hij was geen politieman die zich ergerde aan veranderingen en de jeugd van tegenwoordig. Hij behoorde tot de oppositie tegen Salazar en werd verraden. De verklikker werd natuurlijk niet met name genoemd. Het schijnt dat een op de tien Portugezen weleens iemand bij de geheime politie aangaf, of hielp bij het zwartmaken van mensen 'met een slecht karakter', die 'in slecht gezelschap verkeerden', die het bestonden om rond te lopen in een rood overhemd of een mis oversloegen. Het waren veel te veel namen om te onthouden.

Mijn vader had aan Mello toestemming gevraagd om terug te komen. Mijn vader stond nog bij Mello in het krijt.

Mijn eigen vader had Mello verraden.

Hardop zei ik: 'Verzin ik dit?'

Mijn vader was van 1920. Toen hij in 1953 wegging, was hij drieëndertig: een volwassen man. Maar Mello was nu een jaar of zestig, nog in uniform, nog aan het werk. In 1953 was hij – wat? – zeventien, achttien geweest. Een jongen. Mijn vader had de PIDE de naam van een jongen gegeven.

Moet u horen. Je denkt dat je in een tuin loopt en plotseling sta je aan de rand van een hoog klif. Je denkt dat je heerlijk in een groot zwembad zwemt en een stroming trekt je tussen hoge golven mee. Dit was zo'n moment.

Ik vroeg me af wat erger zou zijn: dit verhaal verzinnen, mijn eigen vader belasteren, of erachter komen dat dit scenario een feit was? Ik zat aan mijn tafel, de examinandus die geconcentreerd in de ruimte staart.

Ik wist: als mijn verhaal klopt, is alles wat mijn vader me heeft verteld over Portugal en Portugees-zijn bezoedeld, de lucht van politie achter elke heroïsche wandschildering van moed en victorie. Ik was in één klap de hele levensgeschiedenis kwijt die ik dacht te hebben herwonnen.

Plotseling was ik bang de zoon van mijn vader te zijn.

Mello beval me met alle gezag van wet en uniformen om naar de kazerne te komen, en om de stad te verlaten. Ik had, zei hij, behoefte aan een paar dagen Lissabon. Hij zei dat hij een vriend had die erop stond dat ik zijn flat zou gebruiken.

Tegen Mello was ik machteloos. Hij was praktisch: hij zei dat de politie tijdens mijn afwezigheid bepaalde dingen wilde onderzoeken en dat hij er persoonlijk op zou toezien dat er rekening werd gehouden met mijn belangen, de belangen van het Museum. Maar ik kon niet blijven omdat ik de zaken zou compliceren.

'Ik wilde het over mijn vader hebben.'

'Daar kunnen we het later over hebben,' zei Mello. 'Ik weet niet hoe ik u moet doordringen van de ernst van dit alles. Het gaat' – en hij leek een eufemisme te willen graaien uit zijn beperkte voorraad maar slaagde er niet in – 'om moord.'

Dat had ik niet verwacht. Waarom zou ik dat verwacht moeten hebben? Moord is een onderwerp voor boeken en krantenkoppen. Ik verwachtte niet dat ook mijn leven zou kunnen worden bekort.

Maar ik liet me niet afleiden. 'Uw medewerker heeft me een ruimte laten zien, een witte ruimte in een kelder. Is mijn vader daar geweest? Wanneer is hij daar geweest?'

Mello probeerde te doen of hij de vraag niet had gehoord.

'Ik moet het weten.'

Een herinnering: hoe ik mijn vader probeerde te bereiken in die hoge luchtlagen die zich rond volwassenen lijken te nestelen, hoe ik hem probeerde te laten luisteren naar mijn vragen over zaterdag of waarom hij de rozen snoeide.

'Er zijn dingen van een vader die je zijn zoon niet kunt vertellen.'

'Vertel.'

Mello zuchtte. Ik weet nu wat er door hem heen moet zijn gegaan. Hij was bij toeval in een meervoudige moordzaak terechtgekomen, die werd gecompliceerd door de beschuldigingen van diefstal uit een belangrijk museum, en nu moest hij in een verleden gaan spitten dat hij lang geleden had overleefd.

Hij zei: 'Vijf maanden geleden was hij in die ruimte. Wilt u nu naar Lissabon gaan? Alstublieft.'

'Waarom?' Ik hoorde mezelf als vier- of vijfjarige: altijd dezelfde vraag, na elke verklaring, 'waarom?' 'waarom?' 'waarom?'. De laatste keer dat we allemaal filosoof zijn.

'Kijk,' zei Mello. 'We hebben allemaal de plicht diegenen te vergeven die tegen ons zondigen.'

'Maar waarom...'

'Ik wilde alleen dat hij besefte wat hij had gedaan.'

'Ik begrijp niet hoe u elkaar hebt leren kennen. Hij was weet ik hoe ver van Vila Nova de Formentina vandaan.'

'Ik heb hier geen tijd voor.'

Het was geen erg waardige strijd. Ik bleef gewoon zitten.

'Vila Nova is heel afgelegen,' zei Mello na een tijdje. 'Hier gebeurden dingen die ergens anders, bijvoorbeeld in Lissabon, niet hadden kunnen gebeuren. De Communistische Partij hield hier bijeenkomsten, eind jaren veertig, begin jaren vijftig. Hier kwamen ze bijeen om te overleggen en plannen te maken. De PIDE wilde natuurlijk precies weten wat er gebeurde.'

'Was u lid van de partij? Was mijn vader er lid van?'

'U weet niet wat het is om onder een dictator te leven die wil dat ieders leven openligt en zichtbaar en identiek is. Je wilt het bevechten, maar de enige strijdmethoden die je kent zijn de methoden die de dictator blijft afkeuren en verbieden. Dus gebruik je die methoden.'

'Wat deed mijn vader?'

'De mensen vergaten gewoon wat het betekent om iemand te verraden. Het leek zo gewoon.'

Ik had mijn ethische zekerheden als tinnen soldaatjes in het gelid gezet, maar Mello had zich blijkbaar vast voorgenomen om te vergeven, om te gloriëren in het vergeven.

'Na het Tweede Congres pakte de PIDE uw vader op. Hij had kunnen doorslaan. Hij had alles kunnen ontkennen. Hij deed geen van beide. Hij sloeg in zekere zin door. Hij zei dat hij mensen kende die algemene informatie over de Communistische Partij hadden. Ze zeiden dat hij weg mocht als hij hun één naam gaf.'

'Uw naam?'

'Ik vermoed dat hij dacht dat mij niets zou overkomen omdat ik zo jong was. Hij dacht dat ze het hele verhaal niet serieus zouden nemen. Of dat ik ervandoor zou gaan.'

'Maar hij kon zonder gevaar naar Londen vertrekken.'

'Ik heb nooit weg gewild,' zei Mello. 'Ik vond het niet erg dat hij wegging. Het maakte alles makkelijker.'

'Was het makkelijk om hem te vergeven?'

'Ik denk dat hij niet begreep wat er in die witte ruimten gebeurde. Ik moest het hem vertellen. Hij had het moeten weten. Iedereen wist het wel zo'n beetje.'

Ik stond op.

'Ik vind dat de zonden van vaders de zoons niet mogen worden aangewreven. Als dat wel zo was, hadden we geen land.'

Soms vind je dat je het recht hebt om iemand goed te bekijken, hem te bestuderen op restanten ouderwetse retoriek, op het bij voorkeur debiteren van simplificaties, van lulkoek of botweg leugens. Ik was enerzijds onder de indruk van zijn vermogen tot vergevingsgezindheid, anderzijds vertrouwde ik het niet. Ik wist niet welk deel van hem ik moest vertrouwen. Maria vertelde me later dat hij het soort politieman was dat op zijn best is in onmogelijke situaties maar een ambtelijke bullebak in normale omstandigheden.

'Wegwezen,' zei Mello. 'Ga naar Lissabon. Ga, in godsnaam.'

Maria werd koud wakker in haar eigen bed, vertelde ze me. Om bij te komen kleedde ze zich aan en ging ze naar beneden, naar de keuken waar haar moeder en Amandio aan de koffie zaten.

'Wat ben jij vroeg op,' zei Amandio.

'Ik schrok wakker.'

'Iemand die je roept,' zei haar moeder.

Maria schonk zich een kop koffie in.

'Ik zei: iemand die je roept,' zei haar moeder.

'De liefde,' zei Amandio, stralend, met zijn eeuwige gladde zelfverzekerdheid.

Maria rilde.

Ze belde Hart tweemaal, probeerde hem voor te stellen om 's middags naar hem toe te komen.

Tegen mij zei ze, toen ze voor haar gebruikelijke koffie en water naar de bar kwam: 'Ik hoop dat je de prenten terugkrijgt.'

'Dank je.'

'Het lijkt me verstandig om voorlopig uit de buurt te blijven.'

'Mello heeft me opdracht gegeven om weg te gaan.'

'Waarheen?'

'Lissabon.'

Ze zuchtte. 'Ik zou naar Lissabon kunnen gaan,' zei ze. 'Naar de opera, naar de fado, of naar weet ik wat. Ik moet gewoon ergens heen.'

Ik zei: 'Kom alsjeblieft.'

'Ik moet wat dingen regelen. Maar ik denk dat ergens deze week er wel in zit.'

'Morgen?'

Ik had niet gedacht dat ik zo gretig zou reageren; de gretigheid van een schooljongen.

Het was een nieuw flatgebouw aan de Avenida do Brasil. Het was een paradoxale wijk waar de vliegtuigen laag komen overbulderen maar waar rijke mensen nog steeds pronken met het feit dat ze zo dicht bij het vliegveld wonen. Het uitzicht bestond uit jacaranda's, de straten blauw geplaveid met de oude bloemen, en aan de achterkant een binnenplaats met waslijnen.

Ik controleerde de flat. De woonkamer stond bomvol met logge groene banken. De badkamer had kranen in de vorm van vergulde zwanen, die voor eeuwig water in de afvoer braakten. En de grote slaapkamer, een vierkante doos met een ondraaglijke, droge hitte, had een driehoekig ledikant, net een altaarstuk, bezet met rijen cherubijntjes en serafijntjes boven elkaar tot aan een dikke fee helemaal bovenop. Ik deed de la in het nachtkastje open: reserveserafijnen.

Er was geen ventilator, geen airconditioning, en er was wekenlang niemand geweest. Ik probeerde een zonnescherm te laten zakken en een raam te openen, maar verse hitte kroop naar binnen en verstoorde de deken van oude hitte. Ik probeerde te douchen, afgeleid door het vreemde geglitter van gouden zwanen rond mijn voeten en het lauwe water dat uit beide bronnen kwam.

Ik haalde een fles Luso uit de koelkast en dronk het bronwater uit de fles.

Ik wist niet hoe ik een huis voor een ander gezellig moest maken. Ik wist wat Anna fijn zou hebben gevonden, maar haar verwachtte ik niet. Ik vroeg me af wat ik zou doen: wijn kopen, brood kopen, koffie kopen. Condooms kopen, tegenwoordig. Ervoor zorgen dat de kamers er fris en aantrekkelijk uitzagen. Ik was er helemaal uit omdat het zo lang geleden was dat ik op jacht was geweest of iemand het hof had gemaakt of zelfs vurig had begeerd.

Maar dat was nu waar ik me mee bezighield: begeerte. Het was als dronkenschap, als hoofdpijn, als alles wat obsessief en chemisch is. Alleen ík was alleen, en in een volgepakt flatje zonder lucht in een stad die ik niet kende.

Ik wilde nu boven alles buiten zijn. Niet dat de straten zo veelbelovend waren: breed en karakterloos, bleke, crèmekleurige huizenblokken. Ik vond nergens een café in de schaduw. Er was wel een bistro met visgerechten en tafeltjes onder een boom, en in de etalage stapels kreeft, zout- en zoetwaterkreeften. Ik bestelde een paar van beide soorten om te zien of ik kon beoordelen welke ik het lekkerst vond en welke ik Maria, als ze kwam, dus zou voorzetten.

Zelfs eten deed ik al niet meer voor mezelf.

Ik zag mezelf dit allemaal doen, als van een grote hoogte, ik zag het absurde van dit alles; en toch ging ik ermee door. Dit was waanzinnige verliefdheid maar zonder een excuus, zonder zelfs het voorwerp van de begeerte. Ik kon Maria zelfs niet eerder dan 's avonds bellen. Ik wilde geen boodschap achterlaten op het apparaat op kantoor, tenzij het niet anders kon. Misschien was ze thuis, misschien ook niet.

Schone lakens. Goede koffie. Wijn natuurlijk. Maar wat voor wijn? Dronk ze eigenlijk wel? Ik had haar alleen meegemaakt in omstandigheden waarin ze misschien vond dat ze dienst had en alleen water en koffie dronk. Er moest ook een goed stuk zeep in de badkamer komen, wat mijn moeder altijd 'lekkere' zeep noemde.

Ik wist niets van affaires, dat is duidelijk. Ik kon me wel iets van een plot voorstellen: de neptelefoontjes om een alibi te creëren, het zorgvuldig beraamde rendez-vous, de plotselinge begeerte, de worsteling en dan weggaan op het moment dat twee lichamen vermoeid genoeg waren om zich van elkaar los te maken. Ik zag wel dat er een zekere opwinding in school. Maar mijn gewoonten waren veel te constant en te huiselijk.

Er kwam een vrouw langs. Ze was best aantrekkelijk: rond, welgevuld, ogen fel als messen. Maar het was de verkeerde vrouw. Heel even dacht ik te weten hoe ik mezelf kon genezen, kon bewijzen dat ik doortrokken was van een aspecifieke verliefdheid. Ik zou opstaan, met haar praten, een glas wijn drinken, met haar naar bed gaan en hevig genoeg samengaan om verder alles te vergeten en het me ook nog te herinneren als het, uren later, alleen nog een herinnering op de huid was, geen steigerwerk voor een nieuw huiselijk bestaan. Dan hoefde ik me niet druk te maken over kreeften, zout- of zoetwater, of beide, de besluiten die aantoonden hoe tuttig moeilijk ik het vond om te doen wat ik onvermijdelijk toch ging doen: Maria Mattoso bellen, haar nu bellen.

Ik vond mezelf alleen maar menselijk.

Ik belde haar die avond niet. In plaats daarvan zat ik in de flat met een brood en wat kaas naar een oude Portugese film over studenten op de universiteit van Coimbra te kijken. De mannen droegen zwarte toga's en zongen fado's in de hoeken van kleine kamertjes. De meisjes dartelden over bordessen of zaten romantisch onbeweeglijk op vensterbanken om zich te laten toezingen. Het een leek weinig met het ander te maken te hebben. Het was een liefdesverhaal.

Ik sprak mijn nummer in op Maria's antwoordapparaat, ter herinnering, meer niet. Ik vroeg of ze de nieuwe *King Lear* wilde zien in het Nationale Theater, of een balletgezelschap op tournee in Belém.

Ze dacht dat het wel kon wachten, zegt ze. Ze leidde in Vila Nova de Formentina een leven dat niet zomaar even ondersteboven kon worden gegooid, zeker niet door een man die geen verwant was en niet thuis, die evengoed op vakantie kon zijn.

Ze ging bij haar moeder aan tafel zitten.

'Waar is Amandio?' vroeg ze.

Haar moeder kauwde haar vlees en ook haar wijn.

'Op reis,' zei ze na een minuut. 'Hij moet geld verdienen, dat weet je.'

'Ver weg? Voor lang?'

'Santarém. Vandaar gaat hij naar Alentejo. Évora.'

'Mooie stad, Évora,' zei Maria. 'Ik herinner me nog een citroenboom die daar over een witte muur hing.'

Haar moeder keek haar donker aan.

'En de fonteinen. Ze hebben er prachtige Moorse fonteinen.' Ze keek hoe haar moeder een stuk brood de vergetelheid in plette, eerst tussen haar vingers, daarna tussen haar kiezen.

Haar moeder zei: 'Moet je vanavond niet weg? Ben je van plan om hier te blijven slapen?'

'Ja,' zei Maria. 'Vind je dat niet vervelend?' Ze schonk per ongeluk wijn in haar moeders waterglas, en haar moeder dronk het nog op ook. 'Dan kunnen we elkaar gezelschap houden.'

Dat had ze niet moeten zeggen. Ter verontschuldiging bood ze aan om af te wassen.

'Dat kun je helemaal niet,' zei haar moeder. 'Vrouwelijke advocaten doen dat soort dingen niet.' De twee vrouwen stonden tegelijk op en zetten de borden in de gootsteen.

'Hij is alleen maar op reis,' zei Maria zachtjes. 'Het is helemaal niet erg.'

'Voor jou misschien niet,' zei haar moeder.

Maria raakte haar moeder één keer, heel lichtjes, aan op de schouder, en zoals ze verwachtte veegde haar moeder haar hand weg en ze lachte er ook bij.

'Je hebt best wat aan hem,' zei Maria. 'Amandio.'

'Jij mocht hem niet. Maar ik had wel wat aan hem, ja.'

Maria had moeten struikelen over die verleden tijd en er de gang van zaken uit moeten destilleren. Maar ze voelde zich te moe, en te aardig.

'Ik meen het,' zei ze. 'Ik doe de afwas.'

Toen de telefoon weer rinkelde, ging haar moeder de keuken uit om op te nemen. Maria hoorde haar op neutrale toon spreken. Toen ze terugkwam zei ze: 'Dat was die Senhor João Costa. Ik heb gezegd dat je er niet was. Hij klonk alsof hij dronken was.'

'Dank je,' zei Maria.

Ik was niet dronken, maar de woorden botsten op elkaar en werden krom en stoven uiteen als ik probeerde te zeggen waar ik was, wie ik was, wat ik voelde.

Ik stapte in bad, in de schaduw van de felle gouden zwanen, en daar lag ik even voor ik in paniek raakte.

Ik rende de flat door, nat en bloot, en vond brandende toast op het gasstel. Dus ik had gelijk met mijn paniek, vond ik.

Christopher Hart kon met Maria slapen. Ik niet. Ik haatte Hart, wilde dat hij werd gearresteerd en opgesloten; of dood was.

Ik was een holle figuur, geen degelijk verleden meer, geen betrouwbare verhalen van de vader, geen geboorteplaats die ertoe deed, geen woonplaats, geen vrouw. Maar ik was al jaren een holle figuur, die dingen op één niveau deed, systemen en gerechtelijke uitspraken en orders en reglementen eerbiedigde. Ik was niet gewend aan deze golf van gevoelens, zoiets als gal of hormonen. Ik dacht dat het me tot de rand zou kunnen vullen met voornemens en de basis voor een nieuw bestaan zou kunnen zijn.

Maar misschien kwam ze toch nog naar Lissabon. Morgen nog één telefoontje. Ik kon altijd nog één keer bellen.

Het volgende fragment stel ik me voor, aan de hand van alles wat ik weet.

Er waren een weg, een zandweg, een man met een doedelzak, een met een grote trom en een met een snaartrom. Naast hen liepen andere mannen, één met een handvol ruw gemaakte vuurpijlen, gewoon papieren kokers met kruit. Ze trokken niet ten strijde. Ze gingen alleen een festa aankondigen.

De jongste man stak het geknakte overblijfsel van een sigaar aan en wachtte tot hij gloeide. Hij hield een vuurpijl in zijn linkerhand. Hij duwde de sigaar tegen de lont en wachtte op het sissende geluid en liet de pijl toen, precies op tijd, los, met een draai en een boog als een speerwerper.

De pijlen gingen bijna altijd omhoog. Een enkele keer joegen ze wat stof op, of een paar vogelnesten in een dakgoot. Maar meestal vlogen ze omhoog en ontploften ze na een paar tellen en lieten ze scheten van bruine rook achter, hoog in de lucht.

Deze deed dat niet. Hij sputterde. Hij vloog. Maar hij vloog in een rechte, horizontale lijn. Hij schoot langs ranken en telefoondraden en bougainville, liet een varken een gil slaken, schampte een neonkruis op een klein wit kapelletje en vloog het dorp uit, het bos in.

De mannen staken de volgende knalpijl aan.

Maar de eerste was nog niet uitgepraat. Hij snorde tussen pijnbomen en eucalyptusbomen door tot hij bleef steken in een knoedel losse bast en bruingele rook uitbraakte.

De volgende vuurpijl – dat neem ik tenminste aan – schoot omhoog in een lege blauwe hemel, evenals de daaropvolgende: een flits, een knal en dan rook. Je kon ze in het volgende dal zien en horen. In dat deel van Portugal kun je geen dorpsfesta houden zonder reclame te maken: lawaaiige, knallende reclame. Je kunt geen feest vieren, geen gewijde processie met banieren houden zonder het geluid van een loopgravenoorlog.

Verderop in het bos begonnen de stroken eucalyptusbast te smeulen. Er was maar heel weinig wind, maar net genoeg. Een paar blaadjes, jonge, vol met olie, brandden op tot aan de nerf en vlogen in het rond. Een paar verschroeiden het gras dat zichzelf in het natte voorjaar had overwoekerd en nu was verdord tot licht ontvlambaar materiaal.

Het bos werd even heel stil, toen begonnen kleine vlammetjes te kwetteren, even hardnekkig als water over stenen en, voor een paar vreemde tellen, even rustgevend.

De jonge eucalyptusblaadjes waren nog van een glanzend blauwgroene kleur en sappig; ze vlogen omhoog als vuurwerk, oranje en geel. Guirlandes van oude bast zagen hun kans schoon en schoten tussen de takken door en zetten dode twijgjes en blaadjes in brand. Vuurdeeltjes friemelden rond in het licht, vonkten en warrelden.

De mannen in het dorp hebben waarschijnlijk gedacht dat de afzwaaier uitgesputterd was zonder enige schade aan te richten. Ze waren op pad om geld in te zamelen voor de kapel, dus gingen ze verder met hun rondgang; de doedelzakspeler nam 'Y Viva España' onder handen op een blaas van rood en goud, met jazzriffs, en deed de overgangspassage zonder adem te halen.

De trommelaars trommelden.

In het bos waren nu twee branden. Het grasvuur bakte dennenappels en opende ze, likte aan de schubbige zaden. Het verhitte de hoog opgeschoten heide en lavendel. De rook liet een spoor achter op de stenen.

Toen het vuur uitwaaierde, begonnen boomtoppen te spuwen en te knetteren. Er zaten vettige, witte vierkanten op de boomstammen waar hars was afgetapt; de vierkanten brandden met een zuiver gouden licht, gangpaden met angstaanjagende kaarsen.

De twee branden verenigden zich in een bosje: het grondvuur bolderde omhoog langs de stammen, het boomvuur wierp vlammen naar omlaag.

Toen stak de wind op. Die stond van het dorp af, dus er was geen smaak of roet om de mannen met de knalpijlen te waarschuwen.

Toen de avond viel, had het vuur wortels gekregen. Het gras was koel; het vuur rustte. De volgende dag groeiden de vlammen als plotselinge klimplanten, en het vuur boog de bomen in zijn richting. Nu het bergop ging, leek het nog sneller te lopen.

Maria ging naar het GNR-bureau omdat Mello haar iets wilde laten zien.

Het was een portret, met de formaliteit van kanten kragen en museumzalen: Christopher Hart die boven water was gekomen in een modderige sluis toen de Vecht een lage zomerstand had. Mello had het over de 'echte' Christopher Hart.

Maar het was niet meer dan een hoofd tegen een klinisch witte achtergrond, met knoeierige details, de tanden uitgeslagen met een tang, een ontbrekend oog, afgeschoren haar, de snee van het wurgkoord nog duidelijk zichtbaar in de nek. Er was aan het hoofd gewerkt, als door een kunstenaar, vlakken waren veranderd, de ziel blootgelegd door een paar verrassende lijnen, maar het was vooral mishandeld ter wille van een rudimentaire vermomming.

'Ze hebben het lichaam nog niet gevonden,' zei Mello.

'O,' zei Maria. 'Dus u wilt hem zeker spreken?' De naam Christopher Hart was niet meer van toepassing. De man was afgegleden naar een categorie van walgelijke dingen die zonder naam konden bestaan.

'Ziet u hem nog?' vroeg Mello.

Maria dwong zichzelf om nogmaals naar de foto te kijken. Het hoofd was zwaar toegetakeld. De zwarte plekken moesten bloedklodders zijn. Ze voelde geen weerzin; de afstand tot de afbeelding was te groot, net als bij een autowrak in het journaal van acht uur of een geschilderde marteldood in de kerk. Als ze tijd had gehad, had ze belangstelling kunnen opbrengen voor de technische, forensische details.

Maar er was nog steeds een man die Christopher Hart werd genoemd, in zijn lange, witte huis op de berg. Hij was nu eigenlijk het spook: een tegen de wolken geprojecteerde reclamestunt, flikkerend, ontstoffelijkt, even fantastisch als zijn verhalen en de plaatsen waar hij was geweest. Ooit had ze van zijn leugens genoten.

Verder was er dit onmiskenbare, bloederige geval.

Of ze wilde of niet, ze moest het vragen: 'Hoe zou het hebben geroken?' En daarna: 'Mag ik even bellen?'

Ze draaide mijn nummer in Lissabon, nog steeds in de veronderstelling dat het doodsimpel was om mijn leven te redden: als ik maar in de stad bleef. Ik nam niet op.

Ze zegt dat ze me die ochtend zeven keer heeft gebeld. Een magisch getal; misschien overdrijft ze. Maar ik was er gewoon niet, of ik sliep. Ze was bang dat ik al op weg was naar huis, dat ik in Formentina zat te wachten en dat Hart mij zat op te wachten.

Ze belde nog één keer, voor de zekerheid.

Zeven

Maria was branden gewend.

Ik zag het die avond pas in het nieuws, waar het werd veralgemeend tot oranje vlammen, zwartgeblakerde rommel en brandweerlieden die worstelden met ouderwetse slangen.

Hart zat er echter middenin.

Het vuur hield zich 's nachts rustig, maar de volgende dag joegen de vlammen elkaar de berg op, sneller en sneller. De brand was slechts een gerucht geweest, een stank op de wind, maar nu drong het echt tot de mensen door.

Hart moet de bellen en sirenes beneden, onder Formentina, hebben gehoord. Het was geen politie; hij wist dat de politie in stilte kwam. Het was de vrijwillige brandweer, die aan het werk was rond een groepje huizen tussen het dorp en Vila Nova. Hij zag vrachtwagens langs de weg staan, mannen die pijpen uitlegden om water naar beneden te laten komen uit de kleine bakstenen reservoirs op de heuvel en die de korte tijd dat er druk was gebruikten om het dorre, brandbare gras weg te spoelen en de aarde nat te maken. Ze legden een brede modderstrook aan rond de huizen en trokken verder.

Hart kon overal heen, dus kon hij nergens heen. Er was niets in het bos wat hij moest beschermen. Dus deed hij wat iedereen deed: wachten tot het vuur uit was.

Er is geen enkele manier om een brand tegemoet te gaan en op afstand tot staan te brengen. Vuur leeft. Het kan door de wind van je af oplaaien, of de dorre dode takken van een boom op knetteren en prachtig vonken in droog gras, en plotseling uitwaaieren, wel tien kanten op. Soms is het of het aanvalt, maar ook als het zich terugtrekt, laat het een bos leeg en geblakerd achter. Je wacht en wacht tot je het thuis kunt bevechten.

Enkele oude vrouwtjes gingen naar de kapel om samen te bidden en voegden zich daarna weer bij de mannen die het bos vanuit alle gezichtshoeken bekeken. Ze zagen dat de rook nu grijs was, wat betekende dat de bomen geen sap meer hadden. Het bos brandde droog.

Maria had met me willen praten. Nu moest ze me spreken. Het was heel goed mogelijk dat ik uit Lissabon weg was en me terughaastte naar Formentina. Ze dacht dat Christopher Hart op me zou zitten wachten.

Ze zegt dat ze erover heeft gedacht om naar Lissabon te gaan. Dat kon niet. Ze zegt dat ze Hart moest afleiden. En er was nog een reden: de politie was eindelijk tot de slotsom gekomen dat Arturo niets strafbaars had gedaan en zou hem de volgende morgen om negen uur buiten de gevangenis zetten. Iemand moest hem ophalen.

De oude man was nog magerder, zijn sterke onderarmen waren bijna wit geworden. Hij had zich neergelegd bij zijn vrijlating, zoals hij zich had neergelegd bij zijn gevangenschap, en hij leek niet verbaasd dat er geen enkele aanklacht tegen hem was ingediend. Hij wist dat Zulmira een natuurlijke dood was gestorven. Hij had het feit alleen dagenlang niet kunnen accepteren, zelfs nu nog niet.

Hij vroeg naar de brand, maar Maria beschikte niet over de precieze lokale kennis die hij nodig had, hoe het zat met de wind en de weggetjes rondom Formentina.

Het vuur bulderde in het gras, knetterde in de bomen.

Hart vertelde Maria hoe hij voor zijn huis stond en een nachtvlinder, als het beschermpapier onder een vel bladgoud, uit het bos zag komen. Het dier fladderde rond, steeg alsof het in een kleine thermiekbel was terechtgekomen en vloog midden in de lucht plotseling in brand.

Maria was moedig, dat weet ik. Ze wilde hem afleiden om mij te redden. Maar ze wilde ook in het middelpunt blijven van dit ene voorval dat ze beleefde. Ze was verscheurd geweest door het wachten. Ze zou zich geen enkele scène laten ontgaan.

Er waren al een paar wegen afgesloten, provisorische versperringen op plaatsen waar de rooklucht begon. Achter de versperringen werd de overgang van weg naar berm zachter en vager, als in avondlicht. Af en toe kwamen er zachte, zwarte roetvlokken naar beneden.

Ze nam binnendoorweggetjes, bestrate weggetjes, schudde verder over scherpe stenen, en vond een achterafroute die naar de bergweg voerde. De hemel was aan de randen bruin gebeitst. De lucht rook gebruikt en stoffig; erachter proefde je een enorme hitte. Je kon je onmogelijk vergissen: dit was geen avondlucht van houtkachels in het dorp of een bovenwinds vuurtje; dit was een groot, ademend lichaam net uit het zicht.

Ze schakelde knarsend terug voor het steile, bochtige weggetje. Ze probeerde de portierraampjes dicht te doen, maar dan stikte ze. Met de ramen open moest ze hoesten. Veel keuze was er niet.

De bochten waren scherp, de weg net een springveer die elk ogenblik van de hitte kon losspringen en de auto's van de berg kon gooien. Ik ken haar gedachtegang. Ze maakte zich liever zorgen over een weg als een springveer, iets dat absoluut niet kan, dan te denken aan wat haar werkelijk angst zou moeten aanjagen: de hitte, de rook, wat ze tegen Hart moest zeggen. Hoe ze thuis moest komen. Als ze thuiskwam.

Arturo keek ondertussen naar de berm voor aanwijzingen over de brand. Bij een zwartgebrande open plek waar nog gouden strohalmen overeind stonden, ging hij kaarsrecht zitten.

Onder het rijden verzon Maria bezweringsformules. Zo bedacht ze dat ze veilig was waar het water veilig om te drinken was, dus boven de bebouwing, waar niets het kon verontreinigen. Deze hooggelegen bossen waren minder dicht, dus die brandden op een andere manier; en er waren overal op de berg brandgangen vrijgehakt. Bovendien waren er 's morgens altijd mist en laaghangende bewolking, zelfs midden in de zomer, die het vuur zouden smoren.

Maar ze voelde zich niet veilig.

Ze stelde zich al voor hoe ze op neutrale toon zei: 'Maar je hebt die mensen toch gedood?'

Ze stelde zich voor hoe Hart zou zeggen: 'Ja, als je het zo stelt wel, denk ik. Ja. Maakt het wat uit?'

Arturo wilde beslist bij zijn eigen huis aankloppen. Zijn dochter deed open en ze stonden elkaar even aan te kijken, totdat Maria zich omdraaide. Ze weet dus niet of ze huilden of elkaar alleen maar vasthielden, omdat ze wist dat er niets gebeurde zolang zij erbij was.

Ze sloot de auto af alsof ze in de stad was, beklom de leistenen trappen. Ze was opeens buiten adem. Het kwam gewoon door het stof en de hitte, maar het voelde aan als het moment waarop je middenrif alle lucht uit je lijf perst. Het arme kind was duizelig. Het had ook verliefdheid kunnen zijn.

'Hé,' zei Hart.

Hij stond op zijn veranda, omlijst door margrieten. Maar je kunt in Formentina nergens gaan zitten zonder het hevige, stralende wit van margrieten. Hij leek op zo'n houten ledenpop die kunstenaars gebruiken, een en al slungelige gewrichten.

Maria zei: 'In het dal worden de wegen afgezet.'

'Fijn dat je bent gekomen.'

‘Ik moest je spreken.’

Hij haalde zijn zaktelefoon uit zijn spijkerbroek.

‘Nee, niet telefonisch,’ zei Maria. ‘We hebben niet veel tijd en ik wil niet dat er iemand meeluistert.’

Hart haalde de schouders op. ‘Kom maar boven. Lucht is er niet meer, maar ik heb nog wel wat water voor je. Of wijn of fris of bier?’

Maria keek om zich heen. Vandaag was heel het dal sepiakleurig, net een foto die op de vlammen ligt.

‘Ik wil wel wat water,’ zei Maria.

‘Ik zal het even halen. Of kom je binnen?’

Ze stapte de schaduw in.

‘De politie is terug geweest,’ zei ze.

‘O ja?’

‘De volgende stap is dat ze willen dat je naar de Guarda Nacional komt. Ze willen dat je je vrijwillig komt laten ondervragen. En je zult natuurlijk moeten bewijzen wie je bent.’

‘Ik heb een paspoort.’

‘Echt bewijzen,’ zei ze. ‘Boven elke twijfel verheven.’

‘Hechten ze geen geloof meer aan papieren?’

Je kunt je ogen op dit landschap laten rusten. Dat verwachten de mensen ook. Hart zag een rij geiten de trappen afkomen, gevolgd door een man van in de vijftig met een lieve, onzinnige grijns en een vief hondje.

‘Ik heb creditcards,’ zei hij.

‘Je snapt het niet,’ zei ze. ‘Ze menen het.’

De geiten schenen de weg te kennen.

‘Het was vast geen lolletje in de auto,’ zei Hart.

Ze haalde haar schouders op.

‘Je kunt beter binnen komen,’ zei Hart. ‘Ik zet de ventilator aan. Een beetje beweging in de hitte brengen.’

Het huis leek donker, zelfs na de gesluierde zon. De muren waren wit, de vloeren kaal, het meubilair een stel afdankertjes, ver uit elkaar neergezet: bank, stoel, tafel, een dressoir met vier pockets met reliëfomslagen en een decoratieve jonge haan uit Barcelos. Voeg gezelschap toe en het was duidelijk dat iemand had gedacht dat dit precies genoeg was voor iemand anders’ zomer.

Hart zette twee ventilatoren aan zodat ze tegen elkaar in bliezen. Een prent – een amateuraquarel, bougainville tegen witte stuc – ratelde tegen de muur. Waar de luiken kierden, stoven stofdeeltjes door een lichtbaan.

'Fris genoeg voor je?' vroeg Hart.

Maria zette de luiken wijd open.

'Hé, geen licht binnenlaten. Dan laat je ook de warmte binnen.'

De lucht was inderdaad smoorheet: verse as en ook de dode as.

'Ik weet dat je papieren hebt, Christopher,' zei ze. 'Van wie zijn die papieren?'

'Het zijn de papieren van Christopher Hart, dus ik ben Christopher Hart.'

Ze zei: 'Het scheelt als ik ze iets kan geven dat ze kunnen controleren. Dan hoef je misschien niet naar de GNR.'

'Maakt het wat uit?'

'Ondervraagd worden is niet leuk.'

'Ik bedoel: wat kunnen ze doen?'

Ze zei niets, maar haar lichaam rechtte zich als een uitroepteken.

Ze had haar tasje op tafel laten liggen, dus rommelde hij erin, bevingerde háár plastic delen. 'Hier staat dat je Maria de Sousa de Conceicão Mattoso bent. Ik wed dat er op je bankpasje staat hoe lang je hier woont. Op je identiteitsbewijs staan je medische gegevens. En er staat beslist op dat je bij je moeder woont en advocaat bent.'

Ze graaide haar tasje weg.

Hart hoorde mannen over de trappen benen; of nauwkeuriger, hun stemmen, somber en ingehouden. Hij zag dat Maria buiten wilde zijn omdat het daar veel veiliger leek, zelfs met de kans op brand. Ze was niet graag bij mensen zoals hij die 's nachts uit hun eigen ik glippen en naamloos rondzwerven.

Hij zei: 'Kijk, het zit zo. Wil jij nooit eens iemand anders zijn? Opnieuw beginnen, maar dan radicaal? Je zou een heel nieuw leven kunnen bedenken.'

'Ik weet niet wat voor spel je speelt.'

'Je kunt alles en iedereen zijn. Je kunt naar zo'n plaats uit een tijdschrift, je hoeft niet in Vila Nova te blijven. Je krijgt de kans iemand anders zijn leven af te maken en het beter te doen dan hij of zij.'

'Ik ben dol op fantaseren,' zei Maria. 'Maar daar blijft het meestal bij.'

'Maar waarom? Wilde je als meisje niet Inez de Castro zijn en van liefde sterven, of Madame Curie of Lizzie Borden, of Marilyn Monroe? Wilde je geen nieuwe wereld voor jezelf kiezen?'

'Ik heb een wereld gekozen.'

'Ben je daar gelukkig?'

'Gelukkig?' zei Maria. 'Luister, ik heb geen tijd voor deze onzin. De politie wil je ondervragen. Het is ernst. Ik ben je advocaat. Dit is geen spelletje.'

'Nee?'

'Denk je dat je een ander ik kunt maken voor ze hier zijn?'

'Ik heb de tijd. Als de brand zo erg is als je zegt, komen ze voorlopig niet.'

'Je zou ze kunnen vertellen waar je doceert en waarover. Wat er in je laatste boek staat, waar je volgende boek over gaat. Die dingen weet je toch wel?'

'Waarom willen ze dat opeens weten? Niemand heeft me hier ooit gevraagd om een lezing over het Nederlandse imperialisme te geven. Maar daarom ben ik ook hier.'

'Prima. Heel goed. Heb het over het Nederlandse imperialisme. Daar trappen ze wel in.'

'Wil je echt Christopher Hart hebben?' Hij kon het niet helpen dat hij lichtelijk teleurgesteld klonk. 'Ik dacht dat je iemand wilde hebben die je kon veranderen. Iemand die je al doende kon verzinnen.'

Maria liet haar handen met een klap tegen de muur terechtkomen.

'Ga zitten,' zei hij. 'Je hoeft nergens heen. Ik kan je dingen vertellen…'

'Die hoef ik niet te weten.'

'Zeg je dat als mijn advocate?'

Ze schudde het hoofd.

'Wat is er dan mis? Wil je niks weten over andere levens, andere plaatsen?' Hij boog zich voorover en duwde zijn gezicht tegen het hare. 'Je zou ophouden te bestaan als je hier wegging, nietwaar? Als er geen "advocaat" achter je naam stond. Als de mensen jou, je vader en je grootvader niet zouden kennen.'

'Het is de politie ernst,' zei ze.

Hij sloeg de luiken met een klap dicht en probeerde de grendel met geweld op zijn plaats te schuiven.

'Doet het licht het?' vroeg ze.

'Wie weet.'

'Mag het licht aan?'

'Ga zitten. We gaan niets doen. Jij luistert alleen.'

Aanraken zou op dat moment makkelijker zijn geweest. De ruimte knetterde doordat ze elkaar niet aanraakten. Adem stokte in de keel.

Boven hun hoofd begon een geluid: mechanisch, veraf. Het geluid werd duidelijker: een van de kleine vliegtuigjes die van plaatselijke vliegveldjes opstijgen om te kijken waar er brand is. Het cirkelde en leek met een bocht zijn eigen pad te kruisen. Daarna moest het over de bergrug zijn gevlogen, want het geluid klonk weer veraf en was toen weg.

'Hé,' zei Hart en hij lachte. 'Wil je dat iemand je komt redden?'

Ik ging de boekwinkels op de Carmo af terwijl ik op haar wachtte: grote gewelven vol boeken, curieuze gangen met schragentafels met boeken, planken vol zo lang gekoesterde pockets dat ze bijna lachwekkend waren, oude kunstboeken uit de jaren twintig met hun sfeer van gebalsemde en in fraai linnen genaaide cultuur.

Ik kon me niet concentreren. Natuurlijk niet.

Ik belde Mello. Toen hij eindelijk aan de telefoon kwam, was hij kortaf en ongeduldig.

'Ik heb uw vader meegenomen naar de kazerne om hem te laten begrijpen wat hij had gedaan. Hij heeft nooit geweten wat hij heeft aangericht. Voordat het op zijn ergst was, was hij het land al uit.'

'Ik bied u mijn verontschuldigingen aan,' zei ik. 'Mijn verontschuldigingen, namens mijn vader.'

'We hebben daarna een revolutie gehad,' zei Mello. 'Een poging om het anders te doen. Je vergeeft en je gaat verder.'

'U hebt me die witte ruimte laten zien.'

'Dat had ik nooit moeten doen. U hebt recht op een vader die een held is geweest. Misschien was hij een held toen hij naar Londen ging.'

'Ik moet met u praten over...'

'John Costa,' zei Mello. 'Het halve district staat in brand. De wegen zijn afgesloten. Maria Mattoso is de stad uit, vermoedelijk naar uw vriend Christopher Hart. Het wachten is op het moment waarop we de schoft kunnen oppakken voor ondervraging. Maar we kunnen hem niet bereiken. Ik heb geen behoefte aan verontschuldigingen. Ik wil dat u uit de buurt blijft.'

'Is alles goed met Maria?'

'Hoe moet ik dat weten?'

'Is het goed met haar?'

Mello zei, nu in mijn eigen taal: 'Don't you be a fucking hero.'

Er rammelden twee man aan Harts deur, lieten er daarna hun vuisten op neerkomen.

Ze stonden daar, hun schouderpartij even diep als breed, hun wangen met roetvegen over glimmend rood vel. Maria deed open.

'Het vuur rukt op,' zei de ene man. 'We maken een nieuwe brandgang.'

Hart zei: 'Wat willen ze?'

'Hulp,' zei Maria. 'Heb je een zeis of zo? En anders bezems. Doet er niet toe.'

'Volgens mij zijn er wel bezems.'

Ze vond een sikkel weggestopt achter in het gootsteenkastje. Hart liep met een bezem. Ze volgden de twee mannen over de leistenen trappen naar de weg. Niemand sprak, niet eens over wat de buitenstaanders zouden moeten doen. Ze liepen tot ze uit het zicht van het dorp waren.

Warme lucht verstikte hen. Het pad kronkelde maar door, niet breder dan een geitenpaadje, opende zich toen om de hele vallei beneden te laten zien.

Het leek wel oogsttijd: een gedoe van mensen in werkkleding, gebukt bezig met het afsnijden, afhakken, afbreken en afvoeren van al het materiaal tussen het bos en het dorp dat maar kon branden. Er hing een nevel van zaadjes en gebroken stelen die in de keel kriebelde. De bodem zelf voelde warm aan. Een stuk of vijf, zes vrouwen, rond en jong of oud tot in hun botten, sneden gras en voerden het op tweewielige wagens weg, trokken bramen omhoog met harde, opengehaalde handen; en stopten soms alsof ze luisterden of het vuur eraan kwam.

Zwarte vogels cirkelden overal waar werd gewerkt, haviken en zelfs een arend die wachtten tot de bossen afstand deden van alles wat vleugels had en voor het vuur op de vlucht was. Libellen schoten in hun gewone paniek op uit het gras. Goudkevers zwalkten omhoog in de beroete lucht. En de nachtvlinders kwamen in drommen op de rij werkers af, zachte, fluweelachtige wezens, sommige heel klein, andere zo groot als kleine vogels met donkere en iriserende blauwen en groenen, een plaag die was voortgekomen uit een lang, nat voorjaar en een plotseling hete zomer. Ze vlogen in ogen die al rood waren van rook, werk en wijn. Ze landden fladderend op de dijen van vrouwen die de karren voortsleepten, maakten huid boven vermoeide spieren aan het zingen. Hart voelde hun vleugeltjes als klonters poeder op zijn natte rug.

De vogels boven hen bleven wentelen en duiken, dichter en dichter bij de ogen en de droge kelen van de mensen die onder hen aan het werk waren.

'Je redt het niet naar huis,' zei een van de dorpsbewoonsters. 'Ze hebben de wegen vast en zeker afgesloten.'

'Ik kan aan de andere kant van de berg naar beneden,' zei Maria. 'Er moet ergens een gaatje zijn.'

De kroegbaas vertelde dat hij de forellenkwekerij aan de andere kant van de bergkam had gebeld en dat ze hadden gezegd dat de wegen naar beneden volkomen onbegaanbaar waren. Niemand had de moeite genomen om ze af te sluiten omdat niemand zou proberen om erdoor te komen; de meeste bochten waren slecht te zien door de roet en de rook, en achter elke bocht kon je tegenover de vlammen komen te staan. Hij schoof Maria nog een espresso toe over een tafel met een laagje heel fijn stof.

'We hebben nog wel even,' zei Hart. Ze pakte een sigaret.

Het kroegje aan de weg was één witte ruimte met takjes basilicum boven de koffiemachine, een rij flessen, een tapkast met kruiken wijn eronder, en een plank met een vreemd assortiment kruidenierswaren: hete saus, aanmaakblokjes, tampons, koekjes. Het rook er meestal naar werk of zondagse kleren. Die dag rook het er naar de rook en het zweet op ieders huid. Ze maakten geen van allen haast om naar hun eigen huis te gaan, niet nu ze een gezamenlijke verdediging op poten zetten. In zijn eentje was iedereen zwakker. Maar het was bijna etenstijd.

'Ik heb eten,' zei Hart. 'In de vriezer.'

'Er is geen stroom.'

'Dan kunnen we beter opeten wat er over is.'

Ze kon nu niet weg. De vrouwen keken naar hen alsof ze een stel waren.

'Ik ga,' zei Maria.

Dus stond hij ook op. Er viel weinig te zeggen omdat ze er niet op hoefde te rekenen dat ze weg kon en het hele dorp dacht dat ze bij hem hoorde.

Ze stonden even recht tegenover elkaar.

Er bestaan hier geen regels voor ruzie in het openbaar. Schreeuwen, dat hadden de aanwezigen misschien begrepen.

De kroegbaas zei op gesprekstoon: 'Alles in orde?'

'Met mij wel. Tudo bem,' zei Maria.

'Je kunt bij mij logeren. Er is een bank,' zei Hart. En vervolgens, na een stilte: 'Ik slaap wel op de bank.'

De kroegbaas zei: 'Het wordt gauw koud. Kouder, bedoel ik. 's Nachts loopt het vuur niet zo snel.'

'Bedoel je dat we allemaal kunnen gaan slapen?' vroeg Maria.

Ze keek om zich heen. De mensen zaten dicht op elkaar op de banken: oude vrouwtjes in bloemetjesjasschorten, oude mannen in broeken die ze op een dag misschien weer zouden opknappen voor naar de kerk, de paar jongeren, allemaal gewend aan dagenlange stevige lichamelijke arbeid maar nog steeds, door het vooruitzicht van een brand die vlak onder hen op de loer lag, vreselijk vermoeid.

'Ga toch slapen,' zei de kroegbaas. Hij bedoelde: de rest van ons is sterker. We blijven wel wakker voor jullie.

En ik lag serafijntjes onder hun rokjes te kijken, wierp me van de ene kant van het bed naar de andere, stomverbaasd dat ik in een grote stad was en me toch verveelde en niets te doen had. Ik was tenslotte op bezoek; ik kon best voor toerist spelen. Ik zou mijn vakkennis naar boven kunnen halen en kunst gaan ontdekken, me druk kunnen maken over de betrekkingen tussen Vlaanderen en Portugal, Italië en Portugal, over de vraag of de Portugezen hun Renaissance hadden geïmporteerd, tegelijk met de Italianen die in Lissabon prachtige kerken hebben gebouwd. Ik zou altijd nog uit eten kunnen gaan: *bacalhau* of een mooie John Dory of garnalen in hete-pepersaus. Ik zou trams of boten kunnen nemen, de kabelbanen of de in kant gevatte lift omhoog naar de gezellige bars. Ik zou kunnen gaan drinken. Ik kon naar de hoeren, nam ik aan. Waarom zou ik seks nú niet ook behandelen als elke andere routinematig te stillen trek? Je voelt je toch ook niet ontrouw als je buiten de deur gaat eten?

Ik was al jaren niet meer gewend aan alleen-zijn, boodschappen doen om in leven te blijven. Ik was vertrouwd met de ademhaling van een ander wezen in huis, met verrassingen, met dingen die gebeuren zonder dat ik altijd wil dat ze gebeuren. Stapels boeken, het bovenste rek in de koelkast, de ochtendpost, waren altijd voor twee. Ik hield van een aanraking die ik niet had geregeld, van woorden die ik niet verwachtte.

Geen Anna. Niemand.

Je had Maria, maar zij was ver weg. Maria. Gouden zwarte haartjes op haar armen. Dat had ik nog nooit bij een vrouw gezien, laat staan mooi gevonden en ik had zéker nog nooit een erectie gekregen bij de gedachte eraan. Geen fetisj, houd ik mezelf voor; een detail.

In mijn huwelijk was nooit zoveel tijd om na te denken. Maar ik realiseerde me dat er details van Anna's lichaam waren die ik me niet goed herinnerde. Ik herinnerde me haar aanraking en warmte, maar ik was gewend om de andere kant op te kijken wanneer een lichaam slapper, ouder wordt, om haar met mijn eigen verzwakte ogen te bekijken en het niet te zien; zij was tot dezelfde wederdienst bereid. Maar nu had ik de tijd.

Ik wilde Maria tot in detail.

Ze kregen een stormlamp aan het branden, een en al gouden licht uit bewerkt ijzer, braadden half ontdooide karbonades op het gasfornuis en maakten een fles wijn open.

'Luister nou eens,' zei Hart.

Maar Maria at alleen maar, verbeten. Op een doorsneedag at ze heel weinig. Ze had onder de zon gewerkt, had ongewone verdraaiingen in spieren en botten, maar dat was geen verklaring voor haar eetlust. Ze at slechts om gereed te zijn.

'Stel dat de politie gelijk heeft,' zei Hart.

Ze zei: 'Ik weet niet wat de politie zegt.'

Ze liet haar bord in de gootsteen glijden. Ze zette een paar binnenramen open en wuifde zich koelte toe.

De lucht leek eindelijk wat koeler.

Het eerste randje van een reusachtige maan verscheen boven de berg en breidde zich uit tot een blok koud, vlak licht. Het dal werd stil, cicaden zwegen, kikkers zagen af van hun raspende gezang.

Ze draaide zich naar hem toe en nam hem in haar armen. Ze zegt dat ze vrijden terwijl ze elkaar in de ogen keken: seks als ondervraging. Maar zij jammerde slechts en Hart gromde, en ze maakten zich onhandig, als aan elkaar plakkend papier, van elkaar los. Daarna wist ze van niets meer. Hart heeft niets verteld.

Ze vond haar horloge naast het bed. Nog zeven uur tot het licht werd, zeven uur met dit stalen licht buiten en de stilte. Ze moest deze man gewoon nog zeven uur bezighouden.

Ik dronk te veel, dus ik was snel wakker terwijl ik van alles wist.

Ik wist dat Maria bij Hart niet veilig kon zijn, niet bij een man wiens antecedenten doorspekt waren met moorden en die zo weloverwogen van naam en identiteit veranderde.

Dat wist ik uit boekjes en films, de verhalen die veel dieper bezinken dan feiten. We denken van onszelf – geleerden en studenten – dat we overeind worden gehouden door een netwerk van referenties. Als je het over schilderijen, kerken, burggraven wilt hebben, of over politiek, cire perdue of de monetaire unie of verborgen onderschilderingen of over Proust of het nieuws van gisteren, functioneert het prima; de boeken zijn overal, goed gedocumenteerd, vol verwijzingen en voetnoten. Maar als het om het melodrama van liefde, moordenaars, gevaren en nachtelijke doodsangsten gaat, hebben we geen enkel gezaghebbend boek gelezen, behalve de vliegveldthrillers. Zo komen we erachter wat er daarna moet gebeuren.

Omdat Hart de boef was, moest Maria het slachtoffer zijn. Als Maria het slachtoffer was, dan kon ik na twee uur stevig doorrijden ten langen verlossenden leste datgene zijn wat ik volgens Mello nooit zou worden: de aangewezen held.

Begrijpt u dat het niet bij me opkwam dat dit waanzin was die in mijn hoofd aan het woord was? De drank staafde me in mijn overtuiging.

Roerloosheid. De reusachtige maan. Maria stond uit te kijken op een glanzende adempauze, een wereld tot staan gebracht en van boven aangelicht.

Ze hoorde Hart zeggen: 'Je wilde weten hoe het in New York...'

Hart stond vlak achter haar. Hij ging prachtig op in zijn verhalen; hij dacht nog steeds dat hij voor haar een hele bibliotheek was. Hij scheen niet te beseffen dat de verhalen neerkwamen op een bekentenis en dat bekennen hem tot één ding reduceerden: een moordenaar, meer niet.

Er was de verontrustende lucht van smeulende groene dingen. Het dorp was stil, maar niet rustig, alleen doodop. De maan ontdekte het stromen van het water en zelfs dat koele licht flikkerde als een parodie op vuur.

'In New York was ik nog erg jong,' zei hij. 'Negentien.'

De koelte en het maanlicht waren een weldaad voor haar ogen. Ze was blij met de glans van de wereld. Maar ze dwong zichzelf om zich om te draaien, naar hem te lachen, waarderend.

Deze keer kon ze niet meer met hem mee: naar feesten, naar je door de kunstwereld bluffen, naar zomers in Hampton, handelaren op scherp, naar het kijken hoe de beroemdheden zich door de hele farmacopee heen werkten en, soms, ook weer terug. Hij leek op een roddelblaadje, of een uittreksel uit een boulevardblad, alsof hij geen eigen levensverhaal had, alleen deze huls van andermans levensgeschiedenissen. Hij maakte maar één interessante opmerking: dat hij in de kunstwereld had gezeten toen die niet langer heroïsch was – de abstract-expressionisten in gevecht met woeste verf – en vóórdat die tot sociaal werk ter verbetering van het land was verworden. Hij had de leuke tijd meegemaakt: de jaren van de soek.

Dus kon ze eindelijk geïnteresseerd reageren. Ze wilde dat hij in zijn verhalen opging tot hij dingen zei die ze kon rapporteren.

Ze sloot haar ogen. Het ging zonder dat ze het wilde. Ze zag, ook glanzend, het afgesneden hoofd van de foto, de mond wijdopen op de plaatsen waar tanden en kiezen na de moord waren weggehakt.

Nog maar een uur geleden had ze deze man in zich gehad. Nu kon ze niet met zekerheid zeggen hoe hij heette. Als ze hem had willen zeggen dat hij moest ophouden in plaats van hem naar zich toe te trekken, welke naam had ze dan moeten gebruiken?

Hij liep ongedurig door het huis, groter dan hij in haar herinnering was, vergroot door de vaagheid van het licht en de grote nachtelijke schaduwen. Hij rammelde met messen in een keukenla, op zoek naar lepeltjes voor in de koffie; maar zij dacht aan de messen.

Hij riep: 'Wil je het niet weten?'

Ze dacht dat ze ergens bij een huis honden hoorde bewegen, zich tegen golfplaten werpen, met krassende nagels.

'Ik bedoel,' zei hij, 'ik dacht dat je nu alles wilde weten.'

'Ik moet bellen,' zei ze.

'Gebruik de zaktelefoon.'

'Dat was ik ook van plan.'

Ze begon een nummer te draaien. Geen lokaal nummer, dat kon hij zien: het begon met een nul. Ze wachtte tot ze de zachte klikjes van het oude draaisysteem hoorde wegsterven.

'John Costa? Met Maria Mattoso.' Stilte. 'Ja, het spijt me. Ik wilde je alleen even zeggen dat de wegen zijn afgesloten. Ja, brand. In Formentina. Het is echt heel erg op de weg. Je moet nog een paar dagen in Lissabon blijven.' Stilte. 'Ik kom heel graag naar Lissabon.'

Ze legde het toestel op tafel.

'Dat had je niet hoeven doen,' zei hij.

Ze belde maar één keer terug. En laat. Ze zei niet waar ze was, alleen dat ik niet naar Formentina moest komen.

Zij was het slachtoffer. Zij was bij de boef, dat had Mello zelf gezegd. Dus kon ze niet zeggen wat ze bedoelde. Ze zei dat ik naar Formentina moest komen. Ze moest daar zijn. Ze was in gevaar, met een wapen tegen zich aan, wanhopig uitkijkend naar een held.

Als Maria in Formentina was, moest ze bij Hart zijn. Als ze bij Hart was, moest ze in gevaar zijn.

Ik was aangekleed, gooide mijn vuile was in een tas, dacht niet aan mijn scheerspullen in de badkamer, en rende de brede trappen in het flatgebouw af. De straat was een fluorescerende leegte: het blauw en oranje van kunstlicht en lindeschaduw en volle maan. Ik holde naar mijn auto en merkte dat ik me afvroeg wat een politieagent zou denken als hij me zag: een man die zonder reden hard wegrent, dus op de vlucht is.

Ik miste een afslag tussen lage betonfabrieken, probeerde het nog een keer over brede wegen met uitgewoonde oleanders. Ik kwam uiteindelijk bijna helemaal beneden bij de rivier terecht, bij de loodsen met hun oude graffiti en bij de roestrode vrachtschepen wier masten in het donker overtuigender werden, voordat ik de borden naar de snelweg naar het noorden vond.

Ik had deze weg al eens gereden, rechtstreeks vanuit het vliegtuig uit Londen, op weg om mijn vader te zoeken en te begraven, om terug te halen wat Hart had gestolen. Ik was toen net zo'n vat vol tegenstrijdigheden als iedereen: een rommeltje van herinneringen, vergissingen, genomen en ontlopen beslissingen, begraven, toegelaten en domweg voorlopig vergeten gevoelens, echtgenoot, vertegenwoordiger van een grote instelling, een voorspelbaar statistisch gegeven dat verknoopt was met mijn kredietwaardigheid, mijn parkeerruimte, mijn medische gegevens, mijn ochtendroute naar het Museum, mijn eetgewoonten. Nu ik deze nacht onderweg was, vond ik mezelf… Ik moest aan het woord *gedistilleerd* denken. Alle kleinigheden waren opgenomen in één groot, doelbewust vuur.

Ik wist (een lange vrachtwagen reed met grote snelheid langs) diep in mijn hart (mijn blik viel op een felle barverlichting in een klein stadje, namelijk Sousa's Bar, in het Engels) dat dit (de weg dook een tunnel van bomen in) krankzinnig was. Maar een diagnose telde zoveel minder dan de kans eindelijk in actie te komen.

Een uur later reed ik nog steeds, maar begonnen de zekerheden te vervagen. Ik was gewend zaken mooier voor te stellen, me aan te passen aan kantoor, Anna niet altijd precies te vertellen wat ik bedoelde, mezelf een weg te banen; nu probeerde ik iets eenvoudigs, een held te zijn. Het viel niet mee vast te houden aan een fraai ethisch doel terwijl de weg onder me door gleed, een banale loper. Bovendien trok de slaap me omlaag. Ik knipperde met de ogen, en het moment van dicht-zijn leek wel een minuut te duren, als een black-out. Ik ging verzitten, dwong mezelf tot concentratie. Ik kon mezelf heel makkelijk de weg af slapen.

Ik was nu een geest, zo zonder alle details die een man in een specifiek leven verankeren, zonder vrouw, zonder vader die ik zou erkennen, en ik zat achter een man aan die al die details had weggegooid. Ik snelde door een landschap dat zich uitstekend leende voor zo'n geestenoorlog: visioenen en rondtollende zonnen, ridders op wacht, een verborgen schat, verborgen prinsessen. Ik kende de bijzonderheden niet, alleen de ansichtkaart, losse opmerkingen uit reisgidsen, dus ik kon deze landstreek overspoelen met elk verhaal dat ik ooit had gekend, met een dief van levens, een monster en een ridder, een moordenaar en een politieman, allemaal verschijningsvormen van een oude zaak die gaandeweg het verhaal steeds letterlijker werd.

Ik had nog tachtig kilometer te gaan.

Ze stond naakt bij het bed, één hand op een scherpe heup, het lichaam gedraaid als een strijder, met de onvoorwaardelijke doelgerichtheid van een van haar moeders heiligen.

Hij rekte zich uit en gooide de lakens van zich af. Begeerte deed zich niet voor. In plaats daarvan klopte hij op het bed en zei: 'Ik kan nog eens over de Bahama's vertellen. Over de orkaan.'

'Raak je nooit eens door je verhalen heen?' vroeg ze. 'Blijf je nooit ergens hangen?'

'Is dat een uitnodiging?' Hij zei het zonder nadenken, bij uitzondering. Het was iets wat de andere Christopher Hart – seksueel opportunist, zo nam hij cynisch aan, niet zo ervaren behalve met grootogige studentes, verslaafd aan hartenbreken om zijn ijdelheid te strelen – gezegd zou kunnen hebben.

Ze liep naar de zitkamer.

'Het holst van de nacht,' zei hij vanaf het bed. 'Afgrijselijk harde wind, kokosnoten en afdakjes die tegen het huis waaiden. De regen. De auto, die we achter hadden gezet omdat hij daar veilig was voor vallende bomen, had ergens kortsluiting: midden in de nacht ging het licht opeens aan zodat we door de regen heen de bomen konden zien doorbuigen. En dan die drie oude dametjes met hoedjes die zaten te bridgen en de mogelijkheden van het volgende seizoen bespraken. Ze dronken, ze kletsten. De stijfsel hield ze op hun plaats. En toen besefte ik dat ze zich stuk voor stuk bepiest hadden maar waren blijven doorpraten...'

'Wat deed je op de Bahama's?'

‘Ik zou je verhalen kunnen vertellen! Bijvoorbeeld over de tijd dat ik new-agevoorganger was. Kristallen en bollen. Ik ben ooit lijfwacht geweest, in Cannes. En ik was…’

Het kletteren van borden, als wegglijdende stenen.

Hij verhief zijn stem. ‘Ik was…’

Ze riep vanuit de keuken: ‘Waar haalde je dan de tijd vandaan om Christopher Hart te zijn?’

Bomen drongen op naar de weg. Eerst dacht ik dat het de hoog staande maan was die van de takken op een of andere manier skeletten maakte; de maan was de verandering die me opviel. Maar ook de bomen waren veranderd, waren staken en houtskool geworden, takken vlak bij de stam afgebroken. Bosschages waren ingebrand en gesnoeid, en de bomen stonden erbij als ruïnes. Ik zag de grond roken, of ik verbeeldde het me.

Ik reed zonder enig probleem Vila Nova door en nam de grote bergweg. De buitenwijken zagen eruit zoals altijd: keurig, met hekken, nietszeggend. De eerste stukken bos waren intact. Maar na nog een kilometer was de weg afgezet met een rij schragen.

Ik had er makkelijk langs gekund. Er was zo laat geen politie om het verkeer te regelen. Maar als de weg hier was afgesloten, moest hij een eind verderop zijn afgesloten door iets veel dreigenders: vlammen, gevallen bomen, de vrijwillige brandweer die het daar op de weg voor het zeggen had.

Ik nam de zijweg die de bergwand volgt en zich naar het kasteel in Vila Nova slingert. Ik was gewend om ’s nachts alleen maar bomen te zien, bomen die naar beneden kwamen tot aan de rand van de weg en die het kleine, ronde, holle kasteeltje, dat achter in het dal lag weggestopt, omringden. Maar vanavond was de beschutting verdwenen. Het kasteeltje stond in zijn eigen oplichtende winter: kale bomen, witte assige bodem.

Ik stopte even langs de weg. Het bos slorpte altijd geluid op, zelfs in de plooien van de hoge serra, maar nu leek het dat vermogen kwijt te zijn. Het was mogelijk dat ze me in Formentina de bochten en de steile, stenige hellingen van de sluipweggetjes hoorden nemen. Maar ik had niet anders dan sluipweggetjes.

Als het goed was, had ik hier een strategie voor uitgedokterd, maar in plaats daarvan beschikte ik alleen over wat ik zag en rook: het kasteel in zijn zee van as en het koude, fel schitterende maanlicht.

Hart kwam achter Maria aan met thee. Hij had te veel tijd in de keuken doorgebracht, in laden gerommeld. Ze zou niet weten wat hij met een schroevendraaier en ijzerdraad moest.

Ze had zich niet aangekleed. Het briesje was heel zwak, maar genoeg om haar nauw zichtbaar kippenvel te geven.

Ze zegt dat ze bewegingloos in haar stoel bleef zitten toen mijn auto beneden stopte. Portieren sloegen één keer, daarna nog eens. De stilte keerde terug.

Ik gleed uit op de leisteen, door de haast, ging weg en rende weer terug. Ik dacht dat ik, als ik even wachtte, niet zou worden opgemerkt.

Ik zag dat het licht van de leeslamp op haar hals viel, haar gezicht in het donker liet en haar hoge, fraaie borsten kleurde met geel licht. Hart keek ingespannen naar haar, alsof hij haar moest onthouden.

Ze zei: 'Er is iemand aan de deur.'

Hart keek naar haar en het maakte niets uit. Ze wachtte geduldig.

Ik begon buiten 'Maria! Maria!' te roepen.

Ze bewoog zich niet. Dat meen ik; ze verstrakte zelfs niet om zich niet te bewegen. Ze leek te denken dat onbeweeglijkheid en stilte me zouden laten denken dat ze er niet was en dat ik dan zou weggaan.

Natuurlijk was ik er, met mijn spieren gespannen en de adrenaline rondjakkerend, er nog altijd zeker van dat zij het slachtoffer was.

Ze glimlachte.

Hart had nooit eerder een getuige gehad. Hij had nooit eerder iemand gehad die wist wat hij deed en wat hij kon, die hem kon boekstaven en vasthouden; van hem houden ook.

Ik bonkte op de deur.

Omdat ze niet bewoog of sprak, riep Hart: 'Ze is hier,' en gooide de deur open. Een vlaag nachtwind blies bruine bladeren de kamer in.

Ik bestormde het huis en bleef doodstil staan, hijgend. Ik had obstakels verwacht en vond er niet een. Ik had verwacht dat Maria in gevaar was, maar ze was slechts ontkleed.

Maria zei: 'Ga weg. Het is maar een spelletje. Ga weg.'

Ik kon de gebeurtenissen in de kamer niet duiden. Je had Hart, met thee: huiselijk, halfnaakt, merkwaardig druk voor midden in de nacht. Ik had geen belangstelling voor Hart. Je had Maria, niet bewegend maar zeer vrij, zo zittend dat ik haar gezicht niet goed kon zien maar alleen haar lichaam. Ik had zoveel tijd gehad om aan haar lichaam te denken.

'Je moet weg,' zei Maria.

Ik was binnengevallen in een intiem moment, een knus moment na een vrijpartij. Misschien.

'Wil je thee?' vroeg Hart. Hij zei het met oprechte vriendelijkheid.

Ik wist niet wat een man zoals ik zou doen of zeggen. Mijn gedachten waren allemaal in TechniScope en De Luxe Colours. Ik dacht aan *The Searchers* en het meisje dat niet gered wil worden.

Maria stond op en liep de slaapkamer in. Hart ging naar de keuken om er een kopje bij te halen.

Ik had dit alles kunnen fantaseren. Ik had het verhaal over mijn vader, de verklikker in de helwitte ruimte, kunnen verzinnen. Hart kon zijn wie hij zei te zijn, had misschien niet gedaan wat hij ontkende te hebben gedaan, was misschien helemaal niet gevaarlijk. Maria en Hart hadden misschien gewoon een snelle zomeraffaire, of misschien zelfs dat niet. Misschien was ze gewoon blijven slapen omdat de wegen waren afgezet.

Alles in mijn verleden was opgelost, dus waarom zouden alle vaste punten van een collectief verleden, de boeken, platen, papieren en rapporten nog wel iets betekenen?

Hart en Maria maakten nauwelijks geluid in het huis; ze gleden rond op beweeglijke, stille voeten. Door het raam kon ik het dorp als een cascade van dakpannen en leisteen het dal in zien gaan. Daarachter begon het bos weer. Er waren geen blaffende honden, geen gepraat, geen van de geruststellende stadsgeluiden die inhielden dat het leven doorging, ook al was het midden in de nacht.

Nog verder naar beneden dan de weg goten drie mannen – jonge mannen – in het maanlicht een vat leeg op een veld: schimmige figuren, verwoed bezig. Ze liepen achteruit. Een van hen streek een lucifer af en het goud van het vlammetje lichtte even stralend op voordat hij het veld aanstak. Het brandde met opkolkende oranje rook.

'Ze maken een tegenvuur,' zei Maria alsof ze kon zien wat er gebeurde. Toen ze naast me kwam staan, sproeide het vuur vonken omhoog. De mannen dansten.

Maria kwam gekleed tevoorschijn en zei dringend, bijna fluisterend: 'Je moet hier weg. Je weet niet hoe het met Hart zit.'

'Mello heeft me ingelicht,' zei ik.

'Heeft hij je het hele verhaal verteld?'

'Ik weet dat hij gezocht wordt wegens moord.'

'Weet je ook voor hoeveel moorden?'

Ik staarde haar aan, haalde mijn schouders op.

'En toen ben je teruggekomen?' zei ze.

'Ik dacht dat je in gevaar was.'

'Niet ik ben in gevaar, maar jij. Ik heb je nog gezegd dat je niet moest komen.'

Het wilde er bij mij niet in. De ridderlijkheid zit in mijn genen, en ik weet hoe een echt verhaal in elkaar zit: vrouw in gevaar.

Hart kwam de woonkamer in.

Maria zei: 'We moeten praten.'

Dus ging hij zitten en stopte iets weg in de zijkant van de stoel, iets wat veerde en niet weggestopt wilde worden. Ik stond nog en Maria ijsbeerde als een advocaat. Honden begonnen te blaffen.

Tegen Hart zei ze: 'Wie ben je?'

'Hoe bedoel je?' vroeg Hart.

'Luister mee, John,' zei Maria. 'Als je niet weggaat, moet je luisteren.'

'Wat wil je weten?' vroeg Hart.

Ze zei: 'Mello heeft het me verteld. Je hebt een echte naam. Je bent Martin Arkenhout. Je hebt in Florida iemand vermoord, zijn naam aangenomen, en een jaar later is de naam van die jongen verdwenen. Je moet toen dus weer hebben gemoord. Nu ben je Christopher Hart, dus nu we weten hoe je te werk gaat, moet je Hart hebben vermoord.'

'Dat zeg jij,' zei Hart. Wat zou hij verder nog moeten zeggen? Het was wel duidelijk dat deze versie van zijn levens ergens in een politiedossier was opgeslagen, een open dossier waaraan werd gewerkt. Ze hadden het door, eindelijk.

'Is dat het enige wat je te zeggen hebt?' zei ik.

'Ja, precies. Wat had je dan gedacht?' Hart probeerde te doen of hij moreel superieur was. 'Wil je weten hoe je iemand moet doden? Tot in detail? Kom je daarop klaar?'

Ik vloog hem niet aan. Ik wilde het wel. Mijn hele lijf was een politieagent.

'Waarom bellen jullie de politie niet?' zei Hart. 'Jij hebt een telefoon. Ik heb er een. Ik hou jullie niet tegen.'

'Je weet dat de wegen zijn afgesloten,' zei Maria.

'Ik neem aan dat de politie het wel aandurft. Costa is er ook door gekomen.'

Maria zei: 'Ik ga niet weg zonder Costa.'

Ik ging zitten als om mijn standpunt duidelijk te maken.

We vormden een patstelling die fraai werd uitgedrukt in maatschappelijke termen – twee mannen vastgeklemd in hun stoelen en een vrouw die tussen hen heen en weer loopt – maar op een onchristelijk vroeg uur.

Er stond thee op tafel: kopjes, melk, een oude pot met gebarsten glazuur. Daar kon ik niks mee. Er stond geen meubelstuk te veel in de kamers of in de hoeken waar het licht niet kwam, en er waren geen grote decoratieve artikelen. Er was niets waarmee ik Hart zou kunnen neerleggen.

Ik bedacht dat dieren dit beter hadden aangepakt. Katten zouden een hoge rug opzetten, hun vacht in stekels, een houding aannemen om te vertellen wie er aanviel en wie er werd aangevallen, en daarna jammeren en blazen en springen. Wij hadden manieren. Hart was het kind van keurige, gegoede Nederlandse ouders die weten hoe je aan tafel behoort te zitten en in de kerk je handen hoort te vouwen. Maria wilde vooral stilte. Wat mij aangaat, ik zat nog ergens met een vaag besef dat iemands schuld bewezen moet worden, en dat was voldoende om me ervan te weerhouden mijn eigen leven te redden.

Wat Hart ook verborgen hield in zijn stoel, het veerde even op: een lus van ijzerdraad. Hij was altijd zo efficiënt geweest als het op doden aankwam. Nu aarzelde hij, gespannen als hij was om klaar te staan voor een misdaad die hij nog niet had bedreven.

Hij probeerde de draad te verstoppen.

Maria rook benzine. De lucht was zwak en hij haakte in haar geest als een herinnering, maar ze wist dat het dichtbij was.

'Jullie zijn gek, allebei,' zei ze. 'Jij kunt vluchten, Christopher. Of Martin. Of wie je ook bent. Neem nu de benen, nu de grenspolitie nog niet is gewaarschuwd. Je kunt de Spaanse grens over zonder dat je wordt gecontroleerd en vandaar kun je heen waar je wilt. Wat houdt je tegen?'

Hart zei niets.

'En u, meneer Costa. Waarom gaat u niet naar Engeland? U hebt hier niets te zoeken. Niets.'

'Ik kom hiervandaan.'

We ijsbeerden achter een hek van woorden.

'U hoort hier niet.'

'Ik spreek al aardig Portugees. Mijn vader heeft me van alles over Portugal verteld.'

'U komt uit Londen. U moet terug.'

'Maar ik heb geen enkele reden om...'

Ik kwam overeind uit mijn stoel, zonder naar Maria te kijken, gefixeerd op Hart. Op Hart, die Maria had geneukt, die eraan had getwijfeld of ze de waarheid had verteld, die mij hiernaartoe had gehaald en dingen kapot had gemaakt, die weigerde zich fatsoenlijk schuldig te voelen, nog niet eens aan diefstal, laat staan aan moord. Ik heb in het algemeen alleen te maken met beschaafde handel: ontvreemde zaken, de samenzwering van handelaren, enkele vervalsers, niet het soort achterbuurtgedrag dat grijnst en jent en opschept; maar nu leerde ik de kille, bruikbare woede kennen die over je komt als je met je vuisten zowel wilt straffen als overtuigen.

Hart ging niet achteruit. Hij bleef in het gele licht staan en liet mij naar zich toe vallen, met de rechtervuist naar voren alsof ik door een deur heen wilde. Hij maakte een karikatuur van me: een dronken professor. Hij sprong zijwaarts weg, uit het licht. Het was een schok voor me dat de stomp niet aankwam en ik draaide me om.

Maria zag Hart de draad uit de zijkant van zijn stoel halen. De draad was een lus die met de uiteinden om een stuk hout was gewonden, om een schroevendraaier. Ze kon niet schreeuwen uit angst dat ik zou worden afgeleid.

Hart sprong in en uit het licht. Ik wachtte, blokkeerde de deuropening. De man maakte slechts schaduwen, enorme, slungelige schaduwen op de muur en het plafond. Hij kon nergens heen. Hij speurde koortsachtig naar een open raam, maar die waren allemaal dicht: glas en daarachter vergrendelde luiken. Als hij daarlangs probeerde weg te komen, zou hij gepakt zijn nog voordat hij de luiken had kunnen opengooien.

Toen stopte Hart plotseling met ontwijken. Zijn armen hingen langs zijn lichaam. Ik rende op hem af als een rugbyspits, greep hem bij de enkels en smeet hem op de grond. Harts hoofd raakte het roodbruine marmer van de vensterbank en zijn nek knakte.

Maria trok haar rok recht en liep naar buiten, de glanzende leistenen treden af, tussen het wit van de margrieten en de scherpe agapantusbladeren door die beide het verflauwende maanlicht opvingen.

Ze ging bij het kapelletje zitten en wachtte.

Harts ogen gingen open. Het was of hij de kracht noch de wil had om ze dicht te houden.

Ik dacht dat hij zijn ruggengraat misschien gebroken had. Het enige wat bewoog waren die ogen, en ze staarden voor zich uit. Even voelde ik iets van medelijden, even maar. Toen schokte zijn arm over zijn borst alsof hij iets uit een denkbeeldige binnenzak wilde halen.

Hij begon zijn lichaam weer te bewonen, als een foto die tijdens het ontwikkelen langzaam het papier begint te bewonen, detail na detail: hij werd weer Hart.

Dus hij was niet verlamd. Hij was slechts verdoofd en daas. Ik zag dat zijn ogen voorwerpen begonnen te selecteren, mij zagen.

Ik wist dat hij me wilde doden. Hij had die lus van ijzerdraad om een schroevendraaier gedraaid, een lus ter grootte van een nek. Je kon er niets mee vastmaken, maar wel mee doden.

Er waren dus geen mooie regels meer. Dit was het onvoorstelbare moment: werkelijk een zaak van leven of dood. We worden altijd zenuwachtig van mensen die een dergelijke keuze hebben meegemaakt: veteranen, grootvaders met medailles, agenten op straat.

Hij probeerde overeind te komen, te knielen.

'Wat wil je?' zei hij.

Echt staan lukte hem niet. Er zat bloed aan zijn hoofd. Toen ik op hem toe liep, schoot hij onhandig op zijn kont naar achteren. Ik had me nog nooit zo machtig gevoeld. Hij was altijd degene geweest die de beslissingen nam, maar nu had ik de keuze of hij zou leven of sterven.

Ik hurkte naast hem. 'Vertel me wat je hebt gedaan,' zei ik.

Nu had ik graag de held willen spelen. Maar vooral wilde ik zijn dossier vullen en een deugdelijk rapport van hem maken: het instinct van een archivaris.

'Wat ik heb gedaan?'

'En waar de bladzijden uit het Liber Principis nu zijn.'

'Ik ben Christopher Hart niet,' zei hij. 'Dat weet je toch? Ik ben een tijdje Christopher Hart geweest. Ik ben nooit in het Museum geweest.'

Ik gaf hem een klap in zijn gezicht. Het was puur film. Het stelde niets voor en het zou ook geen enkel nut gehad kunnen hebben.

'Je wilt zeker het hele verhaal?' zei hij. 'Wil je dat?' Hij dacht dat hij zich kon verdedigen met dat hele verhaal van hem, dat ik een stap terug zou doen. Hij dacht dat dit verhaal een soort voordeel opleverde.

'Ik steel levens,' zei hij. 'Ik steel mensenlevens en gebruik ze beter dan de vorige eigenaar ooit zou hebben gekund. Vandaar dat ik allerlei namen en paspoorten heb gehad. Ik heb vele leeftijden gehad. Ik heb pasjes en papieren die bewijzen dat ik tien, twaalf verschillende mannen ben geweest.

En zal ik je eens wat zeggen? Ik kan elke keuze maken, welke ik maar wil, de ene goede keuze na de andere. En maak ik een fout, dan begin ik opnieuw, in een andere huid. Maak jij ooit keuzes, John Costa?'

'Geef me de namen.'

'De helft van de namen herinner ik me niet meer. Waarom zou ik? Ik moet de namen vergeten als ik een nieuw iemand word. Ben jij weleens uit je huid geglipt, John Costa?'

Ik begreep niet waarom hij mijn naam zo vaak gebruikte. De vrienden van mijn vader deden dat soms ook, omdat ze niet goed wisten of ze een naam ter identificatie zouden gebruiken, zoals Amerikanen en Engelsen doen, of als een stuk geschiedenis, zoals de Portugezen doen, met de familienamen erachter, in een indrukwekkende rij.

Ik had mezelf die gedachte niet mogen toestaan, nog geen tel. Hij wilde me afleiden.

Hij had zijn hand op de keukentafel, reikte ermee. Ik kon hem niet tegenhouden. Hij trok de oliefles naar zich toe en die klapte op de tegelvloer. Hij hield de kapotte fles in zijn hand.

Dat was het moment waarop kon ik handelen. Ik, de man die een toeschouwer was bij de puinhopen van mijn eigen huwelijk, die slechts had toegekeken toen mijn vader stierf en niet eens doorhad wat er gebeurde, die niets wezenlijks had gedaan om de bladzijden en de prenten terug te krijgen waarvoor ik hiernaartoe was gekomen. Maar nu had ik vergunning om te handelen.

De man had gemoord. De politie wilde hem in handen hebben, of op zijn minst uit de weg. Niemand zou het erg vinden wat ik deed. Ik was er nooit eerder zo zeker van geweest dat ik in moreel opzicht superieur was, de betere van ons twee.

Toch was al die eer me nog te veel en kon ik mezelf niet tot doden zetten. Maar ik gaf een schop tegen zijn hand en de gebroken fles vloog in een boog van olie door de kamer.

Het bloed uit zijn hand was heel donker. Hij smeerde er iets van op zijn gezicht.

'Is dit hoe een moordenaar eruitziet?' vroeg hij.

Hij bracht een streep aan op zijn voorhoofd, een in zijn hals, allebei met bloed.

'Kijk dan,' zei hij.

Hij legde zijn handen op de tafel en hees zich overeind. Ik zag dat de hand met de snee erin onder een vreemde hoek naar achteren stond.

Hij bleef bloed over zijn gezicht smeren, streep voor streep, alsof hij een monster aan het bedenken was dat iedereen zou herkennen. Daarna ging hij staan en wachtte.

Hij moet hebben gedacht dat elke tel vertraging van mijn kant voor hem een kans betekende. Het betekende dat ik besluiteloos was. Het betekende dat ik nog vastzat aan mijn gevoel van orde en redelijkheid.

En dat was ook zo. Ik was gek van redelijkheid. Ik dook naar zijn keel.

Hij liet zichzelf doodgaan. Hij was jonger, veerkrachtiger, had meer adem, maar hij liet mij hem de adem ontnemen. Ik sloeg zijn hoofd kapot op de tegelvloer. Ik walgde van hem. Ik vernietigde hem. Ik reduceerde hem tot een smeerboel van bloed en vezels.

Ik had nog nooit zo'n stilte gehoord. Het was of de wereld zich van me distantieerde en daarbij een koud luchtledig achterliet waarin ik nauwelijks adem kreeg. Ik liet me op een keukenstoel vallen en wachtte tot mijn hart niet meer in mijn hoofd bonkte.

Er lag papier op de tafel, en een pen.

Ik tekende een boom. Ik begon heel simpel, twee stel takken en een stevige stam. Ik was er druk mee, zette takken aan de takken en voegde er twijgjes aan toe die kriskras door elkaar liepen; een kale boom. Ik begon aan een geometrische vorm, een soort parallellogram, en zette daarna op elk vlak een andere vorm tot ik een mozaïek had van lege, klungelige hokjes.

Ik denk dat ik een held had kunnen zijn, daar en op dat moment. Ik had naar buiten kunnen lopen en mezelf kunnen uitroepen tot de man die een moordenaar ten val had gebracht. Maar als ik dat deed, werd ik weer aan mijn oude ik geketend, John Costa, meer niet: hetzelfde huis, dezelfde tuin, hetzelfde huwelijk, dezelfde hoop en vooruitzichten.

Ik brak de schulp. Ik was met mijn gedachten bij Maria toen ik de pen oppakte en doelgericht begon te schrijven: een handtekening te zetten en vervolgens te oefenen en oefenen op de handtekening van Christopher Hart.

De ochtendschemering begon boven de berg: slechts een dunne veeg bleek wit, wolken met een toetsje, een haan die vroeg schreeuwt, honden die terugschreeuwen, mensen die hun bed alweer missen.

Niemand had erg goed geslapen. De brand was in ieders gedachten.

Maria zat nog bij het kapelletje. Ze zegt dat ze wist dat ze ons geen van beiden had kunnen bewegen uit onze privé-oorlog te stappen en dat ze er de voorkeur aan had gegeven af te wachten hoe het zou aflopen.

De ochtendschemering zorgde overal op de berg voor een warboel van donkere plekken. Het eerste wat ze zag was niet een man die zich voortbewoog, omdat ieder mens zijn gang kon gaan zonder in het vlekkerige licht te worden gezien, maar vuur: oranje vlammen die plotseling in een rechte lijn opflakkerden en daarna als een vuurlont rond de hoeken van een gebouw aan de rand van het dorp liepen. Ze had naar Harts huis zitten kijken, maar dit was lager en dichterbij. Het vuur stuurde derwisjen van heet gras omhoog.

Het gebouw moet de oude oliepers zijn, dacht ze: een stenen vierkant vol oud hout en metaal. Er was misschien nog wel olie opgeslagen. De schaduwen maakten speelse figuren op de muren, spoken die wegstierven door de opkomende zon.

Daarna rees het gebouw op, of anders heeft de schok Maria overeind gezet. Vlammen kwamen van binnenuit: geen rook, alleen helder oranje vuur. Even kon ze niet bedenken wat er op zo'n dramatische wijze zou kunnen ontploffen, maar elk huis had een gasfles voor koken en warm water, en één enkele fles kon best zoveel geweld produceren. Een minuut later vloog een tweede fles de lucht in, en daarna een derde.

Iemand moest gaskachels in de oliepers hebben opgeslagen. Ze wilde graag een verklaring, het maakte niet uit welke.

Het geluid van de explosies kaatste heen en weer tussen de plooien in de bergen en pas toen het zachtjes uitstierf, hoorde ze het knappende, duidelijk herkenbare geluid van vlammen.

Het dorp ging in één klap open: binnenplaatsen met heen en weer zwaaiende hekken, wagenwijd open deuren, teruggeslagen luiken en ramen die openstonden in hetzelfde grootse morgengebaar waarmee anders frisse lucht wordt verwelkomd. Maar de brand in de oliepers was smerig en chemisch – de lucht van benzine die ze zich herinnerde, de gasflessen waarvan ze wist dat die er moesten zijn – en het geluid en de stank waren ongewoon, ook daar waar vuur elke zomer op bezoek komt.

Ze rende de leistenen trappen op, mensen voegden zich van alle kanten bij haar, een tumult van angst. De huizen stonden er zo dichtbij dat het maken van een brandgang uitgesloten was: ze moesten het vuur rechtstreeks bevechten. Een aantal mannen verdween het bos in om het irrigatiebekken van elke boer open te zetten en het water door dikke slangen te laten lopen en de brand in de oliepers te blussen. Vrouwen kwamen naar buiten met emmers die ze neerzetten bij de bron, klaar om een waterketen de berg op te vormen. Sommige vrouwen kwamen met bezems, nog altijd in de hoop dat het een bosbrand was die op afstand zou blijven.

Het dorp had geen tijd voor woorden. Het was een en al spierkracht, bracht de zware waterslangen naar beneden en sleepte water omhoog vanaf de bron. De rook roerde zich in longen, liet ogen rode tranen wenen. De langzaam opkomende zon had de donkere plekken op de berg een vaag roze tintje gegeven, als de echo van vuur.

Maria voelde hoe het gewicht van de emmers haar armen uit het lid trok. Ze had elke dag zoveel bewijsmateriaal in vlammen zien opgaan: onbetekenende bewijzen, afval in het bos, gras geplet door geliefden, huiden waar slangen langs waren gekomen, flessen en wat erin had gezeten. Vuur pikte het allemaal in. Maar nu was de brand binnen de muren. Het vuur bedreigde de inhoud van de huizen, de vormen die levens aangenomen hadden, de oogsten op de velden, en de bossen zelf die goedbeschouwd ook oogstgoed waren.

Het dorp was onpersoonlijk als een machine. Een paar van de jongere vrouwen, sterk en gevuld, sloegen de vlammen rond de oliepers neer zodat het vuur in ieder geval niet kon overspringen. Drie man spoten water op het dak om te voorkomen dat de pannen zouden knappen en wegspringen, en om de oude eucalyptusbalken eronder goed nat te houden. Maar de hitte binnen kreeg vat op het oude, geoliede hout en brandde het weg.

Zo te zien was iedereen druk bezig met de brand. Niemand pauzeerde; pauzeren was er niet bij. En toch hoorde Maria, te midden van alle kreten, beneden een auto starten.

Later, toen ze de brand eronder hadden en een groep beroete mensen voor de kroeg wijn stond te drinken en te luisteren, zag ze dat de auto van Christopher Hart weg was.

Het vuur had alle natuurlijke materialen in de oliepers ontdekt en verwoest. De muren, van modder, stenen en klei, waren ontzet en gebakken; het water dat het vuur had bevochten, had ze doordrenkt en ze waren tot puin in elkaar gezakt. Binnenin waren de verdiepingen nog te onderscheiden op de bergflank, en er waren reusachtige, verbogen metalen tandraderen, maar de rest was alleen nog maar een soort archeologisch overblijfsel. Er was een stalen band die om de bovenkant van de muren had gezeten, zo'n geval dat oude gebouwen bij elkaar houdt; hij moet de ontploffing hebben verhevigd.

Ze ging het gebouw binnen toen de muren nog heet waren en houten en metalen spanten boven haar hoofd op doorzakken hingen. Voorzichtig liep ze over balken waarop de hars in blaren was weggekookt. Ze liep met een boog om de restanten van ronde apparaten en stenen heen. Ze wilde de eerste zijn, deed zelfs of ze er half officieel was omdat ze niet wilde dat de kinderen te zien kregen wat zij moest zien.

Drijfwerken waren met elkaar versmolten; het leek wel een zak vol paling. De vloerdelen waren verbrand en asachtig. Schroeiplekken vlamden op sommige plaatsen tegen de muren omhoog.

Hij kon onder balken liggen, of helemaal onder de stenen, of onder de twee metalen onderdelen van neergevallen persen. Misschien was de explosie sterk genoeg geweest om hem op te blazen. Ze bleef stokstijf staan, walgend bij de gedachte. Maar dat duurde maar even. Ze moest het weten.

Ze vond hem in de laagste van de twee oliebekkens, tot een cirkel opgerold en verpletterd. Het lichaam was zo geblakerd dat het haar even ontging dat het ophield bij een wurgdraad, het ijzerdraad als een stop op het lichaam. Het hoofd was ergens anders.

Ze wilde overgeven. Maar zonder het hoofd zou ze niet weten wie van de twee het had overleefd; ze wist nu hoe weinig er met pasjes en papieren te bewijzen viel.

Ze liep schoppend door de as. Ze keek naar de voet van de grote schroef van de grootste pers. Ze keek omhoog en vallend roet prikte in haar ogen.

Ze vond een schedel, gekraakt, met quasi-verlegen sluiers van vlees en zonder ogen. Hij lag bij een van de gasflessen. Ze dwong zichzelf om goed te kijken. Ze had iets bijna even ergs gezien bij Mello op kantoor: het gezicht van Christopher Hart. Maar dit ding was afgrijselijk omdat het nog niet was opgeborgen in de veiligheid van een gecategoriseerd bewijsstuk. Het was suggestief, als een raadselspel.

Ze draaide zich om en darmgassen verlieten opeens haar buik en ze sloeg dubbel en zocht steun bij een hete, vernielde partij tandwielen en trok haar hand verbrand terug.

De schedel was van iemand die ze had gekend: de man die met haar had gevrijd en haar verhalen had verteld, en anders de man die was toegesneld om haar te redden, de man die zij had willen redden van een veel te vroege dood.

Ze wist het niet.

Acht

De eerste nacht logeerde John Costa in een hotelletje aan een uitvalsweg van Oporto: kort, vierkant bed, rode zijden bloemen en een badkamer die naar verf stonk. In een café had ik tien minuten zitten nadenken over de naam waaronder ik me in het hotel zou inschrijven.

Ik had nog steeds dat gevoel van continuïteit, eerlijkheid misschien.

Maar de volgende morgen was ik Christopher Hart op weg door Spanje heen. John Costa had iemand gedood. John Costa kon ik niet meer zijn.

Ik liet me door de weg naar het noorden voeren, over een kale, rode vlakte met een hemel opengescheurd door een incidentele bui, alsof er naast de auto een oud Victoriaans panorama werd ontrold: een muur van verf en suggestie, geen gloeiend land overspoeld door een plotselinge bui. De weg lokaliseerde me, vertelde me de namen van bestemmingen maar verhinderde me ook ze echt te bereiken; ik bleef altijd aan de rand, achter schermen en muren van hout die tot doel hadden mijn sporen, aanblik en geluid weg te houden van de levende, gewortelde mensen.

Drieënhalve dag reed ik zo door. Ik stopte niet als het niet nodig was. De tweede keer dat ik het risico van een hotel nam om te slapen en te douchen, lag ik, toen ik wakker werd, opgevouwen als een chauffeur in bed.

Ik vond grenzen het prettigst als ik ze achter me had. Ze zorgden in ieder geval wel voor de noodzakelijke markeringen in dit voortdurend onder me door draaien van de weg: borden die bewezen dat ik vanuit Portugal naar Spanje was gegaan, van Spanje naar Frankrijk, van Frankrijk naar België.

Toen begon het me zorgen te baren dat ik bij geen enkele grens gecontroleerd was, zodat ik misschien zomaar ergens onderweg kon worden staande gehouden en op de proef gesteld.

Deze zenuwprikkeling ging over in woede. Geen mens, zelfs geen betaalde bureaucraat, kon het iets schelen wie ik was. De woede veranderde in angst. Ik maakte me weliswaar helemaal los van mijn verleden, een volmaakte ontsnapping, maar ik ontsnapte naar een leegte, droeg niets met me mee. Wat ik vooral niet kon dragen, waar ik de schouders en de rug niet voor had om het te dragen, was het feit dat ik iemand had gedood.

Het weer werd steeds guurder. Na Parijs reed ik door de vlaktes bij Lille, de bakstenen zoom van Brussel, in het kielzog van spoorlijnen en hoogspanningskabels. De regen hield aan, hing als een gordijn voor grauwe steden, koude neonsteden, een paar kerken, en één keer een langgerekte fabriek met hoge schoorstenen tussen een steigerwerk van buizen.

Ik nam onderweg geld op, geldautomaat na geldautomaat, een dikke binnenzak vol kleurtjes: peseta's, Franse francs, Belgische francs. De pasjes konden er elk moment mee ophouden en dan moest ik klaar zijn. De naam Christopher Hart kon versleten raken.

Ik waagde het met nog een hotel.

Niemand controleerde ooit de handtekening bij de creditcards. Een tijdlang zou alleen incongruentie me kunnen verraden: een dode op reis.

Ik veegde de condens van de badkamerspiegel om een blik op mezelf te werpen. Mettertijd vervaag je, grijs rond de snuit, ogen zachter, gezicht minder gevuld met bloed en leven; en ik was aan het vervagen.

Ik bleef de condens met mijn mouw wegvegen, maar het enige wat ik aan het beeld toevoegde was een weerspiegeling van witte muren, het plastic douchegordijn, de glimp van een bed achter de deur.

Maria Mattoso zag de trein uit Oporto van verre aankomen: een grote huiver van oranje metaal in de heiige zindering. Op de perrons verdrong men zich in de schaduw, koffers en dozen en kinderen op een hoop, oude dames met waaiers, zeer jonge soldaten. Deftige heren met overhemden die op magische wijze nog steeds gesteven waren, zochten zich behoedzaam een weg tussen dit alles.

Ze dronk haar glas water leeg en wachtte tot de trein echt helemaal tot stilstand was gekomen. Ze was hier uit plichtsbesef. Ze had geen zin in haast.

De portieren gingen open. De menigte dromde samen rond de portieren, knokte zich omhoog, worstelde zich omlaag. Er kwamen hele families, van tantes tot en met pasgeboren baby's, langs.

Na alle anderen kwam Anna Costa.

'Ik ben u heel dankbaar,' zei Anna. Ze was stemmig gekleed, maar niet in het zwart.

‘Ik vind het heel erg voor u,’ zei Maria.

Anna’s blik werd vaag. ‘Ik heb hem tenminste niet hoeven vinden,’ zei ze.

Onderweg leek Anna iets te ontspannen, kon er zelfs een lachje af bij olijfbomen die overweldigd waren door stralend blauwe winde.

‘Ik ben bang dat de politie wil dat u hem officieel identificeert,’ zei Maria.

‘Is dat wel mogelijk?’

‘Het zal niet meevallen. Na de brand, en de explosies…’

‘Kan ik dat vanmiddag doen?’

‘Weet u zeker dat u dat wilt, na zo’n reis?’

De weg liep over een lange, ijzeren brug. In de diepte, op de grindbanken van een brede rivier, lagen lakens te drogen en speelden kinderen in ondiepe poelen.

Anna zei: ‘Ik wilde terugkomen.’ En omdat Maria niets zei: ‘Het moet voor u ook heel erg zijn.’ En daarna, meedogenloos: ‘Denkt u dat ze hem zullen vinden?’

‘Dat weet ik wel zeker.’

‘En wat voor gevoel hebt…’

Maria concentreerde zich op de weg die door een diep dal omhoogklom, met aan de ene kant pijnbomen vol zomers stof, aan de andere kant de geblakerde spiesen van een verbrand bos.

Ze vroeg: ‘Hebt u onderdak?’

‘Niet aan gedacht. Maar er is het huis in Formentina.’

‘Overnacht bij mij. Ik heb niet veel meubels, maar het is een stuk eenvoudiger. U hebt hulp nodig bij de politie. Vertalen.’ Toen Anna niet reageerde, vond ze dat ze erbij moest zeggen: ‘Ik breng u niets in rekening.’

Ze ging met Anna naar het lijkenhuis.

Anna nam goede notie van de scheuren in de witbetegelde muren, de koude lucht, muf als in een grot, alleen niet van het lichaam. Dat bekeek ze vanuit een ooghoek. Het vlees was weggebrand en geschroeid, de botten waren gebroken zodat het moeilijk was om een idee te krijgen van de lengte van de man op de marmerplaat, als het wel één enkele man was. En de schedel was kapotgeslagen, leek meer op een uit hout gesneden totem dan één bepaald persoon.

De politie liet haar een ring zien die in de buurt van het lichaam was gevonden. Ze herkende hem. Dus zei ze dat het lichaam John Costa moest zijn.

De schouders van de agenten ontspanden zich. Ze beschouwden het nog altijd als blasfemie om de doden open te snijden alleen om er een naamkaartje aan te kunnen hangen.

Die avond zei Anna aan tafel tegen Maria: 'Hij hoort hier, vindt u ook niet? Ik wil hem hier begraven.' Daarna zei ze: 'Op deze manier hebben we niet gefaald, John Costa en ik. We hebben nooit echt de tijd gehad om te falen.'

Maria Mattoso schonk wijn in.

Ze ontsloot de deur van haar kantoor. Er was een ansichtkaart onder de deur door geschoven; ze gleed bijna uit over een clichébeeld van bomen om een metro-ingang ergens in Parijs, met erachter een onscherp wordende boulevard.

Ze raapte de kaart op en ging ermee naar het licht. Hij was ondertekend met één enkele letter, C, gezet met een grote en bijna theatrale penbeweging; dus was het Christopher Hart.

De mededeling was geschreven in hoofdletters: 'WISH YOU WERE HERE.'

Ik kon niet geloven dat ik compleet verdwenen was. Ik dacht dat er allerlei officiële instanties zouden zijn die me zouden volgen: politie, banken, grensbewaking. Ik liet de grote weg voor wat hij was en zette koers naar zee.

Als kind dacht ik altijd dat alles aan de rand van de zee begon en eindigde, dat ik een veilig niemandsland kon vinden als ik in de branding bleef staan. Ik dacht: als ik gewoon tussen de golven door wegzwem en vertrouw op de macht van de zee, ben ik veilig voor alles wat er op het land gebeurt.

Maar het viel niet mee om de zee te vinden nu de Nederlanders er hun dammen en verdedigingswerken tegen hebben aangelegd. Ik reed langzaam door een stuk Zeeland, vlak op de dijken na die de wegen dragen, vol kale herfstboomgaarden. Toen ik bij het water kwam, begon het van de oevers weg te trekken en liet het een kwekerij met staken voor mosselen en oesters achter. In de verte beukte het water op zichzelf in.

Ik vond een stadje, met een afdak boven de haven vol oudgedienden die naar nattigheid en rook roken, elk op zijn eigen manier gebogen en gebukt, alsof ze zaten te klagen. Door de wind kon ik niets horen.

Ik wilde niet naar een restaurant waar ik de opvallende vreemdeling zou zijn. Ik doorzocht het handschoenenkastje op de aanwezigheid van een koekje, of chocola. Er was een Maagd Maria, vreemd genoeg, een klein geval van blauw aardewerk met een volmaakt satijnroze gezichtje.

Ik wentelde me in zelfmedelijden. Maar je kunt geen medelijden hebben met een ik dat niet echt bestaat. Quod erat demonstrandum.

Ik begon te lachen.

Steden leken me verstandig, om redenen van veiligheid. Ik stelde me veilig in een verkeersstroom, zeker van mijn richting, geen idee van mijn eindbestemming. Misschien was Rotterdam een goed idee. Misschien Haarlem. Misschien Amsterdam.

Toen wist ik dat ik doodop was.

Ik wist het toen ik een ruk aan het stuur moest geven om een enorme zwarte vrachtwagen op de linkerbaan te ontwijken. Ik dacht een sirene te horen, maar het was de claxon van de vrachtwagen die in de wind verwoei. Ik kon me niet veroorloven betrokken te raken bij een verkeersovertreding, dus remde ik af alsof de auto niet harder meer kon en nam de eerstvolgende afslag.

Ik stopte bijna abrupt op een brede weg met populieren. Ik draaide het raampje open. Het geluid van de regen vermengde zich met het gesis van natte banden op de grote weg.

Een reiger zat aan de rand van zwart water, grijs en bebaard, onbeweeglijk.

Ik bedacht – voor het eerst, want ik dacht niet altijd even logisch – dat de enige reden waarom de creditcards van Christopher Hart nog werkten, was dat ze een makkelijk te volgen spoor in Europa nalieten: bankafschrift na bankafschrift, opname na opname.

Dus dacht ik erover de auto te verkopen. Het was mijn enige nog belangrijke bezit: bemodderd, maar met een glans eronder, en een tamelijk nieuw model. Maar verkopen betekende papieren overleggen, betekende de mogelijkheid openen dat iemand zou gaan vragen waarom Christopher Hart, die al twee keer was vermoord, zaken deed met een garage in een of ander Nederlands gehucht.

Ik had behoefte aan een plek waar ik kon stoppen en warm worden en opgemerkt worden, zelfs bekend worden bij iemand anders: om een grens aan mezelf te ervaren.

Ik werd in het pikkedonker wakker.

Ik deed de lichten aan en startte de auto. De wereld had de plotselinge uitbarsting van licht en geluid over het kale, vlakke land, tussen de dunne populierenstammen door, kunnen opmerken. Ik reed voorzichtig door.

De bomen bleven de bundels van de koplampen verstoren, flitsen van zilveren bast. Mijn voet glibberde over de pedalen. Mijn handen waren een beetje te laat met sturen. De auto schoot vooruit van de weg af, gleed door het natte gras en bleef op de oeverrand hangen.

Ik hoorde de regen op het dak kletteren.

Op zulke momenten zit je te tobben als een kind. Ik maakte me steeds zorgen omdat ik geen echte waterdichte jas had en kou kon vatten en de rest van mijn leven zou blijven kwakkelen.

Ik probeerde de achteruit, maar de wielen kregen geen houvast op het natte gras, terwijl de voorwielen wegzakten in de modderige oever. Ik hoorde de wielen doorslaan en de auto schokte weer naar voren.

Ik stapte snel uit, verzamelde zoveel mogelijk spullen en trok een leren jack om me heen om mijn papieren droog te houden. Alleen de papieren leken er nog toe te doen. Ik dacht eraan de stapel bankbiljetten uit mijn broekzak te halen voordat ze in papier-maché veranderden.

De auto glibberde naar voren, bleef even hangen, bewoog weer, nestelde zich heel langzaam over de rand, van het gras en de modder af, de rivier in. Ik wist niet hoe diep het water was.

Ik kon de auto niet redden. Dus moest hij kopje onder voordat er iemand van de weg af draaide en probeerde behulpzaam te zijn en hetzelfde soort vragen ging stellen die Arkenhout eerder de das om hadden gedaan: behoedzame vragen in een logische volgorde.

Ik duwde. Mijn schoenen glibberden over het gras. Ik duwde weer. De auto kwam in het donker omhoog, de neus dook omlaag. Hij bleef waar hij was, de lampen nu onder water, de metalen buik een signaal voor de wereld. De rivier gloeide door de lampen, als levendig en bruin gebrandschilderd glas.

Ik moet dit melden, dacht ik. Weglopen is een misdaad. Het is vreemd hoeveel netter en preciezer je wordt als je een moord moet vergeten: een modelburger.

Ik spoelde mijn schoenen schoon in een plas water; zo netjes mogelijk.

De lampen onder water werden even heel fel en doofden toen. Ik hoorde in de nieuwe duisternis een nachtvogel roepen.

De auto begon slagzij naar rechts te maken, met een troostrijk krakend geluid.

Eindelijk, dat was een ontwikkeling waarbij ik kon helpen. Ik gaf de auto een duw en hij begon in de lucht te veranderen, van een rechtopstaande monoliet die naar olie stonk in een puinhoop onder een hoek. Ik hield weer op. Ik voelde de modder van de oever onder me wegglijden. Ik sprong net op tijd terug, precies op het moment waarop de auto omlaag zwaaide en in het water beet, zijn evenwicht vond, even dreigde te blijven drijven, lucht meezoog toen hij diep onder water zijn plaats vond.

Ik zag mezelf in de auto zitten, in het bruine water, mijn adem als een rij bellen en dan opeens ophoudend. Maar ik wist dat ik zou vechten en schreeuwen om niet te sterven. Zelfs dat weifelende, holle zelf van mij had nog een zeer angstaanjagend sterke wil om door te gaan.

Het begon weer te regenen.

Ik raapte een plastic boodschappentas met eten en water op, en de vliegkoffer die ik in Parijs had gekocht, een koffer op wieltjes die ik niet door de plassen kon laten rijden, en ik ging op pad. Ik rook olie op mijn huid, voelde de modder kledderig aan mijn benen koeken. Na drie kwartier lopen kwam ik bij de spoorlijn. In het stationstoilet kleedde ik me om; ik stopte mijn natte, modderige kleren in de plastic tas en kwam bijna presentabel weer naar buiten. Alleen mijn haar was kletsnat.

De eerstvolgende trein ging naar Amsterdam CS.

Het rijtuig was leeg op een nerveuze jongeman na die zijn shagje telkens opnieuw rolde, alsof hij iets volmaakts wilde produceren.

Wanneer ik met Anna op reis was, lang geleden, werden twee plaatsen in een trein een warme, intieme ruimte. Dat herinnerde ik me. Ik hield de jongen de hele tijd in het oog.

De volgende briefkaart kwam uit Amsterdam. Maria belde direct Mello op.

Hij leek blij met de informatie, voor wat die waard was.

Ze zei tegen Mello: 'Ik vind het naar voor u dat de zoon van José Costa het met de dood heeft bekocht.'

'Elke dood is verschrikkelijk,' zei Mello.

'Maar dat van alle mannen...'

'Ik heb de vader vergeven,' zei Mello. 'Dan kon ik de zoon toch helemaal geen kwaad toewensen?'

Maria wachtte tot hij verderging.

'Ik zei, hoe kunt u nu denken dat ik de zoon kwaad zou willen doen? Ik heb geprobeerd om hem in Lissabon te houden. Natuurlijk heb ik dat geprobeerd. Ik dank u voor uw informatie. Laat u het ons alstublieft weten als u enig ander levensteken ontvangt.'

Mello's mensen kwamen de kaart halen met een vertoon alsof het hele relaas gecodeerd was opgeslagen in het plaatje met trapgevels, of in de postzegels met het hoofd van de koningin, of in de gebruikelijke boodschap: 'Wish you were here.'

Toen ze bij Maria weggingen, was ze woedend op Hart. Hij dacht zeker dat ze naar een aan flarden gescheurd lichaam kon kijken en kon doen of het weer een van zijn verhalen was, een ervaring waar je een ander 's avonds per telefoon deelgenoot van maakt. En anders was hij haar aan het jennen: de clichés op de kaarten, de plaatjes en de boodschap, wezen op een plagerijtje. Ze wilde dat de politie de ansicht had achtergelaten zodat ze hem had kunnen vasthouden, ernaar had kunnen kijken, met haar vingertoppen had kunnen proberen te voelen wat hij bedoelde en wat hij deed: of hij rondzwierf, zonder een leven nadat hij er zelf zoveel had genomen, uitkijkend naar zijn volgende naam.

Op kantoor ging de telefoon. Ze dacht erover om het antwoordapparaat het werk te laten doen. Ze had geen zin in weer een grensgeschil, weer een kruimeldiefstal of het dringend herschrijven van een testament; eerst wilde ze de kwestie-Christopher Hart afsluiten. Anna Costa had tenminste nog iets om te begraven.

Het was een collect call. Ze hoorde de stem van de telefoniste via het antwoordapparaat; ze sprak Engels, maar hypercorrect, misschien Nederlands. Ze nam de hoorn van de haak maar de verbinding was al verbroken.

Ze wist dat het Hart was. Ze kon niet precies zeggen waarom, of ze er echt zeker van was, of dat ze gewoon dolgraag een punt achter het verhaal wilde zetten. Maar ze bleef een tijdje op kantoor, wachtend.

Er kwamen die dag geen telefoontjes meer.

Ik hing op. Het was niet verstandig om te bellen. Het was niet mogelijk om het niet te doen. Maria was mijn enige verbinding met mijn eigen complete levensverhaal, degene die wist wat verder niemand mocht of kon weten. Ik vond dat ik haar nodig had.

Ik kreeg hoofdpijn van alle oningevulde tijd die ik nu bezat. De hotelgang, de bleke muren, het glimmende linoleum, de goedkope gebroken witte tl-verlichting hielpen niet; maar ik had niet veel te kiezen. Dit hotelletje was niet bijster geïnteresseerd in paspoorten of andere papieren. Het was goedkoop. De leiding vroeg zonder meer een week vooruitbetaling in contanten.

Ik telde het geld dat ik onderweg naar het noorden had opgenomen. Ik liep naar de Dam, een gapend geglim van zwarte keitjes in de regen, op zoek naar een wisselautomaat. Ik voerde hem peseta's, Franse francs, Belgische francs; hij gaf me er guldens voor terug. Ik had het gevoel dat ik voorlopig even op orde was.

Ik sliep met het geld naast mijn kussen en ging de hele nacht verliggen om te voelen of het er nog was, als een jongen met een gekoesterd bezit, of een man in de wildernis.

Ik kon niet met iemand praten. Ik kon niet met niemand praten. Het onderwerp dat ik moest bespreken was de verantwoordelijkheid voor een dood, en het gesprek moest onder ons blijven; maar zonder kletspraat, gebral en grappen dreigde het altijd een uitbarsting van een gek op de rand van de stoep te worden.

Ik moest hoe dan ook warm eten. Ik vond een Portugees restaurant, nam het tafeltje naast een man die in Brussel in de bouw werkte, zonder gezin, en hier was om een weekend uit de band te springen en bier te drinken. Daarna was hij – ten prooi aan saudade, dat zich tot nostalgie verhoudt als een wervelstorm tot een briesje – naar dit restaurant gekomen voor iets dat hij van thuis kende: varkensvlees en schelpdieren misschien, de originele scheurtjes in het ei van *pudim Molotov* en rode wijn uit Bairrada. Hij had een rijtje in zijn hoofd van hoe hij op een tafeltje zijn thuis kon namaken: varken, suiker, rijst, aardappels en wijn.

'Kent u Portugal?' vroeg hij, voor de tweede keer.

'Ik ben van de zomer in Vila Nova de Formentina geweest.'

'Alles goed daar?'

'Alles goed. Hebt u er familie?'

Hij schudde het hoofd. Daarna zei hij: 'Ik kom uit de Minho. Ik was getrouwd, maar mijn vrouw is gestorven. Ik ben al twee jaar niet bij mijn ouders geweest, sinds haar begrafenis niet meer.'

'Dus alleen maar werken,' zei ik. 'Wilt u wat drinken?'

Na een paar tellen stilte zei ik: 'In de buurt van Vila Nova is alles nieuw. Nieuwe gebouwen, nieuwe huizen. Ze zijn bezig met een nieuw zwembad.'

'Binnenbad?'

Nog een biertje.

'Makkelijk aan werk te komen in Brussel?'

'Er is werk. En je bent er nu legaal. Het is goed dat we bij Europa horen.'

‘Er zullen toch wel andere Portugese…’

‘Die hebben een gezin. Ze zijn meestal nogal op zichzelf.’ Hij wilde het duidelijk over iets anders hebben. Hij wilde kunnen beweren dat hij zelf een vrolijk, goed leventje had. Dus zei hij: ‘Wat is nou geld?’ en bestelde een goede fles rode Colares, die hij met een zwierig gebaar inschonk. ‘Ik heb een keer de wijn in Bussaco gedronken,’ zei hij. ‘In het paleis. In de paleistuin. Het was een witte wijn, een heel oude. Smaakte naar vernis. Maar goede vernis.’

Hij was donker, net als ik. Qua postuur verschilden we niet veel, behalve dat hij zijn lichaam altijd stevig had gebruikt zodat het door en door hard was, als een goed touw.

Ik zag dat hij contant betaalde. Ik vroeg me af of hij wel creditcards of bankpasjes had.

‘Ik moet een stuk lopen,’ zei hij. ‘Ik moet ergens heen waar meiden zijn.’

‘Er zitten meiden achter de ramen.’

‘Ik heb behoefte aan een gesprek. Neuken kan altijd nog.’

We liepen in stevige pas langs de grachten, hoewel we geen duidelijk doel hadden, alleen de hoop op een lage, warme bar met gezelschap.

Hij vertelde dat hij Boaventura heette.

‘Mooie naam,’ zei ik terwijl ik hem in gedachten proefde.

Maria ging terug naar Formentina, gewoon om te kijken hoe alles erbij stond. ’s Morgens was het koud en nat geweest, maar de zon was doorgebroken en de landwegen waren naar druiven gaan ruiken, muskusachtige, zoete druiven, en de geheel andere geur van de nieuwe wijn die aan het gisten was.

Van de oliepers, zag ze, was alleen nog een lage ruïne over. De schroeivlekken glommen zwart. Er drong blijkbaar water in de puinmuren. Ze was blij dat het niet lang meer zou blijven staan.

Ze beklom het zijweggetje, langs de asachtige rand van het bos, naar wat eens het huis van Christopher Hart was geweest.

Ze moest een nieuwe deur regelen omdat de oude door het politieoptreden alleen nog maar los in het kozijn stond. Ze dacht: hij heeft de huur helemaal vooruitbetaald, dus het is niet dringend nodig om het huis weer te verhuren.

Ze duwde de deur voorzichtig open en zette hem tegen de muur.

Het was er donker en muf, zoals ze had verwacht. Ze had alle luiken en ramen zelf dichtgedaan. Zelfs het felle licht van de deuropening wierp maar een aarzelend vlak op de grond.

In dit donker ontglipten haar steeds dingen net vanuit haar ooghoeken. Ze dacht dat gebeurtenissen op een of andere manier een indruk hadden moeten achterlaten in het stof en de stilstaande lucht. Als ze niet uitkeek zou ze in de hoeken nog aanwijzingen en tekens gaan zien.

Ze maakte licht, om redelijk te blijven.

De keuken en de woonkamer waren nu allebei leeg en niet getekend door wat er ook maar was gebeurd: het was een huis dat weer te huur was, met net genoeg stoelen en lepels voor de zomer. Ze keek in een paar laden voor het geval ze iets over het hoofd had gezien: een boek, een borstel, iets kleins.

Ze keek in de badkamer. Op de plank een kleine uitstalling van zonnebrandmiddelen, in witte flesjes, oranje tubes. Ze leken haar nuttig, dus liet ze ze staan.

Ze stond bij de slaapkamerdeur. Hij was omlijst door verrassend licht.

Hij was daar, dacht ze, in de volgende kamer, altijd in de volgende kamer. Ze bleef deuren openen om hem te vinden.

Ze duwde de slaapkamerdeur open.

Er stond een man midden in de lichte kamer. Tegen het zonlicht dat door de open ramen viel, dacht ze eerst dat ze Hart zag: lang, hoofd omlaag, handen verstrengeld. Ze vroeg zich af hoe hij eruit zou zien als hij zich omdraaide.

Maar toen hij zich omdraaide, wist ze dat hij het niet was. Hart liep niet met zijn buik als een tas voor zich. Ook zijn handen klopten niet: de vingers liepen niet taps toe zoals ze zich van hem herinnerde.

Het duurde even voor ze aanvaardde dat ze tegenover Mello stond.

'Waarom bent u hier?' vroeg ze.

Mello was niet gewend aan de tand te worden gevoeld. Bovendien was het of ze hem had gestoord bij het bidden of mediteren, en hij zichzelf eraan moest herinneren te reageren.

'Het spijt me als ik u heb laten schrikken,' zei hij.

'Er staat beneden geen politieauto.'

'Ik ben vanuit Vila Nova komen lopen.'

'Waarom zou u gaan lopen? U loopt nooit.' Ze kende zijn grootse en indrukwekkende passages naar andermans leven, zijn officiële manier van zich door de stad verplaatsen.

'Ik wilde hier even zijn,' zei hij. 'Alleen.'

'Ik moet het huis controleren,' zei ze. 'Het moet weer worden verhuurd.'

'Ik moest alleen zijn.'

Maria zei: 'Ik moet dingen regelen.'

'Alstublieft,' zei Mello. Ze had hem altijd gezien als een aanwezigheid in uniform, met heel onbeweeglijke ogen; het was een lichte schok zijn gezicht voor het eerst goed te zien, zeer levendig door groeven en gevoelens. 'Ik wilde nadenken.'

Maria wilde de luiken gaan dichtdoen.

'U zult weg moeten,' zei ze.

Ze vroeg zich af of hij hiernaartoe was komen lopen als een soort pelgrimage.

'Ik heb ze allebei gedood, weet u,' zei Mello.

Van haar stuk gebracht vroeg ze: 'Allebei?'

'John Costa. En zijn vader.'

'Maar hoe hebt u zijn vader gedood?'

'De PIDE sloeg me. Ze bewerkten me met water en geluid. Sinds die tijd heb ik een piep in mijn linkeroor. Die is er altijd. Ze kwamen tot de conclusie dat ik te jong was om iets te weten, dus dachten ze erover om mijn benen kapot te maken zodat ik niet meer in moeilijkheden kon komen en ze me makkelijk konden pakken als dat wel het geval was.'

Maria zei: 'Ik wil dat allemaal niet horen.'

'José Costa wilde het eerst ook niet horen. Maar op de dag van zijn dood ben ik met hem gaan praten.'

'Hij is overleden aan een hartaanval. Hij was niet gezond.'

'Hij was wel gezond. Hij was sterker dan ik, en gezonder.'

De schittering van de zon, het wit van de muren isoleerde Mello, zette hem in een ondervragerslicht.

Hij zei: 'Die ochtend dacht ik dat de hele kwestie de wereld uit was, na al die jaren. Ik was blij dat hij terug was, blij dat ik de zaak kon afhandelen. Toen ik 's middags hoorde dat hij dood was, was het of ik opeens schuldig was, alsof ik de last van mijn eigen vervloekte lijden weer op me moest nemen. En daarna komt John Costa, en John Costa sterft en…'

Maria zag zijn ambtelijke status en gezag in tranen geknakt. Het beangstigde haar. Ze wist dat hij zich zou moeten vermannen, alles wat hij zei zou moeten ontkennen om weer de politieman te worden die gehoorzaamheid verwacht. Hij zou zich later tegenover haar laten gelden, daar was ze zeker van.

Hij zei: 'Ik dacht dat ik zo'n goed mens was dat ik José Costa kon vergeven. Ik denk dat het niet zo is. Ik denk dat de dood van John Costa dat wel bewijst.'

Maria zag hem zijn rug weer rechten, zijn gezicht in de strakke plooi zetten, zijn ogen drogen.

'Als Hart niet was gekomen…' zei ze.

'Dan zou een aantal zaken nog net zo zijn,' zei Mello.

Bij de voordeur vroeg ze hem: 'Denkt u dat u de mensen te pakken krijgt die het graf hebben beklad?'

'Nee,' zei Mello.

'U wilt het niet weten.'

'Iedereen kende het verhaal. Het had iedereen kunnen zijn.'

Ze begreep wat hij bedoelde: dat het een burgerplicht was om de herinnering aan zelfs klein verraad levend te houden. Hij had zijn gezag weer aangetrokken, hij liet zich niet meer ondervragen.

Ik vond dat ik Harts bankpas moest gebruiken zolang dat ging.

Ik zocht een geldautomaat, liep erheen, stak de kaart in de muur, koos Engels en driehonderd gulden – een mooi gangbaar bedrag, het maximum dat de bank wilde uitbetalen.

The transaction is being processed. Er stond een zonnebloem op het scherm.

Er ijsbeerden wat mensen achter me, wachtend in de regen.

The transaction is being processed. De zonnebloem stond er nog steeds.

Een Engelse toerist begon links en rechts naast me op te duiken, alsof ik expres mijn tijd en die van anderen stond te verdoen. Ik nam niet de moeite om het hem uit te leggen.

The transaction is being processed.

The transaction cannot be processed. De zonnebloem veranderde niet.

Het pasje kwam terug.

Christopher Hart was dood.

Ik liet het pasje in mijn borstzak glijden en deed mijn jack dicht tegen de wind. Ik dacht eraan om John Costa's pas te proberen, maar het rijtje mensen achter me straalde ongeduld uit. Bovendien moest John Costa zo langzamerhand ook zijn krediet kwijt zijn: Anna is een nuchtere vrouw.

Ik liep stevig door. Ik schaamde me als een jochie omdat ik de aandacht had getrokken, was opgevallen. Daarna werd ik een en al hersens, liep ik in gedachten alle mogelijkheden na. Een tijdlang voelde ik geen kou.

Misschien was het apparaat op de Dam gewoon een rotte plek in de bekabelde wereld. Maar als iemand wilde weten waar hij me kon vinden, had ik hem dat daarnet gemeld: een stuk lopen van de Dam vandaan, zonder geld voor een taxi.

Die nacht droomde ik dat ik een schooljongen was die buiten hardliep, koud en nat en buiten adem, zwoegend over modderpaden en door buitenwijken, in een konvooi van ellende. Ik kon niet afwijken van het parcours, want dan werd ik gezien. Ik kon niet ophouden met hardlopen omdat mijn tijd werd opgenomen.

Ik werd wakker, koud.

Ik had al mijn mogelijke namen en levens verloren, op één na: Martin Arkenhout. Ik dacht zelfs, net als hij altijd had gedacht, dat ik het beter kon.

Boaventura vertelde dat zijn vader ooit in Londen had gewerkt, maar niet voor lang. Hij had zullen gaan toen hij twintig was, maar dat was tijdens de wereldoorlog, dus had hij moeten wachten. Hij was teruggekomen toen hij de scheiding van zijn echte leven niet langer aankon, en hij was bekend geworden omdat hij een autootje had gekocht – een derdehands Renault – waarmee hij nog altijd te snel door het dorp reed, en te langzaam op de grote weg.

Het was wel erg vroeg op de avond om al onderuit te zakken met drank, maar het was best prettig. Bovendien wilde ik Boaventura niet laten merken dat ik jaloers was op een vader die bij hem was teruggekomen.

Het zou trouwens mijn vader zijn als ik Boaventura was.

Het idee van doden was nog heel abstract. Ik had geen wapen, geen plan, geen idee van wat ik midden in de stad met het lichaam aan moest, behalve dan misschien dat je het kon verzwaren en in de gracht gooien. Het enige wat ik zag, was de noodzaak iemand anders te worden en de mogelijkheid om eindelijk één ding te worden, namelijk Portugees, niet een half dozijn mixtures van ras, land, gewoonten. Ik zou een eind maken aan de complicaties en uit één stuk worden.

Maar om dat te bereiken moest ik deze ene man doodsteken, doodschieten, doodknuppelen, verdrinken of wurgen, moest ik me uit mijn jaloezie opwerken tot een duidelijk superioriteitsgevoel: Arkenhouts gemoedstoestand, die zich altijd de noorderling in Europa voelde, en er zeker van was dat hij op een of andere manier beter, verder ontwikkeld en rationeler was dan ieder ander.

'Die vrouwen daar,' zei Boaventura. 'Ze lachen naar ons.' Hij riep de serveerster en liet haar een paar pilsjes brengen naar de twee blondines, een jaar of veertig, gezichten als goed brood, die aan de andere kant van de bar samen aan een ander tafeltje met een groen kleedje zaten.

De vrouwen lachten inderdaad. Een van hen wenkte ons.

Je kunt jezelf niet goed pijnigen onder een deken van bier, terwijl dijen o zo per ongeluk langs de jouwe strijken, de tijd probleemloos verstrijkt, met een schaal mosselen met sausjes en brood om de drank op te dweilen en gesprekken over gezinnen, thuis, intimiteiten die even terloops bij onbekenden worden neergelegd als kinderen onderling met hun liefste speelgoed doen.

Ook ging niemand met een ander mee naar huis, behalve dan dat de twee vrouwen de metro naar Amsterdam-Zuid namen en wij hen uitzwaaiden. Ze kusten ons, klapzoenen vol bierachtige warmte.

Boaventura koerste onvast weg, gelukkig. Hij zei dat we de avond erop ook maar moesten gaan drinken. Kijken of we weer geluk hadden. Kijken wat er gebeurde.

Ik bleef lopen. De halve volgende dag liep ik, ondanks de regen en de kou. Ik liep de lange, nietszeggende wegen naar de rand van de stad af, met hun stoet warme inkijkjes: woonkamers, katten, boekenkasten, keukens zo wit en schoon dat ze een zedenpreek leken. Daarna liep ik via een andere weg terug naar het centrum, dook weg in steegjes tussen overhellende panden, langs de pooiers die probeerden nonchalant op straathoeken te staan. Ik hield geregeld halt voor een pilsje of een kop koffie, gewoon om zeker te weten dat ik nog warm kon worden.

Ik herinner me niet aan moord te hebben gedacht, of aan Boaventura. Ik voelde me even schoon en leeg als papier dat indrukken opdoet.

Ik kwam uit bij de gotische spitsen van het Rijksmuseum, aan de overkant van een koude, zwarte gracht. Ik zag het als een toevluchtsoord, en niet alleen omdat alles daarbinnen fijntjes geordend was, periode na periode, vitrine na vitrine. Mijn hele leven al kon ik me verliezen in verf en vormen en symbolen, zelfs in de drukte van een tentoonstellingszaal. Ik wist waar ik mijn levensverhaal kon vinden: in boeken en prenten.

Ik betaalde en ging naar binnen. Ik ging de trap op, sloeg af naar het prentenkabinet: vitrines vol etsen, allemaal landschappen en hooibergen en drinkebroers bij herbergen, zo stelde ik me voor. Ik kon ze niet zien omdat de lampen in het glas weerkaatsten; ik dacht tenminste dat de lampen het probleem waren.

Ik liep naar de zalen met meubelen: als parodieën op onveranderlijke, huiselijke kamers maar nog niet rommelig gemaakt door levende mensen. Er waren poppenhuizen, kleine opengesneden levens.

Ik liep langs schilderijen die ik altijd had beschouwd als hoogtepunten en lessen omdat ik gewend was me over te geven aan bewondering en verering. Maar nu hingen de schilderijen werkeloos aan de muur, een rij voldongen feiten van olie, linnen en hout.

Ik bleef staan voor een schilderij van Frans Post. Dit moest in ieder geval groots en belangrijk zijn: het was geschilderd, dat wist ik, tijdens de expeditie die ook het Liber Principis had opgeleverd. De boeken waren de catalogus van de wonderen en dit grote doek was er een etaleursversie van.

Ik zag een panorama, gevangen in een groot, gesneden raamwerk van verstikkende klimplanten. Ik zag broodvruchten als een tros aan een boom, felrode vogels, een louche, lummelige aap, een schubdier snuffelend aan een kalebas, een grote pad, een ananas, bij elkaar een reidans van soorten gearrangeerd op festoenen van groen vóór het grote, brede toneel van het schilderij; op dat toneel de ruïne van een kathedraal en allerlei bezoekers, blanken voorop, zwarten in eerbiedige rangorde, en daarachter de blauwe rimpels van heuvels die overgaan in een hemel van hetzelfde paarsachtige blauw. Ik bekeek elk onderdeel, stuk voor stuk.

Maar ik wilde me in het schilderij verliezen, de huiver van opwinding op mijn huid voelen. In plaats daarvan draaide mijn geest rond als een soort kaartsysteem. Ik haalde er feiten uit: Post was de eerste geoefende, officiële landschapsschilder die naar de Nieuwe Wereld werd gestuurd; hij had dit panorama na terugkeer in Holland geschilderd als een propagandastuk; hij had de schittering van een vogelvleugel genomen en afgeschilderd als een boerse revérence.

Kort daarop was Post aan de drank geraakt. Dat wist ik.

Ik stond er zo lang, dat de suppoost onrustig werd.

Als ik het schilderij niet door eigen ogen kon zien, dan zou ik het misschien kunnen bekijken door de ogen van bijvoorbeeld een Hollander uit 1660: trots omdat de Hollanders deze rijke Braziliaanse kust met al zijn wonderen in bezit hadden, maar trotser nog omdat de Hollanders de Portugezen die er hadden gezeten, met vuur hadden verdreven en een katholieke kerk voor de protestantse zaak hadden verwoest. Maar ik bleef steken bij het stoffige oppervlak, tussen de jaartallen en de feiten.

Ik wilde de lijst aanraken. Vermoedelijk was dat goed te merken.

De suppoost stond op en liep wat heen en weer. Ze praatte in haar walkietalkie. Ze kruiste met lange slagen door de zaal, en met elke slag kwam ze dichterbij.

Ik voelde me gevleid omdat ze me nog tot een obsessie in staat achtte.

Ik probeerde andere schilderijen te bekijken, een verwrongen zwaan, een beroemde kop, landerijen en pittoreske bossen, maar de Post haalde me terug. Ik had zo'n verschrikkelijke behoefte aan enig gevoel, en ik voelde niets.

Ik raakte in paniek. Ik liep weg.

De suppoost volgde me naar de volgende zaal, sprak weer in haar walkietalkie. In de doorgang aan de andere kant van de zaal verschenen twee suppoosten.

Ik liep in een constant tempo door, behoedzaam omdat ik de suppoosten niet wilde provoceren, maar mijn schichtigheid baarde hun nog meer zorgen. Daarna zag ik ze niet meer door de tranen.

Ik had de prenten uit het Liber Principis op bed uitgespreid.

Er was een vlinder, en een wegvliegende papegaai; de vlinder was zwart en opgevouwen met roze vegen op zijn vleugels, de papegaai loerde met felle ogen achterom; en een lang, bepantserd gordeldier, geschilderd als bij zonsondergang. Er was een merkwaardig gevlekt paard met een snoet als van een middeleeuwse heilige. Er was een man, met grijze haren, geelachtig bleek met een buikje, die naakt op een rots zat met een pijp in de hand; op de rots was met krijt of een beitel een os afgebeeld.

De oudere man kon ik niet verkopen. Om te beginnen omdat hij te duidelijk uit het Amazonegebied afkomstig was; hij vergde uitleg.

Ik kocht een grote plastic map waar de prenten in pasten en nam het gordeldier als eerste mee.

Ik probeerde het bij een handelaar in een straat met postzegelhandelaren. Hij had een bijna onverlicht winkeltje, stoffige ingelijste prenten; hijzelf was verschoten, klein, vaag zichtbaar in een hoek achter een cilinderbureau vol papieren. Hij fronste veel, maar dat kan door zijn knijpbrilletje zijn geweest. Hij vond het duidelijk een mooie prent, zag hem in de etalage naast ingekleurde plattegronden van Amsterdam liggen.

'Een gaaf exemplaar,' zei hij. 'Zeventiende-eeuws zo te zien. Mooi onderwerp. Maar er is een hoop van dit spul in omloop, weet u. Ze bakken het papier, gebruiken de goede verfsoorten. Ze maken ze bij bosjes ergens in een of ander atelier.' Hij bekeek de randen van het papier. 'Het papier ziet er wel goed uit.' Toen greep hij weer terug naar zijn onderhandelingspositie. 'Ik zal toch wat meer moeten weten.'

'Het is familiebezit,' zei ik.

'Maar het is niet ingelijst,' zei hij. 'Familiebezit wordt ingelijst.'

'Ik heb me door mijn grootvader laten vertellen,' zei ik, 'dat het is geschilderd door...'

Toen zweeg ik. Het was geen schaamte om het verkopen van iets wat gestolen is. Schaamte komt en gaat, vooral als je bang bent. Dit was gewoonte, iets wat zo ingeroest was dat het meer op een instinct leek: ik kon één prent niet losmaken uit het geheel. Mijn werk, mijn loopbaan, was gebaseerd op de afspraak dat sets bij elkaar blijven, dat je de oorsprong en een hiaatloze levensbeschrijving kent vanaf de dag dat de verf droog was; ik zou dus nooit degene kunnen zijn die dit vel papier zijn waarde ontnam en het reduceerde tot iets aardigs.

Ik had geen principes. Ik had gewoonten. Dat was een verontrustende les.

'Ach, ja,' zei de man, 'in families gaan veel verhalen om. Een geleerde, uw grootvader?'

Ik haalde de schouders op.

'Een aardig ding,' zei hij. Hij noemde een prijs: drie weken in een hotelletje, fatsoenlijke maaltijden.

Ik pakte de prent van hem terug.

'Als u geen beschrijving hebt,' zei hij, 'kan ik echt niet hoger gaan. Te riskant. Zo te zien heeft iemand er één rand afgesneden.'

'Zie ik eruit als een dief?'

'Ik wilde dat ik wist hoe dieven eruitzagen,' zei hij.

Buiten de winkel bleef ik even staan. Ernaast zat een prentenhandelaar, aan de overkant van de straat nog een en ik herinnerde me dat er net voorbij de volgende gracht ook nog een was.

Het was bijna donker. Ik nam de tram terug naar het hotel. Ik werd 's nachts telkens zwetend wakker, alsof ik koorts had.

De hele volgende dag moest worden doorgebracht.

Ik wilde niet meer worden herinnerd aan wat ik had verloren, maar dat hield in dat ik uit de buurt moest blijven van alles wat anders vriendelijk of spannend of boeiend was, voor het geval ik het vermogen om te reageren kwijt was. Voor mijn gevoel bevond ik me op een met ijs bedekte zee en dreef ik met gesloten ogen rond.

Ik zat in mijn eentje in een bar in het centrum: koffie, koffieroom, jus d'orange, klein glaasje water, ingepakt koekje, cigarillorook in mijn ogen, een middelbaar echtpaar dat aan het tafeltje ernaast de krant las, elkaar pagina na pagina de wereld overhandigde. Een heel dun, zeer blond meisje zette haar fiets tegen het raam.

Het leek niet genoeg om me in de werkelijkheid te verankeren. Ik vond dat als ik het vermogen had verloren om te reageren, om op het meisje te vallen, om de koffie te proeven, of een schilderij te zien, ik niets te verliezen had met mijn dood.

Ik vroeg me af hoe je in een georganiseerde stad als Amsterdam je dood zou kunnen regelen. Ik dacht dat er wel weer een formulier voor zou zijn.

De middelbare man aan het tafeltje naast me zette zijn water met een klap op tafel en het glas brak met veel lawaai. De middelbare vrouw wierp een blik op het over tafel stromende water en de stukken ijs en glas, en keerde terug naar het nieuws uit Algerije.

Het lukte me niet om hier te zitten en me op deze manier te laten gaan, als een lanterfantende tiener, als iemand die recht heeft op het privilege om over de dood te peinzen in plaats van hem op de obligate, nuchtere manier te bestrijden. Ik had een man gedood. Ik had geen privileges.

Ik kon bij de Arkenhouts op bezoek gaan. Ik kon ze vertellen over Martin, ik kon het levensverhaal voor hen afsluiten.

Het leek me toen een lumineus idee, omdat ik geen andere ideeën had: in zekere zin een missie van barmhartigheid.

Ik wist de naam van de stad waar zijn ouders woonden; die had Arkenhout me verteld. Ik nam de trein erheen, door een nat, vlak landschap in de schaduw van een reusachtige, stormachtige lucht. In de stationskiosk keek ik in het telefoonboek.

'Mevrouw Arkenhout?' vroeg ik, hoewel er geen twijfel aan bestond.

'Ja.'

'Mijn naam is...' Even was ik onzeker. '... Christopher Hart.'

Stilte. Mevrouw Arkenhout was niets dan een stilte aan de andere kant van de lijn.

'Ik heb een foto van Martin die...'

'Ik weet alles van foto's.'

'Het is een foto van twee maanden geleden.'

'O.'

'Ik had hem kunnen opsturen, maar ik wilde u niet laten schrikken.'

'Denkt u dat ik niet schrik als iemand me met zoiets belt?'

'Dat spijt me.'

'Kijk eens aan,' zei mevrouw Arkenhout, maar ze hing niet op.

'Ik sta op het station...'

'Kijkt u dan maar uit voor zakkenrollers. Op het station zijn allemaal zakkenrollers.'

'Ik kan een taxi nemen. Als u een halfuurtje de tijd voor me hebt, of een uur?'

'Ik kan u niet tegenhouden. Misschien doe ik niet open, maar u kunt komen.'

Ik had 'dank u' moeten zeggen alsof het een gewoon gesprek was geweest.

De prijs van de taxi was drie keer zo hoog als ik had verwacht, hoewel we nauwelijks de stad uit kwamen. Ik betaalde, stapte uit en voelde de kou naar me uithalen.

Ik liep door een tuin vol herfstafval, keurig samengebonden. Ik belde aan.

'Ik ben het, Christopher Hart,' riep ik.

De taxichauffeur bleef wachten. Er brandde licht in huis, er was iemand om de vreemdeling binnen te laten, maar hij wilde geen risico nemen.

Mevrouw Arkenhout zei: 'Ik weet het niet, hoor.'

'Ik wil gewoon in alle rust met u praten.'

'Mijn man is er niet.'

'Hij hoeft het niet te weten.' Ik dacht dat mevrouw Arkenhout dat graag wilde horen.

Na een paar tellen ging de deur open.

Mevrouw Arkenhout kende maar één Christopher Hart. Ik was heel iemand anders.

Ik zag de teleurstelling op haar gezicht, daarna de angst. Ze probeerde even de smalle gang te blokkeren, haar heupen tussen het gangtafeltje en de prenten aan de muur ertegenover, probeerde de deur dicht te duwen zodat ze hem echt op slot kon doen tegen spoken en vreemdelingen. Maar ze durfde niet.

'Ik weet niets van Martin,' zei mevrouw Arkenhout. 'Martin is lang geleden weggegaan.'

'Maar u hebt me binnengelaten.'

'O ja, ik heb u binnengelaten.' Toen herstelde ze zich, een fysiek herstel, zoals het opnemen van een slepende rok of het rechten van een kromme rug.

'Wilt u koffie?' vroeg ze.

Ik schoot bijna in de lach om haar keurige manieren. Ik voelde me verplicht er op gepaste wijze op te reageren. Ik pakte de foto uit mijn portefeuille en liet hem haar zien als een soort bewijs van goede bedoelingen: een zomers beeld, Maria en Arkenhout op een muurtje bij een betegelde fontein, schitterend van licht en schaduw.

'Dit is Martin toch?' vroeg ik.

'Nee.' Maar mevrouw Arkenhout hield de foto vast als was het een talisman. 'Het is niet zo'n goede foto,' zei ze. Ik denk dat ze bedoelde dat het niet de foto was die ze had gewild: niet scherp en overtuigend genoeg, niet respectabel, niet te verdragen. 'Ik heb recht op een verklaring,' zei ze.

'Natuurlijk. En ik heb erge trek in koffie.'

Mevrouw Arkenhout keek me ontstemd aan. 'Dat komt zo,' zei ze. 'Hou u een beetje in.'

Ze ging de kamer uit en ik hoorde een koffiemolen draaien en draaien tot hij alleen nog maar poeder moet hebben vermaald. Ik ging ook naar de keuken.

'Ik was vroeger dol op foto's,' zei mevrouw Arkenhout terwijl de koffiemolen doordraaide. 'Martin op zijn eerste driewielertje. Martin in zijn bedje. Martin op het strand. Hij was een heel gewone baby. Mijn man vond van niet, maar ik wel.'

Ik zette de koffiemolen uit.

'Is het al goed, denkt u?' zei mevrouw Arkenhout.

Ik knikte, en stond mevrouw Arkenhout bij in de zware taak van koffie in een filter in een koffiezetapparaat doen, water toe te voegen, een schakelaar om te zetten, zoals de ene danser de bewegingen van de andere schaduwt.

'Het is heel moeilijk geweest,' zei ze. 'We hebben Martin niet gezien in Amerika, wat ze van hem hebben gevonden. Het was een zachte bodem, zeiden ze, heel nat. Ze hebben hem gecremeerd.' Ze hikte. 'Ik praat eigenlijk nooit over hem.'

'Hebt u hem ooit nog teruggezien?' vroeg ik.

'Nee, niet echt,' zei ze. Ze stak haar handen uit naar het dienblad, maar ze beefde zo erg dat ze het niet kon oppakken. Dus droeg ik het maar naar de zitkamer.

Mevrouw Arkenhout zei: 'U kunt echt niet blijven. Mijn man zou er niets van begrijpen.' Ze zei het terwijl ze een koekje in haar vingers hield alsof het van kant was. 'At Martin wel goed?'

'Ik geloof het wel.'

'Het is of niets hem echt raakt,' zei mevrouw Arkenhout.

Ik vertelde haar hoe ik Martin had leren kennen, dat we allebei een huis in hetzelfde dorp hadden. 'Hij zwom heel veel. Hij was kerngezond.'

Maar ik wilde dat zij uitleg over hem gaf.

'Er is een verschrikkelijke brand geweest,' zei ik. 'Martin was heel erg moedig en…'

'Onzin!' zei ze. Ze gebruikte het woord als een geweerschot.

'De politie heeft ons verteld wat er is gebeurd,' zei ze. Ze nam nog steeds slokjes van haar koffie en leek even kalm en onbuigzaam als een directrice, alleen haar stem groeide van respectvol zacht naar het gebulder van een kerk-alt. 'Ik wens geen leugens. Als u leugens vertelt, kunt u gaan.'

Ik hoorde de voordeur open- en dichtgaan en het ruisen van een jas.

Dokter Arkenhout verscheen in de deuropening.

'Wie bent u?' vroeg hij. En tegen zijn vrouw: 'Ik wist niet dat we visite hadden.'

Mevrouw Arkenhout zei: 'Hij kent Martin.'

Dokter Arkenhout zei iets in het Nederlands wat ik niet verstond. Mevrouw Arkenhout antwoordde.

Ik stond op, een vreemd beleefdheidsgebaar gezien de omstandigheden, en hij kwam zo dicht bij me staan dat ik zijn adem kon proeven. 'Ik weet niet hoe u heet,' zei hij uiterst, angstaanjagend beleefd. 'Neemt u mij niet kwalijk.'

'Hij zegt dat hij Christopher Hart heet,' zei mevrouw Arkenhout.

'Ik denk dat u beter kunt gaan,' zei hij, een opdracht gevend zonder de mogelijkheid te bieden om te weigeren, zoals elke arts.

'Ik wil over Martin praten,' zei mevrouw Arkenhout.

'Dat is geen geschikt onderwerp,' zei de dokter.

Hij ging tussen mij en zijn vrouw staan, alsof hij woorden met zijn lichaam kon tegenhouden. Ik zag dat hij zijn kracht en de mijne tegen elkaar afwoog.

'Ik dacht wel dat het goed met hem was. Het is altijd goed met hem,' zei mevrouw Arkenhout.

'Ik sta erop dat u gaat,' zei de dokter.

Maar mevrouw Arkenhout praatte door, zonder adem te halen, een enorm lange band met verhalen die ze al vele malen had opgenomen maar nog nooit had kunnen afspelen. 'Het is al eens gebeurd, weet u. Dat zeggen ze tenminste. Toen ze hem hadden gevonden in een vijver in het park. Hij was bijna verdronken, maar hij is niet verdronken. Hij is niet verdronken. Het is later een hele gezonde jongen geworden.'

'Hoe oud was hij toen?' vroeg ik.

'Ik zal de politie bellen,' zei dokter Arkenhout.

'Hij was vier. Een mooi jongetje.'

'Een heel mooi jongetje,' herhaalde dokter Arkenhout. 'Ik ga de politie bellen.'

'Vertelt u eens wat er is gebeurd,' zei ik.

'Dat weet ze niet,' zei de dokter.

'Dat is zo,' zei mevrouw Arkenhout. 'Ik weet het niet. Ze hebben me medicijnen gegeven zodat ik me niet goed meer kan herinneren wat er is gebeurd, of waarom. Maar ze troffen me bij de vijver aan alsof ik had staan kijken hoe hij verdronk en het was koud en nat en er speelden geen andere kinderen en hij was groot genoeg om zelf uit het water te komen en dus...'

Ze hikte weer.

'Hij heeft me altijd al gezegd,' zei ze en wees op haar man, 'nou ja, niet zozeer gezegd als wel laten merken, dat ik heel ziek was, dat ik heb geprobeerd om Martin te vermoorden. Maar u moet begrijpen dat ik hem nooit had kunnen vermoorden. Dus dan heb ik het ook niet geprobeerd, hè?'

Als een goede gastvrouw tilde ze de lege koffiepot op, maar ze schonk hem uit in de lucht, terwijl ze de ogen van haar man in de gaten hield.

'Mijn vrouw is erg van streek,' zei dokter Arkenhout. 'Ze is niet in orde. Ik weet niet wat u hier had denken te bereiken, maar u ziet toch wel dat...'

Toen ik geen antwoord gaf, dook dokter Arkenhout op me af, greep mijn jas en duwde me in mijn rug terwijl ik naar de gang liep. Het ging hem te ver om de fatsoensnormen te overtreden en me een echte dreun te geven, maar hij kon zich niet helemaal inhouden en moest sjorren en duwen, alsof ik een levenloos obstakel was dat de deur uit moest. Hij riep van alles, maar in het Nederlands.

Mevrouw Arkenhouts hele zachte, fraaie lichaam, hoge borsten en strakke heupen, rees en daalde op de schande van de hik.

'We moesten Martin wel wegsturen,' zei ze terwijl ze weer op adem kwam, 'want hoe zou hij ons ooit hebben kunnen vertrouwen?' Haar stem had een gezang over het vlakke land kunnen laten klinken. 'Hij was niet bang voor het donker op de trap, zoals andere kinderen. Het engste was voor hem om met zijn moeder in de verlichte keuken te zitten. Bij het fornuis. Met de geur van koekjes. Net als op de plaatjes in oude advertenties.'

In de regen en in het donker zag ik mezelf in de ruit van de trein: weer uiterst gespannen. De familie Arkenhout wist nu wie van ons beiden de brand had overleefd, en als de correcte dokter Arkenhout het wist, dan wist de politie het ook, binnen een paar minuten.

Ik had een toekomst, maar onder arrest. Ik had een reden om weer op de loop te gaan. Ik moet wel denken dat dit is wat ik wilde: een angst die groot genoeg was om me weer tot leven te wekken.

Ik had nog voor een week geld, maar geen naam. Ik kon gaan werken als bijrijder, werk waarbij ze geen vragen stellen, of misschien in de binnenvaart, de Rijn op naar Zwitserland, of het ruime sop kiezen op een coastertje. Maar eens zou ik toch papieren nodig hebben, officiële papieren, vakbondspapieren. Ik zou gecontroleerd worden.

Vanaf mijn huidige plek, in de kuil tussen twee levens, begon Martin Arkenhouts loopbaan bijna logisch te worden, onvermijdelijk zelfs; de mens kan zich altijd aanpraten dat doden, stelen en bedriegen volstrekt logisch zijn binnen hun eigen beperkte voorwaarden, de enige uitweg.

Ik moest weer een compleet leven hebben.

Ik had al één man gedood, begrijpt u. Ik was de bescherming van de normale ethische normen kwijt die voorkomen dat je doodt, steelt en bedriegt.

Het had makkelijk moeten zijn om in Amsterdam, een toeristenstad, een doelwit te vinden. In de weekends komen de Fransen naar het noorden om wiet te roken. Homo's gaan tekeer in straten waar ze eindelijk een keer de baas zijn. Toeristen van cruiseschepen zeilen langs de verlichte bordeelramen alsof de zonde niet leuk is als ze officieel is toegestaan; net kinderen die met geld in een snoepwinkel staan, terwijl ze veel liever zouden stelen.

Maar dat waren allemaal weekendmensen die maandagmorgen terugkropen in een andere huid en andere manieren: naar een Frans ministerie, het hoofd overijverig helder gemaakt, of naar een Engelse bank, door minder levenslustige collega's stiekem bewonderd om de woeste weekenden. Ik kon er op zijn best een paar dagen, een paar weken mee winnen, dan zou een hele machinerie ze gaan missen.

Verder had je Boaventura en ik. We namen een paar biertjes, wat jenever, en waren genoeg opgewarmd om brutaalweg de koude stad in te gaan.

De lantarens langs de grachten brandden zwak, om ze te laten lijken op het fakkellicht van een paar eeuwen geleden en de scheve gevels en kale bomen warmte te geven. In dit schemerduister kwamen mensen langs, sommigen op de fiets, zelfs in de nattigheid, hoofden weggedoken onder de gestage regen.

‘Weet je iets van kunst af?’ vroeg Boaventura.

‘Een beetje,’ zei ik.

‘Weet je wat van Vermeer af?’

Als ik Arkenhout was, dacht ik, zou Boaventura kunnen uitglijden op de keitjes en over de rand vallen, de gracht in. In het koude water begeven harten het, herinnerde ik me; de schrik en dan de moordende kou. Maar lijken drijven en vertellen hun eigen verhaal; bovendien had ik niets aan dit lichaam zolang ik niet eerst zijn papieren had.

‘Ik heb een paar Vermeers gezien,’ zei Boaventura. ‘Die vond ik mooi. Ik wil naar Delft.’

Als ik Arkenhout was, zou elke onderbreking in de verlichting eropaan komen. Zo had je de loopplanken naar de lange houten boten in de grachten, boten met brede ramen en schoorstenen en potplanten. Soms was er een trapje naar het water, bij een hotel, bij een aanlegsteiger voor waterfietsen, bij een marmeren monument.

In een bar pakte ik Boaventura’s jasje, maar hij merkte wat ik had gedaan. Ik zei dat het een vergissing was. Er zat een brochure over Delft in een van de zakken, met een plaatje van het schip van een kerk, weggedoken achter een monumentale uitroep van een toren.

Op mijn hotelkamer stopte ik alle prenten uit het Liber Principis in de plastic map. Langs de rand van het portret van de oudere man zaten bruine vlekjes, vocht van het open raam misschien, of van de douchecabine die aan het voeteneind van mijn bed stond. Hoe het ook zij, het papier begon zacht te worden.

Er was nog één plicht verbonden aan mijn oude naam: de prenten terugsturen naar Londen. Ik kon ze niet helemaal honderd procent goed inpakken, maar ik verpakte ze stuk voor stuk in plastic en deed er karton tussen, deed ze bij elkaar in de plastic map en pakte ook die weer in. Ik stopte er een ansichtkaart van Van Gogh in – klaprozen en gele vlinders – en tekende met ‘Christopher Hart’.

De volgende ochtend vertrok ik uit mijn hotel. De bedrijfsleiding, twee kleine kereltjes, zat er niet mee: ze hadden het geld contant vooruit ontvangen, en ze dachten er niet aan om het terug te betalen.

Ik wilde weg. Ik was te moe om ver weg te willen, maar ik wilde onvoorwaardelijk afstand tussen mij en mijn leven. Ik kwam niet verder dan tot het eind van de straat, waar trams de statige, verwaarloosde rij flatgebouwen doorsneden.

Daar stond Boaventura. Hij zei dat hij mijn hotel zocht. Hij zei dat hij naar Delft wilde.

Ik had geprobeerd aan hem te ontsnappen. Het lukte niet. Ik zag het als een voorteken.

Hij wist iets van Vermeer, een beetje. Hij had het idee dat ik de senhor doutor was, de erudiet die zin zou geven aan alle cultuur die altijd net buiten zijn bereik leek.

Ik liet mijn vliegtuigkoffer op het Centraal Station staan. Ik reisde nu zonder iets wat me onderscheidde of benoemde: een spiegelman die slechts weerkaatst wat men voor hem neerzet.

Boaventura verwachtte colleges, verklaringen, nieuws uit Portugal dat hij kon aankleden als nieuws van thuis. Hagel bekogelde de ramen en hij zei opgewekt: 'Het heeft een keer gesneeuwd in mijn dorp. Dat herinner ik me nog. Om elf uur 's morgens. Iedereen ging de straat op.'

In Delft was de hemel verzadigd grijs en zwart, net een pas gewassen pentekening. Voor we gingen lopen, namen we in het eerste het beste café een biertje en een stuk appeltaart.

Natuurlijk vonden we de plek van *Zicht op Delft*. We wandelden door het Prinsenhof. Tussen de middag aten we iets: Boaventura nam per ongeluk een gefrituurd stuk kip met cornflakes. Hij keek verbaasd.

Achter elke rij fraaie huizen, elk keurig stuk gracht, was er weer die zwaarmoedige aanwezigheid, die spits op een grote, blokkige toren, hoog opgaande, schoongemaakte grijze steen, dan een klok, en dan weer een stuk stekelige, gotische spits dat opsteeg naar een eindkruis. Het was een bedrijfsgebouw avant la lettre, een monsterlijke opschepperij boven de verfijnde straten, een streven de persoonlijke trap te zijn tussen God en de hoogste heren van Delft. Waar we ook gingen, hij drong zich op aan mijn ooghoek.

Warme plekken bleven hevig trekken, vooral plekken ver van de ramen.

Maar Boaventura hield van winkelstraten. Hij hield van etalages met marsepeinen etenswaren, chocoladevarkentjes; met badkamerkranen, goedkope bordeaux, computerbeeldschermen; een boekwinkel; kledingzaken met beige etalagefiguren onder bruine en groene kleren; en televisietoestellen.

Ik zag mijn gezicht op een van de televisies, een seconde of twintig in beeld, weg.

Ik bleef natuurlijk stokstijf staan. Boaventura mocht het niet zien. Maar ik moest weten wat ze zeiden, wat mijn gezicht in een flits betekende.

Er was een nieuwslezeres met die strakke blik die komt van het lezen van teksten die ze niet zelf had bedacht of geschreven.

Een landkaart van Bosnië.

Ik wist niet hoe lang de nieuwsuitzending van één uur duurde, en of onderwerpen werden herhaald, en of we alleen de aankondigingen hadden gezien zodat ze later terugkwamen op het onderwerp van de man wiens gezicht ze hadden laten zien: vermoedelijk een voortvluchtige moordenaar.

Een bosbrand. Ik kon niet ontdekken waar. Een vuurbal die door de bomen raasde.

Ik had de taal toch niet kunnen verstaan, ook al had ik hem door de etalageruit heen kunnen horen.

Ik voelde paniek, vermengd met een soort dankbaarheid: na al deze anonieme dagen en weken, op de vlucht naar nergens, was ik weer bekend en gezocht.

De bevestiging van mijn bestaan kwam iets te laat.

'Ik leg mijn lot in jouw handen,' zei Boaventura.

Het plein opende zich heel plotseling: een exercitieterrein met natte, glibberige keitjes, een stadhuis opgescheept met luiken als van een adventskalender, de indrukwekkende, donkere toren die veel te hoog oprees aan de overkant.

'We krijgen sneeuw,' zei Boaventura.

'Wil je een biertje? Het stikt hier van de cafés.'

'Nee,' zei hij. Hij leek in me teleurgesteld.

Ik was bijna bang om de kerk binnen te gaan. De kolos verwees naar een traditie die de mijne niet is: een soort persoonlijke, contractuele claim op God zoals kooplui op elkaar hebben, en een bedreiging voor de stad, uit Gods naam.

'Jij hebt dit allemaal al eens gezien,' zei Boaventura. 'Ik niet. Ik wil dingen zien.'

'We kunnen misschien...'

Maar hij was al door het enorme kerkportaal naar binnen gegaan. Hij kocht in een soort geschiedenisboetiek – een en al souvenirs en glazen vitrines – kaartjes voor de toren. Hij gaf mij het mijne. Hij schoof door de tourniquet die in- en uitgaande toeristen telde.

Ik zei: 'Maar het weer is...'

'Alleen de wind kan weleens een probleem zijn,' zei de dame achter de balie opgewekt. 'Vandaag staat er niet veel wind.'

Ik voelde er niets voor om de smalle schoorsteen met zijn krappe houten trap te betreden, of te beginnen aan de cirkelende, de duizeligmakend cirkelende klim tussen stenen muren. Voor en achter je zag je nooit meer dan een paar treden en af en toe een spleet licht door een stoffig raampje, en muren die maar draaiden en draaiden.

Het feit dat we klommen was reëel genoeg voelbaar in mijn spieren, maar je kon op geen enkele manier nagaan hoe ver we waren, hoe hoog we nu boven de glans van de natte keitjes op het plein stonden.

Eén keer botste ik bijna op Boaventura, die was blijven staan om te vragen of alles in orde was. 'Een hele klim,' zei hij.

Ik hoorde alleen zijn voetstappen. Ik kon me niet voorstellen dat er op zo'n miezerige dag nóg iemand de toren wilde beklimmen. Ik begon duizelig te worden van de eeuwige herhaling van treden, draaien, treden.

Ik hoorde Boaventura struikelen en vloeken. Ik haalde hem in op een klein overloopje bij een raampje waar amper licht doorheen kwam.

'Niks aan de hand,' zei hij.

'We kunnen ook terug.'

Hij keek minachtend.

Ik ging nu voorop, zwoegde naar boven, hield mijn duizeligheid soms onder controle door het ruwe touw vast te houden dat door ijzeren ringen in de muur liep.

Ik was een onderwerp in het nieuws. Ik moest iemand anders worden, of de gevolgen aanvaarden.

De trap kwam onverwacht uit in een grote ruimte vol kerklucht, die merkwaardige mengeling van stilte, stoffig licht en weerkaatsingen in metaal. De ruimte hing vol klokken: hoog opgehangen monsterachtige klokken.

Boaventura zag deuren naar de torentrans en hij sprong eropaf om eindelijk van het uitzicht te genieten. Hij merkte ook op dat we nog verder omhoog konden.

Ik was nu los van de wereld beneden, ervan gescheiden door duizeligheid, door spierinspanning, door het gevoel dat ik uiteindelijk alle zekerheden had afgeworpen: mijn namen, mijn bezittingen, en mijn vrijheid als de politie me nu herkende en arresteerde. Ik keek op alles neer.

Alles wat me tijdens de beklimming over was gebleven, was de schacht van treden die voor me wegdraaiden, en het feit dat Boaventura mee was: een man die men makkelijk voor mij kon houden, die mij kon zijn, die zo makkelijk nog eens kon struikelen.

We kwamen uit op de hoogste trans, op een smalle trans met een borstwering van fraai bewerkte steen. Ik zag dat de steen zacht aan het worden was, dat de details aan de lucht corrodeerden. In de verte zag ik donkere wolken boven de Rotterdamse haven. Ik kon niet goed zien of we nu hoger waren dan de wolkenbasis of niet voordat het begon te hagelen en te regenen.

Boaventura stond in de wind, schrap als een man op een scheepsdek.

Ik probeerde over de stenen rand naar de glimmende keitjes beneden te kijken, naar de rij deftige gebouwen, de schuin weglopende gracht. Iedereen kon uitglijden. Niemand kon zo'n val overleven.

De neerslag begon de wereld af te sluiten, de stad onder ons weg te nemen. Wat er ook gebeurde, wat ik ook deed, de wereld kon van nu af aan alleen nog maar opengaan: sneeuwvlokken die kleiner werden, overgingen in regen, het zicht dat weer tot een paar honderd meter toenam, de regen die ophield, het licht dat dubbel scheen, weerkaatst door de natte stenen beneden; en daarna, als ik een zet deed, andere steden, andere mogelijkheden.

Boaventura zei: 'Ik dacht dat je van hieraf de zee zou kunnen zien.'

De wereld was gekrompen tot dit kleine plekje in een sneeuwbui, een beschutte en prettige plaats om een keuze te maken.

Ik stond er bijna te lang aan te denken.

Boaventura rilde en ging de trap weer af.

Ik ging achter hem aan, bleef één draai achter hem zodat ik hem niet kon zien. Ik wilde hem niet zien. Dat met Arkenhout was iets heel anders geweest: een man die slechts een moordenaar was geweest, één enkel gevaarlijk woord, wiens namen onzeker en veranderlijk waren als duivels in een boek. Déze man bestond uit verbazing, paniek, te veel drank, de pijn van de scheiding van een overleden vrouw en een verre familie en een dorp waarvan juist de eenvoud in de herinnering betoverend wordt. Hij was bijna te eigen om tot een lijk te reduceren.

Ik verstapte me, gleed uit op de glimmend gesleten houten treden.

Zonder mijn vaste plaats op de trap kon ik in deze stenen schoorsteen eindeloos blijven vallen, dacht ik, vallen en tegen de grote steenblokken van de muur stuiteren.

Ik botste tegen Boaventura op. Ik hoorde hem zijn adem loslaten als een scheet. Ik graaide naar de touwleuning en terwijl ik een eind maakte aan mijn neerwaartse gang, realiseerde ik me dat hij nu degene was die viel en viel, een arm kneusde en openhaalde aan de stenen. En daarna verdween hij uit het zicht, een reeks kreten en bonzen en daarna stilte.

Ik kon me niet voorstellen hoe er een eind aan zijn val kon komen.

Ik hield me vast aan het touw. Er was zo'n diepte onder me dat ik me weer duizelig voelde. Ik moest mezelf verankeren. Als ik had gekund, was ik daar altijd blijven staan: een man tussen hemel en aarde.

Maar ik moest naar beneden, en Boaventura bevond zich hoe dan ook tussen mij en de uitgang van de toren.

Ik vond hem dwars in het trapportaal liggend, net voor de klokkenzolder. Ik hoorde het twee uur slaan, vervolgens de akkoorden van de klokken die in de stoffige lucht bleven hangen, en daarna het geluid van ijsregen die op glas hamerde.

Hij was niet dood.

Ik was uitgegleden. Ik geloof niet dat ik mezelf dood heb gewild.

Maar hier was iemand met papieren die hem met onschuld verbonden, enigszins met niet-verantwoordelijk zijn, met een nieuwe kans op leven. Ik kon die papieren zo pakken, de mijne daar laten. Twee buitenlanders op een toeristische locatie worden makkelijk door elkaar gehaald.

Ik wilde niet dat Boaventura in leven bleef.

De aanwezigheid van de klokken boezemde angst in: enorme oordelende werktuigen in hun hoge klokkenstoelen.

Zo hoog boven de grond gaven de ramen alleen zicht op wilde luchten, niet op daken, straten, andere mensenlevens. Ik voelde me even vrij om elke gewenste beslissing te nemen. Ik verkeerde in de sfeer van die onverbiddelijke, grote toren: zijn uitdagende uitstraling van morele superioriteit.

Ik ging naar een raam om naar beneden te kijken. Ik zag alleen het weer om me heen kolken, zo luidruchtig dat ik zeker wist dat ik niet werd gehoord toen ik riep: 'Wat wil je dat ik doe? Wat wil je eigenlijk?' Ik had geen idee tot wie ik me richtte: God, of mijn vader, of Boaventura of misschien wel Arkenhout.

De kreten veroorzaakten een vaag, huiverend lied in de klokken.

Op dat moment besefte ik dat, als ik op deze verheven plaats werkelijk vrij was, ik ook de vrijheid had om te doen wat goed en juist was, dat ik beslist niet verplicht was om de papieren te stelen en om te wisselen en iemand aan zijn lot over te laten: mijzelf.

Ik wist dat ik het doden van Arkenhout, een misdaad, niet kon onthullen. Dat is een schuld waarvoor ik op een of andere manier moet boeten.

Ik stond sprakeloos in de glazen, tuttige winkel beneden en wees alleen maar naar een punt voorbij de tourniquet, naar de trap. De vrouw moest raden wat er gebeurd moest zijn.

Ze brachten Boaventura op een brancard naar beneden. Hij had een hersenschudding, wat hetzelfde gevoel was als in de nacht toen hij zijn vrouw had verloren, zei hij, en zijn arm lag open. Ook had hij een scheenbeenbreuk. Hij zou een tijd niet kunnen werken omdat zijn spieren en hun volmaakte coördinatie zijn werkkapitaal waren, maar hij zou in leven blijven.

Mij stopten ze in een politieauto. Niemand zei iets. Op het plaatselijke politiebureau werd druk gebeld, maar natuurlijk alleen in het Nederlands. Daarna werd ik achter in een andere politieauto gezet en Delft uit gereden. Ik zag de kerktoren in het slechte weer verdwijnen.

Uit de richtingborden begreep ik dat we teruggingen naar Amsterdam. Ik wist niet wat er daarna met me ging gebeuren: of ik zou worden beschuldigd van de moord op Arkenhout, of het ongeluk van Boaventura me dubbel verdacht maakte. Ik wist bijna zeker dat het een ongeluk was geweest.

Maar in het volgende politiebureau, hetzelfde bureau in de Warmoesstraat waar mevrouw Arkenhout was begonnen met het ontrafelen van de geschiedenis van haar zoon, lachten de agenten te veel tegen me en gaven ze me warme, zoete thee. Ik vermoed dat ik opeens erg duidelijk Engels was.

'We hebben naar u uitgekeken,' zei brigadier Van Deursen.

'Ik heb iets op de televisie gezien. Maar alleen mijn foto. Ik heb niet gehoord wat ze zeiden. Ik had de woorden toch niet verstaan.'

Zo brabbelen gevangenen tijdens hun ondervraging.

'Meneer en mevrouw Arkenhout hebben ons van uw bezoek verteld. Dus moesten we ervan uitgaan dat het lichaam in Portugal ten onrechte als dat van u was geïdentificeerd.'

Ik zei niets, want hij had gelijk.

'Dus u weet hoe Arkenhout is omgekomen?'

Ik werd uitgenodigd om een moord te bekennen, met een zware witte mok thee in mijn hand en een vriendelijke politieman aan de andere kant van de tafel die niet eens lelijk keek of schreeuwde. Alle pressie om te praten kwam uit een bundel onder druk gezette zenuwen in mijn borst.

'Wilt u me erover vertellen?'

Ik probeerde een slok thee te nemen, maar hij was te heet.

'U kunt het rustig vertellen.'

Hij moet alles al geweten hebben. Het dossier bevatte geen enkele onduidelijkheid, behalve de kwestie van de namen en de identiteit. De andere feiten werden keurig gerangschikt gepresenteerd: vechtpartij, brand, de explosies, het losse hoofd en de uitgegoten benzine wat niet paste in een eenvoudig pleidooi voor zelfverdediging; de vlucht, de diefstal van geld van een al eerder geplunderde rekening van een dode; het bezoek aan de familie van de dode.

Maar ik heb het toch allemaal verteld. Ik wilde dat hij met een voorstel voor een boetedoening kwam.

Hij zei: 'Wist u dat u een soort held bent?'

'Hoe is het verder gegaan met Boaventura?' vroeg ik. 'Ze hebben hem weggehaald. Is het goed met hem?'

'De man in de toren, uw vriend? Daar is het goed mee.'

'Wilt u niet weten wat er daar is gebeurd?'

Hij lachte naar me. 'Ik zei het al, u bent een held.'

Ik stond op. 'U mag niet de spot met me drijven,' zei ik.

'Gaat u zitten,' zei hij. 'Ga toch zitten. We konden Arkenhout niet tegenhouden, nog niet. We hadden alleen indirecte bewijzen, maar geen getuigen, en dat in meer dan tien landen. We kregen de aanklacht niet rond. Nu is hij dood en het dossier is afgesloten en dat hebben we aan u te danken.'

'Maar ik heb het geld gestolen,' zei ik.

Hij lachte weer. 'U verkeerde in een shocktoestand,' zei hij. 'Een goed mens die iets verschrikkelijks moest doen, logisch dat u in een shocktoestand raakte. Geen mens die u veroordeelt.'

'Ik heb hem verbrand,' zei ik.

Hij zei niets.

'U weet nog niet de helft.'

'U was gewoon uzelf niet,' zei hij.

's Winters biedt het Museum een geloken aanblik: de grote stenen zuilengang is dan gesloten tegen de regen. De bewakers openen het hek met enig ceremonieel, maar het is een ceremonie zonder publiek; de mensen komen wat later zodat ze zeker weten dat ze kunnen doorlopen.

Ik ging natuurlijk terug.

Ik maakte de brief van Anna's advocaten open: er sprak woede uit over het feit dat ik de botheid had gehad om uit de dood terug te keren. Ik vond een advocaat om erop te reageren.

Ik liep de doolhof van gangen weer in, dankbaar voor de ordening die ten grondslag lag aan de ogenschijnlijke chaos van beschadigde zuilen, stukken steen, botsplinters. Het Museum bood me een soort ziekteverlof aan, wist niet goed raad met mijn terugkeer omdat duidelijk was dat de nieuwe held niet kon worden ontslagen wegens het vestigen van aandacht op zichzelf.

'Je bent voor het Museum zo ongeveer tot het uiterste gegaan,' zei de adjunct-directeur droogjes. 'Veel te uitzonderlijk voor onze duffe Angelsaksische hersens.'

Maria belde me, één keer maar. Ze trof me op mijn werk.

'Ik bel,' zei ze, 'als je advocaat. In zekere zin. Ik wil weten wat je met je vaders huis van plan bent.'

'Daar heb ik nog niet over nagedacht.'

'Er zijn nog meer huizen,' zei ze. 'Er is een huis bij Granja, met zeven terrassen met olijfbomen en een riviertje. En bougainville. Een stenen huis, met witte muren.'

'Ik denk,' zei ik, 'dat ik de zaak nog maar even op zijn beloop laat.'

Maar ik hoorde de warmte in haar stem. Als ze hier was geweest, zou ze langs mijn arm hebben gestreken, te veel hebben geglimlacht.

'Je had me moeten vertellen wat er is gebeurd,' zei ze. 'Ik wil het weten.'

'Dat zijn dingen die ik nu niet kan bespreken,' zei ik en trok me terug in mijn officiële en onaantastbare persona.

'Ik was bijna naar Amsterdam gekomen, weet je dat? De politie zei dat het misschien hielp als ik kwam. Dat Christopher dan misschien meer zou loslaten.'

'Wil je over Christopher praten?'

'Jij hebt hem gekend. Ik heb hem gekend. Het leek me dat we daardoor iets gemeen hadden. Eén ding gemeen, om mee te beginnen.'

Er deed zich in haar woorden een mogelijkheid voor, in feite een soort profetie: dat ik mijn moord zou goedmaken door te doen wat Martin Arkenhout van plan was geweest en ook bijna had bereikt, door terug te gaan naar het Portugal van mijn vader, naar het dorp dat ik kende, naar de vrouw die ik nog maar enkele weken daarvoor zo heftig had begeerd, en naar mijn eigen naam met zijn nieuwe inhoud. Dan kon ik mijn leven beter leven dan daarvoor en toch de last van de moord op een man van me afzetten.

Ik neem aan dat ze een held wilde als vervanging van de voortvluchtige die ze kwijt was.

'... Arturo maakt het goed. Hij hoefde niet geopereerd te worden. Het regent vaak, maar dat is het jaargetijde...'

Ik dacht aan een leven tussen groene heuvels, exploitatiebossen, onder een hemel met arenden, op land dat rook naar munt en anijs van de blaadjes die je tijdens een wandeling stuktrapt.

'... de druiven hangen nog. Ze zijn zo rood, het lijken wel gebrandschilderde ramen als de zon erdoorheen schijnt...'

Vandaag ben ik naar Conservatie geweest, aan de overkant van de straat, om ze aan het Liber Principis te zien werken. Ze hebben zulke prachtige hulpmiddelen om de papiervez els langs een snee weer aan elkaar te zetten. Ze letten erop dat ze de willekeurige volgorde van de prenten zoals we die kenden en hadden gecatalogiseerd, aanhouden, de volgorde die de eeuwen heeft overleefd.

'We kunnen het niet meer volmaakt maken,' zei Carter, mijn assistent. 'Dat is onmogelijk. De prenten zijn absoluut niet goed bewaard.'

'Het is nooit volmaakt geweest,' zei ik.

Hij keek me geschokt aan.

'Maar dat geeft niet,' zei ik. 'We moeten het doen met wat er is.'

Toen ben ik naar deze geleende flat teruggegaan en nu ga ik naar bed.

Ik droom te veel tegenwoordig. Soms zijn er bergen, Maria, Anna's gezicht zelfs, een herinnering aan kastelen en wijn.

Martin is er ook altijd: het kind dat bang was in de warmte en het licht, in de bakgeur en in zijn moeders armen. Ik probeer wakker te blijven om die dromen, waar nooit een eind aan lijkt te komen, niet te dromen.

~~€12,50~~ 1530l

~~€7,50~~

€3